D1664181

Insel der Sterne

Maeve Binchy

Insel der Sterne

Roman

Aus dem Englischen von
Gabriela Schönberger

Weltbild

Die englische Originalausgabe erschien 2004 unter dem Titel
Nights of Rain and Stars bei Orion, London.

Besuchen Sie uns im Internet:
www.weltbild.de

Genehmigte Lizenzausgabe
für Verlagsgruppe Weltbild GmbH,
Steinerne Furt, 86167 Augsburg
Copyright der Originalausgabe © 2004 by Maeve Binchy
Copyright der deutschsprachigen Ausgabe © 2005 by Knaur Verlag.
Ein Unternehmen der Droemerschen Verlagsanstalt
Th. Knaur Nachf. GmbH & Co. KG, München
Übersetzung: Gabriela Schönberger
Umschlaggestaltung: bürosüd°, München
Umschlagmotiv: Masterfile, Düsseldorf
Gesamtherstellung: CPI Moravia Books s.r.o.,
Brnenská 1024, CZ-69123 Pohorelice
Printed in Czech Republic
ISBN 978-3-8289-7944-4

2010 2009 2008 2007
Die letzte Jahreszahl gibt die aktuelle Lizenzausgabe an.

Für Gordon, den besten und hilfreichsten aller Ehemänner.
Wenn es dich nicht gäbe, müsste man dich erfinden!
Ich danke dir von ganzem Herzen.

KAPITEL EINS

A ndreas war einer der Ersten, die das Feuer unten in der Bucht entdeckten. Er kniff die Augen zusammen und schüttelten ungläubig den Kopf. Nein, so etwas passierte hier nicht, nicht hier in Aghia Anna. Nicht der *Olga*, dem kleinen, rot-weißen Ausflugsboot, das die Touristen hinaus in die Bucht schipperte. Und schon gar nicht Manos, dem verrückten, eigensinnigen Manos, den er bereits als kleinen Jungen gekannt hatte. Das musste ein Traum sein, eine optische Täuschung. Es konnten unmöglich Rauch und Flammen aus der *Olga* schlagen.

Vielleicht ging es ihm nicht gut.

Einige der älteren Leute aus dem Dorf erzählten hin und wieder, dass sie sich Dinge einbildeten – an heißen Tagen und wenn sie am Abend zuvor zu viel *raki*, einen scharfen Tresterschnaps, getrunken hatten. Aber Andreas war bereits früh zu Bett gegangen. Und er hatte in seinem Restaurant oben am Berg weder *raki* getrunken noch bis in die frühen Morgenstunden getanzt und gesungen.

Andreas schirmte mit der Hand seine Augen ab. In dem Moment zog eine Wolke über den Himmel, der längst nicht mehr so strahlend wie noch kurz zuvor war. Er hatte sich bestimmt getäuscht. Aber jetzt musste er sich wirklich zusammenreißen. Schließlich hatte er ein Restaurant zu führen. Die Leute, die über den steilen Pfad zu ihm heraufkamen, wollten sicher keinen irren Tavernenwirt antreffen, dem die Sonne das Hirn verbrannt hatte und der sich Gott weiß welche Katastrophen in einem friedlichen griechischen Dorf einbildete.

Andreas betrachtete nachdenklich die rot-grünen, abwaschbaren Tischtücher, die mit eckigen Metallklammern an den langen Holztischen auf der Terrasse vor seiner Taverne befestigt waren. Ihm stand ein heißer Tag bevor, mit vielen Gästen zur Mittagszeit. In großen, deutlichen Buchstaben hatte er die Speisekarte auf eine Tafel geschrieben. Er fragte sich oft, wieso er das immer noch tat … es gab ohnehin jeden Tag das Gleiche. Aber seinen Gästen gefiel das, und außerdem schrieb er »Willkommen« in sechs Sprachen darunter. Auch das gefiel seinen Gästen.

Die Gerichte, die er anbot, waren nichts Ausgefallenes, zumindest nichts, das die Touristen nicht auch in einer der zwei Dutzend anderen kleinen Tavernen am Ort hätten bekommen können. Es gab *souvlaki* und Lamm-Kebab. Eigentlich war es ja Ziegenfleisch, aber den Gästen behagte Lamm besser. Auf der Karte stand auch *moussaka*, das er heiß und dampfend in einer großen Auflaufform servierte. Und es gab den üblichen griechischen Salat mit großen Stücken von dem salzigen Feta-Käse und saftigen, roten Tomaten. Fisch durfte natürlich auch nicht fehlen: *barbouni*, ganze Meerbarben, die darauf warteten, auf den Grill gelegt zu werden, und Steaks vom Schwertfisch. In der Kühlung lagerten große Bleche voller landestypischer Nachspeisen wie *kataïfi* und *baklava*, das aus Nüssen, Honig und einer Art Blätterteig bestand. Der Weinkühlschrank enthielt geharzten Retsina und andere Weine aus der Gegend. Weshalb kamen Touristen aus der ganzen Welt nach Griechenland? Weil ihnen gefiel, was Andreas und andere wie er ihnen hier zu bieten hatten.

Andreas konnte jedem Touristen in Aghia Anna auf den Kopf zusagen, aus welchem Land er kam, und ihn mit ein paar Worten in seiner Sprache begrüßen. Es war ein Spiel für ihn, nachdem er jahrelang die Körpersprache und Gewohnheiten der unterschiedlichsten Nationalitäten studiert hatte.

So mochten die Engländer es nicht, wenn er ihnen eine Speisekarte auf Deutsch hinlegte, und die Kanadier wollten auf keinen Fall mit Amerikanern verwechselt werden. Italiener hassten es, auf Französisch mit *bonjour* begrüßt zu werden, und seine eigenen Landsleute wollten immer für wichtige Besucher aus Athen und nicht für ausländische Touristen gehalten werden. So hatte Andreas gelernt, erst mal kritisch hinzuschauen, ehe er den Mund aufmachte.

Als Andreas den steilen Pfad entlangschaute, sah er die ersten Gäste des Tages heraufkommen. Er ließ seinen Blick taxierend über sie wandern.

Als Erster kam ein unauffälliger Mann in Shorts, wie sie nur Amerikaner trugen. Sie waren unförmig und wenig schmeichelhaft für Po und Beine, unterstrichen dafür umso mehr die Lächerlichkeit der menschlichen Gestalt. Der Mann war ohne Begleitung und blieb stehen, um durch ein Fernglas auf das Feuer hinunterzusehen.

In kurzem Abstand folgt eine schöne, junge Frau, die auf den ersten Blick als Deutsche zu erkennen war. Sie war groß und braun gebrannt, mit blonden Strähnen im Haar, die entweder von der Sonne oder aber von einem sehr teuren Friseur stammten. Auch sie blieb stehen und blickte schweigend und ungläubig auf die rot und orangefarben züngelnden Flammen, die an dem Boot in der Bucht von Aghia Anna leckten.

Nach ihr kam ein junger Mann, der klein und verloren wirkte und ständig seine Brille abnahm, putzte und wieder aufsetzte. Mit offenem Mund starrte er entsetzt auf das brennende Schiff in der Bucht.

Und schließlich war da noch ein Paar, ebenfalls um die zwanzig, dem die Erschöpfung nach dem Aufstieg deutlich anzusehen war. Entweder Schotten oder Iren, dachte Andreas, doch er musste erst ihren Akzent hören. Der junge Mann bemühte sich mit arrogantem Gesichtsausdruck, den Eindruck zu erwecken, als hätte ihm der Weg auf den Berg nicht die geringste Mühe bereitet.

Als diese fünf Menschen nach oben blickten, sahen sie sich einem hoch gewachsenen Mann mit fast vollständig ergrautem Haar und buschigen Augenbrauen gegenüber, der leicht schief dastand.

»Das ist doch das Boot, auf dem wir gestern waren.« Das Mädchen hatte entsetzt die Hand vor den Mund geschlagen. »O mein Gott. Das könnten wir sein.«

»Aber wir sind es nicht. Also reg dich nicht unnötig auf!«, erwiderte ihr Freund grimmig und musterte verächtlich Andreas' Schnürstiefel.

Und dann drang von unten aus der Bucht das Geräusch einer Explosion zu ihnen herauf, und Andreas konnte sich angesicht der grausamen Endgültigkeit der Erkenntnis nicht mehr verschließen, dass die *Olga* tatsächlich brannte. Das waren echte Flammen, nicht irgendeine Lichtspiegelung. Die anderen hatten das Feuer schließlich auch gesehen. Andreas konnte nicht länger vorgeben, ein alter Mann mit schlechten Augen zu sein. Plötzlich fing er zu zittern an und musste sich an einer Stuhllehne festhalten.

»Ich muss unbedingt meinen Bruder Yorghis anrufen. Er ist Polizist … Vielleicht wissen die auf dem Polizeirevier ja noch nichts, weil sie das Feuer von unten nicht sehen können.«

»Doch, sie haben es schon entdeckt«, entgegnete der große Amerikaner leise. »Sehen Sie, es sind bereits Rettungsboote auf dem Weg.«

Aber Andreas eilte trotzdem zum Telefon.

Selbstverständlich meldete sich niemand in der kleinen Polizeistation, die oberhalb des Hafens lag.

Das junge Mädchen blickte auf das unschuldig erscheinende blaue Meer hinunter. Die aus dem Boot schlagenden roten Flammen und der dunkel aufsteigende Rauch wirkten wie groteske Farbkleckse auf einem Gemälde.

»Ich kann es nicht glauben«, wiederholte sie ein ums andere Mal. »Gestern erst hat er uns auf diesem Boot noch das Sirtaki-Tanzen beigebracht, auf der *Olga,* wie er das Schiff nach seiner Großmutter benannt hat.«

»Manos – das ist doch sein Boot, nicht wahr?«, fragte der junge Mann mit der Brille. »Ich bin auch mit ihm gefahren.«

»Ja, das ist Manos«, erwiderte Andreas dumpf. *Dieser verrückte Manos. Bestimmt hatte er wie üblich zu viele Passagiere auf sein Schiff gepfercht. Und verpflegen konnte er sie auch nicht richtig. Aber er musste sie ja unbedingt mit reichlich Alkohol abfüllen und zu allem Überdruss auch noch versuchen, auf seinem altmodischen Gascampingkocher Fleischspieße zu braten.* Doch von den Dorfbewohnern hätte das nie jemand laut geäußert. Manos hatte hier eine Familie. Deren Mitglieder standen jetzt bestimmt alle unten am Hafen und warteten auf eine Nachricht.

»Kennen Sie Manos?«, fragte der groß gewachsene Amerikaner mit der Brille.

»Ja, natürlich, wir kennen uns hier alle untereinander.« Andreas wischte sich mit der Serviette über die Augen.

Wie versteinert stand die kleine Gruppe da und beobachtete entsetzt, wie sich aus allen Richtungen Boote der Unglücksstelle näherten und versuchten, die Flammen zu löschen, während die Menschen im Wasser um ihr Überleben kämpften, in der Hoffnung, von den kleineren Booten gerettet zu werden.

Der Amerikaner ließ sein Fernglas reihum gehen. Keiner wusste so recht, was er sagen sollte. Zu weit weg, um helfen zu können, waren sie zur Untätigkeit verdammt. Aber sie starrten wie hypnotisiert auf die Tragödie, die sich unterhalb von ihnen auf dem so harmlos aussehenden, strahlend blauen Meer abspielte.

Andreas wusste, dass er sich zusammenreißen und seine Gäste bewirten sollte, doch er konnte den Blick nicht von dem abwenden, was von Manos, seinem Boot und den ahnungslosen Touristen, die zu einem fröhlichen Ausflug aufgebrochen waren, noch übrig war. Irgendwie kam es ihm geschmacklos vor und zeugte seiner Meinung nach nicht gerade von großer Sensibilität, seinen Gästen jetzt seine gefüllten Weinblätter anzupreisen und sie aufzufordern, an den Tischen Platz zu nehmen, die er eben noch gedeckt hatte.

Da legte sich eine Hand auf seinen Arm. Es war die junge blonde Deutsche. »Für Sie muss dieses Unglück ganz besonders schlimm sein – Sie leben schließlich hier«, sagte sie.

Andreas spürte, wie ihm erneut Tränen in die Augen stiegen. Sie hatte Recht. Hier war sein Zuhause, hier war er geboren. Er kannte jeden in Aghia Anna, er hatte auch Olga gekannt, Manos' Großmutter. Und er kannte die jungen Männer, die mit ihren Booten in die Flut ausliefen, um die Opfer zu bergen. Er kannte die Familien, die wartend am Hafen standen. Ja, für ihn war es besonders schlimm. Traurig sah er die junge Frau an.

Ihr Gesicht drückte Mitgefühl aus, aber sie schien auch ein praktisch veranlagter Mensch zu sein. »Wieso setzen Sie sich nicht? Bitte, kommen Sie«, forderte sie ihn freundlich auf. »Wir können ja doch nichts tun, um den Menschen dort unten zu helfen.«

Erst jetzt erwachte er aus seiner Lethargie. »Ich bin Andreas«, stellte er sich vor. »Sie haben Recht, noch nie ist mein Dorf von einem so schrecklichen Unglück heimgesucht worden. Ich glaube, auf den Schock hin können wir alle einen Metaxa vertragen. Und dann würde ich gerne ein Gebet für die Menschen dort unten in der Bucht sprechen.«

»Können wir sonst nichts für sie tun?«, wollte der junge Engländer mit der Brille wissen.

»Wir haben ungefähr drei Stunden hier herauf gebraucht. Bis wir wieder ins Dorf kommen, stören wir die Helfer bestimmt nur«, meinte der Amerikaner. »Ich heiße übrigens Thomas, und ich bin der Ansicht, dass es besser ist, nicht den Hafen zu verstopfen. Sehen Sie, da stehen schon Dutzende von Schaulustigen herum.« Mit diesen Worten reichte er das Fernglas weiter, damit alle sich selbst ein Bild von der Lage machen konnten.

»Und ich heiße Elsa«, stellte sich die junge Deutsche vor. »Ich gehe schon mal und hole die Gläser.«

Dann bildeten sie einen Kreis, die Gläser mit der dunkelgelben Flüssigkeit in der Hand, und stießen verlegen im hellen Sonnenschein miteinander an.

Fiona, die junge Irin mit dem roten Haar und der Nase voller Sommersprossen, sagte feierlich: »Mögen ihre Seelen und die aller anderen gläubigen Verstorbenen in Frieden ruhen.«

Ihr Freund zuckte bei diesem Satz unwillig zusammen.

»Was hast du dagegen einzuwenden, Shane?«, rechtfertigte sie sich. »Das ist schließlich ein Segensspruch.«

»Geh in Frieden«, sagte Thomas und deutete auf das Wrack. Mittlerweile waren die Flammen erloschen, und die Helfer machten sich daran, die Überlebenden und die Toten zu bergen.

»*L'chaim*«, ließ David, der Engländer mit der Brille, sich

vernehmen. »Das ist Hebräisch und bedeutet ›auf das Leben‹«, erklärte er.

»Ruhet in Frieden«, fügte Elsa auf Deutsch, mit Tränen in den Augen, hinzu.

»*O Theos n'anapafsi tin psyhi tou*«, beschloss Andreas die Runde und senkte bekümmert den Kopf, während er einen letzten Blick hinunter auf das größte Unglück warf, das Aghia Anna jemals getroffen hatte.

Seine Gäste bestellten nichts, aber Andreas servierte einfach etwas zu essen. Einen Salat mit Ziegenkäse, eine Platte mit Lammfleisch und gefüllten Tomaten und hinterher noch eine Schüssel Obst. Die jungen Leute fingen zögernd an, von sich zu erzählen und wo sie bisher schon überall gewesen waren. Keiner von ihnen gehörte zur Kategorie der üblichen Zwei-Wochen-Touristen. Sie waren alle länger unterwegs, mindestens ein paar Monate.

Thomas, der Amerikaner, war auf Weltreise und schickte hin und wieder einen Artikel für eine Zeitschrift nach Hause. Er hatte sich für ein einjähriges Sabbatical von seiner Universität beurlauben lassen. Dozenten wie er, die sich Zeit nahmen, die Welt zu sehen und ihren Horizont zu erweitern, waren bei ihrer Rückkehr sehr gefragt, erzählte er. Seiner Meinung nach war es dringend notwendig, dass jeder Universitätslehrer einmal die Gelegenheit hatte, in der Welt herumzureisen und Menschen anderer Nationalitäten kennen zu lernen. Sonst bestand immer die Gefahr, dass sein Horizont nicht über die internen Probleme der eigenen Universität hinausreichte. Aber aus irgendeinem Grund wirkte der junge Amerikaner ziemlich abwesend bei seiner Erzählung, dachte Andreas, so, als wünschte er sehnlich etwas herbei, das er in Kalifornien zurückgelassen hatte.

Bei Elsa, der jungen Deutschen, lag die Sache anders. Sie schien nichts zu vermissen. Im Gegenteil. An einem bestimmten Punkt ihres Lebens war sie offensichtlich ihrer Arbeit überdrüssig geworden und hatte erkannt, dass das, was sie früher für so wichtig gehalten hatte, in Wirklichkeit nur seicht und hohl war. Sie hatte genügend Geld gespart, um sich ein Jahr reisen leisten zu können. Seit drei Wochen war sie nun unterwegs und wollte Griechenland am liebsten gar nicht mehr verlassen.

Fiona, die kleine Irin, schien sich ihrer Sache nicht ganz so sicher zu sein. Immer wieder blickte sie, um Bestätigung heischend, zu ihrem missgelaunten Freund hinüber und erklärte stockend, dass sie auf der Suche seien nach einem Ort, wo die Menschen keine Vorurteile hätten und nicht versuchen würden, sie ständig zu verbessern oder gar zu verändern. Ihr Freund äußerte sich nicht dazu, weder zustimmend noch ablehnend, sondern zuckte nur die Schultern, als würde ihn das alles grenzenlos langweilen.

David schließlich wollte einfach nur die Welt kennen lernen und vielleicht irgendwo seinen Platz im Leben finden, solange er noch jung genug war und wusste, was er wollte. Nichts war trauriger als ein Mensch, der um viele Jahrzehnte zu spät das fand, was er sein Leben lang gesucht hatte, oder der keinen Mut zur Veränderung aufbrachte, weil er gar nicht wusste, welche Möglichkeiten er hatte. David war erst seit einem Monat auf Entdeckungsreise, hatte aber bereits viele Eindrücke gesammelt.

Doch während sie sich Anekdoten über ihr Leben in Düsseldorf, Dublin, Kalifornien und Manchester erzählten, fiel Andreas auf, dass nicht einer ein Wort über seine Familie verlor, die sie zu Hause zurückgelassen hatten.

Also erzählte er ihnen von seinem Leben in Aghia Anna.

Wohlhabend sei das Dorf mittlerweile im Vergleich zu seiner Kindheit, als noch keine Touristen hierher gekommen waren und die Bewohner ihren Lebensunterhalt im Olivenhain oder beim Ziegenhüten in den Bergen hatten verdienen müssen. Er erzählte ihnen von seinen Brüdern, die schon lange nach Amerika ausgewandert waren, und von seinem Sohn, der nach einem heftigen Streit vor neun Jahren das Restaurant verlassen hatte und niemals mehr zurückgekommen war.

»Und worum ging es bei diesem Streit?«, wollte die kleine Fiona mit den großen, grünen Augen wissen.

»Ach, er wollte hier einen Nightclub aufmachen, und ich nicht – die übliche Auseinandersetzung zwischen Alter und Jugend, zwischen Veränderung und Beständigkeit.« Traurig zuckte Andreas die Schultern.

»Hätten Sie denn einen Nightclub aus Ihrer Taverne gemacht, wenn das bedeutet hätte, dass er zu Hause geblieben wäre?«, fragte Elsa.

»Ja, heute würde ich das tun. Hätte ich gewusst, wie einsam man sein kann, wenn der einzige Sohn in Chicago lebt, auf der anderen Hälfte der Erdkugel – nicht ein Mal hat er mir geschrieben – ja, dann hätte ich jetzt einen Nightclub. Aber damals wusste ich das nicht.«

»Und was ist mit Ihrer Frau?«, erkundigte sich Fiona. »Hat sie Sie denn nicht angefleht, Ihren Sohn zurückzuholen und seine Pläne zu verwirklichen?«

»Zu dem Zeitpunkt war sie bereits gestorben. Es war also keiner mehr da, der Frieden zwischen uns hätte stiften können.«

Verlegenes Schweigen senkte sich auf die Runde. Die Männer nickten verständnisvoll, während die Frauen nicht zu wissen schienen, wovon Andreas sprach.

Die nachmittäglichen Schatten wurden länger. Andreas

16

servierte griechischen Kaffee in kleinen Tassen. Kein Einziger seiner Gäste schien es eilig zu haben, wieder hinunter an den Hafen zu kommen, wo sich grässliche Szenen abspielten, die sie von seiner Taverne hoch oben am Berg mitansehen mussten. Tod und Verderben hatten sich über einen von Sonne durchfluteten Tag gelegt. Mit Hilfe des Fernglases wurde das kleine Grüppchen oben am Berg Zeuge, wie leblose Körper auf Bahren gelegt wurden und wie die wartenden Menschen hin und her liefen und einzelne Leute sich vordrängten, um in Erfahrung zu bringen, ob ihre Familienangehörigen tot oder lebendig waren. Doch hier oben auf dem Berg konnten sich Andreas' Gäste sicher fühlen. Hier hatte sie das Schicksal zusammengeführt, und obwohl sie nichts voneinander wussten, sprachen sie miteinander wie alte Freunde.

Sie unterhielten sich immer noch miteinander, als die ersten Sterne am Himmel erschienen.
Unten im Hafen flammten die Blitzlichter der Fotoapparate auf, und diverse Fernsehteams dokumentierten das Unglück, um die Welt darüber zu informieren. Die Nachricht von der Tragödie hatte rasch ihren Weg in die Medien gefunden.
»Das ist nun mal ihre Arbeit, schätze ich«, seufzte David resigniert. »Aber irgendwie ist es doch makaber, aus dem Unglück anderer Profit zu schlagen.«
»Es ist ungeheuerlich, glaub mir. Das ist mein Beruf, oder besser gesagt, er war es«, warf Elsa ein.
»Bist du Journalistin?«, wollte David interessiert wissen.
»Ich habe lange eine Nachrichtensendung moderiert. Genau jetzt in diesem Augenblick sitzt an meinem Schreibtisch im Studio ein anderer Moderator und stellt einem Reporter vor Ort unten im Hafen telefonisch die üblichen

Fragen: Wie viele Tote wurden geborgen? Wie ist das Unglück passiert? Sind Deutsche unter den Opfern? Aber was du sagst, das stimmt – es ist makaber. Ich bin froh, nicht länger ein Teil davon zu sein.«

»Und trotzdem muss man die Menschen über Kriege und Hungersnöte informieren. Wie sollen wir sonst dagegen angehen?«, fragte Thomas.

»Wir werden diese Zustände nie stoppen können«, erwiderte Shane. »Dabei geht es doch immer nur um Geld. Mit Kriegen und anderen Katastrophen ist viel Geld zu machen. Nur deshalb gibt es sie, und Geld ist der Grund für alles auf dieser Welt.«

Shane war ganz anders als die anderen, dachte Andreas. Er wirkte abweisend und ruhelos und schien sich zu wünschen, weit weg zu sein. Aber schließlich war er noch jung, und da war es nur natürlich, dass er mit seiner hübschen kleinen Freundin Fiona am liebsten allein gewesen wäre, statt an einem brütend heißen Tag mit einer Gruppe Fremder oben am Berg zu diskutieren.

»Nicht alle sind ausschließlich an Geld interessiert«, wandte David milde ein.

»Ich behaupte ja nicht, dass jeder geldgierig ist. Ich sage nur, dass Geld die Triebfeder für alles ist, sonst nichts.«

Fiona warf einen verzweifelten Blick in die Runde, als würde sie diese Argumente bereits zur Genüge kennen. Trotzdem verteidigte sie Shanes Ansichten mit einem entschuldigenden Lächeln. »Shane meint doch nur, dass das System nun mal so funktioniert. Weder in seinem noch in meinem Leben spielt Geld eine große Rolle. Ich würde ganz sicherlich nicht als Krankenschwester arbeiten, wenn es mir nur ums Geld ginge.«

»Du bist Krankenschwester?«, fragte Elsa.

»Ja, und ich überlege schon die ganze Zeit, ob ich unten

an der Unglücksstelle nicht von Nutzen sein könnte, aber ich vermute ...?«

»Fiona, du bist keine Ärztin, die unter primitivsten Umständen in einem Café am Hafen irgendwelche Gliedmaßen amputiert«, wandte Shane höhnisch grinsend ein.

»Aber *irgendetwas* könnte ich doch bestimmt tun«, widersprach sie.

»Jetzt überschätz dich mal nicht, Fiona. Was willst du denn machen? Den Leuten auf Griechisch sagen, dass sie Ruhe bewahren sollen? Ausländische Krankenschwestern sind in Krisenzeiten nicht viel wert.«

Fiona errötete heftig.

Elsa kam ihr zu Hilfe. »Wenn wir jetzt unten am Hafen wären, wärst du bestimmt von unschätzbarem Wert, aber bis wir wieder hinunterkommen, dauert es zu lange. Deshalb halte ich es für besser, hier oben zu bleiben und den Helfern nicht im Weg herumzustehen.«

Thomas musste Elsa nach einem Blick durch seinen Feldstecher zustimmen. »Wahrscheinlich würdest du gar nicht bis zu den Verletzten durchkommen«, versicherte er Fiona. »Überzeug dich selbst von dem Chaos dort unten.« Er reichte ihr das Fernglas. Ihre Hände zitterten, als sie auf den Hafen und die Menschen hinunterblickte, die kreuz und quer durcheinander liefen.

»Ja, du hast Recht, ich sehe es«, antwortete Fiona kleinlaut.

»Es ist bestimmt ein gutes Gefühl, Krankenschwester zu sein. Dir kann wahrscheinlich nichts mehr Angst machen«, fuhr Thomas fort und bemühte sich, Fiona etwas aufzuheitern. »Außerdem ist es ein toller Beruf, auch wenn man lange arbeiten muss und viel zu wenig Geld dafür bekommt. Meine Mutter ist übrigens auch Krankenschwester.«

»Hat sie auch gearbeitet, als du noch klein warst?«

»Ja, und sie wird wahrscheinlich nie damit aufhören. Sie hat mich und meinem Bruder an die Universität geschickt, damit wir was Ordentliches lernen konnten. Jetzt versuchen wir, es ihr zu danken, indem wir ihr einen ruhigen Lebensabend bieten, aber sie kann einfach nicht mit dem Arbeiten aufhören. Sagt sie.«

»Was hast du nach dem College gemacht?«, wollte David wissen. »Ich habe einen Abschluss in Wirtschaftswissenschaften, habe aber bisher nichts damit anfangen können.«

»Ich unterrichte an der Universität Literaturgeschichte des neunzehnten Jahrhunderts«, erwiderte Thomas zögerlich und zuckte entschuldigend die Schultern, als wäre das keine großartige Sache.

»Und was machst du, Shane?«, fragte Elsa.

»Wieso willst du das wissen?«, sagte er und starrte sie misstrauisch an.

»Keine Ahnung, vielleicht weil ich es gewohnt bin, Fragen zu stellen. Aber alle anderen haben erzählt, was sie beruflich machen. Vielleicht wollte ich nicht, dass du dich ausgeschlossen fühlst.« Elsas Lächeln war unwiderstehlich. Shane entspannte sich. »Klar. Also, ich bin auf verschiedenen Gebieten tätig.«

»Ich verstehe.« Elsa nickte, als hätte sie die Antwort völlig zufrieden gestellt.

Auch die anderen nickten verständnisvoll.

In dem Moment meldete sich Andreas zu Wort. »Meiner Meinung nach solltet ihr zu Hause anrufen und sagen, dass es euch gut geht und dass ihr am Leben seid.«

Erstaunt sahen ihn alle an.

»Wie Elsa gesagt hat – die werden das Unglück heute Abend garantiert im Fernsehen zeigen«, erklärte Andreas. »Und alle werden es sehen. Wenn eure Leute zu Hause wissen, dass ihr hier in Aghia Anna seid, haben sie bestimmt Angst, dass ihr ebenfalls auf Manos' Boot gewesen sein könntet.«

Andreas sah die fünf jungen Menschen aus unterschiedlichen Familien, mit unterschiedlicher Herkunft und aus unterschiedlichen Ländern fragend an.

»Mein Handy funktioniert hier aber nicht«, wiegelte Elsa ab. »Ich habe vor ein paar Tagen schon mal versucht, damit zu telefonieren. Umso besser, habe ich mir gedacht, dann kann mich wenigstens niemand erreichen.«

»In Kalifornien schlafen sie um diese Zeit noch«, sagte Thomas.

»Und ich würde nur dem Anrufbeantworter was erzählen können. Die sind um diese Zeit bestimmt bei irgendeiner Veranstaltung«, erklärte David.

»Und ich würde nur wieder die üblichen Vorwürfe zu hören bekommen. Das hätte ich nun davon, meinen sicheren Job hinzuwerfen und stattdessen lieber in der Welt herumzugondeln«, meinte Fiona.

Nur Shane sagte nichts. Ihm schien der Gedanke, zu Hause anzurufen, geradezu absurd zu erscheinen.

Andreas stand auf, um seinen Worten mehr Nachdruck zu verleihen. »Glaubt mir, ich mache mir jedes Mal Sorgen und frage mich, wie es Adoni geht, wenn ich von einer Schießerei, einer Überschwemmung oder sonst einer Katastrophe in Chicago erfahre. Es würde mich sehr erleichtern, wenn er mich dann anrufen würde … nur eine kurze Nachricht, dass alles in Ordnung ist. Mehr würde ich ja gar nicht wollen.«

»Er hieß Adoni?«, fragte Fiona verwundert. »So wie Adonis, der Gott der Schönheit?«

»Er *heißt* immer noch Adoni«, verbesserte sie Elsa.

»Und? Ist er denn auch ein Adonis? Was die Frauen angeht, meine ich?«, wollte Shane grinsend wissen.

»Keine Ahnung, ich erfahre ja nichts von ihm«, erwiderte Andreas mit traurigem Gesicht.

»Weißt du, was, Andreas… Wir dürfen doch du sagen, oder? Also, du bist ein Vater, der wirklich Anteil am Leben seiner Kinder nimmt. Das tun nicht viele Väter«, erklärte David.

»Alle Eltern nehmen Anteil am Leben ihrer Kinder. Sie zeigen es nur auf verschiedene Weise.«

»Und manche von uns haben keine Eltern mehr«, warf Elsa mit dünner Stimme ein. »Wie ich. Mein Vater hat sich schon vor langer Zeit aus dem Staub gemacht, und meine Mutter ist früh gestorben.«

»Aber irgendjemanden muss es doch in Deutschland geben, dem du am Herzen liegst«, sagte Andreas, bereute seine Bemerkung aber gleich wieder, da er befürchtete, zu weit gegangen zu sein. »Wie gesagt, das Telefon steht drinnen am Tresen … Ich mache uns jetzt eine schöne Flasche Wein auf, und dann stoßen wir darauf an, dass es uns allen vergönnt ist, heute Abend unter diesem Sternenhimmel zusammenzusitzen und noch hoffen und träumen zu dürfen.«

Mit diesen Worten ging Andreas ins Haus.

Von drinnen konnte er hören, wie die jungen Leute beratschlagten.

»Ich glaube, er will tatsächlich, dass wir zu Hause anrufen«, sagte Fiona.

»Du hast doch gerade erzählt, was du dann zu hören bekommst«, wandte Shane ein.

»Vielleicht sollten wir die Sache nicht dramatisieren«, versuchte Elsa die Wogen zu glätten.

Aber dann schauten sie wieder auf das Treiben unten im Hafen, und daraufhin fiel ihnen kein Argument mehr ein.

»Dann mache ich den Anfang«, meldete sich Thomas und ging ins Haus.

Andreas stand am Tresen und polierte Gläser, während sie telefonierten. Ein merkwürdiges Grüppchen, das sich heute in seiner Taverne eingefunden hatte. Keiner schien ein gutes Verhältnis zu den Menschen zu haben, die sie anriefen. Alle hörten sich an, als versuchten sie, sich aus einer misslichen Lage zu befreien und vor etwas davonzulaufen.

Thomas sprach mit harter, abgehackter Stimme. »Ja, ich weiß, dass er im Zeltlager ist ... nein, ist nicht so wichtig ... Glaub mir, ich hatte keinerlei Hintergedanken. Shirley, bitte, ich versuche nicht, dir Ärger zu machen, ich wollte nur ... In Ordnung, Shirley, denk, was du willst. Nein, ich habe noch keine Pläne.«

David klang besorgt. »Dad, du bist zu Hause? Klar, natürlich ist das in Ordnung. Ich wollte dir nur über diesen Unfall Bescheid geben ... nein, ich bin nicht verletzt ... nein, ich war nicht auf dem Boot.« Er verstummte. »Ganz recht, Dad. Grüße bitte Mutter von mir. Nein, sag ihr, dass ich noch nicht weiß, wann ich wieder zurückkomme.«

Fionas Gespräch drehte sich nur am Rande um das Schiffsunglück. Sie schien überhaupt nicht zu Wort zu kommen. Wie Shane vorhergesagt hatte, ging es nur darum, sie zur Rückkehr zu bewegen. »Ich kann dir jetzt noch keinen festen Termin nennen, Mam. Das haben wir doch schon tausend Mal besprochen. Wo er hingeht, geh auch ich hin, Mam. Du musst dir selbst überlegen, was du tust. Das wäre für alle Beteiligten besser.«

Elsas Telefonate waren ein Rätsel für Andreas, obwohl er Deutsch sprach und sehr gut verstand. Sie hinterließ zwei Nachrichten auf Anrufbeantwortern.

Die erste Nachricht ließ auf ein herzliches Verhältnis schließen. »Hallo, Hannah, ich bin's, Elsa. Ich bin in Griechenland, in einem sagenhaft schönen Ort namens Aghia Anna. Hier hat sich heute ein schreckliches Bootsunglück ereignet. Direkt vor unseren Augen. Es gab viele Tote. Ich kann dir gar nicht sagen, wie traurig das ist. Aber für den Fall, dass du Angst hast, ich könnte auch darunter sein ... nein, ich habe Glück gehabt. Ach, Hannah, du fehlst mir so – du und deine starke Schulter zum Ausweinen. Aber momentan weine ich nicht mehr so viel, also habe ich wahrscheinlich das Richtige getan, als ich wegfuhr. Wie immer wäre es mir lieber, wenn du nicht erzählen würdest, dass du von mir gehört hast. Du bist so eine gute Freundin – ich verdiene dich gar nicht. Aber ich verspreche dir, ich melde mich bald wieder.«

Dann wählte Elsa eine zweite Nummer, und dieses Mal klang ihre Stimme eiskalt. »Ich habe das Bootsunglück überlebt. Aber du weißt, es gab Zeiten, da hätte ich nichts dagegen gehabt, wenn es mich erwischt hätte. Ich schau mir meine E-Mails übrigens nicht an, also spar dir die Mühe. Es gibt nichts mehr, das du tun oder sagen könntest. Du hast bereits alles gesagt und getan. Ich rufe dich auch nur deswegen an, weil das Studio bestimmt hofft, dass ich verbrannt bin auf diesem Ausflugsboot oder aber dass ich jetzt am Hafen stehe und darauf brenne, einen Augenzeugenbericht zu drehen. Aber ich bin kilometerweit weg davon. Auch von dir. Und das allein zählt, glaub es mir.«

Als Elsa den Hörer auf die Gabel legte, sah Andreas Tränen auf ihrem Gesicht.

KAPITEL ZWEI

Andreas hatte das Gefühl, dass seine Gäste am liebsten bei ihm geblieben wären. Hier auf seiner Terrasse fühlten sie sich sicher, weit weg von der Tragödie, die sich unterhalb von ihnen abspielte. Und weit weg von dem unglücklichen Leben, das sie offenbar zu Hause zurückgelassen hatten.

Wie so oft in schlaflosen Nächten dachte er darüber nach, was es war, das Familien zusammenhielt oder trennte. War es nur der Streit wegen des Nachtklubs gewesen, der Adoni aus dem Haus getrieben hatte? War es wirklich das Bedürfnis gewesen, frei zu sein, neue Wege zu gehen? Stünde er noch einmal vor dieser Entscheidung, wäre er dann offener und entgegenkommender und würde er seinen Sohn darin bestärken, sich erst mal in der Welt umzusehen, bevor er sesshaft wurde?

Genau das taten diese jungen Menschen hier, und trotzdem hatten alle Probleme zu Hause. Das hatte er ihren Gesprächen entnehmen können. Andreas stellte ihnen eine Flasche Wein auf den Tisch und zog sich in die Dunkelheit zurück, wo er ihrer Unterhaltung lauschte und sein *komboloi*, die traditionelle Perlenschnur der griechischen Männer, durch die Finger gleiten ließ. Mit fortschreitendem Abend und Weinkonsum wurde seine Gäste immer lockerer und ihre Zungen gelöster. Sie schienen geradezu froh zu sein, sich ihre Probleme zu Hause von der Seele reden zu können.

Die arme kleine Fiona war am mitteilsamsten.

»Du hattest Recht, Shane … Ich hätte nicht anrufen sollen. Damit habe ich ihnen nur wieder Gelegenheit gegeben, mir zu erklären, wie chaotisch mein Leben ist und dass sie ihre Silberhochzeit erst dann planen können, wenn sie wissen, wo ich zu dem Zeitpunkt bin. Fünf Monate sind es noch bis dahin, aber meine Mutter, die normalerweise schon diesen chinesischen Fraß zum Bestellen für ein Festmenü hält, macht sich bereits jetzt Gedanken wegen der Feier! Ich habe ihr gesagt, dass ich keinen blassen Schimmer habe, wo ich dann sein werde. Und ihr fällt nichts Besseres ein, als in Tränen auszubrechen. Sie weint doch tatsächlich wegen einer Party. Die Leute unten im Hafen haben wirklich Grund zum Weinen. So etwas kann einen krank machen.«

»Das habe ich dir doch gesagt.« Shane zog an dem Joint, den er und Fiona sich teilten. Die anderen hatten abgelehnt.

Andreas rümpfte die Nase, aber jetzt war nicht der Zeitpunkt, sich zum Moralisten aufzuschwingen.

»Mir ging es auch nicht viel besser«, sagte Thomas stockend. »Mein kleiner Sohn Bill, der Einzige, dem ich vielleicht noch etwas bedeute, war nicht zu Hause. Und meine Exfrau, die mich liebend gerne auf Manos' Boot hätte ersaufen sehen, war alles andere als erfreut über meinen Anruf. Aber wenigstens schaut sich der Kleine noch keine Nachrichten an und macht sich Sorgen um mich«, fügte er resigniert hinzu.

»Woher soll er denn überhaupt wissen, dass du hier in dieser Gegend bist?«

Shane schien die Telefonate nach Hause generell für eine Zeitverschwendung zu halten.

»Ich habe den beiden ein Fax mit meinen Telefonnummern geschickt, und Shirley sollte es eigentlich an das Schwarze Brett in der Küche hängen.«

»Und, hat sie?«, fragte Shane.

»Sie hat es jedenfalls gesagt.«

»Hat dein Sohn schon angerufen?«

»Nein.«

»Dann hat sie es auch nicht aufgehängt.« Für Shane war der Fall klar.

»Wahrscheinlich nicht, und wahrscheinlich wird sie auch meine Mutter nicht anrufen.« Ein harter Ausdruck trat auf Thomas' Gesicht. »Ich hätte stattdessen lieber gleich meine Mutter anrufen sollen. Aber ich wollte Bills Stimme hören, und dann habe ich mich so über Shirley geärgert ...«

Schließlich meldete sich David zu Wort. »Eigentlich habe ich damit gerechnet, wieder mal eine Nachricht auf den Anrufbeantworter sprechen zu dürfen – aber meine Eltern waren tatsächlich zu Hause, und mein Vater ging sogar dran ... Und er sagte ... er fragte, warum ich überhaupt anrufen würde, wenn mir nichts passiert ist?«

»Das hat er bestimmt nicht so gemeint«, warf Thomas beschwichtigend ein.

»Du weißt doch, dass die Leute vor lauter Erleichterung immer das Falsche sagen«, fügte Elsa hinzu.

David schüttelte den Kopf. »Verlasst euch darauf, er hat es so gemeint. Er hat es wirklich nicht verstanden, und ich konnte noch hören, wie meine Mutter aus dem Wohnzimmer rief: ›Frag ihn wegen der Preisverleihung, Harold. Kommt er heim?‹«

»Was für ein Preis?«, wollten die anderen wissen.

»Eine Anerkennung dafür, dass mein alter Herr so viel Kohle gescheffelt hat, wie der Queen's Award für die Industrie. Und dafür findet ein Riesenempfang mit allem

Brimborium statt. Seitdem haben meine Eltern nichts anderes mehr im Kopf.«

»Gibt es jemanden, der sie an deiner Stelle zu der Verleihung begleiten könnte?«, fragte Elsa.

»Jede Menge – alle aus Vaters Firma, seine Freunde von den Rotariern und aus dem Golfklub, Mutters Cousinen ...«

»Dann bist du also ihr einziges Kind?«, fuhr Elsa fort.

»Das ist ja das Problem«, entgegnete David traurig.

»Es ist dein Leben. Du kannst doch tun und lassen, was du willst«, erwiderte Shane schulterzuckend. Er begriff nicht, wo da ein Problem sein sollte.

»Ich vermute mal, sie hätten es gerne, wenn sie diese Ehre mit dir teilen könnten«, warf Thomas ein.

»Sicher, aber ich wollte vorhin am Telefon über das Unglück reden, die vielen Menschen, die umgekommen sind ... Aber ihnen fiel nichts anderes ein, als mir wieder von dieser Veranstaltung zu erzählen und mich zu fragen, ob ich rechtzeitig nach Hause komme oder nicht. Ungeheuerlich ist so etwas.«

»Vielleicht wollen sie dir damit nur sagen, dass du nach Hause kommen sollst. Könnte doch sein, oder?«, meinte Elsa.

»Natürlich, das geben sie mir mit jeder Äußerung zu verstehen. Aber was sie sich darunter vorstellen – dass ich nach Hause komme, mir eine gute Stelle suche und meinem Vater im Geschäft helfe –, das werde ich ganz bestimmt nicht machen, nie und nimmer.« David nahm seine Brille ab und putzte sie heftig.

Elsa hatte noch nichts von sich erzählt. Nachdenklich blickte sie über die Olivenhaine hinweg auf das Meer und die Umrisse der kleinen Inseln, wo die Leute nichts anderes erwarteten, als einen weiteren friedlichen und sonnigen Ferientag zu verbringen. Plötzlich spürte sie, wie alle sie ansahen und offensichtlich darauf warteten, dass sie endlich über ihre Telefongespräche reden würde.

»Wie es bei mir war, wollt ihr wissen? Tja, mir scheint, dass im Moment in Deutschland kein Mensch zu Hause ist! Ich habe zwei Freunde angerufen, habe auf zwei Anrufbeantworter gesprochen, und wahrscheinlich denken jetzt beide, dass ich verrückt bin. Aber das macht nichts!« Elsa stieß ein leises Lachen aus. Keine Andeutung darüber, dass sie eine launige Nachricht auf dem einen und eine bitterböse, schon fast hasserfüllte auf dem anderen Band hinterlassen hatte.

Andreas musterte sie aus der Dunkelheit heraus. Die schöne Elsa, die ihre Arbeit bei einem Fernsehsender aufgegeben hatte, um ihren Frieden auf den Inseln Griechenlands zu finden, schien damit bisher kein Glück gehabt zu haben.

Auf der Terrasse war es still geworden. Alle ließen sich noch einmal ihre Gespräche mit ihren Angehörigen durch den Kopf gehen und überlegten, wie sie anders hätten reagieren können.

Fiona hätte ihrer Mutter schildern können, dass sie angesichts der vielen Mütter und Töchter unten am Hafen, die einander in panischer Angst suchten, plötzlich das dringende Bedürfnis verspürt habe, zu Hause anzurufen, und dass es ihr Leid tue, wenn ihre Mutter sich Sorgen um sie mache. Nur weil sie eine erwachsene Frau war und ihr eigenes Leben führte, hieß das noch lange nicht, dass sie nicht auch gleichzeitig ihre Mutter und ihren Vater lieben konnte. Und ihre Eltern hätten am Telefon bestimmt nicht so aufgebracht reagiert, hätte sie sich verständnisvoller gezeigt, mit ihrer Mutter über deren Pläne gesprochen und ihr versichert, dass auch sie ihr fehlten und sie alles daransetzen würde, zu ihrer Silberhochzeit wieder nach Hause zu kommen.

David fiel ein, dass er hätte erzählen können, wie viel er auf dieser Reise von der Welt sah und wie viel Neues er lernte. Er hätte erklären können, dass das schreckliche Unglück, das sich heute auf dieser traumhaft schönen griechischen Insel ereignete, ihn veranlasst habe, darüber nachzudenken, wie kurz das Leben sei und wie plötzlich es zu Ende gehen könne.

Da sein Vater Sprüche und Redewendungen sammelte, hätte David ihm ein landestypisches Sprichwort präsentieren können: »Wer sein Kind liebt, schickt es auf Reisen.« Und er hätte hinzufügen können, dass er zwar noch keine festen Pläne für die Zukunft habe, aber täglich neue Erfahrungen mache, die ihn klarer sehen ließen. Vielleicht hätte er mit dieser Taktik Erfolg gehabt, vielleicht auch nicht. Aber alles wäre besser gewesen als die tiefe Kluft, die sich erneut zwischen ihm und seinen Eltern aufgetan hatte.

Und Thomas erkannte, dass er seine Mutter und nicht Shirley hätte anrufen sollen. Doch letztlich war sein Wunsch, mit Bill zu reden, so übermächtig gewesen, dass er der Versuchung nicht hatte widerstehen können. Der Junge hätte ja zu Hause sein können. Ja, er hätte seine Mutter anrufen und ihr sagen sollen, dass er nicht auf dem verunglückten Schiff war, und sie bitten sollen, es Bill auszurichten. Er hätte seiner Mutter sagen sollen, dass er sie vor all diesen fremden Menschen, die er eben erst kennen gelernt hatte, in höchsten Tönen gelobt und ihnen geschildert habe, was für eine tolle Frau sie sei und wie dankbar er ihr war, dass sie ihm durch zahllose Nachtschichten sein Studium ermöglicht hatte. Seine Mutter hätte das sicher gefreut.

Nur Elsa war der Ansicht, dass sie am Telefon genau den richtigen Tonfall getroffen und das Richtige gesagt hatte. Beide Personen wussten, dass sie in Griechenland war, nur nicht genau, wo. Und erreichen konnten sie sie auch nicht. Elsa war vage und freundlich der einen, kalt und abweisend der anderen gegenüber gewesen. Sie konnte jedes Wort stehen lassen.

Das Klingeln des Telefons zerriss die Stille, und Andreas zuckte zusammen. Das konnte nur sein Bruder Yorghis sein, der von der Polizeiwache aus anrief, um ihn über die Zahl der Toten und Verletzten zu informieren.

Doch es war nicht Yorghis, sondern ein Mann, der deutsch sprach, Dieter hieß und auf der Suche nach Elsa war.

»Sie ist nicht hier«, sagte Andreas. »Sie sind alle schon vor einer Weile wieder hinunter zum Hafen gegangen. Wie kommen Sie überhaupt auf die Idee, dass sie hier sein könnte?«

»Aber sie kann noch gar nicht weg sein«, widersprach der Mann. »Sie hat mich doch erst vor zehn Minuten angerufen. Ich habe die Nummer zurückverfolgt … Wo ist Elsa? Bitte entschuldigen Sie, wenn ich aufdringlich erscheine, aber ich brauche diese Information ganz dringend.«

»Ich weiß es nicht, Dieter, wirklich nicht.«

»Und mit wem war sie zusammen?«

»Mit einer Gruppe, die morgen wieder weiterreist, soviel mir bekannt ist.«

»Aber ich muss sie unbedingt finden.«

»Ich bedaure sehr, Ihnen nicht helfen zu können, Dieter.«

Andreas legte auf und drehte sich um. Hinter ihm stand Elsa und sah in fragend an. Sie war von der Terrasse ins Haus gekommen, als sie ihn deutsch hatte reden hören.

»Wieso hast du das für mich getan, Andreas?«, fragte sie. Ihrer Stimme klang neutral.

»Ich dachte, das wäre dir recht so, aber wenn ich mich getäuscht habe – hier ist das Telefon, bitte, ruf ihn an.«

»Du hast dich nicht getäuscht. Du hast absolut korrekt gehandelt. Ich danke dir. Es war völlig richtig von dir, Dieter abzuweisen. Normalerweise reagiere ich nicht so empfindlich, aber heute Abend bin ich diesem Gespräch nicht gewachsen.«

»Ich weiß«, erwiderte Andreas verständnisvoll. »Es gibt Zeiten, da sagt man entweder zu wenig oder zu viel. Dann ist es das Beste, wenn man gar nichts sagen muss.«

Wieder klingelte das Telefon.

»Du weißt immer noch nicht, wo ich bin«, warnte sie ihn.

»Natürlich nicht«, erwiderte er und deutete eine Verbeugung an.

Dieses Mal war es sein Bruder Yorghis.

Es waren vierundzwanzig Tote zu beklagen.

Zwanzig der Opfer waren Fremde, die restlichen vier kamen aus Aghia Anna; darunter war nicht nur Manos, sondern auch sein kleiner Neffe, der an diesem Tag voller Stolz mit hinausgefahren war, um seinem Onkel zu helfen. Gerade mal acht Jahre war der Junge geworden. Ebenfalls zu beklagen waren zwei junge Männer, die auf dem Ausflugsboot arbeiteten und das Leben ebenfalls noch vor sich gehabt hätten.

»Dunkle Zeiten für dich, Andreas«, sagte Elsa, mit großer Anteilnahme in der Stimme.

»Sehr viel besser sieht es für dich offensichtlich auch nicht aus«, antwortete er ihr.

Schweigend saßen die beiden nebeneinander. Jeder hing seinen Gedanken nach. Es war, als würden sie sich seit ewigen Zeiten kennen. Sie würden schon wieder miteinander reden, wenn es etwas zu sagen gab.

»Andreas?«, sagte Elsa schließlich und sah nach draußen,

wo die anderen sich unterhielten. Sie konnten sie nicht hören.

»Ja?«

»Würdest du mir noch einen Gefallen tun?«

»Wenn ich kann, sicher.«

»Schreib einen Brief an Adoni und bitte ihn, zurück nach Aghia Anna zu kommen. Und zwar jetzt gleich. Schreib ihm, dass euer Dorf den Tod dreier junger Männer und eines kleinen Jungen zu beklagen hat und dass ihr unbedingt das vertraute Gesicht eines Menschen sehen müsst, der gegangen ist, aber wieder zurückkommen kann.«

Andreas schüttelte heftig den Kopf. »Nein, Elsa. Bei aller Freundschaft, das funktioniert nicht.«

»Willst du damit sagen, dass du es nicht einmal versuchen willst? Was kann denn schon Schlimmes passieren? Er kann nur ablehnen – nein, danke. Aber davon geht die Welt auch nicht unter, verglichen mit dem, was heute hier passiert ist.«

»Was hast du davon, in das Leben von Menschen einzugreifen, die du überhaupt nicht kennst?«

Elsa warf den Kopf in den Nacken und lachte. »Ach, Andreas, wenn du mich so kennen würdest, wie ich wirklich bin, dann wüsstest du, dass ich gar nicht anders kann. Ich bin als Journalistin so etwas wie eine Jeanne d'Arc der Unterdrückten. Jedenfalls nennen mich die Leute beim Sender so. Und meine Freunde behaupten auch, dass ich mich ständig überall einmischen muss. Stimmt. Permanent versuche ich, Familien an der Trennung zu hindern, Kinder von Drogen fern zu halten, die Straßen sauberer und den Sport ehrlicher zu machen … Es liegt nun mal in meiner Natur, mich in das Leben wildfremder Menschen einzumischen.«

»Und, hast du Erfolg damit?«, fragte Andreas.

»Manchmal ja. Jedenfalls oft genug, dass ich es immer wieder aufs Neue probiere.«

»Aber du bist doch weggegangen?«

»Ja, aber nicht wegen der Arbeit.«

Andreas warf einen viel sagenden Blick in Richtung Telefon.

Elsa nickte. »Ja, genau, es war wegen Dieter. Aber das ist eine lange Geschichte. Eines Tages komme ich hierher zurück und erzähle sie dir.«

»Das musst du nicht.«

»Doch, das muss sein, auch wenn ich nicht genau sagen kann, warum. Außerdem will ich wissen, ob du diesen Brief an Adoni in Chicago geschrieben hast. Versprich mir, dass du es tun wirst.«

»Ich war noch nie ein großer Briefeschreiber.«

»Ich könnte dir dabei helfen«, erbot sie sich.

»Würdest du das wirklich tun?«, fragte er.

»Sicher. Und ich werde versuchen, mich in dich hineinzuversetzen, auch wenn ich vielleicht nicht ganz die richtigen Worte finde.«

»Das wird mir wahrscheinlich auch nicht gelingen«, sagte Andreas und machte ein trauriges Gesicht. »Manchmal glaube ich zwar, die richtigen Worte zu wissen, und dann stelle ich mir vor, wie ich meinen Sohn in die Arme nehme und wie er ›Papa‹ zu mir sagt. Aber dann habe ich wieder Angst, dass er hart und abweisend reagieren und mir zu verstehen geben könnte, dass meine Worte von damals nie mehr zurückgenommen werden können.«

»Dann muss der Brief eben so formuliert werden, dass er danach wieder ›Papa‹ zu dir sagt«, erklärte Elsa.

»Aber er merkt bestimmt, dass der Brief nicht von mir ist. Er weiß doch, dass sein alter Vater nicht sehr wortgewandt ist.«

»Oft ist der richtige Zeitpunkt viel wichtiger als ein bestimmter Wortlaut. Adoni wird sicher aus der Zeitung von dem Unglück hier in Aghia Anna erfahren. Darüber wird auch in Chicago berichtet. Und dann erwartet er garantiert ein Lebenszeichen von dir. Es gibt Dinge, die sind viel größer als wir und viel wichtiger als unsere kleinlichen Streitereien.«

»Für dich und diesen Dieter gilt das wohl nicht?«, fragte Andreas vorsichtig.

»Nein.« Elsa schüttelte den Kopf. »Nein, das ist etwas anderes. Eines Tages erzähle ich dir alles. Das verspreche ich dir.«

»Du musst mir gar nichts über dein Leben erzählen, Elsa«, erwiderte Andreas.

»Aber du bist mein Freund, ich will mit dir darüber reden.«

In dem Moment hörten sie die anderen kommen.

Thomas war ihr Wortführer. »Wir sollten jetzt aufbrechen, Andreas. Du brauchst sicher deine Ruhe. Morgen wird ein langer Tag«, sagte er.

»Ja, wir gehen jetzt besser wieder ins Dorf zurück«, erklärte David.

»Aber mein Bruder Yorghis hat einen Wagen heraufgeschickt. Der muss jeden Moment hier sein. Ich habe ihm von euch erzählt und gesagt, dass ihr ins Dorf hinuntermüsst. Und der Weg dorthin ist lang.«

»Dann sollten wir jetzt zahlen. Wir haben lange genug deine Gastfreundschaft in Anspruch genommen«, warf Thomas ein.

»Wie ich bereits zu Yorghis sagte – ihr seid meine Freunde, und Freunde bezahlen nicht«, erklärte Andreas würdevoll.

Die kleine Gruppe betrachtete unschlüssig den von Alter

und Arbeit gekrümmten Mann, der vor ihnen stand. Er besaß nicht viel und schuftete tagaus, tagein hier oben in seiner Taverne, deren einzige Gäste sie den ganzen Tag über gewesen waren.

Sie hätten ihn gerne für seine Dienste bezahlt, wollten ihn aber auch nicht beleidigen.

»Weißt du, Andreas, wir hätten ein ungutes Gefühl, uns hier auf deine Kosten satt zu essen. Auch wenn wir Freunde sind«, erklärte Fiona schließlich.

Shane sah die Sache natürlich anders. »Du hast doch gehört, was der Mann gesagt hat. Er will kein Geld.« Und dabei betrachtete er verständnislos die anderen, die offensichtlich Probleme damit hatten, sich kostenlos einen ganzen Tag lang durchfüttern zu lassen.

Elsa räusperte sich und setzte zum Sprechen an. Ihre Augen schimmerten verdächtig. Mit ihrer Art zog sie die Aufmerksamkeit der anderen auf sich, die verstummten.

»Was haltet ihr davon, wenn wir einen Teller herumgehen lassen und Geld für Manos' Familie sammeln«, schlug sie vor. »Auch für seinen kleinen Neffen und alle anderen, die heute vor unseren Augen gestorben sind. Es wird bestimmt ein Fonds für die Opfer eingerichtet. Jeder legt so viel hinein, wie er für Essen und Trinken in einer anderen Taverne ausgegeben hätte. Das Geld tun wir dann in einen Umschlag und schreiben ›Von Andreas' Freunden‹ darauf.«

Fiona hatte einen Briefumschlag im Rucksack und holte ihn heraus. Wortlos legten alle Geld auf den Sammelteller, den Elsa herumreichte. Im Hintergrund war bereits der Motor des Polizeifahrzeugs zu hören, das sich den Berg heraufkämpfte.

»Schreib doch noch ein paar Worte dazu, Elsa«, bat Fiona. Elsa zögerte nicht lange.

»Ich würde ja gerne auf Griechisch schreiben«, sagte sie zu Andreas und zwinkerte ihm verschwörerisch zu.

»Das geht schon in Ordnung. Eure Großzügigkeit versteht man in jeder Sprache«, tröstete er sie. »Mir ist es noch nie leicht gefallen, irgendetwas zu schreiben«, fügte er heiser hinzu.

»Die ersten Worte sind am schwierigsten, Andreas.« So leicht gab Elsa nicht auf.

»Vielleicht sollte ich mit ›Adoni mou‹ anfangen«, fuhr Andreas unsicher fort.

»Das klingt doch schon mal gut«, sagte Elsa und drückte ihn kurz an sich, ehe sie zu den anderen in den kleinen Polizeibus stieg, der sie den Berg hinunter und in den kleinen Ort zurückbringen sollte, der sich seit dem gestrigen Abend so sehr verändert hatte, auch wenn die Sterne am Himmel noch dieselben waren.

KAPITEL DREI

Schweigend holperten sie in dem kleinen Polizeibus den Berg hinunter. Sie wussten, dass sie diesen Abend nie vergessen würden. Ein langer, emotional anstrengender Tag lag hinter ihnen, und sie hatten zu viel voneinander erfahren, als dass sie noch ungezwungen miteinander plaudern konnten. Aber alle wünschten sich, den alten Andreas unten im Dorf wiederzusehen. Er hatte ihnen von seinem Moped mit dem Anhänger erzählt, mit dem er täglich in die – wie er sich ausdrückte – »Stadt« fuhr, um Vorräte einzukaufen.

In dieser Nacht konnte keiner von ihnen gut schlafen, trotz des dunklen, mediterranen Himmels. Sogar die Sterne leuchteten aufdringlich hell in dieser Nacht und drangen als millionenfache Lichtblitze durch Vorhänge und Jalousien.

Elsa stand auf dem winzigen Balkon ihrer Ferienwohnung und blickte auf das dunkle Meer hinaus. Die Apartmentanlage, in der sie wohnte, wurde von einem jungen Griechen geführt, der das Immobiliengeschäft in Florida von der Pike auf gelernt hatte. Nach Hause zurückgekehrt, hatte er hier sechs kleine Apartments errichtet, einfach möbliert, mit gewebten Teppichen auf den Holzböden und buntem, griechischem Steingutgeschirr in den Regalen. Alle Wohnungen hatten einen kleinen Balkon mit traumhaftem Blick. Für die Verhältnisse in Aghia Anna kosteten die Wohnungen sehr viel Geld, sie waren aber trotzdem belegt.

Elsa hatte in einem Reisemagazin eine Anzeige dafür entdeckt und war nicht enttäuscht worden.

Von ihrem Balkon aus wirkte das dunkle Meer wie ein schwarzes Tuch aus Samt, das Sicherheit und Geborgenheit suggerierte. Und trotzdem hatten erst vor kurzer Zeit vierundzwanzig Menschen draußen vor der Hafeneinfahrt ihr Leben verloren. Das Wasser hatte die Flammen des brennenden Schiffes nicht zu löschen vermocht.

Elsa konnte zum ersten Mal nachvollziehen, wie ein trauriger, einsamer Mensch auf die Idee kommen konnte, in den Armen des Meeres sein Leben zu beenden. Natürlich war das dumm. Tod durch Ertrinken entbehrte jeglicher Romantik. Elsa wusste genau, dass es nicht damit getan war, einfach die Augen zu schließen und sich sanft aus dem Leben mit all seinen Problemen tragen zu lassen. Man schlug wild um sich und kämpfte panisch um Luft, ehe man endlich erlöst war.

Hatte sie das eigentlich ernst gemeint, was sie vorher auf Dieters Anrufbeantworter gesprochen hatte? Dass sie wünschte, sie wäre heute ebenfalls gestorben? Nein, hatte sie nicht. Sie hatte nicht das geringste Verlangen danach, mit aller Kraft gegen übermächtige Wasserstrudel anzukämpfen.

Aber andererseits hätte das alle ihre Probleme gelöst. Es hätte ein für alle Mal ihrer ausweglosen Situation, der sie verzweifelt zu entkommen suchte, die sie aber überallhin verfolgte, ein Ende bereitet. Elsa ahnte, dass sie die nächsten Stunden keinen Schlaf finden würde. Es hatte also wenig Sinn, sich überhaupt ins Bett zu legen. Sie zog ihren Stuhl nach draußen, setzte sich, stützte ihre Ellbogen auf die schmiedeeiserne Brüstung des Balkons und starrte auf die flirrenden Muster, die das Mondlicht auf die Wasseroberfläche zauberte.

Davids kleines Zimmer war heiß und stickig. Bisher hatte er sich hier sehr wohl gefühlt, aber heute Abend war alles anders. Die Bewohner des Hauses verliehen ihrem Schmerz so lautstark Ausdruck, dass kein Mensch schlafen konnte. Ihr Sohn war heute auf Manos' Boot umgekommen.

Als David in das Haus zurückgekehrt war, in dem Familie und Freunde sich tröstend in den Armen lagen, hatte er zunächst nicht gewusst, wie er reagieren sollte. Verlegen hatte er Hände geschüttelt und um Worte gerungen, die ohnehin nur unzulänglich auszudrücken vermochten, was nicht in Worte zu fassen war. Seine Vermieter sprachen kaum Englisch und starrten ihn mit weit aufgerissenen Augen an, als hätten sie ihn noch nie zuvor gesehen. Sie bekamen kaum mit, dass er kurze Zeit später wieder die Treppe herunterkam und in die Nacht hinaustrat.

David fragte sich, was wohl geschehen wäre, wenn er auf dem Boot sein Leben verloren hätte. Wie leicht hätte das passieren können. Er hatte sich, Gott sei Dank, für einen anderen Tag entschieden, um den Ausflug mitzumachen. Zufälle wie dieser bestimmten über das Schicksal eines Menschen.

Hätte man bei ihm zu Hause auch so lautstark um ihn getrauert? Wäre sein Vater vor Schmerz mit dem Oberkörper vor und zurück geschaukelt? Oder hätte er nur grimmig bemerkt, dass der Junge sich nun mal für dieses Leben entschieden habe und deshalb auch diesen Tod in Kauf nehmen müsse.

Während er durch den verwaisten Ort lief, wurde David plötzlich unruhig. Vielleicht traf er ja jemanden aus der Gruppe, mit der er den ganzen Tag verbracht hatte. Nur hoffentlich nicht Fionas grässlichen Freund Shane, alle anderen gerne.

Er überlegte, ob er nicht in eine kleine Taverne gehen sollte, wo die Leute bestimmt noch zusammensaßen und die schrecklichen Ereignisse des Tages diskutierten. Vielleicht war Fiona dort, und er konnte mit ihr über Irland plaudern, ein Land, das er schon immer kennen lernen wollte.

Er könnte mit ihr auch über ihren Beruf reden und sie fragen, ob es wirklich so befriedigend war, Kranke zu pflegen, wie es immer hieß. War es tatsächlich eine persönliche Bereicherung, zu sehen, dass die Patienten auf dem Weg der Besserung waren? Schrieben sie wirklich Dankesbriefe an die Schwestern, die sie gepflegt hatten? Außerdem wollte er wissen, ob Engländer als Touristen oder Arbeitskräfte in ihrem Land willkommen waren oder ob sich die Feindseligkeiten gegen seine Landsleute mittlerweile gelegt hatten. Und da David oft überlegt hatte, töpfern zu lernen, etwas mit den Händen zu gestalten und eine Arbeit zu machen, die nichts mit der Welt des »making Money« zu tun hatte, interessierte ihn natürlich auch, ob im Westen Irlands kunsthandwerkliche Kurse angeboten wurden.

Oder er hätte mit Thomas über dessen Artikel sprechen und ihn fragen können, worüber er schrieb, warum er sich so lange von seiner Universität hatte beurlauben lassen und wie oft er seinen kleinen Sohn sah.

Für David gab es nichts Spannenderes als die Lebensgeschichten anderer Menschen. Das war der Grund, weshalb er in der Investmentfirma seines Vaters völlig fehl am Platz war.

Seine Aufgabe wäre es gewesen, den Klienten zu erklären, wie und wo sie am besten ihr Geld anlegten. Doch statt den Investitionswert ihrer Immobilien zu ermitteln, stellte er ihnen lieber Fragen nach ihrem häuslichen Umfeld.

Da sie meist nichts anderes im Sinn hatten, als einen raschen Gewinn zu erzielen, nervte er sie mit seinem Gerede über Haustiere oder Obstgärten.

Er entdeckte Elsa, die auf ihrem Balkon saß, wagte aber nicht, sie zu stören, so ruhig und gelassen wirkte sie auf ihn. Sie wollte bestimmt nicht mitten in der Nacht von ihm belästigt werden.

Thomas hatte sich für zwei Wochen in einer Wohnung über einem Kunstgewerbeladen eingemietet, den eine exzentrische Frau namens Vonni betrieb. Sie war Ende vierzig und trug stets einen Rock mit grellem Blumenmuster und darüber irgendein schwarzes Oberteil. Am Anfang hätte Thomas ihr am liebsten ein paar Scheine für die nächste Mahlzeit zugesteckt, so bedürftig wirkte sie. Aber Vonni war auch die Besitzerin der für hiesige Verhältnisse geradezu luxuriösen Wohnung, die sie samt des teuren Mobiliars und einiger wertvoller Kunstgegenstände und Gemälde an Touristen vermietete.

Vonni war irischer Herkunft, so viel wusste Thomas mittlerweile, aber sie sprach nicht gern über sich selbst. Als Vermieterin war sie perfekt, da sie ihn in Ruhe ließ. Sie brachte seine Kleidung in eine Wäscherei am Ort und stellte ihm manchmal sogar einen Korb mit Trauben oder eine kleine Schale mit Oliven vor die Tür.

»Wo wohnen Sie eigentlich, während ich hier bin?«, hatte er sie am ersten Tag gefragt.

»Ich schlafe im Schuppen«, hatte sie erwidert.

Thomas wusste nicht, ob sie einen Witz machte oder einfach nur ein bisschen eigenartig war. Aber er ging ihr nicht weiter mit neugierigen Fragen auf die Nerven, da er sich ausgesprochen wohl in ihrer Wohnung fühlte.

Er wäre auch mit einer Unterkunft zufrieden gewesen, die

nur ein Zehntel der Miete gekostet hätte, aber er brauchte unbedingt ein eigenes Telefon, für den Fall, dass Bill ihn anrufen wollte.

Zu Hause in den Staaten hatte Thomas sich vehement gegen ein Mobiltelefon ausgesprochen. Viele Menschen konnten ohne ihr Handy schon gar nicht mehr leben. Auf Reisen hätte Thomas so ein Gerät noch mehr als Belästigung empfunden. Alle jammerten ständig, dass sie meistens in irgendwelchen Funklöchern steckten und nicht zu erreichen waren. Außerdem, was spielte es schon für eine Rolle, wie viel er für eine Ferienwohnung mit Telefon ausgab? Wozu hätte er sein Dozentengehalt sonst ausgeben sollen? Und seine Schriftstellerei brachte ihm allmählich auch Geld ein.

Eine angesehene Zeitschrift war an ihn herangetreten und hatte ihm im Voraus ein hohes Honorar dafür bezahlt, dass er aus dem Ausland Reiseberichte nach Hause schickte. Stil, Thema und Länderauswahl waren völlig ihm überlassen. Der Auftrag war genau zur rechten Zeit gekommen, als ihm klar geworden war, dass er unbedingt eine Weile wegmusste. Er hatte einen Tapetenwechsel wirklich dringend nötig. Eigentlich hatte Thomas auch über Aghia Anna schreiben wollen, aber morgen würde es hier von Journalisten aus aller Welt nur so wimmeln, und dann wäre der Ort überall bekannt.

Vor noch gar nicht so langer Zeit hatte Thomas einmal geglaubt, dass es kein Problem für ihn wäre, weiter in derselben Stadt wie seine Exfrau zu leben, seinen Sohn Bill so oft wie möglich zu sehen, einen zivilisierten Umgang mit Shirley zu pflegen und nicht mit ihr zu streiten. Schließlich liebte er sie nicht mehr, weshalb es ihm leicht fallen sollte, höflich zu ihr zu sein.

Ihre Freunde hatten sie dafür bewundert, wie frei von Ressentiments die beiden miteinander umgingen, ganz im Gegensatz zu anderen Paaren, die nach der Trennung völlig verbittert immer wieder alte Geschichten aufwärmten. Doch plötzlich war alles anders gewesen.

Shirley hatte einen neuen Freund. Er hieß Andy und war Autoverkäufer. Sie hatte ihn in ihrem Fitnessstudio kennen gelernt. Als Shirley ihre bevorstehende Hochzeit mit Andy verkündete, änderte sich schlagartig alles: Thomas war plötzlich im Weg.

Shirley gab ihm zu verstehen, dass es dieses Mal die große Liebe sei und dass sie hoffe, er, Thomas, würde auch bald wieder heiraten.

Thomas konnte nicht vergessen, wie sehr er sich über ihre herablassende Art geärgert hatte. Er war sich wie ein Möbelstück vorgekommen. Überrascht hatte er registriert, wie sehr er ihr dieses Verhalten verübelte. Andy war kein schlechter Kerl. Es war Thomas nur etwas zu schnell gegangen mit dessen Einzug in das Haus, das Thomas für sich, Shirley und Bill gekauft hatte.

»Aber so ist es einfacher für uns«, hatte Shirley ihm erklärt.

Auch Bill hatte nichts gegen Andy. Der ist okay, hatte er zu Thomas gesagt. Und genau das war Andy, nicht mehr und nicht weniger. Nur war er leider ein etwas schlichtes Gemüt, und vom Lesen hielt er auch nicht viel. Ein Mann wie Andy würde sich abends nie zu Bill ans Bett setzen und zu ihm sagen: »Komm, such dir ein Buch aus, wir lesen es zusammen.«

Fairerweise musste Thomas jedoch zugeben, dass Andy durchaus ein Gespür für die Problematik der Situation besaß. Er hatte selbst vorgeschlagen, dass Thomas seinen Sohn Bill am besten dann zu Hause besuchen sollte, wenn er zwischen fünf und sieben im Fitnessstudio war.

Im Grunde ein äußerst vernünftiges, sogar feinfühliges Arrangement, aber es hatte Thomas nur noch mehr verärgert. Als ob man ihn abschieben wollte, damit er dem Leben der neuen Familie nicht in die Quere kam. Bei jedem Besuch hatte er das bisher so vertraute Haus noch ein wenig mehr gehasst: Plötzlich tauchten Gläser mit Vitaminpillen und Reformkost in Bad und Küche auf, in der Garage standen Rudergeräte und Laufbänder, und überall lagen Zeitschriften über Gesundheit und Fitness herum.

Als sich ihm in dieser Situation die Chance auf einen Tapetenwechsel bot, griff Thomas zu, in der Überzeugung, richtig zu handeln. Er konnte den Kontakt zu seinem Sohn schließlich auch telefonisch, brieflich oder per E-Mail aufrechterhalten. Außerdem war die Gefahr geringer, dass man sich auf die Nerven ging und einander das Leben schwer machte.

Thomas war der festen Überzeugung, dass es so für alle das Beste war.

Und die ersten paar Wochen hatte auch alles gut geklappt. Thomas war nicht bereits morgens beim Aufwachen missgelaunt und voller Groll, und er machte sich auch nicht mehr wegen der neuen familiären Umgebung seines Sohnes verrückt. Die Veränderung war eine gute Entscheidung gewesen.

Aber die Ereignisse des heutigen Tages hatten alles wieder in Frage gestellt. Die vielen Toten und das trauernde Dorf hatten ihn aus dem Gleichgewicht gebracht. Thomas konnte das Weinen und Schluchzen vom Hafen herauf bis in sein Zimmer dringen hören.

Unmöglich, dabei schlafen zu können, außerdem schwirrten die Gedanken in seinem Kopf herum wie ein Schwarm wütender Insekten.

Thomas wanderte die ganze Nacht durch Vonnis Wohnung. Hin und wieder schaute er hinunter auf den Hühnerstall am Ende des mit Weinranken überwucherten Gartens. Ein, zwei Mal glaubte er, Vonnis Haarschopf an dem alten Fenster zu sehen, aber wahrscheinlich war das nur ein altes Huhn.

Auch Fiona lag wach in dem winzigen Zimmer, das sie und Shane in dem kleinen Haus etwas außerhalb des Dorfes bewohnten.

Das Haus gehörte einer dürren, nervösen Frau namens Eleni, die drei kleine Söhne hatte. Von dem Ehemann war weit und breit keine Spur.

Normalerweise vermietete Eleni nicht an Touristen. Fiona und Shane hatten einfach überall geklopft – auch an Elenis Tür – und eine Hand voll Euro als Gegenleistung für ein Nachtquartier geboten. Shane hatte sich nicht abwimmeln lassen. Sie hatten nun mal nicht genügend Geld für ein bequemes Hotelbett. Das war Luxus. Sie mussten das Billigste nehmen.

Und Elenis Haus hatte sich als das billigste Quartier weit und breit erwiesen.

Shane hing auf einem Stuhl und schlief. Er war der Einzige, der in dieser Nacht schlafen konnte. Fiona konnte nicht einschlafen, weil Shane ihr überraschend angekündigt hatte, dass sie am nächsten Tag weiterziehen würden. Fiona war wie vor den Kopf geschlagen, da beide eigentlich vorgehabt hatten, eine Weile in Aghia Anna zu bleiben. Aber Shane hatte seine Meinung offensichtlich geändert.

»Nein, wir können unmöglich länger bleiben. Nach dem, was passiert ist, hat der Ort hier keine guten Schwingungen mehr«, hatte Shane gesagt. »Wir verduften lieber morgen mit der Fähre nach Athen.«

»Aber Athen ist eine riesige Stadt… und es ist dort bestimmt irrsinnig heiß«, hatte sie protestiert.

Doch Shane hatte erwidert, dass er da einen Kumpel habe, den er unbedingt sehen müsse.

Als Fiona und Shane vor über einem Monat zusammen aufgebrochen waren, war von diesem Kumpel noch nicht die Rede gewesen. Doch Fiona wusste aus Erfahrung, dass es unklug von ihr wäre, Shane wegen so einer Belanglosigkeit auf die Nerven zu gehen.

Und eigentlich war es auch bedeutungslos, ob sie hier oder in Athen zusammen waren.

Aber sie wäre nun mal gern zu der Beerdigung von Manos gegangen. Dieser gut aussehende, sexy Grieche hatte sie doch tatsächlich in den Po gekniffen und ihr auf Griechisch vorgeschwärmt, wie *orea*, das heißt wie *schön* sie sei.

Ein bisschen verrückt war Manos schon gewesen, aber gutmütig und immer fröhlich. Für ihn waren alle Frauen *orea*.

Er trank den Wein direkt aus der Flasche, tanzte wie Alexis Sorbas und ließ sich dabei auf Fotos verewigen, die in Alben überall auf der Welt klebten.

Er hatte nichts Schlechtes an sich gehabt und hatte es nicht verdient, zusammen mit seinem kleinen Neffen, seinen Arbeitskollegen und all den Touristen, die sich auf seinem Boot amüsiert hatten, zu sterben.

Außerdem hätte Fiona gern die Leute wiedergesehen, mit denen sie den vergangenen Tag verbracht hatte. Der alte Andreas war so freundlich und großzügig zu ihnen gewesen. Und Thomas, der Universitätsdozent, war ein kluger, sympathischer Mann, und vielleicht wäre es ihr sogar gelungen, David ein wenig aus der Reserve zu locken.

Und dann Elsa…

Nie zuvor hatte Fiona so viel Bewunderung für einen Menschen empfunden. Elsa wusste genau, wann sie was zu sagen hatte. Sie trug keinen Ehering am Finger, obwohl sie bestimmt schon achtundzwanzig war. Fiona hätte für ihr Leben gern gewusst, mit wem sie in Deutschland telefoniert hatte.

Shane schnarchte weiter auf seinem Stuhl.

Fiona wünschte sich, er hätte heute nicht vor Andreas und den anderen Marihuana geraucht. Außerdem hätte er wirklich etwas freundlicher zu ihnen sein können. Manchmal war er ein richtiger Kotzbrocken. Aber bei seiner chaotischen Vergangenheit ohne Liebe und Zuneigung war das auch kein Wunder.

Erst mit Fiona hatte sich das für ihn geändert. Sie allein kannte Shane, wie er wirklich war, und wusste, wie man an ihn herankam.

Es war heiß und stickig in dem winzigen Zimmer.

Fiona hätte gern in einer komfortableren Unterkunft gewohnt. Vielleicht hätte Shane dann nicht gleich morgen wieder weiterziehen wollen.

Es war bereits Nacht, und die Sterne schienen auf die Bucht, als Andreas einen Brief schrieb. Er setzte mehrere Fassungen auf und entschied sich dann für die letzte Version, in seinen Augen die beste. Gegen Morgen war er schließlich so weit, den ersten und einzigen Brief zur Post zu tragen, den er in neun Jahren an seinen Sohn in Chicago geschrieben hatte.

Als die Sonne über dem Berg auftauchte, schwang er sich auf sein Moped und trat die Fahrt hinunter in die Stadt an.

Als unten am Meer die Sonne über Aghia Anna aufging, klingelte das Telefon in der geschmackvoll eingerichteten Wohnung über dem Kunstgewerbeladen.

Es war Bill, der kleine Sohn von Thomas.

»Dad, alles in Ordnung mit dir?«

»Mir geht es gut, alles bestens. Danke, dass du anrufst. Hat Mommy dir die Nummer gegeben?«

»Nein, die hängt doch am Schwarzen Brett, Dad. Mom hat zwar gesagt, dass es bei euch jetzt mitten in der Nacht ist, aber Andy hat gemeint, ich soll es trotzdem probieren.«

»Grüße Andy von mir und danke ihm.«

»Mach ich, Dad. Als wir im Fernsehen das Feuer gesehen haben, hat er extra einen Atlas geholt und mir gezeigt, wo du jetzt ungefähr bist. Du hattest bestimmt Angst.«

»Ja, es war schon sehr traurig«, bestätigte Thomas.

»Du bist aber ziemlich weit weg, Dad.«

Thomas' Sehnsucht nach seinem Sohn war so groß, dass er glaubte, den Schmerz körperlich zu spüren, aber er durfte sich nichts anmerken lassen.

»Heutzutage ist das doch keine Entfernung, Bill. Und ein Telefon gibt es auch überall. Du müsstest dich mal hören. Du klingst, als wärst du im Zimmer nebenan.«

»Ja, ich weiß. Und du bist schon immer gern gereist«, erwiderte der Junge.

»Ja, Reisen ist was Schönes, und ich bin sicher, dir wird es eines Tages auch gefallen.«

»Kann schon sein. Ich habe übrigens Granny angerufen und ihr ausgerichtet, dass es dir gut geht. Sie hat gemeint, dass du schon auf dich aufpasst.«

»Das tue ich, Bill, glaub mir.«

»Jetzt muss ich aber auflegen. Bis bald, Dad.«

Und schon war die Leitung tot. Aber die Sonne war aufgegangen, und es versprach ein strahlend schöner Tag zu werden. Sein Sohn hatte angerufen. Zum ersten Mal seit langer Zeit fühlte Thomas sich wieder lebendig und spürte, dass alles gut war, so wie es war.

Als unten am Meer die Sonne über Aghia Anna aufging, war Fiona auf der Toilette und stellte fest, dass ihre Periode seit sechs Tagen überfällig war.

Als unten am Meer die Sonne über Aghia Anna aufging, ging Elsa hinunter an den Hafen. Dabei kam sie auch an der Kirche vorbei, die als provisorische Leichenhalle diente. Als sie um die Ecke bog, stellte sie mit Schrecken fest, dass sich unter den vielen Menschen, die aus Athen eingetroffen waren, auch ein deutsches Fernsehteam von ihrem ehemaligen Sender befand. Sie filmten gerade das ausgebrannte Schiffswrack, das in den Hafen geschleppt worden war.

Elsa kannte den Kameramann und den Tonmann. Die beiden hätten sie sofort erkannt, und dann hätte Dieter erfahren, wo sie war, und wäre innerhalb von Stunden hier gewesen.

Rasch wich sie in ein kleines Café aus und sah sich suchend um.

Überall an den Tischen saßen alte Männer und spielten eine Art Backgammon. Von ihnen hatte sie keine Hilfe zu erwarten. Doch dann entdeckte sie in einer Ecke David, den schüchternen jungen Engländer von gestern, der ihnen sein Leid geklagt hatte, dass er seinem Vater nichts recht machen könne.

»David«, flüsterte sie.

Er war hocherfreut, sie zu sehen.

»David, könntest du mir vielleicht ein Taxi holen? Ich kann momentan nicht auf die Straße hinaus. Dort draußen sind Leute, die ich auf keinen Fall sehen will. Tust du mir diesen Gefallen, bitte ...«

David schien sich zu wundern, dass sie – ganz im Gegensatz zu gestern – die Situation offensichtlich nicht unter

Kontrolle hatte. Aber glücklicherweise begriff er rasch.

»Wo willst du denn hin? Was soll ich sagen?«, fragte er.

»Was hattest *du* denn heute vor?«, erwiderte sie.

»Gleich hier in der Nähe, ungefähr fünfzig Kilometer entfernt, gibt es einen Ort mit einem kleinen Tempel und einer Künstlerkolonie. Er heißt Tri… Tri – irgendwie so – und liegt in einer kleinen Bucht. Ich wollte den Bus dorthin nehmen.«

»Na, dann fahren wir jetzt eben mit dem Taxi«, erklärte Elsa.

»Kommt nicht in Frage, Elsa, wir nehmen den Bus. Ein Taxi würde ein Vermögen kosten, glaube mir«, wehrte David ab.

»Aber ich habe genügend Geld. Hier«, widersprach sie und drückte ihm einen Packen Banknoten in die Hand. »Bitte, David, jetzt trau dich doch mal was und ergreife eine Chance, wenn sie sich dir bietet…« Erschrocken sah sie, dass jede Farbe aus seinem Gesicht wich. Was hatte sie sich nur dabei gedacht, so deutlich zu werden? Da hätte sie ihm gleich sagen können, dass sie ihn für einen Feigling hielt.

»Ich weiß, es ist verrückt, jemanden, den man kaum kennt, um einen so großen Gefallen zu bitten«, fuhr sie hastig fort. »Aber ich brauche wirklich dringend deine Hilfe. Ich flehe dich an, hilf mir. Ich werde dir unterwegs alles erklären. Ich habe nichts verbrochen, aber ich bin in Schwierigkeiten, und wenn du mir nicht hilfst, dann weiß ich ehrlich nicht mehr, was ich machen soll.« Ihr Flehen kam aus tiefstem Herzen – sie spielte ihm nichts vor –, aber sie agierte mit derselben Intensität, die sie auch vor der Kamera ausstrahlte.

»Na gut, oben am Platz stehen immer ein paar Taxis. Ich bin in fünf Minuten wieder da«, sagte David.

Erleichtert sank Elsa auf einen Stuhl. Sie achtete nicht darauf, dass alle Gäste in dem dunklen Café sie anschauten. Einer blonden, hoch gewachsenen Göttin gleich war sie an diesen Ort herabgestiegen, hatte einem unscheinbaren jungen Mann mit Brille ein – wie es schien – Vermögen in die Hand gedrückt und saß jetzt wartend da, den Kopf in die Hände gestützt.

KAPITEL VIER

Fiona musste lange warten, bis Shane endlich aufwachte. Mit offenem Mund hing er schnarchend auf seinem Stuhl; das Haar klebte nass und verschwitzt an seiner Stirn.

Er sah so verletzlich aus, wenn er schlief. Fiona hätte gern die Hand ausgestreckt und sein Gesicht gestreichelt, wollte ihn aber nicht vorzeitig wecken.

Es war heiß und stickig im Zimmer. Die Bewohner hatten ihre Kleidung im Schrank gelassen, und es roch muffig wie in einem Secondhandladen.

Von unten drang Elenis müde Stimme herauf, die ihre drei Söhne rief. Immer wieder kamen Nachbarn ins Haus und wussten neue Einzelheiten der Tragödie zu berichten. Alle standen unter Schock.

Fiona wollte nicht stören und deshalb erst hinuntergehen, wenn auch Shane wach war und sie zusammen das Haus verlassen konnten.

Als er endlich aufwachte, war er schlechter Laune.

»Wieso hast du mich auf dem Stuhl schlafen lassen?«, blaffte er sie an und rieb sich den Nacken. »Ich bin steif wie ein Brett.«

»Komm mit, wir gehen schwimmen. Danach fühlst du dich bestimmt besser«, versuchte sie ihn zu beschwichtigen.

»Du kannst leicht reden, du hast ja die ganze Nacht im Bett gelegen«, schimpfte er.

Jetzt war nicht der Zeitpunkt, ihm zu sagen, dass sie fast

die ganze Nacht wach gelegen und an den armen Manos gedacht hatte, dessen toter Körper neben dem seines kleinen Neffen und vieler anderer Opfer des Bootsunglücks in der Kirche von Aghia Anna aufgebahrt war. Und noch ungünstiger war es, ihm ihre Befürchtung mitzuteilen, sie könnte schwanger sein. Das musste warten, bis er wach und aufnahmebereit war und nicht über Schmerzen in der Schulter klagte.

Auf jeden Fall würden sie heute nach Athen abreisen, wie er angekündigt hatte. Er musste dort jemanden treffen und etwas erledigen.

»Sollen wir vor dem Frühstück packen?«, wollte sie wissen.

»Packen?«, fragte er verdutzt.

Vielleicht hatte er sein Vorhaben ja schon wieder vergessen.

»Vergiss, was ich gesagt habe. Ich bin im Moment nicht ganz da«, erwiderte Fiona mit einem kleinen Lachen.

»Das ist ja nichts Neues ... Also, ich leg mich noch mal ins Bett. Du kannst uns in der Zwischenzeit ja ein Frühstück besorgen. In Ordnung?«

»Es ist ganz schön weit bis zu dem kleinen Café. Und bis ich zurückkomme, ist der Kaffee kalt.«

»Ach, Fiona, stell dich doch nicht so an. Frag die Leute hier im Haus. Wir wollen doch nur einen Kaffee, und außerdem kannst du so schön bitte und danke auf Griechisch sagen. Solche Leute hören das doch gern.«

Das hören die meisten Leute gerne, dachte Fiona, hielt aber den Mund.

»Gut, dann schlaf noch ein paar Stunden«, sagte sie stattdessen, aber er hörte sie schon nicht mehr, da er bereits eingeschlafen war.

Fiona marschierte am Strand entlang in den Ort. Ihre nackten Füße gruben sich am Saum des Wassers in den warmen Sand. Sie konnte immer noch nicht glauben, dass sie hier war, sie, Fiona Ryan, die Vernünftigste ihrer ganzen Familie, die zuverlässigste Schwester der ganzen Abteilung. Sie hatte einfach ihre Stelle gekündigt und war auf und davon mit Shane, einem Mann, vor dem alle sie gewarnt hatten.

Und jetzt war sie höchstwahrscheinlich auch noch schwanger von ihm.

Nicht nur ihre Mutter hatte Shane vehement abgelehnt, auch alle ihre Freunde und selbst Barbara, ihre beste Freundin, seit sie sechs Jahre alt waren. Und ihre Schwestern und Kolleginnen im Krankenhaus hatten mit Shane auch nichts anfangen können.

Aber was wussten die schon von der Liebe?

Liebe war immer kompliziert. Man musste nur an Romeo und Julia denken, dann wurde einem das sofort klar. Liebe bedeutete doch nicht, dass einem eines Tages ein braver, anständiger Kerl über den Weg lief, der auch noch gleich um die Ecke wohnte, eine gute Stellung hatte, sich bereits auf die Silberhochzeit freute und sich nichts sehnlicher wünschte, als die erste Rate auf ein Haus anzuzahlen.

Das war doch keine Liebe, das war ein fader Kompromiss.

Fionas Herz setzte einen Schlag aus, als sie an ihre mögliche Schwangerschaft dachte. In der letzten Zeit hatten sie tatsächlich ein paar Mal nicht aufgepasst. Aber ihre Regel war schon früher einmal ausgeblieben, und nichts war geschehen.

Fiona betastete ihren flachen Bauch. Wuchs da tatsächlich ein Kind heran, das halb Shane und halb sie war? Eine aufregende Vorstellung.

Vor ihr auf dem Strand entdeckte sie die ausgebeulten Shorts und das überlange T-Shirt von Thomas, dem netten Amerikaner, den sie gestern kennen gelernt hatte.

Er erkannte sie sofort und rief ihr zu: »Du strahlst ja vor Glück!«

»Ich bin auch glücklich.« Warum das so war, sagte sie ihm allerdings nicht. Und sie verriet ihm auch nicht, dass sie bereits die wildesten Pläne schmiedete, sich hier in Aghia Anna niederzulassen und das Kind unter diesen Menschen großzuziehen. Shane würde als Fischer oder als Kellner in einem der Restaurants arbeiten und sie dem Dorfarzt helfen, vielleicht sogar als Hebamme. Diese Träume für eine gemeinsame Zukunft würde sie später mit Shane weiterspinnen, wenn er endlich seinen Kaffee bekommen hätte.

»Mein Sohn hat mich aus Kalifornien angerufen, und wir hatten ein richtig gutes Gespräch.« Thomas musste unbedingt seine eigenen guten Nachrichten loswerden.

»Das freut mich für dich.«

Für Thomas schien es nur eines im Leben zu geben, das wirklich wichtig war, und das war dieser kleiner Junge namens Bill, dessen Foto er gestern allen gezeigt hatte. Es war ein völlig normaler kleiner Junge, blond, mit einem breiten Grinsen, aber für Thomas war dieses Kind etwas ganz Besonderes.

Fiona riss sich von diesen Gedanken los. »Weißt du, ich hatte so ein Gefühl, dass er dich heute Nacht anrufen könnte. Ich hatte eine Vorahnung, als du uns von ihm erzählt hast.«

»Komm, ich lade dich zur Feier des Tages auf einen Kaffee ein«, sagte Thomas, und gemeinsam marschierten sie weiter bis zu der kleinen Taverne am Strand. Wie am Tag zuvor kamen sie mühelos ins Gespräch, in dessen Mittelpunkt natürlich das gestrige Bootsunglück stand. Beide hatten in der Nacht nicht schlafen können und konnten es kaum glauben, dass all diese Menschen, die jetzt tot in der Kirche aufgebahrt lagen, erst gestern ihren Tag in einer Taverne bei einer Tasse Kaffee begonnen hatten.

Fiona erzählte, dass sie im Dorf Brot und Honig fürs Frühstück kaufen wolle. Einen Teil davon wollte sie der Familie in ihrem Haus als Gegenleistung für eine Tasse Kaffee mitbringen, für Shane, wenn er endlich ausgeschlafen hatte.

»Eigentlich wollten wir heute nach Athen fahren, aber ich glaube, er kann sich doch nicht aufraffen«, erklärte sie. »Irgendwie bin ich auch froh, dass er keine Lust dazu hat. Mir gefällt es nämlich hier. Ich würde gerne bleiben.«

»Mir geht es genauso. Ich möchte noch ein bisschen in den Bergen wandern. Und ich weiß zwar nicht genau, warum, aber bis zur Beerdigung werde ich auf jeden Fall bleiben.«

Fiona betrachtete ihn interessiert. »Komisch, das hatte ich auch vor. Aber nicht aus krankhafter Neugierde, um alles hautnah mitzuerleben. Nein, ich wollte den Angehörigen einfach meine Betroffenheit zeigen.«

»Wieso wollte? Bleibst du denn nicht hier?«

»Na ja, wir wissen ja nicht, wann die Beerdigung stattfindet, und wie ich gerade sagte ... Shane will weiter nach Athen.«

»Aber wenn *du* bleiben willst ...« Thomas' Stimme wurde leiser.

Fiona entging der Ausdruck auf seinem Gesicht nicht. Es war derselbe Ausdruck, der irgendwann auf alle Gesichter trat, sobald die Menschen Shane näher kennen lernten. Hastig stand sie auf.

»Vielen Dank für den Kaffee. Aber ich muss jetzt gehen.«

Thomas schien enttäuscht, als hätte er sich gewünscht, sie würde noch länger bleiben. Sie wäre auch gerne geblieben, um sich weiter mit diesem freundlichen und unkomplizierten Menschen zu unterhalten. Aber sie konnte es nicht riskieren, dass Shane aufwachte und sie nicht da war.

»Thomas, könnte ich dir vielleicht etwas Geld für die Beerdigung hier lassen … für Blumen, meine ich.«

Abwehrend hob er die Hand. Er wusste, dass sie nicht viel Geld besaß. »Ich bitte dich, es wäre mir eine Freude, einen Kranz in deinem Namen zu bestellen, mit einer Schleife, auf der steht: ›Ruhet in Frieden. Von Fiona aus Irland.‹«

»Vielen Dank, Thomas, und wenn du die anderen siehst, David und Elsa …«

»Dann werde ich ihnen ausrichten, dass du mit Shane nach Athen gefahren bist und sie grüßen lässt«, vollendete er freundlich ihren Satz.

»Die beiden waren mir sehr sympathisch. Ihr wart alle so nett … Wo die beiden jetzt wohl sind?«

»Ich habe sie heute Morgen gesehen. In einem Taxi«, antwortete er. »Aber der Ort ist so klein, ich treffe sie bestimmt bald wieder.«

Thomas beobachtete sie nachdenklich, wie sie davoneilte, um frisches Brot und einen kleinen Topf von dem hiesigen Honig für ihren egoistischen jungen Freund zu kaufen. Er seufzte. Er hatte studiert, war Professor, Dichter und Schriftsteller und verstand nicht das Geringste von der Liebe und dem Leben.

So wollte ihm einfach nicht in den Kopf, weshalb Shirley ihn als kalt und distanziert empfand und diesen Kulturbanausen Andy ihm vorzog. Thomas fiel wieder ein, worüber sich die Gruppe gestern Abend unterhalten hatte. Er hatte gestern schon nicht verstanden, welche Probleme die Leute mit ihrem Leben hatten. Wieso konnte Davids Vater nicht einfach glücklich und stolz auf seinen Sohn sein? Wieso musste er ihn auf Distanz halten und verletzende Dinge zu ihm sagen?

Thomas konnte auch nicht im Mindesten nachvollziehen, was diese wunderbare junge Frau aus Deutschland veranlasst haben mochte, Hals über Kopf ihre Heimat zu verlassen.

Resigniert stellte er fest, dass er solche Dinge wohl niemals verstehen würde. Also sollte er es besser gar nicht erst versuchen.

In dem Moment blickte er auf und sah Vonni über die Straße kommen. »*Yassu*, Thomas«, grüßte sie ihn.

»*Yassu* – ist das nicht eine schreckliche Tragödie? Du kanntest Manos doch sicher, oder?«

»Ja, natürlich. Ich kannte ihn schon, da konnte er noch nicht mal laufen. Und später als Schulkind war er richtig wild. Ständig hat er irgendwas aus meinem Garten geklaut, bis ich ihn verdonnerte, dort zu arbeiten. Das hat ihn wieder zur Räson gebracht.« Bei der Erinnerung daran musste Vonni schmunzeln.

Thomas hätte sich gern weiter mit ihr unterhalten und sie gefragt, warum sie auf diese Insel gekommen war, aber Vonni hatte etwas an sich, das jegliche Annäherung abblockte. Immer hatte sie eine flapsige Bemerkung parat, die sofort Distanz schuf.

»Jedenfalls wird er sich heute Abend mit dem lieben Gott auseinander setzen müssen, aber das dürfte ihm bei seinem Charme nicht allzu schwer fallen.« Mit einem Schulterzucken ließ sie Thomas stehen und ging weiter.

Damit war das Gespräch beendet. Thomas sah Vonni nach, wie sie die Straße hinunter bis zu ihrem Kunstgewerbeladen ging. Heute würde sie bestimmt keine großen Umsätze machen. Vielleicht sperrte sie ihren kleinen Laden erst gar nicht auf.

Auf dem Weg dorthin konnte er beobachten, wie sie dem einen oder anderen Passanten die Hand schüttelte und mit jedem ein paar Worte wechselte. Sie schien hier fest verwurzelt zu sein.

Als sie im Taxi saßen, duckte Elsa sich und zog ihr Kopftuch ins Gesicht, bis sie außerhalb des Dorfes waren. Erst dann richtete sie sich wieder auf. Sie wirkte nervös und angespannt.

»Soll ich dir was über den Ort erzählen, wo wir jetzt hinfahren?«, schlug David vor.

»Gern, danke.« Elsa ließ sich auf die Rückbank des Taxis sinken und schloss die Augen, während seine Worte leise an ihr Ohr drangen. Sie waren auf dem Weg zu einem kleinen, eher unbedeutenden Tempel, der zudem nur halb ausgegraben worden war, da irgendwann das Geld für die archäologischen Arbeiten ausgegangen war. Viel war nicht über den Tempel bekannt, und die bisherigen Funde hatten auch nur wenig Neues ans Licht gebracht. Doch eine Besichtigung würde sich durchaus lohnen.

In seiner Nähe hatte sich vor einigen Jahren eine Künstlerkolonie angesiedelt, die starken Zulauf hatte. Bis heute kamen Silberschmiede und Töpfer aus aller Welt hierher. Zum Glück war das alles noch nicht kommerziell organisiert, und die Künstler brachten ihre Erzeugnisse selbst zum Verkauf ins Dorf.

Hin und wieder warf David einen prüfenden Blick auf Elsas Gesicht, das sich sichtlich entspannte. Sie schien ihre Meinung geändert zu haben und wollte ihm offenbar doch nicht erzählen, wovor sie solche Angst hatte. Er würde sich hüten, sie danach zu fragen; stattdessen plauderte er lieber weiter über diesen Ort, zu dem sie fuhren.

»Langweile ich dich eigentlich?«, fragte er unvermittelt.

»Nein, wie kommst du auf die Idee? Im Gegenteil, du wirkst beruhigend auf mich«, protestierte Elsa mit einem matten Lächeln.

David strahlte. »Ich langweile die Leute nämlich oft«, gestand er. Doch aus seiner Antwort sprach weder Selbstmitleid noch der Wunsch, sie möge ihm widersprechen. Er stellte schlicht eine Tatsache fest.

»Das bezweifle ich«, widersprach Elsa trotzdem. »Ich glaube nämlich, dass du ein sehr einfühlsamer Gesprächspartner bist. Oder sagt man ihm Englischen eher ›teilnehmend‹?«

»Nein, einfühlsam gefällt mir besser«, entgegnete David lachend.

Elsa berührte kurz seine Hand. Schweigend schauten sie aus dem Fenster. Auf einer Seite waren Ziegen zu sehen, die einen zerklüfteten Hang hinaufkletterten, während auf der anderen Seite das blaue Meer glitzerte. Es wirkte heute freundlich und einladend, obwohl es erst gestern so viele Menschenleben gefordert hatte.

»Wissen Sie, wann die Beerdigung stattfinden wird?«, fragte Elsa den Taxifahrer.

Er verstand die Frage, wusste aber nicht, wie er darauf antworten sollte.

»*Avrio?*«, erwiderte er unsicher.

»*Avrio?*«, wiederholte sie.

»Das heißt ›morgen‹«, übersetzte David. »Aber mehr als fünfzig Wörter kann ich noch nicht«, fügte er beinahe entschuldigend hinzu.

»Das sind schon mal fünfundvierzig mehr, als ich kann«, feixte Elsa, und dabei lag schon fast wieder das alte Lächeln auf ihrem Gesicht. »*Efharisto*, David, mein Freund. *Efharisto poli.*«

Sie setzten ihren Weg die staubige Straße entlang fort – zwei Freunde, die sich auch wortlos verstanden.

Nach dem Frühstück aus Kaffee, Brot und Honig fühlte Shane sich bedeutend besser. Er war sogar einverstanden, einen letzten Tag in diesem eigenartigen Dorf zu verbringen und erst morgen nach Athen weiterzufahren. Vom Hafen aus legten alle paar Stunden Fähren nach Athen ab, das war also keine große Sache.

Aber Shane wollte sich irgendwo amüsieren.

»Ich kann mir nicht vorstellen, dass du heute tagsüber oder auch abends viel Gelegenheit dazu haben wirst. Der ganze Ort wimmelt von Journalisten, überall Polizei und Untersuchungsbeamte. Du weißt, dass morgen die Beerdigung stattfindet. Die Leute im Haus haben es mir erzählt.« Fiona wollte Shane fragen, ob sie noch bis zur Beerdigung bleiben könnten. Aber die Frage musste noch eine Weile warten, denn sie hatte ihm Wichtigeres zu sagen.

»Unten an der Landzunge gibt es eine nette Taverne. Die bringen dort fangfrischen Fisch auf den Tisch. Sollen wir heute hingehen, was meinst du?«

Shane zuckte die Schultern. Warum nicht? Man bekam den Wein dort sicher billiger als in den schicken Schuppen unten am Hafen. »Na gut, dann gehen wir aber gleich los, Fiona. Und halte dich, um Gottes willen, nicht stundenlang damit auf, den Leuten da unten radebrechend klar zu machen, dass wir morgen abfahren.«

Fiona lachte gutmütig. »So schlimm bin ich nun auch wieder nicht. Ich will mich doch nur bei Eleni für ihre Gastfreundschaft bedanken und ihr sagen, dass es mir Leid tut, was mit ihren Freunden passiert ist.«

»Das ist doch nicht *deine* Schuld, dumme Kuh.« Shane war anscheinend in der Stimmung, wegen jeder Kleinigkeit einen Streit anzufangen.

»Nein, natürlich nicht, aber es schadet auch nicht, wenn man freundlich ist.«

»Die kriegen schließlich gutes Geld dafür, dass wir hier schlafen dürfen«, knurrte er.

Fiona wusste, dass sie so gut wie gar nichts bezahlten. Wäre die Familie nicht so arm gewesen, hätten sie bestimmt nicht ihr Schlafzimmer geräumt. Aber jetzt war nicht der Zeitpunkt, um mit Shane zu streiten.

»Du hast Recht. Wir sollten los, bevor es zu heiß wird«, lenkte sie ein.

Sie stiegen die enge, wackelige Treppe hinunter und durchquerten die überfüllte Küche, wo die Familie zusammensaß, immer noch fassungslos angesichts des Ausmaßes der Tragödie. Fiona hätte sich am liebsten zu ihnen gesetzt und tröstliche Worte gemurmelt. *Tipota, dhen pirazi.* Alles wird wieder gut.

Aber sie wusste, dass Shane es kaum erwarten konnte, das erste kühle Bier des Tages in Händen zu halten. Und was sie ihm zu sagen hatte, duldete keinen Aufschub mehr. Bald wäre es Mittag und brütend heiß. Sie sollten besser schnurstracks zu der Taverne unten am Meer gehen.

Es wurde in der Tat ein heißer Tag.

Thomas beschloss, seine Wanderung in die Berge auf ein anderes Mal zu verschieben, denn dafür hätte er schon viel früher aufbrechen müssen. Stattdessen machte er einen Abstecher zu Vonnis Laden. Er hatte Recht gehabt. Vonni hatte erst gar nicht aufgesperrt, sondern ein kleines Schild mit schwarzem Trauerrand ins Schaufenster gestellt, wie Thomas es bereits an anderen Orten gesehen hatte. »Wegen Trauerfall geschlossen« stand dort auf Griechisch, wie man ihm erklärt hatte.

Vonni kauerte in ihrem Sessel und schlief. Sie sah müde und alt aus. Übernachtete sie wirklich im Hühnerstall, obwohl in ihrer Wohnung ein Schlafzimmer leer stand? Sie hätte dort schlafen können, aber irgendwie scheute er sich, ihr dieses Angebot zu machen.

Die Geschäfte hatten zwar alle geschlossen, aber es gab

trotzdem jede Menge zu sehen. Thomas wollte sich nicht allzu weit vom Dorf entfernen, das wie gelähmt vor Trauer schien. Er beschloss, den Strand bis zu einer einfachen Taverne vorn an der Landzunge entlangzulaufen, die er erst letzte Woche entdeckt hatte. Ein köstlicher Geruch nach gegrilltem Fisch hatte ihn angelockt, als er vor ein paar Tagen daran vorbeigekommen war. Der ideale Ort, um sich in Ruhe hinzusetzen, seinen Gedanken nachzuhängen und aufs Meer hinauszuschauen. Wie gut, dass ihm diese Taverne noch eingefallen war.

Die Sonnenschirme boten Schutz vor der sengenden Sonne, auch wenn sie schon etwas ausgefranst waren, und vom Meer her wehte immer eine kühle Brise. Genau der richtige Platz für ihn.

Das Taxi, in dem Elsa und David saßen, kam auf dem alten Platz, dem Zentrum von Kalatriada, an.

Der Fahrer erkundigte sich, wo seine Fahrgäste aussteigen wollten.

»Gleich hier«, hatte Elsa erwidert und ihn großzügig bezahlt. David hatte sich an den Kosten der Fahrt beteiligen wollen, aber sie hatte darauf bestanden, sie allein zu tragen. Sie stiegen aus und sahen sich neugierig in dem Dorf um. Die Straße hierher schien aus einer Aneinanderreihung gefährlicher Haarnadelkurven zu bestehen. Das Dorf war nicht gerade überlaufen von Touristen, und Immobilienspekulanten hatten es offensichtlich auch noch nicht entdeckt.

Ein steiler Weg führte zum Meer hinunter, das tief unterhalb von ihnen lag. Fast alle Häuser rund um den Platz schienen winzige Restaurants oder Cafés zu beherbergen, und an buchstäblich jeder Ecke war eine Töpferei zu sehen.

»Du willst bestimmt den Tempel besichtigen«, sagte Elsa

zu David. »Geh nur. Hier bin ich sicher, hier kann mich niemand finden.«

»Ich habe es nicht eilig, den Tempel zu sehen«, antwortete David. »Ich kann dir gern noch eine Weile Gesellschaft leisten.«

»Schön. Nach den vielen Kurven könnte ich jetzt einen Kaffee vertragen.« Elsa lachte. »Das Dorf gefällt mir. Hier kann ich richtig durchatmen. David, mein Held, du hast mich gerettet!«

»Ich – ein Held!« David musste laut lachen. »Normalerweise spiele ich eher eine andere Rolle.«

»Jetzt versuche mir bitte nicht einzureden, dass du sonst immer den Bösewicht spielst.« Elsa war wieder bester Laune.

»Nein, nichts dergleichen. Eher schon den Dorftrottel«, erwiderte er.

»Das nehme ich dir nicht eine Sekunde lang ab«, widersprach sie.

»Du kennst mich eben nicht. Du weißt nicht, wie ich in meinem richtigen Leben bin. Ich bin nicht sehr geschickt im Umgang mit Menschen.«

»Das kann ich mir beim besten Willen nicht vorstellen. Sicher, du hast uns erzählt, dass du mit deinem Vater Probleme hast. Aber das ist doch kein Kapitalverbrechen. Das geht den meisten Männern auf der Welt so.«

»Ich habe meinen Vater mein ganzes Leben lang immer nur enttäuscht, Elsa. Ehrlich. Mit jedem anderen Sohn hätte es besser funktioniert. Ich bräuchte nur in seine Firma einzusteigen, dann hätte ich eine gesicherte berufliche Position, wäre ein angesehenes Mitglied der Gemeinde, hätte ein schönes Zuhause … aber ich habe immer das Gefühl, zu ersticken, in der Falle zu sitzen. Kein Wunder, dass er mich verachtet.«

»Sollen wir uns hierher setzen?« Elsa deutete auf das nächstbeste Café und ließ sich vorsichtig auf einem wackeligen Stuhl nieder.

Ein Kellner kam und breitete ein Stück Wachstuch über den Stuhl daneben.

»Hier besser für Dame«, sagte er in gebrochenem Englisch.

»Die Leute sind sehr freundlich hier«, sagte sie gerührt.

»Zu dir sind die Leute doch überall nett, Elsa. Das liegt an deiner positiven Ausstrahlung.«

David bestellte zwei *metrios*, zwei Kaffee mit wenig Zucker. Durstig tranken sie den ersten Schluck.

»Ich kannte zwar meinen Vater nicht, David – er hat uns früh verlassen –, aber mit meiner Mutter habe ich oft gestritten.«

»Das ist wahrscheinlich auch viel gesünder. In meiner Familie kommen wir erst gar nicht so weit. Wir streiten nie, jeder ist nur ständig beleidigt und zuckt resigniert die Schultern«, sagte David.

»Glaub mir, ich habe meiner Mutter viele Ungerechtigkeiten an den Kopf geworfen und sie hart kritisiert. Heute würde ich meine Klappe halten. Aber das ist nun mal so zwischen Müttern und Töchtern. Da muss immer alles ausgesprochen werden!«

»Worüber habt ihr denn gestritten?«

»Ich weiß es nicht mehr, David. Über alles. Ich hatte immer Recht und sie Unrecht. Sie zog sich unmöglich an, ihre Freunde passten nicht zu ihr – die üblichen Vorwürfe eben. Du weißt schon.«

»Weiß ich nicht. Weil wir eben nie miteinander reden.«

»Was würdest du anders machen, wenn du könntest?«, fragte Elsa.

»Nichts. Ich würde wieder alles verpfuschen, schätze ich.«

»Sei nicht so defätistisch. Du bist doch noch jung, viel jünger als ich. Deine Eltern leben noch, du hast noch viel Zeit.«

»Jetzt gib bitte mir nicht das Gefühl, ein kompletter Trottel zu sein, Elsa!«

»Nichts liegt mir ferner. Ich wollte dir nur zu verstehen geben, dass wir etwas gemeinsam haben, aber meine Mutter ist tot. Ich habe keine Gelegenheit mehr, unsere Missverständnisse zu klären.«

»Woran ist deine Mutter gestorben?«

»Sie kam bei einem Autounfall mit einem ihrer ›unpassenden‹ Freunde ums Leben.«

David beugte sich über den Tisch und tätschelte Elsas Hand. »Das war bestimmt ein schneller und schmerzloser Tod für sie«, versuchte er sie zu trösten.

»David, du bist wirklich ein lieber Kerl«, antwortete Elsa gerührt. »Jetzt trink deinen Kaffee aus, und dann schauen wir uns Kalatriada an. Und beim Essen verrate ich dir, in welchen Schwierigkeiten *ich* stecke, und dann kannst du mir einen Rat geben.«

»Nur wenn du willst, wirklich«, erwiderte er.

»Du bist einfühlsam wie immer, David«, sagte sie lächelnd.

»Wo ist denn diese Taverne, die so gut sein soll?«, schimpfte Shane.

Eine Bar, an der sie vorbeikamen und aus der laute Musik drang, hatte seine Aufmerksamkeit erregt. »Gehen wir doch hier rein«, schlug er vor.

Aber das war ganz und gar nicht der Ort, an dem Fiona ihm die freudige Mitteilung machen wollte. »Viel zu teuer – Touristenpreise«, wiegelte sie rasch ab. Dieses Argument zog immer, und sie gingen weiter in Richtung des Fischrestaurants an der Landzunge.

Andreas saß bei seinem Bruder im Polizeirevier. Auf Yorghis' Schreibtisch stapelten sich die Berichte über den Unfall, und bisher hatte ständig das Telefon geklingelt. Im Augenblick war es stumm.

»Ich habe heute einen Brief an Adoni geschrieben«, sagte Andreas langsam.

»Sehr gut«, sagte Yorghis nach einer Weile.

»Ich habe mich aber nicht entschuldigt oder so.«

»Nein, natürlich nicht«, stimmte Yorghis nickend zu.

»Weil es nichts zu entschuldigen gibt. Das weißt du.«

»Ich weiß, ich weiß.« Yorghis musste nicht nachfragen, weshalb sein Bruder an den verlorenen Sohn in Chicago geschrieben hatte. Er wusste es auch so.

Der Tod von Manos und all den anderen auf dem Schiff hatten ihnen vor Augen geführt, wie kurz das Leben war.

Thomas schlenderte an den Fernsehteams und den Fotografen vorbei, die den Platz vor dem Hafen füllten. Für sie war es mit Sicherheit ein Job wie jeder andere, vermutete er. Trotzdem kamen sie ihm wie ein Schwarm Insekten vor, die immer nur dort einfielen, wo Tod und Unglück herrschten, nie jedoch an Orten, wo es den Menschen gut ging.

Er musste an die schöne, blonde Elsa denken. Die Deutsche hatte nicht sehr positiv über ihren Beruf als Journalistin gesprochen. Wohin sie wohl in dem Taxi gefahren war, fragte er sich. Vielleicht kannte sie die Fernsehteams aus Deutschland, die im Hafen herumlungerten. Griechenland war ein beliebtes Reiseziel bei den Deutschen, und Gerüchten zufolge hatten auch zwei deutsche Touristen ihr Leben auf Manos' Boot verloren. Aber sosehr Thomas auch Ausschau hielt, Elsa war nirgends zu sehen. Wahrscheinlich war sie noch nicht wieder zurück. Er ging weiter in Richtung des Restaurants auf der Landzunge.

David und Elsa schlenderten zwischen den Ruinen des Tempels umher. Sie waren die einzigen Besucher.

Eine ältere Frau nahm ihnen einen halben Euro ab und händigte ihnen dafür eine Eintrittskarte und ein miserabel geschriebenes, nahezu unverständliches Heftchen über die Geschichte des Tempels aus.

»Die könnten viel mehr Geld verdienen, wenn sie eine in anständigem Deutsch verfasste Broschüre anzubieten hätten«, sagte Elsa.

»Oder eine in Englisch«, fügte David lachend hinzu, ehe sie auf den Dorfplatz zurückkehrten.

»Ich überlege, wohin ich dich jetzt zum Essen ausführen könnte«, sagte Elsa.

»Ich bin nicht sehr anspruchsvoll, Elsa … Schau, der Kellner von vorhin winkt uns zu. Gehen wir doch wieder dorthin, wenn es dir nichts ausmacht.«

»Nein, ganz im Gegenteil. Aber eigentlich hatte ich die Absicht, dir etwas Besseres zu bieten, da ich dich um einen weiteren Gefallen bitten wollte.«

»Du musst mich nicht mit einem teuren Mittagessen bestechen. Außerdem glaube ich nicht, dass es hier in Kalatriada ein Sternerestaurant gibt.«

Voller Freude, sie wiederzusehen, kam er Kellner auf sie zugelaufen. »Ich wusste, Sie kommen zurück, meine Dame«, sagte er und strahlte übers ganze Gesicht. Er servierte ihnen kleine Schüsseln mit Oliven und Käse und forderte sie auf, in die Küche zu kommen, wo Töpfe in verschiedenen Größen auf dem heißen Herd standen. Stolz hob der Kellner jeden Deckel, damit Elsa und David ihre Auswahl treffen konnten.

Schließlich setzten sie sich und unterhielten sich während des Essens miteinander, als wären sie alte Freunde. Sie fragten sich, wie es wohl wäre, in einem kleinen Dorf in den Bergen aufzuwachsen, statt in einer großen Stadt, wie es bei ihnen der Fall gewesen war. Und sie wunderten sich, wie es die großen, blonden Skandinavier, die als Goldschmiede und Töpfer aus dem kalten Norden gekommen waren, hier im heißen Süden aushalten konnten. Erst als sie bei dem schwarzen, süßen Kaffee angelangt waren, rückte Elsa mit der Sprache heraus. »Ich werde dir jetzt den Grund für mein seltsames Verhalten nennen.«

»Du musst mir gar nichts erklären. Das war einfach ein schöner Tag.«

»Nein, ich muss es dir erklären, weil ich nämlich will, dass wir heute Abend nicht mehr nach Aghia Anna zurückfahren, sondern hier bleiben, bis die Beerdigung vorbei ist.«

»Du willst hier übernachten?« David sah sie überrascht an.

»Ich kann jetzt noch nicht zurück, David. Mein Fernsehteam ist dort, die Leute werden mich erkennen und es Dieter sagen, unserem Chef, und dann kommt er und sucht mich. Und das könnte ich nicht ertragen.«

»Wieso nicht?«

»Weil ich ihn unendlich liebe.«

»Und was ist so schlimm daran, wenn der Mann, den du liebst, kommt, um dich zu holen?«

»Wenn es nur so einfach wäre«, erwiderte Elsa seufzend, ergriff Davids Hände und legte sie an ihr Gesicht. Er spürte, wie ihre Tränen über seine Finger liefen und auf den Tisch tropften.

»Das ist doch selbstverständlich, dass wir heute Nacht hier in Kalatriada bleiben«, erklärte David tapfer und fühlte sich tatsächlich stündlich mehr als Held.

Es war noch früh am Tag, und Fiona und Shane waren die einzigen Gäste in dem Restaurant. Der Kellner ließ sie allein mit ihrem Fisch und dem Wein; neben ihnen glit-

70

zerten das dunkelblaue Meer und der weiße Sand. Shane hatte sehr schnell zwei Bier und ein Glas Retsina getrunken. Fiona beobachtete ihn und wartete auf den richtigen Moment, um es ihm zu sagen. Als sie es nicht mehr länger aushielt, legte sie ihre Hand auf seinen Arm und erklärte ihm, dass sie sechs Tage überfällig sei. Seit ihrem zwölften Lebensjahr habe ihre Periode nie auch nur einen Tag zu spät eingesetzt, fügte sie hinzu. Und das bisschen medizinische Wissen, über das sie als Krankenschwester verfügte, sage ihr, dass dies kein falscher Alarm sei und sie tatsächlich gemeinsam ein Kind erwarteten. Hoffnungsfroh blickte sie in Shanes Gesicht.

Sie sah nur ungläubiges Staunen.

Rasch stürzte Shane ein weiteres Glas Wein hinunter, ehe er sie anfuhr: »Das glaube ich nicht. Wir haben doch immer aufgepasst.«

»Na ja, manchmal auch nicht. Wenn du dich erinnerst …«
Sie wollte ihm gerade ein bestimmtes Wochenende ins Gedächtnis rufen, als er ihr ins Wort fiel.

»Wie konntest du nur so blöd sein?«

»Also, ganz allein war ich nicht daran beteiligt«, erwiderte sie verletzt.

»Gott, Fiona, du schaffst es doch immer wieder, alles kaputtzumachen und einem das Leben zu versauen«, schimpfte er.

»Aber wir wollten doch Kinder, wir sagten, du sagtest …«
Fiona brach in Tränen aus.

»Irgendwann, sagte ich, nicht jetzt. Wie kann man nur so dumm sein, doch nicht jetzt. Wir sind doch erst einen Monat unterwegs.«

»Ich dachte … ich dachte …«, stammelte sie mit tränenerstickter Stimme.

»Wie hast du dir das eigentlich vorgestellt?«

»Ich dachte, wir könnten vielleicht hier bleiben, hier in Aghia Anna, und das Baby hier großziehen.«

»Das ist kein Baby, deine Periode ist sechs Tage überfällig.«

»Aber es könnte ein Baby daraus werden, *unser* Baby, und du könntest dir vielleicht einen Job in einem Restaurant suchen, und ich könnte auch arbeiten ...«

Shane stand auf, beugte sich über den Tisch und fing an, auf sie einzubrüllen. Sie verstand kaum, was er ihr alles an den Kopf warf, so verletzend und grausam waren seine Worte. Eine Hure sei sie wie alle Frauen. Sie habe es doch nur darauf abgesehen, ihn mit einer Schar Kinder an sich zu fesseln und ihn zu zwingen, als *Kellner* zu arbeiten. Als Kellner in einem gottverlassenen Kaff wie diesem. Sie müsse das Kind unbedingt loswerden, und sie solle sich ja hüten, ihn noch einmal mit so einer Geschichte zu belästigen. Dumm und hirnlos sei sie.

Wahrscheinlich hatte sie mit ihm gestritten, aber genau konnte sie sich nicht mehr erinnern, nur noch daran, dass sie plötzlich einen brennenden Schlag im Gesicht verspürte und zurücktaumelte, während er mit geballter Faust auf sie zukam.

Fiona stürzte zu Boden, ihr war übel, und sie zitterte am ganzen Körper. Dann hörte sie Schritte und Rufen, und zwei Kellner hielten Shane zurück, während Thomas, der plötzlich wie aus dem Nichts aufgetaucht war, sie auf die Beine zog und zu einem Stuhl führte.

Sie schloss die Augen, als er ihr Gesicht mit kaltem Wasser abtupfte.

»Es ist alles in Ordnung, Fiona«, beruhigte er sie und strich über ihr Haar. »Glaub mir, jetzt kann dir nichts mehr passieren.«

KAPITEL FÜNF

Thomas ließ sich im Restaurant die Nummer der Polizeiwache geben. Fiona hörte Shane lachen, als er mitbekam, wen er anrufen wollte.

»Das ist Zeitverschwendung, Thomas, Fiona wird mich nie anzeigen, und selbst wenn, dann gilt das nur als häusliche Auseinandersetzung. Du wirst schon sehen. Oder schlimmer noch, als häusliche Auseinandersetzung unter *Ausländern*. Ihr habt keine Chance.«

Und mit diesen Worten griff er nach dem nächsten Glas Wein.

Die beiden Kellner sahen Thomas Rat suchend an. Sollten sie Shane trinken lassen oder ihm das Glas wegnehmen?

Thomas nickte nur. Je betrunkener Shane war, desto schlimmer der Eindruck, den er auf Yorghis, den Bruder von Andreas, machen würde, sobald dieser hier auftauchte, um die Angelegenheit zu regeln.

Thomas ging mit dem Telefon in ein Hinterzimmer, um in Ruhe telefonieren zu können. Als er dem Polizeichef von Aghia Anna seinen Namen nannte, wusste dieser sofort, wer er war.

»Sie sind doch einer von Andreas' Freunden, die so großzügig für Manos' Familie gespendet haben.«

»Ihr Bruder war großzügig. Er wollte kein Geld von uns annehmen.«

»Er sagte, sie wären seine Freunde.« Für Andreas' Bruder war die Sache klar.

»Wir sind stolz darauf, ihn zum Freund zu haben. Aber im Moment haben wir hier ein kleines Problem ...« Thomas erklärte die Situation, und Yorghis begriff sofort. Hier ging es bemerkenswert unbürokratisch zu. Thomas bat die beiden Kellner, Shane in das Hinterzimmer einzuschließen. Er wehrte sich nicht mal.

»Das ist reine Zeitverschwendung, auch für die Polizei, glaub es mir. Es wird dir noch Leid tun, wenn sie wieder weg sind. Unser schlauer Thomas, der gestern noch herumgejammert hat, dass er mit seinem Sohn nicht *kommunizieren* kann. Du kannst ja nicht einmal mit einer Katze kommunizieren. Du hast das einfach nicht drauf!«

»Aber du kannst das ... mit deinen Fäusten«, erwiderte Thomas.

»Sehr komisch, wirklich sehr komisch.«

»Die Griechen haben es nicht gern, wenn man Frauen schlägt. Das wirst du gleich erleben.«

»Ich werde als freier Mann hier herausmarschieren, mit meinem Mädchen am Arm. Das ist schon mal vorgekommen, und es wird auch diesmal wieder so sein«, erwiderte Shane anmaßend und arrogant.

Thomas spürte, wie die Wut in ihm hochstieg, und er bemerkte, dass er – ohne es zu wollen – die Hand zur Faust geballt hatte.

Shane sah es und lachte. »Sag bloß, dass du dich doch noch wie ein Mann benehmen willst«, höhnte er.

Aber die Wut in Thomas verflog fast ebenso schnell, wie sie entstanden war. »Stellt ihm noch einen Wein hin. Ich bezahle«, wies er die Kellner an, wieder ruhig und Herr der Lage. Anschließend ging er hinaus zu Fiona, deren tränenverschmiertes Gesicht noch immer Spuren des Schocks zeigte. »Es wird alles wieder gut«, tröstete er sie und streichelte ihre Hand.

»Es wird nie mehr gut«, erwiderte sie mit schrecklicher Endgültigkeit.

»Wir sind stärker, als wir glauben. So etwas bringt uns nicht um. Sonst wären wir schon längst ausgestorben.«

Und damit ließ er es bewenden. Schweigend wartete er mit ihr zusammen auf die Polizei und lauschte den Wellen, die gegen die Felsen unterhalb des Restaurants schlugen. Fionas Gesicht war traurig und leer, aber Thomas wusste, dass seine bloße Anwesenheit ihr Kraft gab.

Als Yorghis eintraf, informierte er Shane umgehend, dass drei unabhängige Zeugen den tätlichen Angriff beobachtet hätten und er deshalb für vierundzwanzig Stunden in polizeilichen Gewahrsam genommen werde.

»Aber es hat ihr nichts ausgemacht.« Shane war betrunken und nervös. »Fragen Sie sie. Ich liebe sie, wir sind ein Paar, wir bekommen vielleicht sogar ein Kind. Nicht wahr, Fiona? Sag es ihnen.«

Fiona blickte zu Boden.

»Das spielt keine Rolle«, erklärte Yorghis. »Die Anzeige wurde auch nicht von dieser Dame hier erstattet. Ihre Aussage ist deswegen irrelevant.«

Dann legte er Shane Handschellen an und schob ihn in den Polizeibus.

Das Polizeifahrzeug war schon längst verschwunden, als allmählich neue Gäste eintrafen. Die Kellner, jung und unerfahren, waren erleichtert. Es war ein aufreibender Vormittag gewesen – der Streit, das Eintreffen der Polizei, die Festnahme –, aber jetzt war die Ordnung wieder hergestellt und das Geschäft konnte ungehindert weitergehen.

Die ganze Zeit über hatte Fiona kein Wort gesagt, aber jetzt fing sie zu weinen an. »Ich wünschte, ich hätte eine Freundin hier, Thomas«, seufzte sie.

»Aber in mir hast du doch einen Freund.«

»Ja, ich weiß, aber ich meine eine Freundin wie Barbara zu Hause. Sie würde mir jetzt sagen, was ich machen soll, und mir einen Rat geben.«

»Willst du sie anrufen? Ich habe ein Telefon in meiner Wohnung«, schlug er vor.

»Das ist nicht so einfach. Es ist zu viel geschehen, sie hat mir oft ihre Hilfe angeboten, aber ich wollte nicht auf sie hören. Sie würde nicht begreifen, was sich alles geändert hat und wie viel inzwischen passiert ist.«

»Ich verstehe, du müsstest zu viel erklären«, sagte er mitfühlend.

»Mit Elsa könnte ich darüber reden. Aber wir wissen nicht, wo sie ist, und vielleicht will sie sich mein Gejammer ja gar nicht anhören«, schloss Fiona traurig und wischte mit der Serviette über ihre Augen.

»Wir könnten sie suchen. Ich habe heute Morgen gesehen, wie sie mit David in ein Taxi stieg. Allerdings weiß ich nicht, wohin sie gefahren sind. Aber warum essen wir nicht zuerst einen Happen, damit du wieder zu Kräften kommst?«

»Du klingst wie meine Mutter.« Sie lächelte matt.

»Ich bin gut im Bemuttern«, erwiderte er grinsend. »Wenn es dir wieder besser geht, dann gehen wir los und hören uns bei den Taxifahrern um. Eine Frau wie Elsa vergisst kein Mann so schnell.«

»Irgendwie ist mir das peinlich.«

»Nein, das muss dir nicht peinlich sein. Elsa hat das Herz auf dem rechten Fleck… Sie ist genau die Richtige, um sich bei ihr auszusprechen«, versicherte er ihr.

»Denkst du wirklich?«

»Ja, das denke ich. Ach, und noch etwas, Fiona.«

»Was?«

»Stimmt es, was Shane gesagt hat? Dass du vielleicht schwanger bist?«

»Hat er das gesagt? Das habe ich gar nicht mitbekommen.« Eine Spur Hoffnung huschte über ihr Gesicht.

»Er hat das nur gesagt, weil er hoffte, damit seinen Kopf aus der Schlinge zu ziehen.«

»Vielleicht hat er sich ja doch darüber gefreut.«

»Nein. Ich will ja nicht gemein sein, aber so hat er sich nicht angehört. Stimmt es denn?«

»Ja, es könnte sein«, sagte sie düster.

»Wir bestellen uns jetzt ein Omelette, und dann befragen wir die Taxifahrer. Wenn die sich nicht an Elsa erinnern, dann verdienen sie es nicht, Männer genannt zu werden.«

Er sollte Recht behalten.

Alle erinnerten sich an die junge, blonde Deutsche und den schmächtigen Mann mit der Brille. Der Fahrer, der sie nach Kalatriada gebracht hatte, schwärmte von der einträglichen Fahrt.

»Dann nichts wie los«, forderte Thomas ihn auf und bot dem verdutzten Taxifahrer die zweite einträgliche Fuhre des Tages an.

Schmal und kurvenreich schlängelte sich die Straße ins Gebirge hinauf. Als Thomas und Fiona Kalatriada erreichten, war es kein Problem für sie, Elsa und David in dem winzigen Dorf zu finden, das aus nicht viel mehr als einem großen Platz voller Cafés und Kunstgewerbeläden bestand. Elsas blonder Schopf, der sich gerade über ein paar Steingutteller in einem kleinen Laden beugte, war nicht zu übersehen. Die beiden Freunde mussten nicht lange erklären, dass sie ihretwegen gekommen waren. Elsa geriet in helle Panik.

»Sucht mich vielleicht jemand?«, fragte sie und sah sich erschrocken um.

Thomas redete nicht lange um den heißen Brei herum.

»Ja, in gewisser Weise, Elsa. Fiona würde gerne mal ihr Herz bei dir ausschütten. Es geht ihr momentan nicht so gut.«

»Das ist nicht zu übersehen«, bemerkte David, dessen Blick auf dem grellroten Fleck auf Fionas Wange hängen geblieben war.

»Ihr Liebster wollte ihr eins auf die Nase geben«, erklärte Thomas grimmig.

»Na, dann haben wir aber wirklich einiges zu besprechen.« Elsa legte ihre Hand auf Fionas Arm. »Tut mir Leid, dass ich zuerst dachte, es geht um mich, aber ich habe auch so meine Probleme. Die sind übrigens der Grund dafür, weshalb David und ich heute hier übernachten werden.«

»Ihr wollt hier übernachten?«, fragten Fiona und Thomas wie aus einem Mund.

»Sicher, das ist doch ein hübsches Dorf, oder nicht? Und dort drüben am Platz steht ein nettes kleines Hotel. Wir haben schon mal zwei Zimmer gemietet. Fiona könnte bei mir schlafen, und ihr zwei könntet euch das andere Zimmer teilen. Was haltet ihr von der Idee?« Elsa hatte ihr zuversichtliches Lächeln wiedergefunden. Für sie schien es die normalste Sache von der Welt zu sein, dass vier wildfremde Menschen, die sich erst vor kurzem kennen gelernt hatten, in einem winzigen Dorf namens Kalatriada landeten und dort auch noch übernachteten. David hatte als Einziger gewusst, dass es diesen Ort überhaupt gab.

Alle waren mit der Zimmeraufteilung einverstanden und wollten bleiben. Gestern um diese Zeit hatten sie sich noch nicht einmal gekannt, und heute waren sie bereits in das Leben der anderen verstrickt.

Sie unterhielten sich mit einer Ungezwungenheit, als wären sie alte Freunde, die im selben Viertel aufgewachsen waren, und nicht vier Fremde aus vier verschiedenen Ländern.

Doch irgendwie war es anders als am Abend zuvor, als das Unglück und die Nachwehen ihrer Anrufe zu Hause sie offen und empfänglich gemacht und veranlasst hatten, sogar private Dinge zu erzählen. Heute Abend war alles anders. Heute funkelten keine Sterne am Nachthimmel. Heute zog ein Sturm auf.

Die Familie, der das kleine Hotel gehörte, war nicht überrascht angesichts der bunt zusammengewürfelten Gruppe ohne Gepäck, die plötzlich vor der Tür stand. Die vier schienen angenehme Zeitgenossen zu sein, ein bisschen angespannt vielleicht, aber das war kein Wunder. Schließlich kamen sie aus Aghia Anna, wo das schreckliche Unglück passiert war. Vielleicht hatten sie sogar Bekannte unter den Todesopfern.

Die eigentliche Betreiberin des Hotels war eine Frau namens Irini, die abgehetzt und erschöpft wirkte, als sie ihnen Handtücher und ein kleines Stück Seife brachte. Sie lächelte müde, aber freundlich, und schien ganz allein für das Putzen und Kochen zuständig zu sein, während die drei Männer des Hauses in einer Ecke saßen und ein Brettspiel spielten. Keiner kam anscheinend auf die Idee, ihr zu helfen.

»Ich sehe schon, hier gibt es eine Menge zu tun für die Frauenbewegung«, flüsterte Elsa in Fionas Ohr, als sie die Treppe zu ihrem Zimmer hinaufstiegen.

»Da fängst du am besten mit mir an, Elsa«, erwiderte Fiona kleinlaut. »Wenn du wissen willst, wie ein Opfer aussieht, schau mich an.«

Elsa musterte sie voller Mitgefühl. »Schlaf doch erst mal eine Runde«, schlug sie vor. »Nach ein paar Stunden Schlaf sieht alles gleich viel besser aus.«

»Aber ich muss mit dir über Shane reden. Ich will dir erklären, warum er sich so benimmt«, begann Fiona.

»Nein, du willst mir gar nichts erklären. Du willst von mir nur hören, dass du zu ihm zurückkehren sollst und dass er es nicht so gemeint hat.«

Fiona riss erstaunt die Augen auf.

»Vielleicht komme ich ja tatsächlich zu diesem Schluss, aber bestimmt nicht jetzt, Fiona. Du bist zu müde und durcheinander, um überhaupt irgendetwas aufzunehmen. Ruh dich aus. Wir werden später darüber reden. Uns läuft die Zeit nicht davon.«

»Und du?«

»Ich werde mich hierher setzen und die Berge betrachten«, erwiderte Elsa.

Zu ihrer Überraschung spürte Fiona, wie ihre Augenlider schwer wurden, und bald darauf schlief sie.

Elsa setzte sich auf einen kleinen Stuhl aus Rohrgeflecht und sah zu, wie sich die Dunkelheit über das Tal senkte.

Heute Abend würde es regnen, und Wolken würden die Sterne verdecken.

»Spielst du Schach, Thomas?«, wollte David wissen.

»Ja, aber schlecht«, gestand Thomas.

»Ich bin zwar auch ein schlechter Spieler, aber ich habe ein kleines Taschenschach dabei. Vielleicht hättest du ja Lust… nur erwarte bitte keine großen Spielkünste.« Irgendetwas schien den jungen Mann zu bedrücken, aber er machte nicht den Anschein, als wollte er sich Thomas anvertrauen. Vielleicht deshalb der Vorschlag, mit ihm Schach zu spielen.

Die beiden Männer stellten einen kleinen Tisch ans Fenster, und während sich draußen die Nacht auf den Platz senkte und der Regen einsetzte, spielten sie eine Partie Schach.

Irini klopfte an die beiden Zimmertüren.

Es regnete stark, und so konnte sie das Abendessen nicht draußen servieren. Deshalb bat sie ihre Gäste, im Haus Platz zu nehmen. Auch von dort hätten sie einen schönen Blick auf den Dorfplatz von Kalatriada, beteuerte sie.

Den großen, blauen Fleck, der sich auf Fionas Gesicht auszubreiten begann, übersah die Griechin kommentarlos.

Die vier kamen fast gleichzeitig herunter und setzten sich an einen Tisch, auf dem eine blau und gelb karierte Decke lag. Hinter ihnen spielten die alten Männer immer noch *tavli*. Das Klicken der Würfel und der Spielsteine bildete die Geräuschkulisse zu ihrem Abendessen aus Kebab und Salat, das Irini stolz für sie hergerichtet hatte.

»*Orea*«, lobte David. »*Poli poli kala!*«

Auf Irinis müdem Gesicht breitete sich ein zahnloses Lächeln aus. Sie war bestimmt nicht älter als vierzig Jahre, dachte Elsa, vielleicht sogar noch jünger. Ihr Leben hier war hart, aber sie war umgeben von Menschen, die sie kannte und liebte, und heute Abend hatte sie zudem vier Gäste im Haus, die das einfache Mahl, das sie zubereitet hatte, zu schätzen wussten.

Es hatte einmal eine Zeit gegeben, da war für Elsa alles klar und eindeutig gewesen und sie hätte sofort sagen können, was an Irinis Leben falsch war. Jetzt war sie nicht mehr so sicher. Vermutlich war es das Beste für Irini, hier in diesem bezaubernden Dorf in den Bergen, hoch oben über dem Meer, zu leben. Einer der Männer am Backgammon-Tisch war vielleicht ihr Ehemann, ein anderer ihr Vater. Draußen auf der Wäscheleine flatterte Kinderkleidung. Wahrscheinlich hatte sie eine Familie, kleine Kinder, die alle im Dorf kannten.

Es sprach einiges dafür, dass es besser für sie war, in ihrem

Dorf zu bleiben, statt wegzugehen und auf ein angenehmeres Leben in Chicago zu hoffen, wie es Andreas' Sohn getan hatte.

Elsa seufzte. Das Leben war einfacher gewesen, als sie noch Gewissheiten gehabt hatte. Früher hätte sie Fiona gedrängt, hart mit Shane ins Gericht zu gehen und sich endlich der Tatsache zu stellen, dass er sie nicht liebte und wahrscheinlich auch gar nicht fähig war, einen anderen Menschen zu lieben. Und obwohl eine Frau niemals einer anderen Frau zu einem Schwangerschaftsabbruch raten sollte, hätte sie Fiona bestimmt den Rat gegeben, es sich gründlich zu überlegen, Shanes Kind tatsächlich zur Welt zu bringen. Aber mittlerweile hatte Elsa jede Gewissheit verloren, was richtig und was falsch war.

Plötzlich stellte sie fest, dass sie mit ihren Gedanken weit abgedriftet war, und konzentrierte sich wieder auf das Gespräch am Tisch. Schließlich hatte sie die weite Reise gemacht, um Klarheit in ihren Kopf zu bringen, und nicht, um erneut völlig aufgelöst und durcheinander dazusitzen wie noch vor ein paar Wochen, ehe sie das Ticket nach Athen gekauft hatte.

Sie musste der Unterhaltung folgen und durfte nicht wieder abschweifen. Thomas erzählte gerade von seiner Vermieterin.

»Sie ist wirklich etwas Besonderes, diese Vonni. Sie lebt offensichtlich schon viele Jahre hier, redet aber nie über sich selbst. Dafür spricht sie Griechisch wie eine Einheimische. Sie kennt Kalatriada gut, hat sie gesagt. Sie kommt alle paar Wochen hierher und kauft Keramik ein, die sie dann in ihrem Laden weiterverkauft.«

»Vonni stammt ursprünglich aus Irland. Das hat Andreas mir gestern erzählt«, warf Fiona ein. »Ich musste gerade heute an sie denken... Wenn sie hier leben kann, dann könnte ich das vielleicht auch.« Ihr schmales Gesicht sah unendlich traurig aus.

»Ob sie mit jemandem zusammen war, als sie hierher kam? Was meint ihr?« Elsa bemühte sich, die Unterhaltung in realistischere Bahnen zu lenken, ehe Fiona wieder anfing, sich in eine Fantasiewelt zu flüchten, in der sie und Shane ihr Kind in den Bergen Griechenlands großziehen würden. Thomas konnte ihr keine Antwort geben. Vonni sei zwar freundlich und nett, aber solche Fragen stellte man ihr besser nicht, erzählte er.

David kannte Vonnis Laden natürlich und hatte sich auch schon mal mit ihr unterhalten. Seiner Meinung nach bot sie eine ausgewogene Mischung aus hochwertigen Andenken und Krimskrams an. Es war sicherlich eine schwierige Gratwanderung, einerseits ein gewisses künstlerisches Niveau zu halten, andererseits aber ansprechende Souvenirs für Touristen anzubieten.

»Sie scheint sich nicht viel aus Geld zu machen. Das gefällt mir an ihr. Und viel hat sie bestimmt nicht«, schloss David.

»Nein, ich denke, sie muss ganz schön strampeln, um sich über Wasser zu halten«, stimmte Thomas ihm zu. »Sie unterrichtet übrigens auch Englisch, und damit sie ihre Wohnung an Touristen wie mich vermieten kann, nächtigt sie in der Zeit in dem Schuppen hinter dem Haus.«

»Wie alt ist diese Vonni denn?«, wollte Elsa wissen.

»Irgendwas zwischen fünfzig und sechzig«, antwortete David.

»Eher zwischen vierzig und fünfzig«, widersprach Thomas, und alle mussten lachen.

»Nun, so viel zu dem Thema, was Frauen für einen Aufwand treiben, um sich für Männer schick zu machen«, bemerkte Elsa mit einem süffisanten Lächeln.

»Von wegen. Vonni macht sich nie zurecht. Sie hat immer

das Gleiche an, irgendein T-Shirt und einen bunten Rock, und sie trägt flache Sandalen. Ich kann mir überhaupt nicht vorstellen, dass sie sich jemals schminkt«, sagte Thomas nachdenklich. »Und dabei strahlt sie eine Ruhe und Würde aus ... «

Er schien mit seinen Gedanken meilenweit weg zu sein, als müsste er gerade an eine andere Frau denken, die sich täglich aufdonnerte und das Haus nie ungeschminkt verließ.

»Na, kann es sein, dass du vielleicht eine kleine Schwäche für diese alterslose, unglaublich beruhigend wirkende Frau hast?«, zog Elsa ihn auf.

»Nein, aber sie interessiert mich. Ich habe sie vor dem Abendessen kurz angerufen. Für den Fall, dass sie kein Licht in der Wohnung sieht und sich wundert, wo ich abgeblieben bin.«

»Das war aber sehr rücksichtsvoll von dir«, staunte Fiona. Shane hätte nie an so etwas gedacht.

»Sie hat uns geraten, morgen auf keinen Fall wieder ein Taxi zu nehmen, sondern mit dem Bus zu fahren. Vorn auf dem Platz fährt alle zwei Stunden einer ab. Ich habe ihr erzählt, dass wir vorhaben, morgen an der Beerdigung teilzunehmen, und sie gefragt, ob das aufdringlich von uns ist. Im Gegenteil, hat sie gemeint, die Leute würden das bestimmt zu schätzen wissen. Ist das für euch in Ordnung?«

»Ich bin einverstanden«, sagte David.

»Ja, ich auch, und hinterher kann ich gleich zur Polizei gehen und mit Shane reden«, warf Fiona eifrig ein. »Er wird sicher schon ganz zerknirscht sein, jetzt, da er Zeit zum Nachdenken hatte.«

Alle sahen betreten in die Luft, und Elsa hatte sich bisher auch noch nicht geäußert.

»Elsa?«, fragte Thomas leise.

»Ich … ich bleibe vielleicht noch ein paar Tage hier und komme nach. Wir können uns ja dann wieder treffen.« Aber ihr schien klar zu sein, dass sie diese Antwort erklären musste. Sie zögerte kurz, setzte dann aber doch zu einer Erklärung an. »Es ist mir irgendwie peinlich, wisst ihr, aber ich versuche, jemandem aus dem Weg zu gehen. Und deshalb wäre es mir lieber, mich hier noch eine Weile zu verkriechen, bis er wieder fort ist.« Ihr Blick fiel auf drei verständnislose Gesichter. »Ich weiß, es klingt blöd, aber so ist es nun mal. Ich bin quasi geflohen aus Deutschland und habe alles zurückgelassen – meine Freunde, meine Arbeit, die mir sehr viel bedeutet hat –, nur um von diesem Mann wegzukommen. Es wäre wirklich zu dumm, ihm ausgerechnet in einem winzigen Kaff wie Aghia Anna über den Weg zu laufen.«

»Und du bist sicher, dass er hier ist?«, hakte Thomas vorsichtig nach.

»Ja, das ist seine Story. Keiner berichtet so gut wie er über Schicksalsschläge aller Art. Deshalb bin ich ja mit David hierher gekommen.« Sie warf David einen dankbaren Blick zu.

»Wir könnten dich ja vor ihm abschirmen.« David bemühte sich, weiterhin seiner Rolle als Held gerecht zu werden.

»Oder wir könnten Yorghis – Andreas' Bruder – einen Tipp geben. Vielleicht kann er ihm mit irgendetwas drohen, falls er dir nachstellen oder dich irgendwie belästigen sollte«, versuchte Thomas, Elsa zu beruhigen.

Elsa blickte von einem zum anderen. »Nein, ich fürchte mich doch nicht vor ihm. Ich habe Angst vor mir selbst … Angst, dass ich zu ihm zurückkehren könnte. Und dann wäre alles – meine Kündigung, die weite Reise – völlig umsonst gewesen.« Ihre Unterlippe bebte. Die kühle, selbstsichere Elsa war den Tränen nahe.

Ihre Freunde waren überrascht.

»Ich würde ja bei dir bleiben, Elsa«, begann Fiona, »wenn ich nicht zur Polizei gehen und mich um Shane kümmern müsste.«

»Du *musst* nicht dorthin, Fiona, du *willst*«, erwiderte Elsa scharf.

»Aber ich liebe ihn. Gerade *du* musst das doch verstehen.« Elsas Antwort hatte sie sehr gekränkt. »Im Ernst, Elsa. Du musst diesen Mann wirklich sehr lieben, sonst hättest du nicht solche Angst, ihn wieder zu sehen.«

Da der Wortwechsel zwischen den beiden Frauen drohte, zu ernsthaft zu werden, mischte Thomas sich ein.

»Wir haben alle einen langen Tag hinter uns ...«, sagte er. »Ich würde vorschlagen, wir treffen uns morgen früh um acht hier zum Frühstück. Dann können wir den Bus um neun Uhr nehmen, das heißt, natürlich nur die, die zurückfahren wollen. Ist das in Ordnung für euch?« Seine Stimme klang sanft, aber nach Jahren des Unterrichtens ließ sich eine gewisse Autorität darin nicht verbergen.

Alle stimmten seinem Vorschlag zu und machten Anstalten, nach oben zu gehen.

»Einen Moment noch«, bat Elsa. »Es tut mir Leid, Fiona, ich war sehr unhöflich zu dir. Du hast jedes Recht, zu dem Mann zu fahren, den du liebst. Und bei euch allen möchte ich mich entschuldigen, dass ich meine selbstsüchtigen kleinen Probleme für wichtiger erachtet habe als die Tragödie dieser Menschen. Selbstverständlich werde ich mit euch zur Beerdigung fahren, und es wäre mir eine Ehre, mich von lieben Freunden wie euch beschützen zu lassen.«

Sie blickte von einem zum anderen. Ihre Augen glänzten verdächtig, als würde sich hinter ihrem Lächeln ein Meer von Tränen verbergen.

KAPITEL SECHS

In der Arrestzelle im hinteren Teil der kleinen Polizeiwache saß Shane, den Kopf in die Hände gestützt. Er benötigte dringend ein kühles Bier, aber es war höchst unwahrscheinlich, dass ihm dieser ignorante griechische Polizist, der Bruder von diesem langweiligen Andreas aus der Taverne, eines spendieren würde.

Wo Fiona nur steckte? Eigentlich hätte sie längst hier sein müssen. Dann hätte er sie zu der Fischerkneipe unten am Hafen schicken können, damit sie ihm drei kalte Bier besorgte. Natürlich hätte er vorher den Zerknirschten spielen und glaubwürdig beteuern müssen, dass er gar nicht anders habe handeln können, so sehr habe sie ihn mit ihrer Neuigkeit überrumpelt.

Er hämmerte mit dem Teller, auf dem zuvor ein Kanten steinhartes Brot gelegen hatte, gegen die Tür.

Yorghis schob den Riegel beiseite und spähte in die Zelle. »Ja?«

»Was ist mit meiner Freundin, sie war doch da? Ich bin sicher. Haben Sie mir etwa ihren Besuch verschwiegen? Aber damit kommen Sie nicht durch, das wissen Sie. Inhaftierte haben das Recht, Besuch von ihrer Familie und von ihren Verwandten zu bekommen.«

Yorghis zuckte gelangweilt die Schultern. »Sie hatten keinen Besuch.«

»Das glaube ich Ihnen nicht.«

»Es war niemand da.« Yorghis machte Anstalten zu gehen.

»Hören Sie – tut mir Leid, natürlich glaube ich Ihnen. Nur, wir stehen uns sehr nahe, und ich hatte eigentlich erwartet…« Seine Stimme verlor sich.

»Gestern sah es aber nicht so aus, als stünden Sie sich sehr nahe«, konterte Yorghis.

»Nein, Sie verstehen das nicht. Wir haben eine sehr leidenschaftliche Beziehung, und da knallt es natürlich von Zeit zu Zeit.«

»*Endaxi*«, sagte Yorghis.

»Was soll das heißen?«

»Das heißt, richtig oder in Ordnung, oder was immer Sie meinen.«

Und damit ging er.

»Wo ist sie?«, brüllte Shane ihm nach.

»Ich habe gehört, dass sie Aghia Anna gestern verlassen haben soll«, rief Yorghis über die Schulter zurück.

»Das glaube ich Ihnen nicht«, schrie Shane.

»Glauben Sie doch, was Sie wollen. Sie ist in ein Taxi gestiegen und weggefahren. Das hat man mir jedenfalls gesagt.«

Ungläubig stand Shane in seiner Zelle. Das konnte nicht wahr sein. Fiona würde nie ohne ihn abreisen.

»*Kalimera sas,* Yorghis. Was machst du denn für ein Gesicht?«

»Im Dorf sind Scharen von Kameraleuten und Journalisten unterwegs, die jeden wegen der Beerdigung belästigen, auf dem Polizeirevier geben sich Untersuchungsbeamte und Versicherungsleute die Klinke in die Hand, ich muss noch elf verschiedene Berichte schreiben, und dann habe ich noch diesen Knaben in der Arrestzelle sitzen. Ich habe keine Ahnung, was ich mit dem machen soll.«

»Der Kerl, der diese junge Irin geschlagen hat?«, fragte

Vonni. Hier geschah nie etwas, von dem sie nicht erfuhr.

»Ja. Ich wünschte, er wäre Hunderte von Kilometern weit weg.«

»Na, dann schicke ihn doch fort.«

»Wie denn?«

»Das war früher Brauch bei uns in Irland. Wenn irgend so ein Kerl Ärger gemacht hat, haben ihn der Richter oder die Polizei vor die Wahl gestellt, entweder das nächste Postboot nach England zu besteigen oder eingebuchtet zu werden.«

Yorghis lächelte ungläubig.

»Das ist wahr. Ich weiß, ziemlich unfair England gegenüber, unsere Rabauken zu ihnen rüberzuschicken, aber wir dachten, England ist größer, als wir es sind, die verkraften das schon.«

»Aha, ich verstehe.«

»Du könntest ihn auf die Elf-Uhr-Fähre nach Athen setzen. Nein, im Ernst, Yorghis, er wäre von der Insel, bevor die Beisetzungsfeierlichkeiten anfangen, und alle wären erleichtert.«

»Und Athen ist groß. Die verkraften ihn dort schon.« Nachdenklich strich sich Yorghis übers Gesicht.

Auf Vonnis braun gebranntem, von feinen Fältchen überzogenem Gesicht erstrahlte ein breites Lächeln. »Genau, Yorghis, Athen ist wirklich groß genug«, stimmte sie ihm zu.

»Sie können mich doch nicht von der Insel jagen«, protestierte Shane.

»Es ist Ihre Entscheidung. Wir haben jetzt keine Zeit, uns mit Ihnen zu befassen. Sie bleiben auf jeden Fall bis nächste Woche hinter Gittern, dann wird Anklage erhoben –

und im schlimmsten Fall kommen Sie ins Gefängnis. Das ist die eine Alternative. Die andere besteht aus einem Freifahrtschein nach Athen. Die Entscheidung liegt bei Ihnen. Sie haben zehn Minuten.«

»Und was ist mit meinen Sachen?«, wollte Shane wissen.

»Einer meiner Männer wird Sie bei Eleni vorbeifahren. Dann können Sie Ihren Rucksack packen und um halb elf Uhr auf der Fähre sein.«

»Ich bin aber noch nicht bereit, abzureisen.«

»Wie Sie meinen«, sagte Yorghis und drehte sich um, um die Zelle zu verlassen.

»Nein – warten Sie eine Minute, kommen Sie zurück. Ich glaube, ich fahre doch.«

Yorghis bugsierte ihn hinaus zu dem Polizeibus, den Shane schmollend bestieg.

»Merkwürdige Art, für Gesetz und Ordnung zu sorgen«, brummte er.

In Elenis Haus fiel ihm auf, dass Fionas Sachen noch alle im Zimmer waren.

»Ich dachte, sie hätten gesagt, sie ist weg.«

Eleni erklärte auf Griechisch, dass die junge Frau noch an diesem Tag wieder zurückkommen würde. Der Polizist hütete sich jedoch, ihre Worte zu übersetzen. Sein Boss wollte diesen gewalttätigen Burschen auf der Elf-Uhr-Fähre und außerhalb seines Amtsbereichs haben. Es würde nicht viel bringen, die Entscheidung hinauszuschieben, nur weil diese törichte Frau wieder zurückkam. Außerdem hatte sich Shane nicht gerade oft nach seiner Freundin erkundigt.

Der junge Polizist beobachtete Shane, während dieser seine Kleidung in eine Tasche stopfte. Er machte keinerlei Anstalten, Eleni für das Zimmer zu bezahlen; er verabschiedete sich nicht einmal von ihr, als er wieder in den Polizeibus stieg.

Auf seinem Weg nach Aghia Anna machte der Bus von Kalatriada in jedem kleinen Bergdorf Halt.

Alte, in Schwarz gekleidete Frauen stiegen ein und aus und grüßten die anderen Leute. Einige von ihnen schleppten Taschen voller Gemüse mit sich, um es auf dem Markt zu verkaufen, eine Frau hatte sogar zwei Hühner bei sich. Irgendwo spielte ein junger Mann Bouzouki.

An einer Haltestelle befand sich neben der Straße ein kleiner Schrein mit einer Statue der Mutter Gottes, vor der mehrere Blumensträuße lagen.

»Wirklich erstaunlich«, bemerkte Thomas. »Als ob irgendein Regisseur das alles hier inszeniert hätte.«

»Ja, oder die griechische Fremdenverkehrszentrale«, fügte Elsa hinzu.

Abgesehen von diesen vereinzelten Kommentaren wechselten die Freunde nur wenige Worte. Jeder hing seinen eigenen Gedanken und Befürchtungen nach, was der vor ihnen liegende Tag wohl bringen würde.

Elsa überlegte, wie groß das Risiko tatsächlich war, dass Dieter und sein Kamerateam in dem kleinen Ort auftauchten, in das sie geflohen war.

Fiona hoffte, dass Shane sich mittlerweile wieder beruhigt hatte. Vielleicht konnte sie den netten alten Andreas überreden, bei seinem Bruder ein Wort für ihn einzulegen, damit die Polizei ihn für die Beisetzungsfeierlichkeiten entließ.

Und Thomas legte sich alle möglichen Argumente zurecht, wie er Vonni überzeugen könnte, das leere Gästezimmer in ihrer eigenen Wohnung zu benutzen, statt in dem schrecklichen Schuppen zu hausen. Er wollte ihr selbstverständlich keine Vorschriften machen, sie sollte nur begreifen, dass es so besser für sie war.

David betrachtete sehnsuchtsvoll die Familien mit ihren

vielen Kindern, die dem vorbeifahrenden Bus nachwinkten. Er hätte gerne Geschwister gehabt, welche die Last mit ihm geteilt hätten. Hätte er einen Bruder gehabt, der als Wirtschaftsprüfer arbeitete, eine Schwester, die Jura studierte, und einen weiteren Bruder, der – statt an die Universität zu gehen – mit sechzehn in die Firma ihres Vaters eingestiegen wäre und das Geschäft von der Pike auf gelernt hätte … ja, dann wäre er, David, frei gewesen, in einem Ort wie Kalatriada töpfern zu lernen.

Seufzend ließ er den Blick über die mit Olivenhainen bedeckten Hügel schweifen. Doch stattdessen fraß ihn sein schlechtes Gewissen auf. Gestern Abend hatte Fiona von dem Begriff der Schuld erzählt, so wie die Katholiken das Wort verstanden. Sie hatte ja keine Ahnung, welche Schuldgefühle ein Jude entwickeln konnte!

In dem großen Raum hinter ihrem Laden hielt Vonni den Englischunterricht für die Kinder des Dorfes ab. Sie machte ihnen den Vorschlag, den Vers eines englischen Kirchenliedes auswendig zu lernen, das sie bei der Beerdigung singen könnten. Vielleicht würden sie damit den Verwandten und Freunden, die seit sechsunddreißig Stunden ununterbrochen auf die Insel strömten, um den Schauplatz des Unglücks mit eigenen Augen zu sehen, ein klein wenig Trost spenden. Vielleicht fand sie auch noch ein Lied auf Deutsch. Sie würde sich erkundigen.

Alle waren begeistert von der Idee.

So waren die Kinder wenigstens ein wenig abgelenkt und mussten nicht zu Hause bleiben, wo alle deprimiert herumsaßen. Die Familien waren Vonni dankbar für ihr Engagement. Seit die Irin als junge Frau vor vielen Jahren nach Aghia Anna gekommen war, hatten sie sie schätzen gelernt. Mittlerweile war sie mit den Bewohnern älter geworden, sie sprach ihre Sprache, unterrichtete ihre Kinder und teilte gute und schlechte Zeiten mit ihnen. Viele von ihnen wussten schon gar nicht mehr, weshalb Vonni überhaupt in ihr Dorf gekommen war.

Als Thomas die weiß getünchten Stufen zu der Wohnung über dem Laden hinaufstieg und aufsperrte, verharrte er ungläubig auf der Schwelle.
Von unten drangen klare Kinderstimmen zu ihm hoch.
»Der Herr ist mein Hirte …«, sangen sie auf Englisch.
Es war lange her, seit er das letzte Mal in einer Kirche gewesen war. Wahrscheinlich bei der Beerdigung seines Vaters. Damals hatte er auch dieses Lied gehört. Gerührt blieb er im hellen Sonnenschein stehen. Diese Begräbnisfeier würde noch trauriger werden, als er ohnehin befürchtet hatte.

Andreas und sein Bruder Yorghis standen neben der Fähre.
Shane wich ihrem Blick aus.
»Wollen Sie noch etwas erledigen, bevor Sie fahren?«, fragte Andreas.
»Was denn? Ihnen zu Ihrer legendären griechischen Gastfreundschaft gratulieren?«, höhnte Shane.
»Sie könnten Ihrer Freundin einen Brief schreiben«, erwiderte Andreas knapp.
»Ich habe weder Papier noch Bleistift bei mir«, sagte Shane.
»Aber ich.« Andreas bot ihm beides an.
»Was soll ich ihr denn schreiben? Dass Sie und Ihr Gestapo-Bruder mich von der Insel verjagt haben? Das wird sie nicht sehr erheitern.« Shane warf den beiden Männern einen herausfordernden Blick zu.

»Vielleicht würde sie ja gerne erfahren, dass es Ihnen gut geht und dass sie wieder ein freier Mann sind … und dass Sie sie anrufen werden, wenn Sie angekommen sind.«

»Das weiß sie doch.«

Andreas hielt noch immer Papier und Stift in der Hand.

»Nur ein paar wenige Worte vielleicht?«, drängte der alte Mann.

»Ach, lassen Sie mich doch in Ruhe.« Shane kehrte ihm den Rücken zu.

Die Sirene ertönte, das Zeichen, dass die Fähre abfahrbereit war. Der junge Polizist begleitete Shane an Bord und kehrte dann zu Andreas und Yorghis zurück.

»Es ist besser, wenn er ihr keinen Brief schreibt«, sagte er zu den beiden älteren Männern.

»Schon möglich«, stimmte Andreas ihm zu. »Auf lange Sicht bestimmt, aber jetzt wird es ihr das Herz brechen.«

David und Fiona begleiteten Elsa zu ihrem Apartment zurück.

»Siehst du, keiner da«, sagte David. Und das stimmte auch. Die Straßen und Gassen, die vor kurzem noch von Presse und Offiziellen gewimmelt hatten, waren menschenleer.

»Ich würde ja gerne noch bleiben, aber ich muss erst mal nachsehen, wie es Shane geht«, stammelte Fiona entschuldigend und lief den Berg hinauf in Richtung der Polizeiwache. Von unten aus dem Hafen klang das Tuten der Elf-Uhr-Fähre zu ihnen herauf, die gerade nach Athen auslief. Mittags sollte die nächste Fähre mit neuen Trauergästen eintreffen.

»Soll ich noch ein bisschen bei dir bleiben, Elsa?«, fragte David.

»Ja, pass gut auf mich auf, damit ich nicht wieder weglaufe«, erwiderte sie lachend.

»Das würdest du doch nicht tun, oder?«, sagte David und ergriff ihre Hand.

»Ich glaube nicht, David. Aber sag mir doch mal, ob du schon jemals in deinem Leben einen Menschen so geliebt hast, dass dir alles um dich herum egal war?«

»Nein, ich habe überhaupt noch nie jemanden geliebt«, erwiderte er.

»Das kann nicht sein.«

»Ich fürchte doch. Aber mit meinen achtundzwanzig Jahren bin ich nicht unbedingt stolz darauf.« Er klang, als wollte er sich dafür entschuldigen.

»Du bist ja genauso alt wie ich!«, rief Elsa erstaunt.

»Ja, aber du hast mehr aus deinem Leben gemacht als ich«, bemerkte er.

»Wenn du mich kennen würdest, würdest du das nicht sagen. Mir wäre beinahe lieber, ich hätte noch nie geliebt. Aber vielleicht kann ich ja an dem Punkt wieder anknüpfen, an dem ich zuvor war. Das wäre mir am allerliebsten.«

Ein abwesender Ausdruck trat in ihre Augen.

David wünschte sich, ihm würde eine passende Bemerkung einfallen. Wie schön wäre es, jetzt das Richtige sagen und diese traurige junge Frau zum Lachen bringen zu können. Wenn er doch nur einen Witz oder eine lustige Geschichte wüsste, um die Stimmung zu heben. Er zermarterte sich das Gehirn, aber ihm fielen nur die abgedroschenen Golfplatzwitze seines Vaters ein.

»Spielst du Golf, Elsa?«, fragte er unvermittelt.

»Ja, manchmal«, erwiderte sie überrascht. »Willst du eine Runde auf den Golfplatz?«

»Nein, nein, ich kann überhaupt nicht Golf spielen. Mir

ist nur gerade ein Witz eingefallen. Vielleicht heitert er dich ein bisschen auf.«

Elsa schien gerührt. »Na, dann schieß los.«

David kramte in seinem Gedächtnis und erzählte den Witz von dem Golfspieler, dessen Frau auf dem Golfplatz plötzlich verstorben war. Seine Freunde kondolierten ihm, aber der Mann wiegelte nur ab und meinte, es ginge ihm so weit wieder ganz gut, viel schlimmer sei es gewesen, den Leichnam seiner Frau von einem Abschlag zum nächsten weiterzuschleppen.

Elsa sah ihn erwartungsvoll an.

»Das war's. Mehr kommt nicht.« David fühlte sich erbärmlich. »Weißt du, Golfspieler sind so besessen von ihrem Sport«, stammelte er, »dass dieser Kerl lieber seine tote Frau mit sich herumschleppt, als die Partie zu unterbrechen …« Er wand sich vor Verlegenheit. »O Gott, Elsa, tut mir Leid, ich bin so dumm … Dir am Tag der Beerdigung eine so blöde Geschichte zu erzählen …«

Elsa streckte die Hand aus und streichelte seine Wange. »Nein, du bist nicht dumm, du bist ein sehr lieber Mensch, und ich bin froh, dass du bei mir bist. Was hältst du davon, wenn wir uns etwas zu essen machen?«

»Ich könnte dich auch zu einem *omeleta tria-avga* einladen … Die freuen sich immer so, wenn man betont, dass man ein Omelett aus drei Eiern haben will.« Die Vorstellung besserte seine Laune schlagartig.

»Wenn es dir nichts ausmacht, David, würde ich lieber nicht mehr aus dem Haus gehen. Hier fühle ich mich sicherer. Wir könnten auf dem Balkon essen und hätten einen hervorragenden Ausblick, ohne dabei selbst gesehen zu werden. Wäre dir das unangenehm?«

»Natürlich nicht, im Gegenteil«, antwortete David.

Froh, sich nützlich machen zu können, ging er zu Elsas

Kühlschrank und nahm Feta-Käse und Tomaten heraus,
um ein leichtes Mittagessen zuzubereiten.

»Hallo. Könnte ich bitte den Polizeichef sprechen?«
Yorghis erhob sich müde.
Vor ihm stand Fiona in einem dünnen Fähnchen aus blau-
er Baumwolle, eine weiße Wolltasche über der Schulter,
und wirkte so zerbrechlich und hilflos, als könnte sie das
Schicksal nicht meistern, welches das Leben ihr zuge-
dacht hatte. Das Haar fiel ihr ins Gesicht, aber der blaue
Fleck war nicht zu übersehen.
»Kommen Sie doch herein, *kyria*, setzen Sie sich«, sagte
Yorghis und bot ihr einen Stuhl an.
»Mein Freund hat heute Nacht hier geschlafen«, sagte sie,
als ob Yorghis irgendeine Pension und nicht das Gefängnis von Aghia Anna leitete.
Yorghis legte beide Hände auf die Schreibtischplatte. Die
junge Frau schien es kaum erwarten zu können, diesen
Kerl endlich wiederzusehen und ihm verzeihen zu dürfen. Wie schafften es diese jungen Schnösel nur immer
wieder, dass sich die besten Frauen in sie verliebten? Und
jetzt musste er diesem Mädchen klar machen, dass ihr
Liebster vor einer Stunde mit der Fähre auf und davon
war, ohne auch nur einen Gedanken an sie zu verschwenden. Es fiel ihm nicht leicht, die richtigen Worte zu finden.
»Shane tut das alles schrecklich Leid. Vielleicht wirkt
er nicht so, aber er bedauert es sehr, das können Sie mir
glauben«, kam sie ihm zuvor. »Zum großen Teil war ich
auch selbst schuld an dem, was passiert ist. Ich bin die
Sache völlig falsch angegangen, statt alles richtig zu erklären...«
»Er ist nach Athen gefahren«, platzte Yorghis heraus.

»Aber das geht doch nicht. Nicht ohne mich. Und ohne mir Bescheid zu geben. Nein, nein. Das ist völlig unmöglich.« Fiona sah ihn verstört an.

»Mit der Fähre um elf Uhr.«

»Hat er mir denn keine Nachricht hinterlassen? Wo er hinwill? Wo ich mich mit ihm treffen soll? Er kann doch nicht einfach so abgefahren sein.«

»Er setzt sich bestimmt mit Ihnen in Verbindung, sobald er angekommen ist. Ich bin sicher.«

»Aber wie? Wohin will er mir denn schreiben?«

»Er könnte den Brief hierher schicken«, meinte Yorghis, jedoch nicht sehr überzeugend.

»Das würde er nie machen, das wissen Sie genau!«

»Oder vielleicht an die Adresse, wo Sie zusammen gewohnt haben.«

»Nein, er kann sich bestimmt nicht an die Adresse von Elenis Haus erinnern. Nein, ich muss unbedingt mit der nächsten Fähre nach Athen und ihn suchen«, sagte sie.

»Kommt gar nicht in Frage, junge Frau. Athen ist eine riesige Stadt. Bleiben Sie lieber hier, hier haben Sie Freunde. Bleiben Sie, bis Sie sich wieder erholt haben.«

»Aber ich muss zu ihm …« Fiona fing zu weinen an.

»Heute fahren ohnehin keine Fähren mehr aufs Festland. Wegen der Beerdigung. Bitte, beruhigen Sie sich. Es ist besser, dass er weg ist.«

»Nein, nein. Wieso sollte das besser sein?«

»Weil er sonst hier im Gefängnis sitzen müsste. So ist er wenigstens auf freiem Fuß.«

»Hat er mir denn wirklich keine Nachricht hinterlassen?«

»Das ging alles so schnell«, meinte Yorghis ausweichend.

»Nicht ein Wort?«

»Er hat nach Ihnen gefragt und wollte wissen, wo Sie sind.«

»Ach, warum bin ich nur weggefahren? Das werde ich mir den Rest meines Lebens nicht verzeihen …«

Yorghis tätschelte unbeholfen Fionas Schulter, als ihr Schluchzen stärker wurde. Über ihren Kopf hinweg sah er unten im Dorf Vonni mit ihrer kleinen Kinderschar und hatte eine Idee.

»Andreas hat mir gesagt, dass Sie Krankenschwester sind?«

»Das war ich. Ja.«

»Nein, einmal Krankenschwester, immer Krankenschwester … Würden Sie mir vielleicht einen Gefallen tun? Sehen Sie Vonni dort unten? Sie kümmert sich während des Begräbnisses um die Kinder, und ich weiß, dass sie sich freuen würde, wenn Sie ihr helfen könnten.«

»Ich glaube nicht, dass ich momentan irgendjemandem eine große Hilfe sein kann …«, widersprach Fiona.

»In solchen Augenblicken helfen wir meistens am besten«, entgegnete Yorghis bestimmt und rief Vonni auf Griechisch etwas zu. Vonni rief irgendetwas zurück.

»Wenn wir hier leben und unser Kind großziehen könnten, würden wir auch Griechisch lernen und bald ebenso zum Dorf gehören wie sie«, flüsterte Fiona traurig. Sie sprach sehr leise, aber Yorghis verstand trotzdem, was sie sagte. Plötzlich hatte er einen Kloß im Hals.

Eine bleierne, erwartungsvolle Stimmung lag über der kleinen Ortschaft. Thomas war unruhig. Er wünschte sich, die Beerdigung wäre schon vorüber. Er würde erst dann wieder zur Ruhe kommen, wenn diese Menschen beerdigt waren. Außerdem konnte er es kaum erwarten, dass die Fernsehteams und Journalisten endlich abzogen und es in Aghia Anna wieder so war wie zuvor.

Doch ganz so wie zuvor würde es niemals mehr sein.

Nicht für die Familie von Manos und die der anderen jungen Männer, die tödlich verunglückt waren. Einige der Touristen würden hier beerdigt werden, andere würden im Sarg nach England oder Deutschland heimkehren.

Aber für alle wäre es am besten, wenn dieser Tag bald vorüber war.

Thomas hatte Elsa versprochen, sie in ihrer Wohnung abzuholen und mit ihr zu der kleinen Kirche zu gehen. Er hoffte, dass sie unterwegs nicht diesem Mann über den Weg laufen würden, den sie auf keinen Fall treffen wollte. Sie schien sich regelrecht davor zu fürchten. Auf ihrem Gesicht hatte sich großer Schmerz widergespiegelt, als sie von ihm gesprochen hatte.

Aber die Kirche und der Friedhof waren bestimmt voller Menschen, und vielleicht würde der Mann Elsa in der Menge nicht entdecken.

»Ich bin Fiona«, stellte sie sich der Frau vor.

»Irin?«

»Ja, und du? Man hat mir gesagt, dass du auch aus Irland bist.«

»Ich stamme aus dem Westen«, erwiderte Vonni. »Aber das ist schon lange her.«

»Und was hast du jetzt mit den Kindern vor?«

»Ihre Familien halten sich im Augenblick alle im Haus von Manos auf.« Vonni sprach Englisch mit irischem Akzent, aber irgendwie hörte es sich an, als wäre es eine Fremdsprache für sie. Das war es mittlerweile wahrscheinlich auch. »Ich dachte mir, dass wir ein bisschen aus dem Dorf hinauswandern und oben in den Bergen ein paar Blumen pflücken. Würdest du mit uns kommen und mir helfen?«

»Ja, sicher, aber ich kann dir nicht groß von Nutzen sein. Wie soll ich mich denn verständigen?«

»Die Kinder sollen Englisch lernen. Also sag einfach immer wieder mal *very good* und *thank you*. Ich glaube, das verstehen sie inzwischen.« Auf Vonnis faltigem Gesicht breitete sich ein strahlendes Lächeln aus, das die ganze Umgebung zu erhellen schien.

»In Ordnung«, erwiderte Fiona und fühlte sich gleich ein wenig besser. Entschlossen nahm sie zwei Fünfjährige an die Hand. Zusammen marschierten sie die staubige Landstraße entlang und aus dem Dorf hinaus, um Blumen für die Kirche zu pflücken.

Thomas sah die Priester, die in Zweierreihen unten auf der Straße gingen. Es waren hoch gewachsene Männer in langen Gewändern, die das graue, lange Haar im Nacken zu einem kleinen Knoten geschlungen hatten und darüber hohe, schwarze Kopfbedeckungen trugen. Sie sahen blass und feierlich aus, und Thomas fragte sich, was einen jungen Griechen von dieser sonnigen Insel wohl veranlassen mochte, sein Leben der Religion zu weihen. Aber zu Hause im sonnigen Kalifornien kannte er auch Angehörige verschiedener Glaubensgemeinschaften, die teilweise sogar an seiner Fakultät lehrten. Ein junger Geistlicher war auf Mystizismus in der Dichtung spezialisiert, und ein Methodistenpriester hielt Vorlesungen über elisabethanische Literatur. Diese Männer fanden ihre Stärke in ihrem Glauben. Das Gleiche galt mit Sicherheit auch für diese griechisch-orthodoxen Würdenträger.

Es wurde langsam Zeit, sich auf den Weg zur Kirche zu machen. Wie versprochen, ging Thomas an Elsas Wohnung vorbei, wo er überrascht feststellen musste, dass drinnen

Stimmen zu hören waren. Vielleicht hatte sie doch ihren Freund getroffen.

Zuerst war er enttäuscht, aber seine Laune besserte sich schlagartig, als er begriff, dass dieser Mann gar nicht bei Elsa sein konnte, da er bestimmt bei der Beerdigung filmen würde.

Er klopfte an die Tür und sah sich David gegenüber.

»Es ist nur Thomas«, rief David ins Zimmer. Kein sonderlich freundlicher Willkommensgruß.

»Aber ich habe Elsa doch gesagt, dass ich sie zur Kirche begleite«, erklärte Thomas beleidigt.

»Entschuldige, das war nicht so gemeint, Thomas. Ich habe keine Ahnung, was heute mit mir los ist und warum ich mich ständig im Ton vergreife. Wir dachten nur ... wir hatten Angst ...«

Elsa kam ihm zu Hilfe. Sie hatte sich umgezogen und trug ein elegantes, cremefarbenes Leinenkleid mit einem dunkelblauen Blazer darüber.

Auch Thomas hatte vorsichtshalber eine Krawatte in die Tasche gesteckt, falls er sie brauchen würde. Eine kluge Entscheidung.

»Thomas, ich habe David gebeten, für mich an die Tür zu gehen, weil ich Angst habe, dass Dieter hier auftauchen könnte. Verzeih mir bitte.«

»Was gibt es da zu verzeihen?« Thomas band sich vor dem kleinen Spiegel im Gang seine Krawatte um.

»Ich sollte mir vielleicht auch rasch von zu Hause eine Krawatte holen«, überlegte David.

»Nein, nicht nötig, du siehst ganz ordentlich aus«, beruhigte Thomas ihn. Zu dritt traten sie aus dem Haus und folgten der Menschenmenge, die der kleinen Kirche zustrebte. Rechts und links säumten Menschen die Straße und unterhielten sich leise und mit gesenkten Köpfen.

»Wo Fiona wohl steckt?«, fragte David flüsternd.

»Die hockt sicher oben in der Polizeiwache und füttert ihren Süßen durch die Gitterstäbe mit Keksen«, erwiderte Thomas sarkastisch.

»Aber sie liebt ihn nun mal«, warf Elsa ein, als wollte sie Fiona entschuldigen.

»Du hättest mal sehen sollen, wie er auf sie losgegangen ist«, sagte Thomas.

»Wenn sie wirklich auf der Wache ist, dann ist sie ja ganz allein. Die Polizisten sind nämlich alle hier«, bemerkte David.

Plötzlich verstummten die Menschen und betrachteten schweigend den näher kommenden Trauerzug. Eine kleine Prozession aus schwarz gekleideten Männern und Frauen folgte den Särgen. Ihre tränenüberströmten Gesichter und ihre Trauerkleidung wirkten irritierend in dieser Umgebung aus strahlend blauem Himmel, grün-blauem Meer und weiß getünchten Häusern.

Dahinter folgten die Familien aus England und Deutschland, die das Schicksal wegen der Beerdigung ihrer Freunde und Angehörigen in dieses kleine griechische Dorf verschlagen hatte. Verwirrt und traurig sahen sie sich um, als spielten sie eine Rolle in einem Stück, dessen Text sie nicht kannten.

Alle Geschäfte, Restaurants und Büros in Aghia Anna hatten geschlossen. Die Fischerboote lagen im Hafen vertäut, die Flaggen auf Halbmast. Aus dem Kloster im Tal nebenan ertönte Glockengeläut. Fernsehkameras aus einem halben Dutzend Ländern filmten die Szene. Die kleine Kirche konnte kaum ein Zehntel der davor versammelten Trauergäste aufnehmen, und so übertrugen scheppernde Lautsprecher den Gottesdienst nach draußen.

Plötzlich war über die griechischen Gebete und die Kirchenmusik hinweg der Gesang von Kinderstimmen zu hören. »Der Herr ist mein Hirte«, sangen sie auf Englisch. Man hörte, wie einige der Engländer in lautes Schluchzen ausbrachen. Auch Thomas musste sich eine Träne aus dem Auge wischen.

Und gleich darauf folgte eine Strophe des deutschen Liedes »O Tannenbaum«, und jetzt war Elsa an der Reihe, in Tränen auszubrechen.

»Das war meine Freundin Vonni, die ihnen das beigebracht hat«, flüsterte Thomas.

»Du musst ihr unbedingt sagen, dass es ihr gelungen ist, uns alle zu Tränen zu rühren«, erwiderte David leise.

Als die Trauergemeinde aus der Kirche kam und sich anschickte, den kurzen Weg hinaus zum Friedhof zurückzulegen, entdeckte Elsa Fiona. Sie stand bei Vonni und den Kindern, die die Arme voller Blumen hatten, und hielt zwei kleine Jungen an der Hand.

»Sieh mal einer an«, sagte Thomas. »Wer hätte das gedacht, dass sie sich so schnell wieder von dem Schrecken erholt.«

»Das tut sie wahrscheinlich nur, um sich abzulenken«, mutmaßte Elsa.

In dem Moment ertönte Yorghis' Stimme, der laut um Verständnis dafür bat, dass die betroffenen Familien es vorzögen, bei der Begräbniszeremonie am Grab unter sich und mit ihrer Trauer allein zu bleiben. Gleichzeitig bedankte er sich in ihrem Namen dafür, dass so viele Leute zur Kirche gekommen waren, um ihr Beileid zu bekunden. Außerdem hätten sie die Betreiber der Kaffeehäuser und Restaurants gebeten, ihre Lokale wieder zu öffnen. Das Leben müsse schließlich weitergehen.

Nur widerstrebend rückten die ausländischen Fernsehteams ab, aber ihnen war klar, dass in einer Situation wie dieser eine Diskussion nicht viel bringen würde. Die Kinder gingen mit Vonni und Fiona auf den kleinen Friedhof, wo zwischen alten Grabsteinen und zerfallendem Mauerwerk die frisch ausgehobenen Gräber klafften.

»Das kommt mir alles völlig unwirklich vor, und dabei haben wir nicht einmal jemanden verloren«, sagte Thomas nachdenklich.

»Ich möchte jetzt nicht allein sein«, bat Elsa leise.

»Dann lade ich dich auf ein Glas Retsina und ein paar *kalamari* und Oliven unten am Hafen ein. Sieh nur, sie stellen bereits überall wieder Stühle heraus«, meinte Thomas.

»Ich glaube, dass Elsa jetzt lieber nicht in der Öffentlichkeit gesehen werden möchte«, wandte David ein.

»Richtig, das hatte ich ganz vergessen. Aber bei mir steht ein guter Retsina im Kühlschrank. Ihr wisst schon, in der Wohnung über Vonnis Laden.« Da keiner so recht wusste, was er machen sollte, stimmten sie dem Vorschlag zu.

»Seht ihr vielleicht eine Möglichkeit, Fiona Bescheid zu geben, dass wir uns bei dir treffen?«, fragte Elsa.

»Dann müssen wir auch ihrem ›Süßen‹, wie Thomas sich auszudrücken pflegt, Bescheid geben.« David war von der Idee nicht sehr begeistert.

»Nein, wieso? Der sitzt doch noch«, sagte Thomas. »Seid ihr einverstanden?«

»Sehr einverstanden«, antwortete Elsa lächelnd. »Ich gehe nur kurz heim und hole mir einen Schal, falls es abends kühl wird. Auf dem Rückweg nehme ich bei Yanni noch ein paar Oliven mit, und dann treffen wir uns bei dir.« Sie schien sich richtig auf die Verabredung zu freuen.

In der Zwischenzeit räumte Thomas rasch sein Wohnzimmer auf und stellte die Gläser auf den Tisch. David sah sich währenddessen seine Bücher an.

»Hast du die alle aus Kalifornien mitgebracht?«, fragte er tief beeindruckt.

»Nein, die meisten gehören Vonni. Mir wäre es übrigens viel lieber, wenn sie hier oben in der Wohnung schlafen würde.«

»Wieso?«

»Sie nächtigt nämlich unten im Garten in dem kleinen Schuppen, zusammen mit ihren Hühnern und Gott weiß welchem anderen Viehzeug.«

»Das ist doch nicht zu glauben.« Kopfschüttelnd betrachtete David die schäbige Hütte. Während sie auf Elsas Rückkehr warteten und den Tisch mit Servietten und kleinen Tellern deckten, unterhielten sie sich über Gott und die Welt.

Es war David, der schließlich das in Worte fasste, was beide dachten.

»Elsa braucht aber ziemlich lange, um die Oliven zu holen, findest du nicht?«

Es folgte eine längere Pause.

»Wahrscheinlich hat sie ihn getroffen«, sagte Thomas.

»Und ist mit ihm weggegangen«, beendete David den Satz.

Elsa sah Dieter sofort, als sie aus Yannis Lebensmittelladen kam. Er sprach gerade mit Claus, dem Chefkameramann, und sah auf seine Uhr. Wahrscheinlich hatte das Fernsehteam einen Hubschrauber gechartert, da den Journalisten die Fahrt mit der Fähre zurück nach Athen bestimmt zu lange dauerte. Die Bilder und Kommentare zur Beerdigung waren über Satellit bereits auf dem Weg nach Deutschland.

Hastig trat sie einen Schritt zurück in Yannis Laden, war aber nicht schnell genug.

Dieter hatte sie bereits entdeckt.

Sie sah, wie er auf sie zueilte.

»Elsa! Elsa!«, rief er und zwängte sich zwischen den Passanten auf der engen Gasse hindurch. Er war vor Aufregung ganz rot im Gesicht, und seine Augen leuchteten. Elsa hatte völlig vergessen, wie gut er aussah, wie Robert Redford in jungen Jahren.

Es gab keinen Ausweg für sie, er stand bereits neben ihr.

»Dieter?«, sagte sie unsicher.

»Schatz, Elsa, was machst du denn hier? Was hast du dir nur dabei gedacht, so einfach davonzulaufen?« Er hatte die Hände auf ihre Schultern gelegt und schien sie mit seinen Blicken regelrecht zu verschlingen.

Dieter hatte offenbar jegliche Diskretion über Bord geworfen. Aber Claus hatte wahrscheinlich ohnehin Bescheid gewusst, so wie die Hälfte des Fernsehsenders.

Elsa gab keine Antwort, sondern schaute nur in seine klaren, blauen Augen.

»Claus hat erfahren, dass du hier sein sollst. Irgendjemand von einem anderen Sender hat dich gestern gesehen, aber ich wollte es nicht glauben. Ach, Elsa, Schatz, ich bin so froh, dass ich dich gefunden habe.«

Sie schüttelte den Kopf. »Du hast mich nicht gefunden, du bist mir zufälligerweise über den Weg gelaufen. Ich muss jetzt weiter.«

Sie sah, wie Claus diskret das Weite suchte. Er hatte offenbar keine Lust, in einen Streit zwischen Liebenden hineingezogen zu werden.

»Elsa, jetzt benimm dich doch nicht so lächerlich. Du kündigst deinen Job, du verlässt mich – und das alles ohne ein Wort der Erklärung… Meinst du nicht, dass wir etwas zu besprechen haben?«

Auf seinem Gesicht zeichneten sich große innere Qualen

ab; Elsa hatte ihn noch nie so außer sich gesehen. »Claus«, rief er dem Kameramann zu, »ich werde heute Nacht hier bleiben. Flieg du mit den anderen zurück, ich rufe dich morgen an.«

»Meinetwegen musst du wirklich nicht bleiben, Dieter, bitte. Und falls du mir drohen oder mich gar zu etwas zwingen willst, dann hole ich die Polizei, das schwöre ich dir. Die haben erst gestern einen Mann eingesperrt, weil er eine Frau geschlagen hat. In seiner Zelle ist bestimmt noch Platz.«

»Wieso sollte ich dich bedrohen, Elsa?« Die Vorstellung erschien ihm offenbar völlig abwegig. »Nie im Leben! Ich liebe dich, Elsa. Aber ist es denn zu viel verlangt, wenn ich von dir wissen will, warum du mich verlassen hast? Ohne ein Wort der Erklärung?«

»Ich habe dir doch geschrieben«, rechtfertigte sie sich.

»Ja, ganze zwölf Zeilen«, sagte er und griff in seine Jacke. »Ich habe den Brief immer bei mir und kenne jedes Wort auswendig. Ich kann nur hoffen, dass er eines Tages einen Sinn für mich ergeben wird.« Er sah so verletzt aus, dass Elsa spürte, wie sie schwach wurde.

»Aber da steht doch alles drin«, sagte sie.

»Nichts steht drin, Elsa. Ich schwöre dir, ich gehe und lasse dich für immer in Frieden, wenn du mir erklärst, warum du zwei Jahre unseres Lebens einfach so wegwirfst. Du kennst den Grund ... ich nicht. Wir sind immer fair zueinander gewesen, also sei du es jetzt auch. Das schuldest du mir.«

Elsa erwiderte nichts. Vielleicht schuldete sie ihm tatsächlich mehr als einen zwölfzeiligen Brief.

»Wo wohnst du? Gehen wir doch zu dir«, schlug er rasch vor, als er sah, dass sie zögerte.

»Nein, nicht zu mir. Wo bist du untergebracht? Im ›Anna Beach‹?«

Das war das einzige einigermaßen touristische und komfortable Hotel im Dorf. Er konnte nur dort abgestiegen sein.

»Ja, stimmt«, antwortete er.

»Gut, dann begleite ich dich dorthin. Wir können uns in eine Ecke ins Café setzen oder auf die Veranda, wo man aufs Meer hinausschauen kann.«

Dieter schien erleichtert.

»Danke«, sagte er nur.

»Aber zuerst muss ich noch jemanden benachrichtigen.« Er reichte ihr sein Mobiltelefon.

»Nein, ich habe keine Nummer.«

Sie ging zum Ladentisch und gab Yanni die Oliven. Nach einigem Hin und Her war man sich einig. Yannis kleiner Bruder würde den Beutel mit den Oliven und eine Nachricht von Elsa in die Wohnung über Vonnis Laden bringen. Elsa kritzelte rasch ein paar Worte auf ein Stück Pappendeckel.

»Dem Kerl hast du keine zwölf Zeilen geschrieben. Wahrscheinlich sollte ich mich geschmeichelt fühlen«, bemerkte Dieter.

Sie lächelte ihn an. »Nein, das ist kein Kerl, eigentlich sind es zwei … aber du weißt schon, was ich meine.«

»Ich liebe dich, Elsa«, sagte er ernst.

»Fiona, du hast mir heute sehr geholfen. Ich soll dir von den Eltern unserer Kinder ganz herzlichen Dank ausrichten.«

»Aber das habe ich doch gern getan. Ich liebe Kinder«, erwiderte Fiona mit trauriger Stimme.

»Eines Tages wirst du selbst Kinder haben.«

»Ich weiß nicht, Vonni, keine Ahnung. Hast du denn Kinder?«

»Eines«, erwiderte Vonni. »Einen Sohn, aber die Geschichte ist verfahren.«

Ihrem Tonfall war zu entnehmen, dass mit dieser Bemerkung die Angelegenheit erledigt war. Aber da sie Fiona nicht vor den Kopf stoßen wollte, sondern sich sogar gern mit ihr unterhielt – nur nicht über ihren Sohn –, fügte sie lobend hinzu: »Du kannst gut mit Kindern umgehen, da spielt es keine Rolle, ob du ihre Sprache sprichst oder nicht.«

»Vielleicht bin ich schwanger«, platzte es aus Fiona heraus. »Das heißt, ich bin sicher, und … und bei mir ist die Sache auch mehr als verworren.«

»Und, weiß es der junge Mann, der nach Athen abgereist ist?«

»Ja, schon, aber ich habe es ihm nicht richtig gesagt.«

»Du solltest jetzt besser nicht allein sein«, meinte Vonni. »Ich würde dich ja zu mir mitnehmen, aber ich wohne momentan im Hühnerstall, wie Thomas sich auszudrücken pflegt.«

»Macht nichts, ich gehe zu Elsa«, beschloss Fiona.

Aber als sie dort vor der Tür stand, machte ihr niemand auf.

Die Leute in Davids Haus erklärten ihr, dass er auch noch nicht nach Hause gekommen sei.

Vonni begleitete sie noch das Stück bis zu ihrem Laden.

»Ich warte hier, bis ich weiß, dass du Gesellschaft hast«, erklärte sie und blieb unten auf der Straße stehen, während Fiona die Treppe zu ihrer Wohnung hinauflief.

Vonni wartete, bis Thomas die Tür öffnete und Fiona ins Haus bat. Dann erst kehrte sie zum Hafen zurück. Sie wollte bei Manos' Familie in der Küche aushelfen. Dort wurde jede Hand gebraucht, um das Essen auf den Tisch zu bringen und hinterher abzuwaschen. Sie würde so lange bleiben, wie man sie dort benötigte.

»Sie haben ihn nach Athen geschickt, bevor ich ihn noch einmal sehen konnte«, erzählte Fiona schluchzend.

»Vielleicht ist es das Beste für alle«, sagte David. Nach einem Blick auf Fionas Gesicht, fügte er halbherzig hinzu: »Ich meine doch nur, dass sich so jeder erst mal alles in Ruhe überlegen kann, und wenn er dann wieder zurückkommt…«

»Vielleicht schreibt er ja auch«, sagte Thomas.

»Wo ist eigentlich Elsa?«, wollte Fiona plötzlich wissen. Elsa hätte vielleicht etwas Hilfreiches zu sagen gewusst, ganz im Gegensatz zu diesen beiden wohlmeinenden, aber unbeholfenen Männern.

Keine Antwort.

Schließlich erklärte Thomas: »Sie wollte eigentlich nachkommen, aber dann hat sie jemanden getroffen …«

»Diesen Deutschen«, schloss David.

»Und ist sie mit ihm weggegangen?« Blanker Neid sprach aus Fionas Frage.

»Sieht ganz so aus«, antworteten Thomas und David wie aus einem Mund.

KAPITEL SIEBEN

Im ›Anna Beach‹ checkten die meisten Journalisten bereits aus. Wieder ein Job erledigt, wieder eine Katastrophe im Kasten, und weiter ging es zur nächsten. Erst wenn die Ermittlungsbeamten zu einem Ergebnis gekommen waren und ihren Bericht veröffentlicht hatten, wäre die Story wieder von Interesse für sie.

Dieter und Elsa wandten sich der überdachten Veranda mit den klobigen Rattanstühlen und den niedrigen Tischen zu. Unter ihnen schlug das dunkelblaue Meer gegen die Felsen, als ob nichts geschehen wäre. Kaum zu glauben, dass dasselbe Meer diese Woche das Leben so vieler Menschen gefordert hatte.

Dieter bestellte zwei Kaffee.

»Entschuldigung«, rief Elsa dem Kellner zu. »Der Herr nimmt Kaffee, ich nicht. Er hat aus Versehen auch einen für mich bestellt ... Ich hätte lieber einen *ouzo* und ein Glas Wasser.«

»Jetzt sei doch nicht so zickig«, meinte Dieter.

»Zickig? Weil ich mir bestelle, was ich will?«, fragte sie verwundert.

»Nein, du weißt schon. Du musst mir nichts beweisen«, sagte er.

»Oh, diese Phase habe ich längst hinter mir. Aber du wolltest mit mir reden, Dieter. Hier bin ich. Also reden wir.«

»Nein, ich wollte von dir etwas hören. Du solltest mir sagen, warum du so plötzlich verschwunden bist, um dich in einem Kaff wie diesem hier zu verstecken.«

»Ich verstecke mich hier nicht«, rief Elsa empört. »Ich habe ganz offiziell meinen Job gekündigt, ich halte mich hier unter meinem eigenen Namen auf, und als du mit mir sprechen wolltest, bin ich mit dir mitgekommen. Also, wo kann man hier von Geheimnistuerei sprechen? Und wieso nennst du Aghia Anna ein Kaff? Schau mal hinüber an die Rezeption – die Hälfte aller Medienvertreter auf der ganzen Welt ist hier … Hier ist doch jede Menge Action geboten.«

»Ich mag es nicht, wenn du so zynisch bist, Elsa. Das wirkt aufgesetzt und passt überhaupt nicht zu dir.«

Der Kellner kam mit ihrer Bestellung.

Elsa goss Wasser in das anishaltige Getränk und sah zu, wie es sich milchig verfärbte. Dann kippte sie es auf einen Zug hinunter.

»Alle Achtung!«, staunte Dieter und trank amüsiert einen Schluck von seinem Kaffee.

»Wieso trinkst du nicht aus? Dann können wir gleich auf dein Zimmer gehen.«

»*Was?*« Er betrachtete sie ungläubig.

»Auf dein Zimmer«, wiederholte sie, als ob er schwerhörig wäre.

Verständnislos starrte er sie an.

»Darum geht es dir doch, Dieter, oder? Du sagst zwar reden, aber du meinst etwas anderes – du meinst vögeln.«

Er starrte sie mit offenem Mund an.

»Äh … ich … ach, Elsa, deswegen musst du doch nicht gleich so ordinär werden. Wir hatten ein anderes Verhältnis zueinander.«

»Ja? Aber so ist es doch immer gelaufen an den Abenden, an denen du in meine Wohnung gekommen bist. Und mittags auch, wenn es sich einrichten ließ.«

»Elsa, ich liebe dich, und du liebst mich. Warum, in Gottes Namen, ziehst du unsere Beziehung auf dieses primitive Niveau herunter?«

»Dann willst du also nicht mit mir ins Bett gehen?« Mit großen Augen sah sie ihn unschuldig an.

»Du weißt genau, dass ich das will.«

»Na also. Dann trink deinen Kaffee aus und hol deinen Zimmerschlüssel.«

»Dank dir, Vonni. Nur dir kann es einfallen, an einem solchen Abend hierher zu kommen und Geschirr zu spülen.« Maria, die Witwe von Manos, stand in ihrer Küche und betrachtete die sauberen Teller und funkelnden Gläser.

»Wie kommst du denn jetzt so zurecht? Hast du genügend Unterstützung von deinen Verwandten?«

»Die meisten sind lieb und bemühen sich, aber manche meinen, Manos' Verhalten sei unverantwortlich gewesen. Und das macht alles nur noch viel schlimmer.«

»Ach, du wirst immer mit Leuten zu tun haben, die in solchen Zeiten genau das Falsche sagen. Da gibt es richtige Spezialisten«, versicherte Vonni ihr.

»Du klingst, als hättest du darin Erfahrung.«

»Ich könnte ein Buch darüber schreiben. Wer hat dich denn am meisten verärgert?«

»Meine Schwester. Sie meint, ich soll mir so schnell wie möglich einen neuen Mann suchen, bevor ich alt und hässlich bin. Manos ist noch nicht kalt in seinem Grab, und sie macht mir solche Vorschläge.«

»Ist das die Schwester, die mit diesem Geizkragen auf der anderen Seite der Insel verheiratet ist?«

»Ja.«

»Na, dann kann man sie wohl kaum als Expertin in Liebesdingen bezeichnen. Ignorier sie einfach. Wer sonst noch?«

»Mein Schwiegervater. Er meint, ich würde es nie schaffen, seine Enkelkinder hier anständig großzuziehen. Wir sollten lieber alle bei ihm in Athen leben. Das würde ich nicht aushalten, Vonni, im Ernst. Ich könnte niemals weg.«

»Auf keinen Fall. Sag ihm, dass du dir ein Jahr lang Bedenkzeit ausbittest. Du hättest gehört, dass man nach einem solchen Verlust mindestens zwölf Monate lang keine weit reichenden Entscheidungen treffen soll. Das sei ein alter Brauch. Sag ihm das.«

»Tatsächlich?«, fragte Maria verwirrt.

»Na ja, jedenfalls bei uns in Irland. Aber du musst ihm ja nicht verraten, woher diese Tradition kommt. Sag einfach, dass sie weit verbreitet ist.«

»Aber wenn er die Hoffnung hat, ich könnte es mir noch überlegen, fängt er bestimmt gleich an, Pläne zu schmieden.«

»Das macht nichts. Du musst ihm nur klipp und klar zu verstehen geben, dass er sich vor Ablauf eines Jahres gar nichts zu überlegen braucht. Und in einem Jahr kannst du ihm dann sagen, dass du die Kinder nicht aus der Schule nehmen kannst oder etwas in die Richtung.«

»Ja, hast du denn auch schon die Erfahrung gemacht, dass sich jemand bei einem Todesfall so fürchterlich danebenbenimmt? Du wirkst immer souverän und gelassen, als könnte dir nichts etwas anhaben.«

»Und ob ich das erlebt habe. Nach der Beerdigung meiner Mutter hat meine Schwester mir einen Brief geschrieben und mich wüst beschimpft. Ich hätte meiner Mutter das Leben zur Hölle gemacht, und sie hätte meinetwegen nie ruhig schlafen können.«

»Oh, Vonni, das darf doch nicht wahr sein.«

»Ach, ich war ziemlich wild und rebellisch in meiner Jugend, noch viel verantwortungsloser, als dein Manos es jemals war. Zuerst war ich sehr verletzt, und lange Zeit dachte ich, meine Schwester hätte Recht gehabt mit ihrem Vorwurf. Aber dann habe ich mich wieder daran erinnert, wie oft ich meine Mutter zum Lachen bringen konnte. Etwas, das meine sterbenslangweilige, ernsthafte Schwester nie fertig gebracht hat. Und danach ging es mir wieder besser.«

»Hast du noch Kontakt zu deiner Schwester? *Ich* würde am liebsten nach nebenan gehen und meiner Schwester ins Gesicht schlagen«, sagte Maria erbost.

»Verstehe. So ist es mir auch lange ergangen. Aber das Leben ist einfacher, wenn man sich diesen Wunsch verkneift und freundlich zu den Leuten ist. Glaub es mir. Meine Schwester bekommt jedes Jahr zu Weihnachten und zum Geburtstag eine Karte von mir.«

»Und, rührt sie sich bei dir?«

»Ja, sie schickt mir Ansichtskarten aus Italien, wenn sie dort in die Oper geht, oder aus Spanien, wenn sie auf Studienreise ist. Aber damit will sie mir nur zeigen, wie gebildet sie ist. Meine Schwester ist ein einsamer Mensch, ohne richtige Freunde. Ich bin hier tausendmal besser dran. Ihr habt mich voller Wärme bei euch aufgenommen, da kann ich leicht höfliche Grüße in die Welt hinausschicken. Und du, Maria, kannst ebenfalls von Glück reden, dass du nicht mit diesem Geizkragen verheiratet bist, den deine Schwester sich ausgesucht hat. Sei dir dessen jeden Tag bewusst und lass dich nicht beirren. In zwei Tagen kommt sie bestimmt zusammen mit ihm hierher und will wissen, wie viel an Geld da ist. Dann reiß dich zusammen und schlag sie nicht gleich.«

Maria musste lachen. »Das hast du schön gesagt. Jetzt geht es mir schon viel besser. Ich hätte nie gedacht, dass ich jemals wieder lachen könnte«, sagte sie und legte die Hand auf den Arm der älteren, erfahreneren Frau.

»Doch, du wirst wieder lachen«, versprach Vonni ihr. »Trauere, wein dir die Augen aus, aber vergiss nicht, ebenso oft zu lachen. Nur so ist das Leben zu überstehen.«

David hatte keine Lust, in sein Zimmer zurückzukehren. Die Familie, bei der er sich eingemietet hatte, war außer sich vor Schmerz über den Verlust ihres Sohnes. Da störte er nur. Auch Fiona wollte nicht den ganzen Weg bis zu Elenis Haus zurücklaufen und dort allein übernachten, in dem Wissen, dass Shane sie ohne ein Wort der Erklärung, ohne Brief oder auch nur kurze Nachricht verlassen hatte.

»Warum bleibt ihr zwei dann nicht hier?«, schlug Thomas vor. »Fiona kann das kleine Gästezimmer nach hinten hinaus haben, und David kann auf dem Sofa schlafen.« Fragend sah er sie an. Die zwei nickten, dankbar und erleichtert. Eine tolle Idee sei das, bestätigten sie ihm.

In dieser Nacht war keiner gern allein.

»Kann ich heute Nacht hier auf dem Revier schlafen?«, fragte Andreas seinen Bruder Yorghis.

»Genau das wollte ich dir gerade vorschlagen.«

»Irgendwie habe ich heute keine Lust auf den langen, steilen Heimweg. Keine Ahnung, warum.«

»Nach einer so traurigen Angelegenheit wie einer Beerdigung ist doch keiner gern allein«, versicherte ihm Yorghis und tätschelte die Hand seines Bruders. »Ich will auch nicht allein sein. Deshalb bin ich froh, dass du hier bleiben willst.«

Doch keiner von beiden erwähnte die Gründe, weshalb sie allein waren.

Stattdessen sprachen sie über die Menschen, die heute gekommen waren, um den Angehörigen ihre Trauer und

Anteilnahme zu zeigen. Ihre Schwester Christina wäre sicher auch zu der Beerdigung gekommen, hatte aber wahrscheinlich ihre Familie nicht allein lassen können. Aber mit keinem Wort wurde Andreas' Sohn Adoni erwähnt, der in Chicago lebte und weder mit seinem Heimatdorf noch mit seinem Vater Kontakt hatte. Wäre er hier geblieben, wäre Adoni vielleicht zusammen mit Manos aufs Meer hinausgefahren.

Auch Yorghis' Frau, die ihn vor vielen Jahren verlassen hatte, blieb unerwähnt. Sie sei doch nur freundlich zu diesem Touristen gewesen, hatte sie ihrem Mann versichert. Aber für Yorghis war ihr Verhalten alles andere als freundschaftlich gewesen. Er hatte ihr Vorhaltungen gemacht und dabei Worte gebraucht, die er nicht mehr zurücknehmen konnte. Danach war seine Frau zu ihrer Familie nach Kreta zurückgekehrt.

Yorghis ging zum Aktenschrank und holte eine Flasche Metaxa heraus. Dann suchte er frische Laken und ein paar Kopfkissen.

»Willst du mich in die Zelle sperren?«, fragte Andreas.

»Nein, Bruderherz. Aber wir beide haben als Jungen lange genug in einem Zimmer geschlafen, da tut es uns einsamen alten Männern bestimmt nicht weh, wenn wir uns in einer so traurigen Nacht wieder ein Zimmer teilen.«

Vonni hatte der Verwandtschaft von Maria und Manos Kaffee und *baklava* serviert und wollte gerade ohne großes Aufsehen das Haus verlassen, als Maria in die Küche schlüpfte.

»Vonni, kann ich dich noch um einen Gefallen bitten?«

»Nur zu, Maria.«

»Könntest du heute hier schlafen? Nur heute Nacht? Ich glaube nicht, dass ich es heute allein aushalte.«

»Natürlich bleibe ich.«

»Du bist wirklich eine gute Freundin, aber das Bett ist einfach zu groß und leer für mich.«

»Aber ich warne dich, ich schnarche manchmal«, entschuldigte sich Vonni im Voraus.

»Manos hat auch geschnarcht. Jede Nacht. Obwohl er es heftig abgestritten hat.«

»Der gute Manos.« Vonni lachte. »Ich bin sicher, er würde sich freuen, wenn er wüsste, dass ich ein oder zwei Nächte lang an seiner Stelle neben dir schnarche.«

Das Hotel ›Anna Beach‹ bestand aus einem Hauptgebäude und einer Bungalowanlage direkt am Strand. Dieter schloss die Tür zu seinem kleinen Häuschen auf und trat zurück, um Elsa den Vortritt zu lassen.

Sie setzte sich nicht, sondern blieb stehen und sah sich die Bilder an der Wand an – Vergrößerungen von Fotografien der Küste bei Aghia Anna.

»Sehr schick«, meinte sie bewundernd.

»So etwas hatte ich hier nicht erwartet«, sagte er.

»Aber das ist doch ganz nach deinem Geschmack«, erwiderte sie und lächelte.

»Dein Lächeln ist nicht echt, Elsa.«

»Mein Fernsehlächeln. Das hast du mir doch beigebracht. Du musst mit Zähnen und Augen lächeln, hast du gesagt. Mit Zähnen und Augen. Ich kann mich noch gut erinnern.«

»Es ist nicht nötig, dass du so empfindlich reagierst. Du weißt, wie sehr ich dich liebe.«

»Du hast Recht. Lass uns keine Zeit verschwenden.« Elsa hatte bereits ihre dunkelblaue Jacke ausgezogen, dann zog sie das cremefarbene Leinenkleid über den Kopf und hängte es über eine Stuhllehne.

Dieter zögerte immer noch.

Elsa schlüpfte aus ihrem Spitzenbüstenhalter und dem passenden Slip, legte beides auf ihr Kleid und trat zuletzt aus ihren eleganten, dunkelblauen Sandalen.

»Du bist umwerfend schön. Ich dachte schon, ich würde dich nie mehr wiedersehen.« Er sah sie voll unverhohlener Bewunderung an.

»Doch nicht ein Mann wie du, Dieter. Du bekommst doch immer, was du willst.« Elsa legte ihre Arme um seinen Hals und küsste ihn. Und plötzlich war wieder alles so, als wären sie nie getrennt gewesen.

In der Wohnung über dem Kunstgewerbeladen lag Fiona in dem kleinen, weißen Zimmer im Bett, dem Vonni mit einem türkisgrünen Bettüberwurf und einem hellblauen Stuhl farbige Akzente verliehen hatte. Ein Spiegel mit blauem Rahmen schmückte eine zierliche, weiße Kommode. Ein paar Muscheln und einige Keramikgegenstände vervollständigten die Einrichtung. Das Zimmer strahlte eine angenehme, behagliche Atmosphäre aus.

Fiona war müde und traurig.

Der Tag war der reinste Albtraum für sie gewesen, und es war mit Sicherheit nicht der letzte dieser Art. Sie würde heute Nacht bestimmt kein Auge zutun. Zu viel war geschehen, und zu unsicher war die Zukunft. Wie schön wäre es gewesen, wenn Shane noch hier gewesen wäre und sie ein paar Tage bei Thomas in seiner gemütlichen Wohnung hätten verbringen können. Aber noch während sie diesen Gedanken nachhing, wusste Fiona, dass sie sich etwas vormachte. Shane hätte permanent mit Thomas gestritten. Bei Fremden benahm er sich immer so. Aus Unsicherheit.

Sie schluchzte laut.

Es war so traurig, dass die Leute Shane einfach nicht zu nehmen wussten und immer das Schlimmste aus ihm herausholten.

Fiona weinte sich in dem Bett mit dem türkisgrünen Überwurf in den Schlaf.

Im Zimmer nebenan saßen Thomas und David und spielten Schach. Durch die Wand hörten sie Fionas Schluchzen.

»Sie weint wegen diesem Mistkerl!«, flüsterte David erstaunt.

»Ich weiß, es ist nicht zu begreifen«, erwiderte Thomas, ebenfalls im Flüsterton.

Als das Weinen endlich verstummt war, lächelten sie einander erleichtert zu.

»Weißt du, wie wir uns benehmen?«, fragte David. »Wie die Eltern eines Kleinkinds, das nicht einschlafen will.«

Thomas seufzte. »Genau. Ich bin immer erst dann aus dem Zimmer, wenn ich sicher sein konnte, dass Bill auch wirklich eingeschlafen war. Aber genau in dem Moment, in dem ich mich aus der Tür schleichen wollte, hat er wieder zu plappern angefangen. Das waren schon tolle Zeiten.« Der Gedanke an seinen Sohn schien ihn traurig zu machen.

David überlegte angestrengt, was er darauf antworten sollte. Er traf so oft den falschen Ton.

»Frauen sind gar nicht so leicht zu verstehen. Habe ich Recht?«, fragte er schließlich.

Thomas betrachtete ihn nachdenklich. »Das kann man wohl sagen, David. Genau dasselbe habe ich mir im Moment auch gedacht. Fiona heult sich die Augen aus dem Kopf wegen diesem versoffenen Mistkerl, der sie am liebsten grün und blau geschlagen hätte; Elsa fällt nichts Besseres ein, als mit diesem Typen loszuziehen, wegen dem sie erst meilenweit davongelaufen ist; und meine Frau, die mir früher immer vorgeschwärmt hat, wie sehr sie Kunst und Literatur liebt, lebt jetzt mit einem Holzkopf zusammen, der in jedem Zimmer meines Hauses ein anderes Trainingsgerät stehen hat.« Er klang verbittert.

Betroffen sah David ihn an. Seine Bemerkung war offensichtlich keine gute Idee gewesen.

»Und du kannst wahrscheinlich auch noch ein paar eigene Geschichten über die Unberechenbarkeit von Frauen zum Besten geben, David«, fügte Thomas schulterzuckend hinzu.

»Nein, genau das ist ja mein Problem. Wie ich Elsa bereits sagte, ich weiß gar nicht, was Liebe ist. Mir geht nichts mehr unter die Haut, mich lässt alles kalt.«

Thomas musste schallend lachen. »Nein, nein, du hast dein Herz schon auf dem rechten Fleck, und ich bin froh, dass du mir heute Nacht Gesellschaft leistest. Aber Schach spielen kannst du wirklich nicht. Du hast deinen König einsperren lassen. Jetzt gibt es kein Entkommen mehr für den armen Burschen. Schachmatt, David.«

Aus irgendeinem Grund fanden sie das sehr lustig und lachten schallend, drosselten ihre Lautstärke aber sofort wieder, um Fiona im Zimmer nebenan nicht zu wecken.

Dieter streichelte Elsas Gesicht.

»Ich muss verrückt gewesen sein, anzunehmen, dass ich dich verloren hätte«, seufzte er.

Sie erwiderte nichts.

»Es wird alles wieder gut«, fuhr er fort.

Immer noch keine Antwort.

»Du kannst doch nicht so leidenschaftlich mit mir schlafen und es nicht ernst meinen, oder?«, fragte er, offensichtlich doch etwas nervös.

Elsa lag weiter schweigend neben ihm.

»So rede doch mit mir. Sag mir, dass deine Flucht unüberlegt war, dass du mit mir zurückkommen wirst und alles wieder gut wird …«

Nicht ein Wort von Elsa.

»Bitte, Elsa … bitte?«

Langsam erhob Elsa sich vom Bett und schlüpfte in den großen, flauschigen Bademantel, der an der Tür zum Badezimmer hing. Dann griff sie nach Dieters Zigaretten und zündete sich eine an.

»Aber du hast doch aufgehört!«, sagte er vorwurfsvoll.

Sie nahm einen tiefen Zug, setzte sich in den großen Bambussessel und sah ihn endlich an.

»Kommst du jetzt mit mir nach Hause, Elsa?«

»Nein, selbstverständlich nicht. Das ist ein Abschied. Du weißt es, und ich weiß es. Also machen wir uns nicht lächerlich, Dieter.«

»Ein Abschied?«, fragte er.

»Ja, ein Abschied. Du fährst nach Hause, und ich fahre … ja, irgendwohin. Ich habe mich noch nicht entschieden.«

»Das ist doch Unfug. Wir sind füreinander bestimmt, das weißt du. Ich weiß es. Alle wissen es.«

»Nein, nicht alle. Die paar Leute, die es im Sender wissen, halten den Mund, weil sie vor dir kuschen. Und weil du nicht wolltest, dass wir in der Öffentlichkeit zusammen gesehen wurden, mussten wir zwei Jahre lang Versteck spielen. So viel zu dem Thema: Alle wissen, dass wir füreinander bestimmt sind.«

Verblüfft sah er sie an.

»Wir haben uns sehenden Auges auf diese Situation eingelassen. Wir beide«, sagte er.

»Ja, und jetzt beende ich diese Situation sehenden Auges«, entgegnete Elsa gelassen.

»Du bist nicht der Typ von Frau, der nach einem Verlobungsring giert«, sagte er zornig.

»Bin ich auch nicht. Und ich habe dich auch nicht lange hingehalten, oder? Gleich bei unserem dritten Rendezvous bin ich mit dir ins Bett. Da kann wohl kaum die Rede davon sein, dass ich Spielchen mit dir getrieben hätte.«

»Wovon ist dann die Rede?« Dieter blickte jetzt überhaupt nicht mehr durch.

»Das habe ich dir doch gesagt. Ich habe dir vor meiner Abreise alles geschrieben.«

»Einen Teufel hast du. Du hast gerade mal zwölf wirre Zeilen zu Papier gebracht, aus denen ich immer noch nicht schlau werde. Das Leben ist doch keine Quizshow, Elsa. Dafür sind wir beide schon zu alt. Was willst du? Sag es mir. Wenn du mir die Pistole an den Kopf setzen und vor mir hören willst, dass wir heiraten – in Ordnung. Wenn es unbedingt sein muss, gern. Dann heiraten wir eben.«

»Da habe ich schon bessere Anträge gehört«, sagte sie grinsend.

»Ich meine es ernst. Wenn eine Hochzeit die einzige Möglichkeit ist, dich zu bekommen, dann heirate ich dich eben. Und ich werde stolz darauf sein, dich heiraten zu dürfen«, fügte er nach kurzem Nachdenken hinzu.

»Nein, danke, Dieter. Ich will dich nicht heiraten.«

»Aber was willst du dann?«, rief er, der Verzweiflung nahe.

»Ich will endlich über dich hinwegkommen, dich vergessen, dich nicht länger als Teil meines Lebens betrachten.«

»Das ist aber eine merkwürdige Art, mir das zu zeigen«, bemerkte er mit einem Blick auf das zerwühlte Bett, das sie gerade erst verlassen hatte.

Elsa zuckte nur die Schultern. »Ich habe es dir doch gesagt. Ich habe kein Vertrauen mehr zu dir, ich bewundere und respektiere dich nicht mehr. Sex hat damit nichts zu tun. Sex ist Sex, eine kurze Phase des Vergnügens, der Erregung. Das hast du immer zu mir gesagt, falls du dich noch erinnerst.«

»Ich erinnere mich, aber das waren völlig andere Umstände. Außerdem habe ich damit nicht dich und mich gemeint.«

»Aber das Prinzip ist dasselbe, nicht wahr?«, antwortete Elsa frostig.

»Nein, in meinem Fall nicht. Damals ging es um eine völlig bedeutungslose Affäre während eines Filmfestivals. Nur eine Affäre mit einem albernen kleinen Mädchen – noch dazu im Suff –, an dessen Namen ich mich nicht einmal mehr erinnern kann.«

»Sie hieß Birgit. Und sie kann sich an dich erinnern.«

»Aber nur, um dir davon zu erzählen und dich wegen dieser völlig unbedeutenden Sache zu irritieren.«

»Das ist mir klar.«

»Aber wenn du das weißt, worum geht es dann? Sag mir das doch mal. Aus welchem Grund hast du mich verlassen?«

»Das habe ich dir in meinem Brief geschrieben.«

»Nichts hast du geschrieben, bestenfalls nur unverständliches Geschwafel über Verantwortung und Grenzen, die gezogen werden müssen. Ich schwöre dir, ich habe nicht verstanden, was du damit ausdrücken wolltest. Ich verstehe es immer noch nicht.«

Dieter sah sie gequält an und fuhr sich mit den Fingern durch das dichte Haar.

»Birgit hat mir auch das von Monika erzählt«, sagte Elsa unvermittelt.

»Monika? Monika? Aber das war ja lange vor deiner Zeit. Wir waren uns doch einig, die Vergangenheit auf sich beruhen zu lassen. Oder etwa nicht?«

»Doch.«

»Wieso kommst du dann jetzt mit ihr an? Ich schwöre dir, ich habe Monika nicht mehr gesehen, seit ich dich kenne. Nicht ein einziges Mal.«

»Ich weiß.«

»Dann erklär mir, was das soll. Ich flehe dich an. Wenn du weißt, dass ich Monika seit Jahren nicht mehr gesehen und nicht einmal mehr an sie gedacht habe... worum geht es dir dann?«

»Deine Tochter hast du auch seit Jahren nicht mehr gesehen. Und viel an sie gedacht hast du wahrscheinlich auch nicht.«

»Aha«, sagte Dieter. »Birgit hat offensichtlich ganze Arbeit geleistet.«

Elsa erwiderte nichts.

»Ich wollte nie ein Kind. Ich hatte Monika deutlich gesagt, dass ich noch nicht bereit war, Vater zu werden und bei ihr zu bleiben. Sie wusste das von Anfang an. Es war alles besprochen.« Allmählich fing er an, sich zu ärgern.

»Wie alt ist sie jetzt, Dieter?«, fragte Elsa, ohne die Stimme zu heben.

»Wer? Monika?« Er war verwirrt.

»Gerda, deine Tochter.«

»Ich weiß es nicht. Ich sagte dir doch, ich habe keinerlei Kontakt zu den beiden.«

»Aber das musst du doch wissen.«

»Acht oder neun, nehme ich an. Aber wieso insistierst du so, Elsa? Das hat doch nichts mit uns zu tun.«

»Du hast ein Kind gezeugt. Das hat etwas mit dir zu tun.«

»Nein, hat es nicht. Das ist nur eine Episode in meinem Leben, die lange zurückliegt. Es war außerdem nicht meine Schuld. Monika war für die Verhütung zuständig. Ich habe mit ihrem Kind nichts zu tun, hatte es nie und will es

nie haben. Danach haben wir alle ein neues Leben angefangen.«

»Ja, aber Gerdas Leben begann ohne Vater.«

»Hör auf, sie beim Namen zu nennen. Du kennst sie gar
nicht und wiederholst doch nur, was dir diese miese, kleine Birgit eingeflüstert hat.«

»Du hättest es mir sagen sollen.«

»Nein, das wäre nicht richtig gewesen. Du hättest mir immer vorgeworfen, dass ich ein Kind aus einer früheren Beziehung am Hals habe. Sei doch ehrlich, Elsa, das hätte dir
doch auch nicht gefallen.«

»Das wäre mir auf jeden Fall lieber gewesen, als ein Vater,
der sich aus der Verantwortung stiehlt und sein Kind wartend und hoffend allein zurücklässt.«

»Das ist doch reine Spekulation. Du weißt *nichts* über dieses Kind.«

»Doch, das ist meine eigene Geschichte. Auch mein Vater
hat uns verlassen, und ich habe jahrelang gewartet und gehofft. An jedem Geburtstag, zu Weihnachten, im Sommer.
Ich war so sicher, dass er mir eines Tages schreiben oder
mich anrufen oder besuchen würde.«

»Bei dir war das doch etwas völlig anderes. Dein Vater hat
immerhin eine Zeit lang unter einem Dach mit euch gewohnt. Du hattest zu Recht angenommen, dass er immer
bei euch sein würde. Ich hingegen hatte nie etwas mit Mo-
nikas Kind zu tun. Nie. Sie hat keinerlei Forderungen an
mich gestellt.«

Elsa warf ihm einen langen Blick zu.

»Und was erwartest du jetzt von mir?«, fragte er schließlich.

»Nichts, Dieter.«

»Kommst du zu mir zurück, wenn ich Kontakt zu diesem,
mir völlig fremden Kind aufnehme?«

»Nein, ich werde nie mehr zu dir zurückkommen.«

»Aber das hier …« Wieder schaute er auf das Bett, in dem sie sich noch kurz zuvor geliebt hatten. »Hat dir das denn gar nichts bedeutet?«

»Du weißt, was es bedeutet hat. Es war ein Abschied«, sagte sie und schlüpfte in Kleid und Sandalen. Ihre Unterwäsche schob sie achtlos in die Handtasche und ging zur Tür.

»Aber das kannst du doch nicht machen!«, schrie er.

»Adieu, Dieter«, sagte sie und ging durch den gepflegten kleinen Steingarten des ›Anna Beach‹ Hotels auf das Tor zu. Ihren marineblauen Blazer hatte sie lässig über die Schulter geworfen.

Dieter rief ihr aus dem Bungalow nach. »Geh nicht, Elsa, bitte, geh nicht. Ich liebe dich doch so sehr. Verlass mich nicht …«

Aber sie ging weiter.

Vonni war aufgefallen, dass Maria keine Milch mehr im Haus hatte. Morgen früh würden alle welche haben wollen. Sobald sie von Marias Seite regelmäßige Atemzüge hörte, glitt Vonni aus dem großen Ehebett und machte sich auf die Suche nach einem Tonkrug. Sie wollte ins ›Anna Beach‹ Hotel, wo die Küche die ganze Nacht über offen war.

Sie war mit dem Krug – den man ihr bereitwillig gefüllt hatte – gerade auf dem Heimweg, als sie die schöne junge Deutsche ganz allein in der Dunkelheit sah. Tränen liefen über ihr Gesicht. Vonni versteckte sich hinter einer üppigen Bougainvillea.

Dann hörte sie einen Mann rufen. Vonni sprach nicht viel Deutsch, aber sie konnte verstehen, was er sagte. Und so weit sie es beurteilen konnte, war es ihm ernst damit.

Aber Elsa drehte sich nicht um.

KAPITEL ACHT

Thomas hatte bereits für das Frühstück eingekauft und frisches, noch warmes Brot und Feigen mitgebracht. Jetzt setzte er eine große Kanne Kaffee auf und klapperte laut mit den Tassen.

Fiona tauchte blass und müde, aber dankbar lächelnd aus ihrem Zimmer auf.

David faltete gerade die leichte Wolldecke, die Thomas ihm gegeben hatte, zusammen, klopfte die Kissen auf und eilte hungrig an den Frühstückstisch.

»Thomas verwöhnt uns nach Strich und Faden, Fiona. Haben wir nicht ein Glück mit unserem Wohltäter?«

»Ich weiß, ich weiß«, erwiderte Fiona schwungvoll. »Ich fühle mich heute auch schon viel kräftiger und habe jede Menge Pläne.«

Thomas lächelte sie an. »Was hast du denn vor?«, wollte er wissen.

»Ich werde zum Polizeichef gehen und ihn bitten, mir bei der Suche nach Shane zu helfen. Heute bin ich wieder die Ruhe in Person. Vielleicht weiß er ja, wohin er wollte. Auf dem Weg hierher waren wir zwar nur einen Tag in Athen, aber Shane hat der Syntagma-Platz besonders gut gefallen. Vielleicht kennt Yorghis ja einen Polizisten, der dort Dienst hat und der ihm eine Nachricht zukommen lassen könnte. Danach gehe ich zu Eleni und ziehe mich um. Ich bin seit Tagen nicht mehr aus diesem Kleid herausgekommen. Anschließend werde ich Vonni suchen und sie fragen, ob ich ihr vielleicht wieder mit den Kindern helfen soll.« Fionas Augen leuchteten begeistert, und der niedergeschlagene Eindruck, den sie am Tag zuvor gemacht hatte, war vollkommen verschwunden.

Auch David schien voller Tatendrang zu stecken. »Und ich werde heute zu der Taverne hinaufwandern und Andreas besuchen. Für mich ist er ein echter Gentleman. Oder ist das ein unpassender Ausdruck für ihn?«

»Nein, besser könntest du ihn nicht beschreiben. Er freut sich bestimmt, dich wiederzusehen. Grüß ihn von uns, ja?«

»Gerne«, versprach David.

»Ich habe heute auch einiges zu erledigen. Später, wenn in Kalifornien alle wach sind, werde ich meinen Sohn anrufen. Aber zuerst werde ich mich auf die Suche nach Vonni machen. Sie war heute Nacht nicht in ihrem Schuppen.«

»Woher weißt du das?«, fragte David überrascht.

»Weil ich sie normalerweise immer mit ihrer Taschenlampe herumtappen sehe, nur vergangene Nacht nicht. Aber wenn ich sie finde, werde ich darauf bestehen, dass sie hier in ihrem Gästezimmer schläft. Die Vorstellung, unter welchen primitiven Bedingungen sie dort unten haust, macht mich ganz wepsig.«

»*Wepsig?*«, fragte Fiona.

»Ja, ich weiß, ein komisches Wort. Das bedeutet, dass einen etwas ganz nervös macht wie eine Wespe.«

»Das würde Shane gefallen«, sagte Fiona glücklich.

Darauf wusste keiner der beiden Männer etwas zu erwidern.

Elsa war in ihre Wohnung zurückgekehrt. Sie wusste, dass sie in dieser Nacht nicht mehr schlafen konnte, und so setzte sie sich auf den Balkon hinaus und beobachtete, wie die Dämmerung über Aghia Anna heraufzog.

So wurde sie Zeugin, wie der kleine Ort langsam zum Leben erwachte. Nach einer Weile ging sie wieder hinein, duschte ausgiebig und wusch sich die Haare, als hätte sie endgültig akzeptiert, dass die Nacht mit all ihren Ängsten und Albträumen unwiederbringlich vorüber war. Schließlich zog sie ein gelbes Baumwollkleid an, kehrte mit einer Tasse Kaffee wieder auf den Balkon zurück und beobachtete, wie sich die Fähre zum Ablegen bereitmachte.

Er würde bestimmt die Fähre um acht Uhr morgens nehmen. Sie war ganz sicher. Dieter hatte begriffen, dass sie nicht mitkommen würde, warum sollte er also bis zur nächsten um elf Uhr warten? Er war nicht ein Mensch, der seine Zeit sinnlos vergeudete. Gestern hatte er Claus und die anderen mit dem gemieteten Hubschrauber vorausgeschickt. Dieter wusste auch, dass es keinen Sinn hatte, den Ort nach ihr abzusuchen. Auf ihrem Balkon wäre sie nicht zu sehen, aber Elsa konnte ihn sehen und sich vergewissern, dass er abfuhr.

Langsam bildete sich eine kleine Menschentraube vor der bunten Laufplanke, aber Dieter war nicht darunter. Doch Elsa wusste, dass er kommen würde. Sie kannten einander in- und auswendig.

Und dann entdeckte sie ihn, das Haar zerzaust, das Hemd am Kragen offen, in der Hand die lederne Reisetasche, die sie oft bei ihm gesehen hatte.

Seine Augen suchten die Gruppe ab, als rechnete er fest mit ihrem Kommen. Ihr blonder Schopf war nicht zu sehen, aber auch er kannte sie gut genug, um zu wissen, dass sie ihn beobachten würde.

Dieter stellte die Tasche auf den Boden und riss beide Arme in die Höhe.

»Ich liebe dich, Elsa«, rief er laut. »Wo immer du bist, ich werde dich immer lieben.«

Zwei oder drei der umstehenden jungen Männer schlugen ihm anerkennend auf den Rücken. Es war gut, sich zu seiner Liebe zu bekennen.

Wie versteinert saß Elsa da, als die kleine Fähre schließlich ablegte und über das Meer nach Piräus, in den Hafen von Athen fuhr. Langsam liefen die Tränen über ihr Gesicht und tropften in ihren Kaffee und auf ihren Schoß.

»David, mein Freund, sei willkommen.« Andreas freute sich sehr über den Besucher.

David wünschte sich, er hätte einen Mann wie Andreas zum Vater, einen Mann, der sich freute, wenn er ihn sah, und dessen Miene nicht permanente Unzufriedenheit und Enttäuschung über den einzigen Sohn ausdrückte. Solange er sich erinnern konnte, war das bei seinem Vater so gewesen.

Das Gespräch von Andreas und seinem Gast drehte sich natürlich ausschließlich um die traurige Beerdigung und um die Tatsache, dass Aghia Anna nie mehr so wäre wie zuvor.

»Hast du Manos gut gekannt?«, fragte David.

»Sicher, hier kennt doch jeder jeden, hier gibt es keine Geheimnisse. Wir wissen alles voneinander. Manos hat als Kind immer mit Adoni und einem anderen Jungen hier oben gespielt. Auf dem Baum da drüben hatten sie eine Schaukel aufgehängt. Er hat sich immer hier herauf geflüchtet, wenn ihm seine Familie zu viel wurde. Es waren schließlich acht Kinder. Adoni war allein, und so waren wir froh, wenn Kinder kamen und mit ihm spielten. Meine Frau – Gott hab sie selig – musste beim Kochen nur ab und zu einen Blick aus dem Fenster werfen und konnte die

Jungen dabei beobachten, wie sie mit unserem alten Hund spielten oder schaukelten. Hier konnte ihnen nichts passieren. Ich frage mich, David, ob sie nicht vom Himmel herunter zuschaute, wie der arme Manos zu Grab getragen wurde ... oder wie Adoni drüben in Chicago sich ganz allein durchs Leben schlägt. Wenn einem auch im Himmel das Herz schwer werden kann, dann ist ihr armes Herz sicher schwer wie Blei.«

David wünschte sich sehnlichst, über Thomas' Einfühlsamkeit und Menschenkenntnis zu verfügen. Thomas hätte an seiner Stelle sicher eine kluge und hilfreiche Bemerkung gemacht. Vielleicht wäre ihm sogar ein passendes Gedicht eingefallen.

David fiel nicht ein Zitat ein, das auch nur im Entferntesten gepasst hätte.

»Ich kann nur über den jüdischen Himmel sprechen, und sehr viel weiß ich darüber auch nicht«, sagte er entschuldigend.

»Wie ist das denn? Sehen die Leute im jüdischen Himmel, was hier unten vor sich geht?«, wollte Andreas wissen.

»Ja, ich denke schon. Aber ich glaube, dass sie ein größeres Spektrum sehen, so eine Art Gesamtüberblick haben. Jedenfalls habe ich das gehört.«

Seltsamerweise schien diese Vorstellung etwas Tröstliches für Andreas zu haben, denn er nickte mehrmals.

»Bleib doch noch und leiste mir beim Mittagessen Gesellschaft, David. Heute kommen bestimmt nicht viele Gäste herauf.«

David warf einen Blick auf den offenen Tresen, wo die Speisen angerichtet waren, die der alte Mann zubereitet hatte, und musste schlucken. All die Mühe umsonst, wenn keiner kommen würde.

»Dieses Nudelgericht da habe ich noch nie probiert«, sagte er zögernd.

»Das nicht, wenn es dir nichts ausmacht, David. Das kann ich einfrieren. Das habe ich erst heute Morgen gemacht. Könnte ich dich vielleicht zu einer *moussaka* oder zu *kalamari* überreden? Ich weiß, ich bin ein schlechter Gastgeber, wenn ich dir nur die Gerichte anbiete, die heute noch wegmüssen.« Andreas lachte verlegen.

»Die *moussaka* würde ich gerne essen. Ich habe nur deswegen auf die Nudeln gedeutet, weil die Portion so groß ist. Ich wollte nicht, dass du dir die ganze Mühe umsonst gemacht hast«, fügte David hinzu.

»Wie rücksichtsvoll von dir. Bleib sitzen, während ich uns Gläser und Teller hole...«

Und David saß da und fragte sich, was dieser Dummkopf von Adoni in Chicago zu suchen hatte, wo er es sich doch hier in der Sonne hätte gut gehen lassen können.

Eleni winkte Fiona ins Haus. Shanes Sachen waren alle fort: seine zerknitterten Hemden und Jeans, seine Leinentasche, seine Tabaksdose samt Tabak und sonstigem Inhalt, seine Zigarettenpapierchen. Der Anblick des leeren Zimmers war ein Schock für Fiona. Sie hatte verzweifelt gehofft, dass vielleicht hier eine Nachricht auf sie wartete. Aber es sah nicht danach aus.

Plötzlich drehte sich alles um sie. Vielleicht lag es an der stickigen Luft im Zimmer, vielleicht aber auch an der Erkenntnis, dass Shane tatsächlich aus ihrem Leben verschwunden war.

Es wäre ein Leichtes für ihn gewesen, ihr ein paar Zeilen zu schreiben und hier zu hinterlegen, wenn er die Nachricht schon nicht auf dem Polizeirevier zurücklassen wollte. Fiona fühlte sich benommen, als würde sie gleich in

Ohnmacht fallen. Aber in Gegenwart der freundlichen Eleni, deren Gesicht Sympathie und Mitgefühl ausdrückte, riss sie sich zusammen.

In dem Moment spürte sie, wie etwas heiß und feucht an ihren Schenkeln hinunterlief.

Bestimmt nur Schweiß.

Es war so ein heißer Tag.

Aber als sie hinunter auf ihre Sandalen schaute, wusste sie nur zu gut, was es war.

Und Eleni wusste es auch, als sie das Blut sah.

Die Griechin half ihr auf einen Stuhl »*Ela, ela, ela*«, rief sie und rannte los, um Handtücher zu holen.

»Eleni, könntest du bitte Vonni holen?« Fiona legte ihr Gesicht in Falten und deutete darauf, in dem Versuch, Vonni zu beschreiben.

»*Xero Vonni*, ja, ich kenne Vonni«, beruhigte Eleni sie und rief den Kindern etwas zu.

Fiona schloss die Augen.

Bald wäre Vonni hier. Sie würde wissen, was zu tun war.

Vonni saß in ihrer Wohnung über dem Laden und redete auf Thomas ein.

»Ich habe es dir vorher schon gesagt und wiederhole es noch einmal. Du zahlst mir eine Menge Geld, und deshalb ist das jetzt deine Wohnung. Ich verdiene ein kleines Vermögen an dir. Ich brauche also dein Mitleid nicht und werde *nicht* in deiner Wohnung schlafen.«

»Hast du schon mal was von Freundschaft gehört, Vonni?«, fragte er.

»Sicher, natürlich.«

»Dann fasse mein Angebot auch so auf. Ich bitte dich nicht als meine Vermieterin, sondern als meine Freundin. Sei so gut und schlafe bitte in dem kleinen Zimmer, das du so schön eingerichtet hast, und nicht in diesem Stall, wo die Hühner dich bekleckern.«

Vonni brach in perlendes Gelächter aus. »Ach, Thomas, du hygienebewusster Kalifornier! Mich bekleckern doch keine Hühner. Sicher, die hocken dort auf ihren Stangen, aber …«

»Schlaf in diesem Zimmer, Vonni, bitte. Ich mag nicht mehr allein sein. Ich fühle mich einsam und brauche jemanden in der Wohnung.«

»Ach, komm, Thomas, du hast gern deine Ruhe und Zeit für dich selbst. Du bist doch ein sensibler Mann, also biete mir keine Almosen an.«

»Und du bist eine sensible Frau, also weise mein freundschaftliches Angebot nicht einfach zurück. Bitte.«

In dem Moment hörten sie Kinderstimmen, die aufgeregt etwas zu ihnen heraufriefen.

»Ich muss weg«, sagte Vonni und stand hastig auf.

Thomas streckte die Hand aus und packte sie am Handgelenk. »Vonni, du gehst nirgendwohin, ehe du mein Angebot nicht akzeptiert hast. Hast du mich verstanden?«

»Ist ja schon gut, ich bin einverstanden«, antwortete sie zu seiner Überraschung.

»Gut, dann kannst du jetzt gehen.«

»Komm mit, du kannst dich nützlich machen, indem du uns schnell ein Taxi besorgst.« Und zu seiner noch größeren Überraschung nahm sie aus seinem Bad ein paar Handtücher mit und stürmte die Treppe hinunter, wo sie auf Griechisch mit Elenis Jungen ein paar Worte wechselte.

»Was ist passiert?«, fragte er, während er hinter ihr herhastete.

»Was passiert ist? Wenn sie Glück hat, dann verliert Fiona das Kind von diesem Scheißkerl, der sie zusammengeschlagen hat. Aber das werden wir ihr natürlich so nicht ins Gesicht sagen, wenn wir dort sind.«

Thomas hatte ein Taxi aufgetrieben, und Vonni schob Elenis Söhne auf die Rückbank und lobte sie dafür, dass sie sie gefunden hatten. Eine Fahrt mit dem Taxi war ein seltenes Vergnügen für die Kinder von Aghia Anna, und so strahlten die beiden Jungen übers ganze Gesicht. Thomas wollte schon fragen, ob er in diesem speziellen Fall wirklich gebraucht wurde, aber ihm war klar, dass Vonni ihn nicht darum gebeten hätte, wäre sie anderer Meinung gewesen. Und so lächelte er ihr zu und zwängte sich neben sie in den Wagen.

»Ich sehe schon, das Leben mit meiner neuen Mitbewohnerin wird nie langweilig werden«, sagte er.

»Das Kompliment kann ich dir nur zurückgeben, Thomas«, erwiderte sie grinsend.

Sie baten den Taxifahrer, noch zu warten, falls sie einen Arzt holen müssten. Thomas blieb vor dem Haus stehen und sah den beiden Jungen beim Spielen zu. Hin und wieder liefen sie zu dem Taxi, in dem sie gekommen waren, und streichelten liebevoll die Karosserie.

Sie waren nicht viel jünger als sein Sohn Bill, aber er war es gewohnt, in einem Auto zu fahren, seit er denken konnte. Wie unterschiedlich doch das Leben der Menschen war.

Vonni war nach oben geeilt, und zu Thomas drangen die Stimmen der Frauen herunter, die teils Englisch, teils Griechisch miteinander sprachen. Und aus dem Wenigen, was er hörte, konnte er schließen, dass Fiona soweit in Ordnung war.

Als Vonni schließlich wieder herunterkam, bestätigte sie seine Vermutung.

»Sie ist bald wieder auf den Beinen. Sie hat nur ziemlich viel Blut verloren, aber schließlich ist sie Krankenschwester und recht vernünftig... zumindest, solange es nicht um diesen Kerl geht. Sie glaubt doch tatsächlich, dass er traurig sein wird, wenn er von der Blutung erfährt. Das arme Mädchen! Auf jeden Fall werde ich den Doktor bitten, nach ihr zu sehen und ihr ein Beruhigungsmittel zu geben.«

»Kann sie denn hier im Haus blieben?«

»Lieber nicht. Die Familie spricht kaum Englisch... Ich habe mir überlegt...« Vonni zögerte.

»Dass sie zu uns kommen könnte«, fiel Thomas ihr ins Wort.

»Nein, nichts dergleichen. Ich wollte gerade vorschlagen, dass sie ein paar Tage zu Elsa, dieser jungen Deutschen, zieht.«

Thomas schüttelte den Kopf. »Nein, ich glaube, Elsa muss im Moment ihre eigenen Angelegenheiten regeln. Es ist besser, wenn sie zu uns kommt«, sagte er.

»Ich glaube, Elsa hat schon alles geregelt«, meinte Vonni.

»Aber...«

»Wie ich gehört habe, ist ihr deutscher Freund mit der Acht-Uhr-Fähre abgefahren«, erklärte sie.

»Dann könnte ich mir vorstellen, dass es ihr nicht sehr gut geht.« Was durchaus der Wahrheit entsprach, wenn auch aus einem anderen Grund.

»Nein, sie wollte es so. Aber wir müssen ihr ja nicht verraten, dass wir das alles wissen, oder?«, sagte Vonni mit einem Augenzwinkern.

»Du weißt wahrscheinlich auch, wo sie wohnt. Habe ich Recht?«, fragte Thomas grinsend.

»Ich weiß, in welcher Apartmentanlage. Aber vielleicht könntest du mit dem Taxi zu ihr fahren und sie fragen?«

»Und du denkst, ich bin der Richtige dafür?«, fragte er zweifelnd.

»Ich kann mir keinen Besseren vorstellen. Ich warte hier, bis du wieder zurückkommst.«

Als Thomas im Taxi saß und sich umdrehte, sah er Vonni mit Bettlaken und Handtüchern aus dem Haus kommen und ins Waschhaus gehen. Die Frau war die Tatkraft in Person. Er hätte liebend gern mehr über sie gewusst, aber mittlerweile hatte er begriffen, dass er sie in Ruhe lassen musste, wenn er wollte, dass sie mehr über sich erzählte.

»Vonni?«

»Keine Angst, du wirst wieder gesund.«

Fiona streckte die Hand nach ihr aus. »Ich wollte mich entschuldigen für die Umstände, die ich euch gemacht habe. Für das viele Blut und alles.«

»Das spielt doch keine Rolle. Als Krankenschwester weißt du doch, dass solche Dinge zweitrangig sind. Wichtig ist nur, dass du wieder zu Kräften kommst und dich erholst.«

»Es ist mir egal, ob ich wieder gesund werde oder nicht.«

»Das ist ja toll«, sagte Vonni.

»Wie bitte?«

»Das ist toll. Eleni und ich machen uns die größten Sorgen um dich, sie lässt mich von ihren kleinen Söhnen suchen, Thomas bringt uns alle im Taxi hierher, und im Moment ist er bei Elsa und fragt, ob du ein paar Tage bei ihr bleiben kannst, Dr. Leros ist benachrichtigt und auf dem Weg hierher, jeder, der dich kennt – und selbst solche, die dich nicht kennen –, ist besorgt, aber dir ist das alles egal. Großartig.«

»So meine ich das doch nicht. Ich meine nur, dass mir eigentlich egal ist, was jetzt passiert. Es ist alles vorbei, ich habe alles verloren. Das habe ich gemeint ...«

Fiona machte ein unglückliches Gesicht.

Vonni zog einen Stuhl heran und setzte sich neben sie.

»Dr. Leros wird gleich hier sein. Er ist ein freundlicher Mann, ein Hausarzt vom alten Schlag. Aber er ist momentan nicht in Bestform, Fiona. Das Unglück hat ihm das Herz gebrochen. Er hat den Tod junger Männer bescheinigen müssen, die er selbst auf die Welt geholt hat. Und er hat sich stundenlang abgemüht, den Familien der Fremden, die hier gestorben sind, in seinem gebrochenen Englisch oder Deutsch zu versichern, dass ihre Angehörigen nicht gelitten haben. Er wird jetzt bestimmt nicht hören wollen, dass es einer gesunden jungen Frau, die in einem frühen Stadium der Schwangerschaft einen Abgang hatte, egal ist, ob sie lebt oder stirbt. Glaub mir, Fiona, ihm das zu sagen, dafür ist jetzt nicht der geeignete Zeitpunkt. Natürlich ist das alles traurig, und natürlich bist du unglücklich, aber denk auch an die anderen, wie du es als Krankenschwester gewohnt bist. Ich bin da für dich – mir kannst du erzählen, dass du lieber sterben würdest, aber verschone Dr. Leros damit, wenigstens heute. Er hat mindestens genauso viel hinter sich wie du. «

»Es tut mir so Leid«, schluchzte Fiona. »Aber alle halten Shane für einen schrecklichen Mensch und denken, dass es so besser ist für mich. Es ist *nicht* besser so, Vonni, wirklich nicht. Ich wäre glücklich gewesen, dieses Kind zu bekommen, ich hätte gern seinen Sohn oder seine Tochter zur Welt gebracht, aber jetzt ist alles vorbei.«

Vonni ergriff ihre Hand und streichelte sie. »Ich weiß, ich weiß«, wiederholte sie.

»Du bist aber nicht dieser Ansicht?«

»Selbstverständlich nicht! Es ist schrecklich, ein Kind zu verlieren. Und es tut mir wirklich Leid für dich. Aber wenn du das Kind bekommen hättest, hättest du sehr stark sein müssen. Du musst jetzt immer noch stark sein, aber du hast Freunde hier und bist nicht allein. Und Elsa wird auch bald hier sein.«

»Warum sollte sie kommen und sich um mich kümmern? Sie hat ihr eigenes Leben, ihren eigenen Freund. Sie hält mich für schwach, weil ich Shane trotz allem noch liebe. Sie will bestimmt nichts mehr mit mir zu tun haben.«

»Oh, doch. Du wirst schon sehen«, widersprach Vonni. »Aber ich höre Dr. Leros kommen.«

»Ich werde an das denken, was du mir gesagt hast«, versprach Fiona.

»Braves Mädchen.« Vonni nickte ihr aufmunternd zu.

Einen solchen Tag hatten Elenis Söhne noch nie erlebt. Erst waren sie in einem Taxi gefahren, dann waren alle möglichen Leute gekommen, und Vonni hatte die Wäscheleine voller Bettlaken und Handtücher gehängt. Und dann, als der schlaksige Amerikaner mit den seltsamen Hosen das zweite Mal kam, hatte er ihnen noch eine große Wassermelone mitgebracht.

»*Karpouzi!*«, hatte er stolz verkündet, offensichtlich hoch erfreut, den Namen einer so banalen Sache wie einer Melone zu kennen. Die Jungen liefen hinters Haus und aßen dort fast die ganze Melone, deren Kerne sie anschließend in die Erde steckten.

Der Amerikaner, der neben dem Taxi darauf wartete, dass die Frauen herunterkamen, beobachtete sie zufrieden. Dann kam die Frau, die so krank gewesen war, mit Vonni, ihrer Mutter und einer eleganten Frau in einem gelben Kleid, die aussah wie ein Filmstar, aus dem Haus. Dr. Leros war bei ihnen und redete auf die kranke Frau ein. Sie würde bestimmt wieder gesund werden, aber sie müsse sich unbedingt schonen.

Die kranke Frau hatte ihr Gepäck dabei, was wohl hieß, dass sie nicht mehr zurückkommen würde.

Mit Daumen und Zeigefinger machte sie das Zeichen für Geld, aber ihre Mutter schüttelte nur den Kopf. Schließlich drückte der Mann mit den komischen Hosen, der bestimmt Millionär war, weil er den ganzen Tag im Taxi hin und her fuhr, ihrer Mutter ein paar Banknoten in die Hand, und dann fuhren sie alle fort.

Alle, bis auf Vonni, die sich mit ihrer Mutter in die Küche setzte und einen Kaffee trank. Aber der Gesichtsausdruck der beiden Frauen gab ihnen klar und deutlich zu verstehen, dass kleine Jungen am Küchentisch momentan nicht willkommen waren.

»Ich werde ganz bestimmt nur ein paar Tage bleiben, bis ich wieder auf den Beinen bin«, versprach Fiona, als sie sich in Elsas luxuriöser Ferienwohnung umsah.

»Aber ich freue mich doch, dass du da bist«, versicherte Elsa ihr, nahm Fionas Kleider aus der Leinentasche und hängte sie in den Schrank. »Hier gibt es sogar ein Bügeleisen. Aber das können wir später machen.«

Fiona bemerkte, dass Elsa das cremefarbene Leinenkleid und den marineblauen Blazer zum Trocknen auf den Balkon gehängt hatte. »Alle Achtung, du bist wirklich tüchtig, Elsa. Das hast du erst gestern bei der Beerdigung getragen, und heute ist es schon frisch gewaschen.«

»Ich werde weder das Kleid noch den Blazer jemals wieder anziehen. Ich werde beides verschenken und habe es deshalb gleich gewaschen«, erwiderte Elsa mit dumpfer Stimme.

»Aber, Elsa, das ist deine beste Garderobe. Das muss ein Vermögen gekostet haben! Du kannst das doch nicht einfach weggeben!«, erwiderte Fiona ungläubig.

»Du kannst das Kleid und die Jacke ja später probieren, und wenn dir die Sachen passen, kannst du sie gerne haben, Fiona. Nur *ich* werde sie niemals mehr anziehen.« Fiona ließ sich in die Kissen zurücksinken und schloss die Augen. Das war alles zu viel für sie.

»Ich setze mich hier in die Ecke und lese ein wenig. Draußen ist es zu heiß, also bleibe ich hier bei dir. Versuch zu schlafen, wenn du kannst, aber wenn du reden möchtest, dann bin ich da.«

»Was gibt es da noch groß zu reden?«, entgegnete Fiona kleinlaut.

»Vielleicht hast du ja später Lust dazu.« Elsa lächelte sie freundlich an, als sie den Vorhang zuzog, um das Zimmer abzudunkeln.

»Kannst du denn hier im Dunkeln lesen?«, wollte Fiona wissen.

»Das geht schon. Es fällt noch genügend Licht herein.« Elsa setzte sich auf einen Stuhl am Fenster.

»Hast du ihn gesehen, Elsa?«, fragte Fiona.

»Ja. Ja, das habe ich.«

»Und, bist du froh darüber?«

»Ich wollte mich nur von ihm verabschieden, wirklich. Ich musste es ihm sagen. Es war nicht einfach, aber jetzt ist es vorbei. Wie sagt ihr … auf zu neuen Ufern?«

»Leicht gesagt, aber schwer getan.« Fionas Stimme klang schläfrig. Das Beruhigungsmittel begann allmählich zu wirken, und schon bald schlief sie tief und fest und atmete regelmäßig. Elsa betrachtete sie. Sie war vielleicht dreiundzwanzig oder vierundzwanzig Jahre alt, sah aber viel jünger aus. Konnte sie nicht wirklich von Glück reden? Aber Elsa hatte Vonnis geflüsterten Rat noch im Ohr, nur ja mit keinem Wort anzudeuten, dass es für alle Beteiligten so am besten wäre.

Thomas hatte sich genau überlegt, wann er seinen Sohn Bill anrufen würde. Der günstigste Zeitpunkt wäre, wenn der Junge beim Frühstücken war. Er wählte die Nummer in Kalifornien und rechnete sich aus, wie die Chancen standen, dass sein Sohn ans Telefon kam. Drei zu eins wahrscheinlich, oder vielleicht sogar noch geringer, da nicht zu erwarten war, dass ein Kind sich meldete, wenn zwei Erwachsene im Raum waren.

Wie es der Zufall wollte, war es Andy, der abnahm.

»Äh, hallo, Thomas. War gut, dass du gestern Nacht noch angerufen hast. Muss ja tierisch zugegangen sein bei euch.«

»Ja, es war sehr tragisch.« Thomas spürte, wie ihm die Worte ihm Hals stecken blieben. Er räusperte sich und verstummte.

»Aber abgesehen davon ... Ist alles okay bei euch?«, fragte Andy.

Der Mann war unerträglich. Eine Katastrophe, die ein Dorf bis auf die Grundfesten erschütterte, als *tierisch* zu bezeichnen.

»Alles bestens«, erwiderte Thomas mit schneidender Stimme. »Ist Bill da?«

»Er hilft seiner Mutter beim Abwaschen«, erklärte ihm Andy, als müsste das für heute genügen.

»Schön. Könntest du ihm vielleicht sagen, dass er seine Hände abtrocknen und ans Telefon kommen soll? Sein Vater, der von der anderen Seite des Erdballs aus anruft, würde ihn nämlich gerne sprechen.«

»Ich schau mal, ob er schon fertig ist«, erwiderte Andy großzügig.

»Vielleicht ist seine Mutter so gut und entlässt ihn aus seinen Pflichten, auch wenn er noch nicht ganz fertig ist.« Thomas bemerkte, dass er die Hände wutentbrannt zu

Fäusten geballt hatte und auch, dass Vonni ihn von der Küchentür aus beobachtete. Das trug wenig dazu bei, seine Laune zu verbessern.

»Hallo, Dad.«

Wenigstens Bill schien sich zu freuen, seine Stimme zu hören.

»Wie läuft es denn so, Billy? Gut?«

»Ja, alles klar. Gehört deine Insel zum Dodekanes, Dad?«

»Nein, aber wenn du deinen großen Atlas holst, dann kannst du nachschauen, wo sie liegt…«

»Da komm ich momentan nicht ran, Dad. Die Bücher sind alle oben in der Kammer unter der Treppe«, erklärte Bill.

»Aber doch nicht der Atlas oder das Wörterbuch? Du brauchst diese Bücher unbedingt, wenn du fernsiehst, Bill. Es geht doch nicht, dass alles, was auch nur nach Bildung riecht, weggeräumt wird, damit noch ein Rudergerät Platz hat.« Seiner Stimme war die Empörung deutlich anzuhören.

Am anderen Ende der Leitung herrschte Schweigen, da der Junge nicht wusste, was er darauf erwidern sollte.

»Gib mir mal deine Mutter, Bill. Hol Shirley ans Telefon.«

»Nein, Dad, dann fangt ihr beide nur wieder zu streiten an. Bitte, Dad, es ist doch nicht so wichtig, wo der Atlas ist. Ich hole ihn schnell, wenn du dranbleibst.«

»Du hast Recht, es ist nicht wichtig. Ich schicke dir eine E-Mail und zeichne dir auf, wo die Insel liegt. Das heißt, wenn der Computer nicht ebenfalls weggeräumt wurde.«

»Nein, nein, Dad, der natürlich nicht«, antwortete er vorwurfsvoll.

»Und, was treibst du heute so? Es ist noch ziemlich früh bei euch, oder?«

»Tja, also, als Erstes gehen wir zum Shoppen – ich bekomme neue Laufschuhe –, und dann nimmt Andy mich zum Joggen mit, damit ich sie gleich ausprobieren kann.«

»Hört sich ja toll an«, antwortete Thomas mit dumpfer Stimme.

Da der Junge nichts darauf erwiderte, meinte er schließlich seufzend: »Du fehlst mir, Bill.«

»Ja, Dad, du fehlst mir auch, sehr sogar, aber du bist ja von uns weggegangen«, antwortete er.

»Wer hat das gesagt? Deine Mutter oder Andy? Jetzt hör mir mal zu, Bill, das haben wir doch schon tausendmal besprochen. Es war besser, dass ich gegangen bin und euch allein gelassen habe, damit ihr als Familie zusammenwachsen –«

»Nein, Dad, Mom hat nichts gesagt«, unterbrach ihn Bill. »Und Andy auch nicht. Ich habe doch nur gemeint, dass du mir fehlst und dass du meinetwegen nicht hättest weggehen müssen.«

»Tut mir Leid, Bill, aber wir sind alle etwas durcheinander. Viele Menschen haben ihr Leben verloren. Bitte verzeih mir, ich rufe wieder an.« Niedergeschlagen wie schon lange nicht mehr legte er auf.

Vonni kam auf ihn zu und hielt ihm einen Metaxa hin.

»Das hast du ja gründlich vermasselt«, sagte sie.

»Du hast ja keine Ahnung, was es heißt, ein Kind zu haben«, sagte er und blinzelte verräterisch.

»Woher, zum Teufel, willst du wissen, dass ich kein Kind habe?«, fuhr sie ihn mit blitzenden Augen an.

»Du hast ein Kind?«, fragte er erstaunt.

»Ja, einen Sohn. Du hast kein Monopol darauf, dich fortzupflanzen.«

»Und wo ist dein Sohn? Warum ist er nicht hier bei dir?«

»Weil ich die Sache ebenso gründlich verbockt habe wie du.«

Thomas wusste, dass er nicht mehr von ihr erfahren würde. Aber irgendwie tat es gut, sie in seiner Nähe zu wissen, auch wenn sie ihn kritisierte. Alles war besser, als allein in seinen vier Wänden zu wüten und beinahe den Verstand zu verlieren aus Sorge um seinen geliebten Bill.

Yorghis fuhr hinauf zur Taverne seines Bruders. Er hatte eine große Lammhaxe geschenkt bekommen und sich überlegt, dass Andreas das Fleisch möglicherweise für seine Gäste brauchen könnte. Aber Andreas erklärte ihm traurig, dass außer David bisher kein einziger Gast den Weg zu seiner Taverne gefunden hatte. Und es sah auch nicht so aus, als ob es abends mehr Gäste werden würden. Aber Andreas hatte eine Idee. Sie konnten das Lamm ja unten auf der kleinen Polizeiwache zubereiten und die jungen Polizisten, die bei der Beerdigung geholfen und so hart gearbeitet hatten, zum Abendessen einladen.

David und seine Freunde wollten sie ebenfalls dazu bitten, und Vonni natürlich auch. Andreas richtete die Salate in einer großen Schüssel an. Er freute sich. Die Aussicht, für andere zu kochen, statt allein in seiner leeren Taverne zu sitzen, hob seine Stimmung beträchtlich.

»Aber unten auf der Wache ist es nicht sehr gemütlich«, wandte Yorghis ein. »Da ist kaum Platz.«

»Dann nehmen wir eben die roten Kissen mit und legen sie auf die Bänke.« So leicht wollte Andreas nicht aufgeben. »David, bist du so nett und holst die Kissen aus Adonis Zimmer?«

David sah ihn überrascht an. Adoni, der seit Jahren in Chicago lebte, hatte noch ein eigenes Zimmer im Haus?

»Die Treppe hinauf und dann links«, erklärte Yorghis.

David eilte die engen Stufen hinauf.

Die Wände von Adonis Zimmer waren mit Plakaten vollgeklebt. Darunter war auch eines von Panathinaikos, dem Athener Fußballklub, und ein weiteres von einer griechischen Tanztruppe. Daneben hing ein Bild der Panayia, der griechischen Jungfrau Maria. Der abwesende Adoni schien ein Mann mit vielseitigem Geschmack zu sein.

Sein Bett war gemacht, und am Fußende lag zusammengefaltet eine hellrote Wolldecke, als würde der Bewohner des Zimmers abends wieder nach Hause kommen. Auf den breiten Fensterbrettern entdeckte David die roten Kissen, die er holen sollte.

David warf einen Blick zum Fenster hinaus. Die Nachmittagssonne schien auf die Olivenhaine und hinunter zum Meer, zu der blauen Bucht von Aghia Anna. Welchen Ausblick hatte der junge Mann in Chicago, der auch nur annähernd an diese landschaftliche Schönheit heranreichte? Seufzend klemmte er sich die Kissen unter den Arm und ging wieder hinunter, um sie in Yorghis' Polizeibus zu verstauen.

»So ein Festessen wird uns allen gut tun, Yorghis«, sagte Andreas mit einem glücklichen Lächeln.

David warf ihm einen sehnsüchtigen Blick zu. Wie schön wäre es gewesen, einen Vater zu haben, der mit so simplen Dingen zufrieden zu stellen war.

Als Erstes fuhren sie bei Thomas vorbei und setzten David dort ab. Auch Thomas hielt das Fest für eine gute Idee. Er wollte den Wein beisteuern, und Vonni bot sich an, bei Elsa und Fiona die Lage zu sondieren.

Kurz erklärte sie David, was passiert war und weshalb Fiona vielleicht nicht in der Stimmung sein könnte, heute Abend dabei zu sein.

»Das ist ja schrecklich«, meinte David mitfühlend. »Aber wenn man alles bedenkt, dann ist es vielleicht besser so –«

»Diese Ansicht behältst du aber lieber für dich, David. Du

denkst es, ich denke es, aber Fiona ist ganz und gar nicht dieser Meinung. Also, ich dachte, ich warne dich besser.«

»Das ist sehr klug von dir«, stimmte David ihr zu. »Ich trete nämlich immer in irgendein Fettnäpfchen. Aber was ist mit Elsa? Ich dachte, sie wäre mit ihrem deutschen Freund weggefahren?«

»Ich weiß, ich höre mich an wie die Sphinx persönlich«, sagte Vonni, »aber auch dieses Thema sprichst du besser nicht an.«

Ein Geruch nach Lammbraten mit Knoblauch und Oregano zog den jungen Polizisten in die Nase, die sich nach einem langen, anstrengenden Tag auf einen ungezwungenen Abend mit ihrem Chef, dessen Bruder, Vonni und den vier Touristen freuten. Die eine der beiden Frauen sah aus wie eine Schönheitskönigin, während die andere blass und erschöpft wirkte, als sei sie krank gewesen.

Auch die beiden Männer waren total verschieden: der eine groß und schlaksig, mit lächerlich aussehenden, ausgebeulten Bermudashorts mit großen, aufgesetzten Taschen, der andere mit Brille, klein und ernst.

Die Fremden strengten sich alle an, wenigstens ein paar Worte auf Griechisch zu sprechen. Der neue Wein – *krassi* – schmeckte ihnen offensichtlich gut, und so brachten ihnen die jungen Polizisten die Worte für »weiß« und »rot« bei – *aspro* und *kokkino* – und wiederholten die richtige Betonung von *yassu* so lange, bis alle sich auf Griechisch zuprosten konnten.

Im Gegenzug mussten die Griechen lernen, *cheers, Prosit, l'chaim* und *slainte* zu sagen.

Andreas tranchierte stolz das Fleisch, und das Mondlicht zauberte Muster auf das Meer, während die Wolken rasch über den Himmel glitten.

»Es scheint mir so lange her zu sein, dass wir in Kalatriada waren«, sagte Fiona seufzend.

»Und wie der Regen in der Nacht auf das Dach und gegen die Wände prasselte«, entgegnete Elsa. »Aber es ist erst zwei Tage her. Und seitdem ist so viel passiert!« Sie griff nach Fionas Hand und drückte sie solidarisch.

Fionas Augen füllten sich mit Tränen, und David wechselte einen raschen Blick mit Vonni. Wie klug von ihr, ihn gewarnt zu haben.

Unten am Hafen war eine Bewegung auszumachen. Eine Gruppe junger Männer versammelte sich vor dem kleinen Haus, das Maria und Manos gehörte. Und bald gesellten sich auch andere aus den umliegenden Cafés und Restaurants zu ihnen.

»Was geht da vor sich?«, fragte Thomas nervös.

Yorghis versuchte, etwas zu erkennen. »Ich kann nichts sehen. Jungs, einer von euch muss mal runter und nachschauen, ob alles in Ordnung ist.« Dabei deutete er auf einen der Polizisten. Es war durchaus möglich, wenn auch nicht sehr wahrscheinlich, dass jemand Manos die ganze Schuld an dem Unglück in die Schuhe schieben wollte. Es war besser, vorbereitet zu sein.

»Kein Grund zur Sorge«, sagte Vonni leise. »Einige der jungen Männer wollten heute Abend zu Ehren von Manos und seinen Freunden vor seinem Haus einen Sirtaki tanzen. In Erinnerung an seine Tanzkünste.«

»Normalerweise wird hier nach einer Beerdigung nicht getanzt«, erklärte Yorghis.

»Das war aber auch keine normale Beerdigung«, erwiderte Vonni ruhig.

Währenddessen hatten unten zwölf Männer in schwarzen Hosen und weißen Hemden Aufstellung genommen und ihren Nachbarn rechts und links den Arm auf die Schulter gelegt. Die Bouzouki-Spieler intonierten die ersten Klänge, und dann setzten die Männer sich in Bewegung. So wie Manos und seine Freunde es bis vor wenigen Tagen noch getan hatten, gingen die Tänzer in die Knie, beugten sich nach vorn und sprangen in die Luft.

Maria hatte Stühle herausgestellt und saß mit ihren Kindern vor dem kleinen Haus. In ferner Zukunft, wenn all dies längst Vergangenheit war, würden die Kinder sich vielleicht an den Abend erinnern, als ganz Aghia Anna zu Ehren ihres Vaters getanzt hatte. Die Menge wurde immer größer, und selbst von weitem war zu erkennen, dass die Menschen sich Tränen aus den Augen wischten.

Dann fing der Erste in der Menge im Rhythmus der Musik zu klatschten an, und bald tanzten alle mit.

Von der Veranda der Polizeiwache aus hatten die Zuschauer einen guten Blick auf die Tanzenden. Schweigend betrachteten sie die Szene. So etwas hatten die meisten zuvor noch nie gesehen.

Dann fing auch Elsa an, im Rhythmus der Musik zu klatschen, und Thomas folgte ihrem Beispiel. David und Fiona sahen einander zunächst zögernd an, doch dann klatschten auch sie, ebenso wie Vonni, die jungen Polizisten, Andreas und Yorghis. Tränen liefen den beiden Brüdern übers Gesicht, als sie die jungen Männer ermutigten, sich dem Ehrentanz anzuschließen.

Elsa drückte Fiona, die mittlerweile haltlos weinte, eine Papierserviette in die Hand.

»Das ist das Anrührendste, was ich je gesehen habe«, stieß Fiona hervor, als sie wieder imstande war zu sprechen. »Solange ich lebe, werde ich diesen Abend nicht mehr vergessen.«

»Ich auch nicht«, stimmte Thomas ihr zu. »Ich empfinde es als Privileg, das miterleben zu dürfen.«

Die anderen brachten kein Wort heraus.

Und mit unerwartet klarer Stimme fuhr Fiona fort: »Dieselben Sterne, die hier auf uns herunterscheinen, leuchten auch über Athen und unserer Heimat. Was die Menschen, die wir kennen, wohl jetzt gerade machen? Ob sie an uns denken?«

KAPITEL NEUN

Bei Fiona zu Hause wurde tatsächlich über die abwesende Tochter gesprochen, so wie fast jeden Abend. Ihre Mutter sah sich gerade die Bilder von Aghia Anna im *Evening Herald* an.

»Und Fiona ist ausgerechnet jetzt dort unten!«, sagte sie kopfschüttelnd.

»Ausgerechnet!«, knurrte ihr Mann.

»Aber, Sean, es war *richtig* von ihr, dass sie uns angerufen hat. Wir hätten uns ja Sorgen um sie machen können. Wenigstens hat sie so weit gedacht.«

»Weshalb hätten wir uns Sorgen machen sollen? Wir hatten ja keine Ahnung, wo sie sich herumtreibt, nur dass sie diesem Flegel nicht von der Seite weicht.«

Fionas Vater konnte der Situation keinerlei positiven Seiten abgewinnen. Er griff nach der Fernbedienung und schaltete den Fernsehapparat ein, um das Gespräch zu beenden.

Seine Frau ging zum Fernseher und schaltete ihn wieder aus.

»Maureen! Warum hast du das getan? Ich wollte mir das anschauen.«

»Nein, du wolltest dir gar nichts anschauen. Du wolltest nur nicht mit mir über Fiona reden.«

»Der Gedanke an Fiona macht mich krank«, erwiderte Sean heftig. »Und es ist mir auch völlig egal, ob sie zu unserer Silberhochzeit nach Hause kommt oder nicht.«

»Sean! Wie kannst du nur so etwas sagen?«

»Es ist mein Ernst. Was bringt es, wenn sie uns die Feier dadurch vermiest, dass sie die ganze Zeit nur Trübsal bläst und an diesem zugekifften Kerl hängt und uns erklärt, dass wir einfach zu blöd sind, ihn zu verstehen?«

»Sie ist genauso dein Kind wie meines.«

»Sie ist kein Kind mehr, deiner Aussage nach … Sie ist eine erwachsene Frau von vierundzwanzig Jahren. Sie ist alt genug, um ihre eigenen Entscheidungen zu treffen. Das sagst du jedenfalls immer, wenn du sie in Schutz nimmst.«

»Ich habe doch nur gesagt, Sean, dass wir uns entfremden, wenn wir diesen Shane ständig angreifen. Und dass sie alt genug ist, um zu wissen, was sie tut. Das heißt aber noch lange nicht, dass ich ihre Entscheidungen für richtig halte.«

»Hm«, brummte er.

»Ich muss dir noch etwas sagen. Ich habe Barbara für heute Abend eingeladen, um mit ihr über alles zu reden. Sie und Fiona sind seit fünfzehn Jahren Freundinnen, seit ihrer Erstkommunion, und sie macht sich ebenso große Sorgen um sie wie wir.«

»Kann ich mir nicht vorstellen. Die ist genauso schlimm wie Fiona. Wenn irgend so ein bekiffter und versoffener Loser wie Shane vor ihrer Tür stünde, würde sie mit dem auch verschwinden. Die jungen Leute sind doch heutzutage alle gleich.«

»So dürfen wir nicht von ihr denken. Wir müssen versuchen, den Kontakt zu Fiona zu halten und ihr zu verstehen zu geben, dass wir für sie da sind, wenn sie uns braucht.«

»Ich bin nicht sicher, ob ich dann da bin, wenn sie uns braucht. Vergiss nicht, sie hat dir und mir ziemlich verletzende Sachen an den Kopf geworfen.«

»Doch nur deswegen, weil wir ihrer Ansicht nach Shane schlecht gemacht haben.« Maureen bemühte sich nach Kräften, fair zu bleiben.

»Sie hat ihre Familie, ihr Zuhause und ihren guten Job aufgegeben. Und wofür? Für einen Junkie!«

»Wir können doch nichts dafür, in wen wir uns verlieben, Sean.«

»Doch, das können wir. Wir fallen doch nicht alle auf solche Idioten rein wie Fiona.« Er war unerbittlich.

»Sie hatte bestimmt nie die Absicht, sich in einen Idioten zu verlieben. Sicherlich wäre es viel einfacher gewesen, wenn sie sich einen netten Banker, einen Arzt oder einen Geschäftsmann gesucht hätte. Aber das ist nun mal nicht passiert.«

»Du bist ja plötzlich richtig versöhnlich«, sagte Fionas Vater irritiert.

»Weißt du, es hat mich doch sehr gerührt, dass sie daran dachte, uns anzurufen, als dieses schreckliche Unglück geschah. Ob wir wussten, dass sie dort war oder nicht, spielt keine Rolle.«

In dem Moment klingelte es an der Tür.

»Das ist Barbara. Sei bitte freundlich zu ihr, Sean. Sie ist vielleicht unsere einzige Verbindung zu Fiona, unsere einzige Hoffnung.«

»Sie hat bestimmt auch nichts von Madam gehört«, höhnte er.

»Sean!«

»Ist ja schon gut«, sagte er.

Bei David zu Hause, in einem schicken Vorort von Manchester, hatten sich seine Eltern einen Bericht über die Ereignisse in Aghia Anna im Fernsehen angesehen und sprachen natürlich auch über ihren Sohn.

»Das muss ja ein grauenvoller Anblick gewesen sein«, meinte Davids Mutter.

»Ja, es muss schrecklich gewesen sein, sonst hätte er uns nicht angerufen«, stimmte sein Vater ihr zu.

»Er ist jetzt seit sechs Wochen fort, Harold, und seitdem haben wir zehnmal Post von ihm bekommen. Man kann also wirklich nicht sagen, dass er nichts von sich hören lässt.«

»Ja, aber es waren auch viele Postkarten darunter«, schränkte ihr Mann ein.

»Sicher, aber er macht sich immerhin die Mühe, die Karten zu schreiben, Briefmarken zu kaufen und sie in den Briefkasten zu werfen«, verteidigte Davids Mutter ihren Sohn.

»Miriam, wir leben im einundzwanzigsten Jahrhundert. Der Junge könnte sich auch ein Internetcafé suchen und wie ein normaler Mensch eine E-Mail schicken.«

»Ich weiß, ich weiß.«

Schweigend saßen sie eine Weile nebeneinander.

»Miriam, hätte ich mich ihm gegenüber anders verhalten sollen? Bitte, sag es mir.« Er musste unbedingt die Wahrheit wissen.

Miriam griff nach seiner Hand und streichelte sie. »Harold, du bist ein wunderbarer Ehemann und ein wunderbarer Vater«, beruhigte sie ihn.

»Was hat unser Sohn dann in diesem Nest in Griechenland zu suchen, wenn ich so wunderbar bin? Sag mir das mal.«

»Vielleicht ist es auch meine Schuld, Harold, vielleicht habe ich ihn aus dem Haus gejagt.«

»Nein, du doch nicht. Er betet dich an, das wissen alle. Es ist die Firma, er will nichts damit zu tun haben. Hätte ich vielleicht zu ihm sagen sollen, sei ein Künstler, sei ein

Dichter, sei, was immer du sein willst? Wäre das richtig gewesen? Was meinst du?«

»Ich glaube nicht. Er wusste von Anfang an von deinem Wunsch, dass er die Firma übernehmen soll, seit seiner Bar-Mizwa.«

»Und was ist daran so schlimm? Ich habe dieses Geschäft für meinen Vater aufgebaut, der mit leeren Händen nach England kam. Ich habe Tag und Nacht geschuftet, um meinem Vater das Gefühl zu geben, dass er nicht umsonst gelitten hat. Und wo ist jetzt das Problem, wenn ich meinem einzigen Sohn ein florierendes Geschäft übergeben will? Das ist doch kein Verbrechen, oder?«

»Ich weiß, Harold, das weiß ich doch alles«, versuchte sie ihn zu besänftigen.

»Wenn du es verstehst, warum nicht er?«

»Lass es mich ihm erklären, Harold. Bitte.«

»Nein, tausendmal nein. Ich will sein Mitleid nicht. Wenn ich seine Liebe und seinen Respekt nicht haben kann – ja, nicht einmal seine Gesellschaft –, dann will ich auch sein Mitleid nicht.«

Shirley war mit Bill auf dem Heimweg. Sie waren zusammen beim Einkaufen gewesen. Andy war zur Universität gefahren, wo er und andere an Sport interessierte Bewohner der Gemeinde versuchten, die Studenten zu motivieren, für einen Marathonlauf zu trainieren. Die waren ziemlich beeindruckt, dass diese alten Herren, die bestimmt schon weit über dreißig waren, noch so gern durch die Gegend liefen.

Bill half seiner Mutter, die Einkäufe auszupacken und einzuräumen.

»Du bist wirklich ein ganz tolles Kind«, sagte Shirley plötzlich.

»Tatsächlich?«

»Klar doch. Ich habe noch nie jemanden auf der Welt so lieb gehabt wie dich.«

»Ach, komm, Mom …« Bill wand sich vor Verlegenheit.

»Nein, ich meine es ernst.«

»Aber was ist mit deiner Mom und deinem Dad?«

»Die hatte ich natürlich auch sehr lieb, aber das Gefühl war nicht annähernd so stark wie meine Liebe zu dir.«

»Und was war mit Dad, als du ihn noch lieb gehabt hast? Und was ist jetzt mit Andy?«

»Das ist was anderes, Bill, glaub es mir. Die Liebe, die man für sein eigenes Kind empfindet, ist einzigartig und bedingungslos.«

»Was heißt das?«

»Das heißt, dass es kein Wenn und Aber gibt. Du bist ein ganz besonderer Mensch für mich. Ich wünschte, ich könnte dir das besser erklären. Aber wenn man einen Mann oder eine Frau liebt, dann kann diese Liebe auch wieder verschwinden. Man will zwar nicht, dass so etwas passiert, aber beim eigenen Kind wird es ganz sicher nie so weit kommen …«

»Und denkt Dad auch, dass ich so toll bin?«

»Na klar, Bill. Dein Dad und ich waren nicht immer einer Meinung, das weißt du. Aber du bist das Beste, was uns beiden jemals passiert ist. Darüber sind wir uns absolut einig. Immer. Und wir wollen immer nur das Beste für dich.«

»Liebt Dad dich noch, Mom?«

»Nein, Schatz, aber ich glaube, er respektiert und mag mich. Doch die Liebe zu dir haben wir noch gemeinsam.«

Shirley lächelte ihrem Sohn ermutigend zu und hoffte, dass er das verstehen würde.

Bill dachte eine Weile nach. »Wieso verhält er sich dann nicht so?«, fragte er schließlich.

»Aber das tut er doch«, erwiderte Shirley überrascht.

»Nein, tut er nicht«, meinte Bill trotzig. »Er will, dass er mir fehlt. Es soll mir Leid tun, dass er nicht hier ist. Und das ist unfair. *Er* ist schließlich weggegangen, nicht ich. Ich bin immer noch hier.«

Birgit sah Claus in die Nachrichtenredaktion kommen.

»Du bist zurück aus Griechenland!«, strahlte sie.

»Hallo, Birgit.«

Claus, der Chefkameramann, machte sich keine Illusionen, weshalb Birgit so erfreut über seinen Anblick war. Wenn er zurück war, war auch Dieter wieder da. Und ihm allein galt ihr Interesse und das der meisten Frauen im Sender.

Claus seufzte.

Dieter brauchte nicht einen Finger zu rühren, die Frauen lagen ihm einfach reihenweise zu Füßen.

Claus wartete, bis Birgit von sich aus auf Dieter zu sprechen kam. Er gab ihr dreißig Sekunden. Aber er sollte sich täuschen, sie war sogar noch schneller.

Birgit verschwendete keine Zeit mit Nebensächlichkeiten wie mitfühlenden oder bedauernden Bemerkungen über das Bootsunglück. »Ist Dieter auch wieder da?«, fragte sie beiläufig.

»Nein, ist er nicht.« Birgit war ein harter Brocken, und Claus genoss es sehr, ihr die schlechte Nachricht zu überbringen. »Nein, er ist noch geblieben. Er hat dort unten eine alte Freundin getroffen. Merkwürdiger Zufall, nicht wahr?«

»Eine alte Freundin? Jemanden von der Presse?«

»Nein, die Frau hat hier mal gearbeitet. Elsa. Er ist ihr dort über den Weg gelaufen.«

Birgits Miene sprach Bände.

»Aber zwischen den beiden ist doch alles aus«, stammelte sie.

»Darauf würde ich meinen Kopf nicht verwetten, Birgit«, antwortete Claus süffisant, drehte sich um und ließ sie stehen.

Adoni starrte auf die Bilder aus dem Dorf, in dem er aufgewachsen war. Er blickte geradewegs in das Gesicht seines Freundes Manos, den er ein Leben lang gekannt hatte. Daneben war auch ein Foto von Maria. Adoni hatte auf ihrer Hochzeit getanzt.

Wie ungewöhnlich, dass landesweit erscheinende Zeitungen in ganz Amerika mit Bildern und Reportagen über seinen Heimatort berichteten. Aber er würde keinem Menschen in Chicago etwas davon erzählen. Er war vor vielen Jahren auf Elenis Empfehlung hierher gekommen. Sie hatte ihm den Kontakt vermittelt. Einer ihrer Vettern hatte hier gearbeitet und dem Jungen, der auf persönliche Empfehlung aus Griechenland gekommen war, Arbeit gegeben.

Der Cousin war weitergezogen, Adoni war geblieben. Es gefiel ihm hier, auch wenn er manchmal einsam war. Doch die Tragödie in seinem Heimatort würde er mit keinem Wort erwähnen. Warum sich grämen?

Die Leute in dem Gemüsegeschäft, in dem er arbeitete, wussten nur wenig über ihn und seine Herkunft. Würde er ihnen davon erzählen, würden sie unweigerlich erfahren, warum er jeden Kontakt zu seiner Heimat abgebrochen hatte. Sie würden vom Streit mit seinem Vater und den langen Jahren des Schweigens zwischen ihnen erfahren. Und das würden sie nicht verstehen, denn seine Kollegen lebten nur für ihre Familie. Ihre Väter gingen in ihrem Haus ein und aus. Was würden sie von einem Vater und einem Sohn halten, die seit neun Jahren kein Wort mehr miteinander gesprochen hatten?

Natürlich könnte er seinen Vater anrufen und ihm sein Beileid zu den tragischen Ereignissen in Aghia Anna aussprechen. Aber bestimmt würde sein Vater das als Zeichen der Schwäche werten, als ein Nachgeben und Zugeständnis, dass Adoni damals im Unrecht gewesen war. Sein Vater wusste, wo er war. Wenn er ihm etwas mitzuteilen hatte, dann sollte er sich bei ihm melden.

Shane hatte keine Ahnung, wie die U-Bahn in Athen funktionierte. Als sie zusammen hier gewesen waren, hatte Fiona sich um alles gekümmert. Das Ding hieß hier *ilektrikos* oder so ähnlich. Hatten sie damals die Fahrkarten an einem Kiosk gekauft? Oder hatten die nur für die Oberleitungsbusse gegolten? Er konnte sich beim besten Willen nicht daran erinnern.

Shane wusste nur, dass er in das Exarchia-Viertel wollte. Auf der Fähre hatte er gehört, dass es dort jede Menge Kneipen und Tavernen geben sollte. Er hatte noch ziemlich viel Gras in der Tasche, das er dort verkaufen könnte. Anschließend würde er sich irgendwo hinsetzen und in Ruhe überlegen, was er machen wollte. Er war jetzt schließlich frei, frei wie ein Vogel. Niemand würde ihm mehr mit idiotischen Vorschlägen auf die Nerven gehen, dass er den Rest seines Lebens in irgendeinem Kaff als Kellner fristen sollte. Fiona musste nicht ganz richtig im Kopf gewesen sein, als sie ihm das vorschlug.

Wie alle anderen hatte auch sie ihn letztendlich enttäuscht. Aber Shane hatte gelernt, nichts anderes von seinen Mitmenschen zu erwarten. Und schwanger war sie mit Sicherheit auch nicht. Davon war er überzeugt. Wenn sie es wäre, hätte sie ihn bestimmt nicht allein in der Zelle sitzen lassen. Es hätte ihn nicht gewundert, wenn sie bereits auf dem Rückweg zu ihrer grässlichen Familie in Dublin wäre. Wenn denen klar wurde, dass Shane nicht länger aktuell war, würden sie sie bestimmt mit einem Festessen willkommen heißen.

Shanes Erkundigungen ergaben, dass er an der Haltestelle Omonia aussteigen musste. Was waren das nur für lächerliche Namen, und lesen konnte man hier auch nichts.

»Komm doch herein, Barbara«, bat Fionas Mutter die Freundin ins Haus.

»Du bist aber noch spät unterwegs.« Fionas Vater hingegen klang nicht sehr gastfreundlich.

»Sie wissen doch, wie das ist, Mr. Ryan. Dienst von acht bis acht und dann noch eine Stunde Fahrt vom Krankenhaus hierher.« Barbara ließ sich nicht so schnell die gute Laune verderben. Und mit dieser Bemerkung plumpste sie – wie es seit vielen Jahren ihre Gewohnheit war – in einen Sessel, das rote Haar zerzaust, das Gesicht müde nach einem langen Arbeitstag.

»Möchtest du einen Tee oder etwas Stärkeres, Barbara?«

»Ach, ich könnte schon einen kleinen Gin vertragen, Mrs. Ryan, vor allem, wenn wir über Shane reden wollen«, sagte Barbara entschuldigend.

»Sean?«

»Also, wenn wir unbedingt über den reden müssen, dann brauche ich auch ein Betäubungsmittel«, erwiderte er seufzend.

»Ich habe überlegt, ob wir Fiona nicht schreiben sollen. Wir könnten ihr ja sagen, dass wir die Situation missverstanden haben.«

Fionas Mutter servierte die Gin Tonics, setzte sich und sah fragend von einem zum anderen.

Ihr Mann warf ihr einen finsteren Blick zu. »Ich denke, wir haben die Situation nur allzu gut verstanden. Unsere Tochter hat sich in einen Gauner verknallt, der nicht ganz richtig im Kopf ist. Was gibt es da misszuverstehen?«

»Aber es hat offensichtlich wenig genützt, dass wir ihr das gesagt haben. Sie ist mit ihm weggefahren und jetzt weit entfernt von zu Hause. Mir fehlt meine Tochter, Sean, jede Sekunde des Tages. Ach, ich würde mich so freuen, wenn sie – wie Barbara eben – zur Tür hereinkommen und uns erzählen würde, wie ihr Tag verlaufen ist. Wir haben sie mit unserer Arroganz nur aus dem Haus getrieben. Bist du nicht auch dieser Ansicht, Barbara?«

»Nicht ganz, ich muss eher Mr. Ryan zustimmen. Wir haben nichts missverstanden, im Gegenteil. Shane ist ein ausgemachter Halunke, der Fiona manipuliert und alles so hindreht, als ob es ihre Schuld und nicht die seine wäre. Er begibt sich in die Rolle des Opfers, dem vom Rest der Welt übel mitgespielt wird. Und deswegen ist ihm auch so schwer beizukommen.«

»Am schlimmsten finde ich, dass sie behaupten, sie würden sich *lieben.*«

Auf Maureen Ryans Gesicht spiegelte sich große Sorge wider.

»Dieser Egoist liebt doch niemanden außer sich selbst. Der bleibt nur so lange bei Fiona, wie es ihm passt, und dann lässt er sie irgendwo sitzen – allein, ohne Freunde, gedemütigt und meilenweit weg von zu Hause. In so einem Zustand wird sie kaum wieder zu uns zurückkommen wollen. Sie weiß doch, wie wir über die Sache denken, auch wenn wir unsere Meinung nicht laut äußern.«

»Sie scheint dir ja genauso wie uns zu fehlen«, stellte Fionas Vater überrascht fest.

»Natürlich fehlt sie mir. Tagsüber in der Arbeit und abends, um mit ihr zusammen auszugehen. Mir fallen tausend Dinge ein, die ich ihr erzählen will, und dann erst erinnere ich mich, dass sie ja fort ist… Vielleicht könnten wir versuchen, ihr eine Art Brücke zu bauen?«

»Was für eine Brücke?« Sean Ryan hatte keine großen Hoffnungen.

»Na ja, vielleicht könnten Sie ihr einen Brief schreiben und unsere Überzeugung durchklingen lassen, dass sie und Shane auf Dauer zusammen sind. Ich könnte ihr einen ähnlichen Brief schicken und sie fragen, ob sie mit Shane zur Silberhochzeit oder über Weihnachten nach Hause kommt. Was halten Sie davon?«

»Aber wir können doch nicht so tun, als ob sie für immer mit diesem Shane zusammen wäre, Barbara. Was für einen Eindruck macht das auf unsere anderen Kinder, wenn sie glauben, wir würden Shane plötzlich akzeptieren?«

»Mrs. Ryan, er *ist* Teil ihres Lebens. Sie sind zusammen weggegangen, um miteinander zu leben. Aber tief in meinem Innern habe ich so ein Gefühl, als würde das nicht lange halten. Doch wenn wir jetzt so tun, als wäre ihr Verhältnis für uns das Normalste von der Welt, dann gehören wir nicht länger zu den Bösen, die auf dem armen, unverstandenen Shane herumhacken.« Fragend sah Barbara von einem zum anderen.

Fionas Vater zuckte hilflos die Schulter, als würde ihn das alles überfordern. Ihrer Mutter war deutlich anzusehen, wie sehr sie mit den Tränen zu kämpfen hatte.

Barbara ließ nicht locker. »Glauben Sie mir, mir gefällt das auch nicht, und ich mag es auch nicht, hinter ihrem Rücken über meine Freundin Fiona zu reden, aber irgendetwas müssen wir unternehmen, sonst verlieren wir sie ganz.«

Der Brief wurde durch den Schlitz in der Tür geschoben und fiel zu Boden. Miriam Fine ging nachsehen, wer um diese nachtschlafende Zeit persönlich einen Brief bei ihnen eingeworfen hatte.

Es war ein großer, dicker Umschlag, der an sie beide adressiert war. Miriam brachte den Umschlag zu ihrem Mann, und gemeinsam öffneten sie ihn.

Es war die Bestätigung, dass Harold Fine den begehrten Preis als Geschäftsmann des Jahres gewonnen hatte. Der Brief enthielt weitere Details der Verleihung, die im November vor einem geladenen Publikum im Rathaus stattfinden würde. Die Veranstalter hofften, sie beide und eine auserlesene Gruppe von Freunden und Angehörigen zu einem Stehempfang beim Bürgermeister mit anschließendem Dinner erwarten zu dürfen.

»Ach, Harold, ich freue mich so für dich. Jetzt hast du es schwarz auf weiß«, sagte Miriam, Tränen in den Augen.

»Komisches Gefühl.« Davids Vater betrachtete den Umschlag, als könnte er jeden Moment zwischen den Fingern zerbröseln.

»David wird stolz auf dich sein. Wir müssen ihm unbedingt schreiben, dass die Einladung gekommen ist und dass es jetzt ernst wird. Ich bin sicher, dass er dann nach Hause kommt«, sagte Miriam.

»Freuen wir uns nicht zu früh, Miriam. Aus Davids Sicht kommen Geschäftsleute gleich nach Kriegsverbrechern. Und der Geschäftsmann des Jahres ist der Schlimmste von allen.«

»Hallo, Bill.«
»Hallo, Andy.«
Andy setzte sich neben dem Jungen auf die Hollywoodschaukel vor dem Haus.

»Bedrückt dich was, Junge? Möchtest du eine Runde laufen?«

»Nein, alle Probleme kann man mit Laufen leider auch nicht lösen«, murmelte Bill, ohne den Kopf zu heben.

»Da hast du vollkommen Recht, mein Junge, aber wenigstens eine Zeit lang ausblenden kann man sie dabei.«

»Aber bei dir läuft doch immer alles glatt, Andy.«

»Meinst du? Dann habe ich meine Schwierigkeiten bisher aber sehr erfolgreich vor dir versteckt.« Andy versetzte Bill einen freundschaftlichen Klaps, aber der Junge zuckte zusammen und wich zurück.

»Nichts für ungut, Bill«, entschuldigte sich Andy hilflos.

»Schon okay, du kannst ja nichts dafür.«

»Wer dann?«, fragte Andy.

»Ich weiß nicht, ich vielleicht. Vielleicht war ich nicht gut genug für sie. Für Mom und Dad, meine ich. Ich habe sie nicht glücklich gemacht.«

»Die beiden sind doch ganz verrückt nach dir, Junge. Das ist das Einzige, worüber sie sich wirklich einig sind.«

»Das sagt Mom auch, aber vielleicht will sie mir das auch nur einreden.«

»Und dein Vater ist auch dieser Meinung. Jedenfalls hat er das zu mir gesagt, bevor er wegfuhr.«

»Aber weggefahren ist er trotzdem, Andy.«

»Er hat es doch nur für dich getan. Um dir Raum zu lassen, damit du dich an mich gewöhnen und dich als Teil unseres neuen, gemeinsamen Lebens fühlen kannst. Das war sehr anständig von ihm.«

»Ich will aber keinen Raum«, sagte Bill trotzig.

»Was willst du dann, Bill?«

»Ich wünsche mir, dass er und Mom sich wieder lieb haben, aber das ist wahrscheinlich nicht möglich, und deshalb will ich, dass er wenigstens hier in der Nähe wohnt.

Du und Mom, ihr hättet doch nichts dagegen, wenn ich ihn öfter sehe, oder?« Ängstlich sah er Andy an.

»Natürlich nicht, das weißt du doch.«

»Und weiß Dad das auch?«

»Ach, Bill, das weißt du doch.«

»Aber wenn er es weiß, warum musste er dann so weit wegfahren?«, fragte Bill.

Hannah, die als Sekretärin bei dem Fernsehsender arbeitete, hatte das Gespräch zwischen Claus und Birgit mit angehört. Sie konnte es kaum glauben. Elsa war so weit weggefahren, um die Liebe ihres Lebens hinter sich zu lassen, und diese Katastrophe hatte die beiden wieder zusammengeführt.

»Claus, entschuldige bitte, aber kann ich kurz mit dir sprechen?«

»Natürlich!« Alle mochten Hannah, diese freundliche, hilfsbereite und selbstsichere junge Frau. Sie war mit Elsa befreundet gewesen.

»Ich wollte dich nur fragen, ob sie zurückkommt«, fuhr Hannah fort. Auch sie vergeudete keine Zeit und redete nicht lange um den heißen Brei herum.

»Hättest du das denn gerne?«, fragte Claus vorsichtig.

»Was mich angeht, ja. Ich sähe meine Freundin gerne wieder hier. Aber was sie betrifft, so ist sie dort unten vielleicht besser aufgehoben.«

Hannah hielt mit ihrer Meinung nicht hinter dem Berg.

»Ich würde dir gern erzählen, was zwischen den beiden vorgefallen ist, aber ich habe leider nicht die geringste Ahnung«, erwiderte Claus. »Dieter hat uns vorausgeschickt, und wir sind gefahren. Aber irgendwie sah sie anders aus. Das war nicht mehr die alte Elsa, so wie wir sie kannten.

Sie wirkte irgendwie verändert, als hätte sie für sich eine Entscheidung getroffen.«

»Soso«, antwortete Hannah skeptisch.

»Ich weiß, du denkst wahrscheinlich, dass einem Mann die Sensibilität für Zwischentöne fehlt, aber glaube mir, selbst du hättest Schwierigkeiten gehabt, zu erahnen, was zwischen den beiden passiert ist.«

»Ach, ich weiß sehr wohl, wie schwierig das ist. Aber danke, dass du mich informiert hast. Wir können nur abwarten und hoffen.«

»Und worauf hoffst du, Hannah?«

»Ach, ich erhoffe mir noch viel weniger als du! Ich weiß eigentlich gar nicht, was ich hoffen soll. Vielleicht, dass sich alles zum Guten wendet«, erwiderte Hannah ehrlich.

Adoni beschloss, seinen Vater doch anzurufen. Und zwar schnell, bevor er es sich wieder anders überlegte. In Griechenland war jetzt Abend, und sein Vater würde bestimmt in der Taverne sein. Er hatte sicher viel zu tun und konnte deshalb nicht lange mit ihm reden. Und das war gut so. Adoni würde sagen, wie Leid ihm das mit dem Unglück tat, und ihm sein Beileid aussprechen. Das, was zwischen ihnen vorgefallen war, würde er mit keinem Wort erwähnen.

Das Freizeichen ertönte. Adoni ließ es lange klingeln, aber niemand meldete sich. Bestimmt hatte er die falsche Nummer gewählt. Er wählte erneut. In der leeren Taverne klingelte das Telefon, aber niemand ging ran.

Bevor er von Aghia Anna weggegangen war, hatte Adoni für seinen Vater noch einen Anrufbeantworter installiert, doch er hatte anscheinend nicht gelernt, ihn einzuschalten.

Schließlich legte Adoni auf. Wahrscheinlich war es besser so.

Shane fand genau die Kneipe, die er suchte. Hier hielt sich seine Klientel auf. Wäre er selbst auf der Suche nach Stoff gewesen, wäre er hierher gegangen. Da spielte es kaum eine Rolle, dass er die Sprache nicht beherrschte. In diesem Geschäft funktionierte die Verständigung über alle Sprachgrenzen hinweg. Shane wandte sich an einen Burschen, der allerdings ziemlich begriffsstutzig war. Darauf sprach er einen anderen an, der aber nur die Schultern zuckte. Ein Dritter schließlich schien Interesse zu signalisieren.

»Wie viel willst du?«, fragte Shane.

»Wie viel hast du?«, wollte der Mann wissen.

»Genügend«, antwortete Shane.

In dem Moment blendete ihn der Blitz einer Polaroidkamera, erst ein Mal, dann ein zweites Mal, und traf ihn voll ins Gesicht.

»Was, zum Teufel…?«, setzte Shane an. Gleich darauf spürte er eine Hand an seinem Hemdkragen, die ihm fast die Luft abdrehte. Das runde Gesicht eines Mannes mit flackernden, dunklen Augen war nur wenige Zentimeter von dem seinen entfernt.

»Jetzt hör mir mal gut zu, Bürschchen. Wir haben zwei Fotos von dir. Eines behalten wir hier in der Bar, das andere zeigen wir der Polizei. Wenn die dich dabei erwischen, dass du noch mal zu dealen versuchst, wird es dir sehr, sehr schlecht ergehen.«

»Aber ihr wolltet doch kaufen«, stieß Shane mit erstickter Stimme hervor.

»Diese Bar hier gehört meinem Vater, meine Familie betreibt den Laden. An deiner Stelle würde ich zusehen, dass ich so weit wie möglich von hier fortkomme. Das ist übrigens mein Onkel, der dich gerade festhält. Er erwartet eine Entschuldigung von dir, bevor du gehst. Du hast zwanzig Sekunden Zeit.«

169

»Ich weiß nicht, wie das auf Griechisch heißt.«

»*Signomi* reicht für den Anfang.«

»*Signomi*, richtig so?«, stammelte Shane.

»*Signomi*… sag es noch mal, du Scheißkerl, und sei froh dass du so einfach davonkommst.«

»Vielleicht komme ich ja wieder zurück«, drohte Shane. Der Mann lachte.

»Du kannst es ja versuchen. Noch zehn Sekunden.«

»*Signomi!*«, rief Shane über die Schulter dem älteren Mann zu, der ihn festhielt, aber gleich darauf losließ. Benommen stolperte Shane in die warme Athener Nachtluft hinaus.

KAPITEL ZEHN

Thomas erwachte mit leichten Kopfschmerzen. Es dauerte nicht lange, und ihm fiel wieder ein, was die Ursache dafür war. Der Rotwein, den er am Abend zuvor in der Polizeistation getrunken hatte, war noch viel zu jung gewesen. Yorghis hatte gemeint, dass er wahrscheinlich noch keinen Monat in der Flasche war.

Nach ein paar Tassen Kaffee würde er sich bestimmt wieder besser fühlen. Thomas überlegte, ob er hinunter zum Einkaufen gehen und ein paar Orangen und warme, frische Brötchen holen sollte. Wahrscheinlich hatte Vonni auch einen Kater, und den könnten sie dann in schöner Eintracht kurieren.

Aber als er sich aus dem Bett wälzte, sah er, dass die Tür zum Gästezimmer offen stand. Das Bett war ordentlich gemacht, und es waren keinerlei Anzeichen von persönlichen Gegenständen zu entdecken. Vonni benutzte das Zimmer tatsächlich nur, um nachts darin zu schlafen. Wo sie wohl jetzt war? Wieder im Hühnerstall? Oder unten am Hafen mit einer Gruppe Kinder im Schlepptau wie der Rattenfänger von Hameln?

Vonnis Äußeres – ihre kleine, schlanke Gestalt, das um den Kopf geflochtene Haar und ihr gebräuntes, lächelndes Gesicht mit den vielen Fältchen – machte es schwer, ihr wahres Alter zu schätzen. War sie vierzig, fünfzig, sechzig Jahre alt? Keiner äußerte sich, wie lange sie bereits in Aghia Anna lebte. Und sie selbst erzählte nur wenig oder gar nichts über ihr Leben. Da konnte er lange rätseln.

Thomas gähnte und schleppte sich in die Küche. Vonni war ihm zuvorgekommen. Auf dem Tisch lagen vier große Orangen und ein paar frische Brötchen, zum Warmhalten eingewickelt in ein kariertes Geschirrtuch. Thomas seufzte zufrieden und begann zu frühstücken.

Fiona schlief noch, und Elsa hinterließ ihr eine Nachricht.

> *Bin unten am Hafen. Wollte dich nicht aufwecken. Komm mittags runter, wenn du Lust hast, und bring deinen Badeanzug mit. Wir können dann was essen in der netten Kneipe mit den blau-weißen Tischdecken. Ich weiß den Namen nicht mehr. Aber das würde mich freuen,*
> *Gruß,*
>
> *Elsa*

Elsa sah in Fiona so etwas wie eine jüngere Schwester, der es noch an Lebenserfahrung mangelte. Kaum zu fassen, dass diese junge Frau im wirklichen Leben bereits eine erfahrene Krankenschwester war. Trotzdem war sie noch so naiv und glaubte, dass Shane verzweifelt durch Athen lief und sich die größten Sorgen um sie machte.

Langsam spazierte Elsa durch die engen Gassen und sah sich neugierig um. Das Leben ging weiter. Die Leute fegten den Gehsteig vor ihren kleinen Geschäften und präsentierten ihre Waren. In den Cafés und Restaurants wurden auf großen, schwarzen Tafeln die Gerichte angepriesen.

Doch es herrschte nicht dieselbe sorglose und fröhliche Stimmung wie vor dem Unglück. Man bemühte sich, damit zurechtzukommen. Oder man tat zumindest so.

Ebenso erging es Elsa, die meinte, die Leere und das taube Gefühl in ihrem Innern ganz gut zu überspielen. Alles in allem hatte sie das Gefühl, sich recht gut zu schlagen. So hatte sie sich am gestrigen Abend bestens mit allen unterhalten und war ein Fels in der Brandung für Fiona gewesen, die sich noch an ihrer Schulter ausgeweint hatte, nachdem sie nach Hause gekommen waren.

Auch jetzt fiel es Elsa nicht schwer, den Leuten, die ihr entgegenkamen, zuzulächeln und sie mit einem *Kalimera* zu grüßen.

Aber irgendwie kam ihr das alles unecht und aufgesetzt vor.

Elsa wünschte sich, sie würde irgendwo hingehören und es gäbe jemanden, dem etwas an ihr lag. Nie in ihrem Leben hatte sie sich so einsam und verlassen gefühlt: keine Familie, kein Mann, keine Arbeit und seit sie Deutschland verlassen hatte, auch kein Zuhause mehr. Ihr Vater hatte sie allein gelassen, ihre Mutter hatte nur ihren Ehrgeiz an ihr ausgelebt und ihr nie Geborgenheit vermittelt, ihr Liebhaber hatte sie belogen und hätte dies wohl weiterhin getan, wäre sie bei ihm geblieben.

Plötzlich hupte hinter ihr ein kleiner, zerbeulter Lieferwagen. Elsa legt die Hand über die Augen, um sie vor der grellen Sonne zu schützen und besser sehen zu können.

Es war Vonni mit einer Wagenladung voller Kinder.

»Wir fahren zum Schwimmen an einen fantastischen Strand. Den kennst du wahrscheinlich noch nicht. Möchtest du mitkommen?«

»Gerne, aber ich habe Fiona versprochen, mich mittags am Hafen mit ihr zu treffen. Bin ich bis dahin wieder zurück?«

Elsa war froh, ihren Badenanzug und einen Strohhut dabeizuhaben. So war sie auf alles vorbereitet.

Vonni nickte. »Na klar, bis dahin sind wir wieder zurück. Ich kann die Kinder doch nicht während der Mittagshitze im Freien lassen.« Dann sagte sie auf Griechisch etwas zu den Fünf- und Sechsjährigen, die hinten in dem Lieferwagen saßen, und alle lachten und riefen im Chor: »*Yassu*, Elsa!«

Plötzlich spürte Elsa einen Kloß im Hals, als wäre ihr Wunsch von vorhin in Erfüllung gegangen und als würde sie auf gewisse Weise doch irgendwohin gehören. Für eine Weile zumindest.

David hatte ein Fahrrad gemietet. Fünf Kilometer waren es bis zu dem Strand, von dem die Familie, bei der er wohnte, ihm in den höchsten Tönen vorgeschwärmt hatte. Er hätte gern die anderen wiedergesehen und mit ihnen über den Tanz und die anrührende Art gesprochen, wie die Bewohner des Dorfes den Verstorbenen ihren Respekt erwiesen hatten. Aber keiner hatte ein Treffen vorgeschlagen, und David hasste es, sich als lästiges Anhängsel zu fühlen.

Keuchend legte er die Steigungen zurück, um als Belohnung mühelos auf der anderen Seite wieder hinunterzugleiten. Die Landschaft war atemberaubend. Wie konnte man sich nur wünschen, in einer überfüllten Großstadt zu leben und als Pendler seine Zeit im Stau zu verbringen und verpestete Luft einzuatmen?

David kam zu der Stelle, wo sich der Strand befinden musste, und erblickte zu seiner großen Enttäuschung einen kleinen Lieferwagen, der dort geparkt war. Aber gleich darauf sah er Elsa und Vonni, die mit acht oder neun Kindern unten im Sand herumtobten.

Er beobachtete, wie Vonni die Kinder in einer Reihe an der Wasserlinie aufstellen hieß und weit ausholende Armbewegungen machte. Die Kinder nickten heftig. Wahrscheinlich erklärte sie ihnen, dass sie und Elsa ins Wasser vorausgehen würden und dass sich keines der Kinder weiter als die Erwachsenen ins Meer hinauswagen dürfe.

David legte sich in eine grasbewachsene Mulde und beobachtete sie aus der Ferne. Elsa war wunderschön in ihrem türkisgrünen Bikini. Ihr kurzes, blondes Haar glänzte in der Sonne, sie war leicht gebräunt und bewegte sich anmutig zwischen dem Wasser und den Kindern am Strand hin und her.

Vonni, viel kleiner und braun gebrannt wie eine Einheimische, hatte das Haar zu Zöpfen geflochten und am Kopf festgesteckt und trug einen schmucklosen, schwarzen Badeanzug, der bestimmt schon vor zwanzig Jahren aus der Mode gewesen war. Auch sie lief zwischen den niedrigen Wellen und dem Strand hin und her und ermutigte die Kleinen, ins Wasser zu kommen. Wenn sich eines der Kinder nicht traute, allein zu schwimmen, stützte sie seinen Kopf, indem sie ihm eine Hand unters Kinn legte.

David wäre gerne bei ihnen gewesen, wollte sich aber nicht aufdrängen. In dem Moment entdeckte ihn Elsa.

»Ela, ela, David, komm ins Wasser, es ist total schön!«

Verlegen gesellte er sich zu der Gruppe. Zum Glück hatte er unter den Shorts bereits seine Badehose an. Umständlich nahm er seine Brille ab und legte sie oben auf den ordentlichen Kleiderstapel.

Er winkte den Kindern zu. *»Yassas, ime Anglos.«*

»Als ob sie dich für einen Griechen halten würden!«, zog Vonni ihn auf.

»Wahrscheinlich nicht«, antwortete David kleinlaut.

»Ich bitte dich, David, du bist besser als neunzig Prozent aller Touristen hier. Du machst dir immerhin die Mühe, ein paar Worte Griechisch zu lernen. Das beeindruckt die Leute ungeheuer.«

»Tatsächlich?« Er freute sich wie ein kleines Kind.

Eines der Kinder spritzte ihn voll Wasser. »Sehr gut, *poli kala*«, lachte er.

»Ich hoffe, dass du mal mindestens sechs Kinder hast, David. Du wirst bestimmt ein ganz toller Vater«, sagte Vonni zu seiner großen Überraschung zu ihm.

Thomas ging zum Hafen hinunter. Alles war fast wieder normal. Viele der Fischer waren bereits hinausgefahren, andere flickten ihre Netze.

Die Männer nickten ihm zu. Er war jetzt schon einige Zeit hier und kein Fremder mehr, der nur auf der Durchreise war.

Einer der Männer sagte etwas, das Thomas nicht verstand. Hätte er wenigstens einen Blick in den Sprachführer geworfen wie David, hätte er vielleicht andeutungsweise begriffen, worum es ging.

»Tut mir Leid, *signomi*«, entschuldigte er sich.

Ein Mann mit Tätowierungen am ganzen Körper, der aussah wie ein Matrose, übersetzte für ihn: »Mein Freund sagt, ihr seid gute Menschen, du und deine Freunde. Ihr habt unser Unglück mit uns geteilt.«

Thomas sah ihn nachdenklich an. »Wir sind traurig über das, was hier passiert ist. Euer Tanz gestern Abend hat uns sehr berührt. Wir werden das nie vergessen.«

»Wenn ihr zurück in eure Heimat fahrt, werdet ihr davon erzählen?« Der Seemann schien ihn und die anderen offensichtlich zu kennen.

Thomas sprach langsam, damit er übersetzen konnte. »Wir kommen aus vier verschiedenen Ländern – aus Deutschland, England, Irland und aus Amerika –, aber wir werden zu Hause von dieser Tragödie berichten«, erklärte er.

»Ihr seid wie alte Freunde für uns«, erwiderte der Mann mit den Tätowierungen.

Als Fiona aufwachte, sah sie den Zettel. Schlug das Leben nicht merkwürdige Kapriolen, dass sie hier durch Zufall eine so nette Frau kennen gelernt hatte? Elsa war ihr fast eine so gute Freundin wie Barbara. Ein richtiger Glücksfall! Shane würde sich freuen, wenn sie ihm das erzählte. Er würde sich bestimmt bald bei ihr melden, ganz gleich, was die anderen denken mochten. Fiona wusch sich die Haare und trocknete sie mit Elsas Fön. So schlecht sah sie gar nicht aus. Noch ein bisschen blass und mitgenommen, aber nicht so furchterregend wie eine Vogelscheuche, wie ihr Vater immer zu sagen pflegte.

Fiona dachte wehmütig an ihren Vater, der so liebevoll und großartig gewesen war, bis sie Shane mit nach Hause gebracht hatte. Plötzlich wünschte sie sich, zur Silberhochzeit ihrer Eltern doch nach Irland zurückkehren zu können.

Aber das ging nicht, und daran war nur ihr Vater schuld. Er hatte Shane total abgelehnt, und deswegen würde sie auch keinen weiteren Gedanken mehr an ihrem Vater verschwenden. Sie musste an sich selbst denken und wieder gesund werden, bis Shane sie holen käme. Deshalb würde sie sich jetzt so hübsch machen, wie sie konnte, und zum Hafen hinuntergehen. Sie wollte nicht, dass Elsa sie für einen Jammerlappen hielt, sondern sich ihr von ihrer besten Seite zeigen.

Sie ließen David am Strand zurück, wo er ungestört seine zehn neuen Worte auf Griechisch lernen konnte. Dann fuhr Vonni die Kinder auf den großen Platz zurück und setzte Elsa kurz nach elf Uhr am Hafen ab.

»Danke für deine Gesellschaft«, rief Vonni durchs Seitenfenster.

»Wie kommt es eigentlich, dass die Leute in Aghia Anna dir ihre Kinder so problemlos anvertrauen, Vonni?«, fragte Elsa neugierig.

»Keine Ahnung, vielleicht weil sie mich seit so vielen Jahren kennen und mich für relativ zuverlässig halten.«

»Seit wie vielen Jahren bist du denn hier, Vonni?«

»Seit über dreißig Jahren.«

»Was!« Elsa wollte es nicht glauben.

»Du hast mich gefragt, und ich habe es dir gesagt«, antwortete Vonni ungerührt.

»Du hast Recht, tut mir Leid. Du kannst es bestimmt nicht leiden, wenn dir die Leute neugierige Fragen stellen«, entschuldigte sich Elsa hastig.

»Nein, es macht mir überhaupt nichts aus, solange die Fragen vernünftig sind. Also, ich kam mit siebzehn Jahren nach Aghia Anna, um mit dem Mann, den ich liebte, zusammen zu sein.«

»Und, hast du mit ihm zusammengelebt?«, wollte Elsa wissen.

»Ja und nein. Aber das erzähle ich dir ein anderes Mal.« Vonni ließ den Motor aufheulen und brauste davon.

»Thomas!«

Thomas, der auf einer alten Holzkiste saß und auf die Hafenmündung hinausschaute, wo der Wind die Wellen brach, blickte hoch.

»Schön, dich zu sehen, Elsa. Kann ich dir einen Liegestuhl anbieten?« Mit diesen Worten zog er eine zweite alte Holzkiste heran.

Elsa ließ sich elegant, als befände sie sich in einem Salon, auf der Kiste nieder.

Thomas konnte es sich plötzlich vorstellen, was für eine gute Fernsehmoderatorin sie gewesen sein musste. Oder noch war. Sie war bestimmt immer Herrin der Situation gewesen und hatte sich nie versprochen oder nicht mehr weitergewusst.

»Du hast ganz nasses Haar. Warst du schwimmen?«

»Ja. In der kleinen Bucht ungefähr fünf Kilometer weiter die Küste aufwärts liegt ein richtiger Traumstrand«, erklärte sie.

»Erzähl mir bloß nicht, dass du heute schon zehn Kilometer zu Fuß zurückgelegt hast!«, fragte er irritiert.

»Nein, zu meiner Schande muss ich gestehen, dass Vonni mich hin- und hergefahren hat. Aber David haben wir dort getroffen, und der ist wirklich sportlich. Er hat sich doch tatsächlich ein Fahrrad gemietet. Bilde ich mir das nur ein, Thomas, oder ist das Meer hier besonders wild und aufregend?«

»Auf jeden Fall viel spektakulärer als in Kalifornien. Dort ist alles breit und flach. Die Sonnenuntergänge sind zwar traumhaft, aber es gibt keine Brandung und keine changierenden Farben.«

»Ganz zu schweigen von unserer Nordsee oben bei Dänemark oder in Holland. Das Wasser ist eiskalt und grau. Kein Wunder, dass Orte wie dieser hier inspirierend auf Künstler wirken. Ich weiß zwar, dass sich nur der Himmel darin spiegelt, aber ist dieses blaue Wasser nicht umwerfend?«

»›Roll' an, tiefblauer Ozean, roll' an!‹«, zitierte Thomas. Und zu seiner Verblüffung fuhr Elsa fort: »›Durch den zehntausend Flotten spurlos streichen! Der Mensch verheert das Land, so weit er kann, dich aber nicht! …‹«

Thomas staunte nicht schlecht. »Du zitierst englische Gedichte. Wie kommt es, dass du so verdammt gebildet bist?«

Elsa lachte und freute sich über das Lob. »In der Schule hatten wir eine Englischlehrerin, die Byron sehr verehrte. Ich glaube, sie war richtig verliebt in seine Gedichte. Hättest du einen anderen Dichter gewählt, hätte ich keine so gute Figur gemacht.«

»Aber im Ernst. Ich könnte nicht eine Zeile eines deutschen Gedichtes zitieren. Was heißt da deutsche Gedichte? Ich kann ja nicht einmal ein Wort Deutsch.«

»Doch, kannst du schon. Gestern Abend hast du ›wunderbar‹ und ›Prosit‹ gesagt«, tröstete sie ihn.

»Ich glaube, ich habe gestern etwas zu oft ›Prosit‹ gesagt… Oh, mir ist noch ein deutsches Wort eingefallen. *Reisefieber.*«

Elsa brach in perlendes Gelächter aus. »Was für ein verrücktes Wort … Woher kennst du das?«

»Das bedeutet doch, dass man Angst vor Flughäfen und Bahnhöfen hat, oder?«

»Nicht ganz. Es beschreibt eher die Aufregung vor einer Reise. Aber ich bin beeindruckt, dass du es kennst, Thomas!«, antwortete sie.

»Wir hatten einen Dozenten in unserer Fakultät, der hat sich immer solche Wörter herausgepickt, und wir haben sie dann nachgeplappert.«

Und so saßen sie in trauter Eintracht nebeneinander und unterhielten sich, als würden sie sich seit ewigen Zeiten kennen.

Kein Wunder, dass die Fischer sie für langjährige Freunde hielten.

Vonni fuhr den Lieferwagen zu Marias Haus zurück, wo Maria vor einer leeren Kaffeetasse am Tisch saß.

»Es wird immer schwerer«, seufzte sie. »Ich dachte eben, Manos würde mit dem Wagen nach Hause kommen.«

»Es ist nur natürlich, dass der Schmerz größer wird. All-mählich begreifst du, was passiert ist, und das ist es, was so wehtut.« Vonni hängte die Autoschlüssel an einen Haken an der Wand und zauberte eine Kanne mit heißem Kaffee und einen Teller mit zartblättrigem *baklava*, die sie in der Taverne gegenüber geholt hatte, aus ihrem Korb.

Maria sah sie mit tränennassem Gesicht an. »Du weißt anscheinend immer, was die Leute brauchen«, sagte sie dankbar.

»Ganz sicher nicht. Ich verstehe oft alles völlig falsch und mache dann mehr Fehler als ganz Aghia Anna zusam-men«, wandte Vonni ein.

»Ich kann mich an keinen einzigen erinnern«, wider-sprach Maria.

»Weil du zu jung bist. Meine spektakulärsten Fehler sind mir passiert, als du noch gar nicht auf der Welt warst.«

Flink wie ein Wiesel huschte Vonni hierhin und dorthin, nahm hier etwas weg, verstaute es an einer anderen Stel-le, spülte ein paar Tassen und räumte so nebenbei die Kü-che auf.

Dann erst setzte sie sich.

»Der Tanz der Männer gestern Abend war wunderschön. Das hätte Manos bestimmt gefallen«, sagte sie.

»Ich weiß.« Maria brach erneut in Tränen aus. »Gestern Abend habe ich mich auch stark gefühlt, so, als ob sein Geist immer noch hier wäre. Aber heute ist dieses Gefühl völlig verschwunden.«

»Vielleicht kehrt es ja wieder zurück, wenn ich dir von meinem Plan erzähle«, sagte Vonni und reichte Maria ein Stück Küchenpapier, damit sie sich die Tränen trocknen konnte.

»Du hast einen Plan?«

»Ja, ich werde dir das Autofahren beibringen.«

Maria brachte doch tatsächlich ein angedeutetes Lächeln zustande. »Autofahren? Ich soll ein Auto fahren? Vonni, mach keine Witze. Manos hat mich nicht einmal die Autoschlüssel in die Hand nehmen lassen.«

»Aber jetzt würde er wollen, dass du Auto fahren kannst. Ich weiß es.«

»Nein, Vonni, bestimmt nicht. Er hätte Angst, ich würde mich und alle in Aghia Anna umbringen.«

»Nun, dann müssen wir eben beweisen, dass er sich getäuscht hätte«, sagte Vonni. »Weil du in deinem neuen Job nämlich ein Auto fahren musst.«

»Job?«

»O ja, du wirst mir im Laden helfen. Und ein großer Teil deiner Arbeit wird darin bestehen, herumzufahren und Ware aus Orten wie Kalatriada hierher zu transportieren. Das erspart mir, meilenweit mit dem Bus herumzukurven.«

»Aber du kannst doch den Lieferwagen fahren, Vonni. Er steht doch sonst nur herum …«

»Nein, kann ich nicht. Manos wäre das auch nicht recht. Er hat so lange und hart auf den Wagen gespart, da würde er sicher nicht wollen, dass du ihn einfach so weggibst. Nein, er wäre stolz auf dich, wenn du damit Geld verdienen würdest.«

Und wie durch Zauberhand verzog sich Marias Mund wieder zu einem Lächeln, einem richtigen dieses Mal. Es war, als wäre Manos' Geist zurück im Haus und als müsste sie ihm erneut die Stirn bieten, wie es so oft geschehen war, als er noch gelebt hatte. »Genau. Du wirst dich noch wundern, Manos«, sagte sie energisch.

David traf zufällig die beiden Frauen, als Vonni auf einem großen, unbebauten Grundstück oberhalb des Dorfes Maria die ersten Fahrstunden erteilte.

»*Siga, siga*«, brüllte Vonni aus vollem Hals, während der kleine Lieferwagen bedenklich hin und her schwankte.

»Was bedeutet das – *siga?* Das habe ich schon oft gehört«, fragte David neugierig.

»Aber mit so viel Nachdruck wie heute hast du es bestimmt noch nicht gehört.« Vonni war mittlerweile aus dem Wagen gestiegen, hatte sich den Schweiß von der Stirn gewischt und ein paar Mal tief durchgeatmet. Maria saß immer noch hinter dem Steuer, das sie mit beiden Händen fest umklammert hielt, als wäre sie damit verwachsen.

»Es bedeutet ›fahr langsamer‹, aber die Dame hier hat mich nicht ganz verstanden.«

»Das ist doch die Frau von Manos, oder?« David musterte die Frau, die das Steuer noch immer nicht losließ.

»Ja. Ich habe mich in der Hinsicht weiß Gott noch nie für sonderlich begabt gehalten, aber im Vergleich zu ihr könnte ich in der Formel 1 mitfahren«, stöhnte Vonni und schloss einen Moment lang die Augen.

»Muss sie denn unbedingt ein Auto fahren können?«, wollte David wissen.

»Heute Morgen war ich noch überzeugt davon, jetzt bin ich nicht mehr so sicher. Aber ich musste natürlich unbedingt meine große Klappe aufreißen und ihr Fahrstunden vorschlagen. Jetzt muss ich mein Versprechen auch halten.« Vonni stieß einen Seufzer aus.

»Ich habe meiner Mutter das Autofahren beigebracht. Keiner war dazu in der Lage, drei Fahrlehrer waren an ihr verzweifelt«, sagte David. »Vielleicht sollte ich es mal versuchen?«

»Wie hast du das gemacht?«, fragte Vonni, in deren Augen ein zaghafter Hoffnungsschimmer aufglomm.

»Ich war extrem geduldig, bin nie laut geworden und habe den Fuß nie von der Kupplung genommen«, erklärte er.

»Würdest du es versuchen, David? Ach, bitte, bitte, lieber, guter David, sei so gut!«, flehte sie.

»Klar. Wenn ich dir damit helfen kann. Du musst mir nur sagen, was Bremse, Gaspedal und Gangschaltung heißt.«

Er schrieb sich alles in sein Notizbuch und ging zu dem Lieferwagen hinüber. Maria sah ihn zweifelnd an, als er neben ihr Platz nahm.

»*Kalimera*«, begrüßte er sie förmlich und schüttelte ihr die Hand.

»Wie heißt ›fahr los‹?«, wollte er von Vonni wissen.

»*Pame*, aber sag das bloß nicht, sonst fährt sie dich in diese Mauer.«

»*Pame*, Maria«, sagte David leise, und mit einem Satz fuhr der Wagen an.

Vonni sah erstaunt zu, wie David Maria beibrachte, den Wagen wieder zum Stehen zu bringen. Er hatte tatsächlich ein Händchen dafür. Langsam wich auch der Ausdruck von Panik aus Marias Gesicht.

»Fährst du sie nach Hause, wenn ihr fertig seid?«, fragte Vonni.

»Und was mache ich mit meinem Rad?«

»Das fahre ich ins Dorf hinunter. Ich lasse es vor Marias Haus stehen.«

Noch ehe er ihr eine Antwort geben konnte, hatte sie schon ein Bein über die Stange des Herrenrades geschwungen und war auf dem Weg ins Dorf.

David wandte sich wieder seiner Schülerin zu. »Versuchen wir's noch mal, Maria. *Pame*«, sagte er mit sanfter Stimme, und dieses Mal startete sie den Wagen, ohne den Motor abzuwürgen.

Fiona saß an einem Tisch draußen vor dem kleinen Café und beobachtete überrascht, wie Vonni auf einem Fahrrad an ihr vorbeiflitzte. Vonni sah sie ebenfalls, bremste und machte eine scharfe Kehre.

»Bist du allein?«, fragte sie.

»Ich bin hier zum Mittagessen mit Elsa verabredet.«

»Ah, stimmt. Elsa hat es mir erzählt. Sie war mit mir und den Kindern beim Schwimmen.«

»Tatsächlich?«, sagte Fiona, fast ein wenig neidisch.

»Ja, und dann ist auch noch David vorbeigekommen, auf diesem Fahrrad. Er hat es mir geliehen, denn im Moment bringt er Maria das Autofahren bei und riskiert Kopf und Kragen. Dafür bringe ich sein Fahrrad zu Marias Haus. «

»Außer mir scheinen sich ja alle schnell einzuleben«, sagte Fiona traurig.

Vonni lehnte Davids Fahrrad an einen der leeren Tische.

»Ich setze mich zu dir, bis Elsa kommt«, erklärte sie.

Fiona strahlte. »Möchtest du einen *ouzo?*«, fragte sie.

»Nein, lieber einen *metrio kafethaki,* einen kleinen Kaffee«, wehrte Vonni ab.

Und dann saßen sie stumm nebeneinander und betrachteten das Treiben im Hafen um sie herum. Eines war interessant bei Vonni, das hatte Fiona beobachtet: Sie konnte wunderbar schweigen. Sie wusste, dass man nicht fortwährend reden musste, und das war ungeheuer beruhigend.

»Vonni?«

»Ja, Fiona?«

»Meinst du, ich könnte hier in Aghia Anna Arbeit finden? Ich könnte doch Griechisch lernen und Dr. Leros helfen. Was hältst du davon?«

»Warum willst du denn unbedingt hier bleiben?«, fragte Vonni mit sanfter Stimme.

»Weil es hier so schön ist und ich eine Art Zuhause haben möchte, wenn Shane zurückkommt.«

Vonni erwiderte nichts.

»Du denkst, er kommt nicht mehr zurück, nicht wahr?«

Fiona fing leise zu weinen an. »Wie alle anderen beurteilst auch du einen Menschen nur nach dem ersten Eindruck. Du kennst ihn nicht so wie ich.«

»Stimmt.«

»Glaub mir, Vonni, kein Mensch hat Shane je richtig verstanden, bevor er mich kennen lernte.«

Vonni beugte sich vor und strich vorsichtig das Haar, das den blauen Fleck verdeckte, aus Fionas Gesicht. »Und er hat dir auf unnachahmliche Weise gezeigt, wie sehr er es zu schätzen weiß, dass du ihn verstehst«, erwiderte sie.

Zornig wich Fiona zurück. »Das ist ganz und gar nicht seine Art. Er ist bestimmt zutiefst verzweifelt, dass er die Hand gegen mich erhoben hat. Das weiß ich.«

»Sicher.«

»Sei nicht so herablassend zu mir. Solche Menschen hatte ich zu Hause schon genug.«

»Sicher alle, die dich gern haben, könnte ich mir vorstellen.«

»Das hat doch nichts mit Liebe zu tun. So ein Verhalten nimmt einem die Luft zum Atmen. Die wollten doch alle nur, dass ich einen biederen Beamten oder Bankangestellten heirate, ein Häuschen baue und zwei Kinder bekomme.«

»Ich weiß«, bemerkte Vonni mitfühlend.

»Wenn du es weißt, wieso glaubst du mir dann nicht, dass Shane zu mir zurückkommen wird?«

»Du glaubst das also tatsächlich?«

»Aber natürlich tue ich das. Wir lieben uns schließlich, wir sind zusammen aus Irland weggegangen. Warum sollte er nicht zu mir zurückkommen?«

Vonni schluckte und wich ihrem Blick aus.

»Nein, bitte, sag es mir. Es tut mir Leid, dass ich dich so angefahren habe, Vonni, ich werde schnell wütend, wenn jemand Shane angreift. Manchmal denke ich, das wird ewig so weitergehen, bis wir beide ein uraltes Paar sind. Vielleicht weißt du ja etwas, das ich nicht weiß.«

Fiona hatte die Hand auf Vonnis sonnenverbrannten Arm gelegt und sah sie flehend an.

Vonni zögerte.

Schließlich war es ihre Idee gewesen, Shane nach Athen zu schicken. Sie hatte dem Polizeichef geraten, ihn quasi aus Aghia Anna auszuweisen, und folglich schuldete sie Fiona eine Erklärung. Aber sie hatte nur schlechte Nachrichten für sie.

Yorghis hatte Shane eine Visitenkarte mit der Adresse und der Telefonnummer der kleinen Polizeistation mitgegeben. Und während Shane gepackt hatte, hatte Eleni ihm Papier und Bleistift angeboten, aber er hatte abgelehnt.

Fiona würde weder das eine noch das andere gerne hören.

»Nein, ich glaube nicht, dass ich etwas weiß, das du nicht selbst wüsstest«, antwortete sie langsam. »Ich wollte auch nur zu bedenken geben, dass Shane vielleicht gar nicht erwartet, dass du hier bleibst... ich meine, ohne ihn. Falls er sich bei dir meldet...«

»Natürlich wird er sich melden.«

»Also, wenn er sich bei dir meldet, dann vielleicht zu Hause in Dublin. Das ist doch auch eine Möglichkeit, oder?«

»Nein, er weiß ganz genau, dass ich nie dorthin zurückkehren und zu Kreuze kriechen würde. Shane kennt mich viel zu gut, er würde mich dort nie anrufen. Nein, eines Tages wird er hier von einer Fähre steigen. Und dann will ich hier sein und alles für eine gemeinsame Zukunft vorbereitet haben.«

»Das ist aber nicht sehr realistisch, Fiona. Aghia Anna ist ein Ort, um Urlaub zu machen, nicht, um sich hier niederzulassen.«

»Du hast es doch auch getan«, sagte Fiona.

»Das war damals etwas anderes.«

»Wieso war das etwas anderes?«

»Das war eben so, basta. Außerdem bin ich nicht zufällig hierher gekommen wie du, sondern um mit einem Mann aus Aghia Anna zusammenzuleben.«

»Tatsächlich?«

»Tatsächlich, aber das ist schon viele, viele Jahre her, und damals gab es hier noch kaum Touristen. Die Einheimischen haben mich ziemlich schief angesehen, ich war natürlich die Schlampe. Damals war es hier nicht anders als in Irland: Man hat sich verlobt, geheiratet und Kinder bekommen.«

Vonni blickte aufs Meer hinaus und schien sich in Erinnerungen an damals, an eine andere Zeit, zu verlieren.

»Aber dann weißt du doch, dass es möglich ist, aus Irland wegzugehen und sich an einem so wunderbaren Ort wie Aghia Anna niederzulassen und glücklich zu werden, oder?«

Verzweifelt versuchte Fiona, Parallelen in ihrer beider Leben zu finden.

»In gewisser Weise«, gab Vonni zu.

»Sag jetzt nur nicht, dass du es bereust«, wandte Fiona ein.

»Du gehörst mittlerweile zum Dorf, es muss die richtige Entscheidung gewesen sein.«

»Nein, selbstverständlich nicht. Etwas zu bereuen ist Zeitverschwendung, das sinnloseste Gefühl überhaupt.«

»Und was ist aus dem … äh … dem Mann aus Aghia Anna geworden?«, fragte Fiona mutig.

Vonni blickte ihr direkt in die Augen. »Aus Stavros? Keine

Ahnung«, erwiderte sie. Und damit war die Unterhaltung für sie beendet.

Sie müsse jetzt los, sie habe noch tausend Dinge zu erledigen, fügte sie entschuldigend hinzu. Und sie danke Gott im Himmel, dass es ihr erspart bliebe, Maria das Autofahren beibringen zu müssen.

»Aber kann ich dich jetzt wirklich allein lassen, Fiona?«, schloss sie.

»Natürlich, und danke noch mal für deine Freundlichkeit«, erwiderte Fiona höflich.

Eigentlich war sie froh, dass die Frau, die dem Alter nach ihre Mutter hätte sein können, sie allein ließ. Sie hätte Vonni nicht fragen sollen, was aus ihrem Mann geworden war. In dem Moment sah sie Elsa auf sich zukommen und winkte ihr.

»Dann bist du ja jetzt in besten Händen«, verabschiedete sich Vonni und schwang sich aufs Fahrrad.

Elsa setzte sich und erzählte Fiona zunächst von ihrem Vormittag am Strand. Dann bestellten sie Salat und unterhielten sich über das Leben auf der Insel. Als sie gerade mit dem Essen fertig waren, fuhr stotternd ein alter Lieferwagen an ihnen vorbei, mit einer nervösen Maria am Steuer, die permanent falsch schaltete, und David auf dem Beifahrersitz. Sie beobachteten, wie er Maria galant die Wagentür aufhielt, ihr ermutigend auf den Rücken klopfte, sich über sie beugte und zu guter Letzt sogar noch einen Handkuss andeutete.

»Kaum zu glauben, aber der Junge wird mal einen wunderbaren Ehemann abgeben!«, sagte Elsa bewundernd.

»Ja, ist es nicht tragisch, dass Frauen wie wir uns nie und nimmer in Männer wie ihn verlieben können«, antwortete Fiona mit einem tiefen Seufzer. Aus irgendeinem Grund fanden sie beide das sehr komisch und brachen in schallendes Gelächter aus. Sie lachten immer noch, als David auf dem Fahrrad ankam und sich zu ihnen setzte.

»War sie wirklich so schlimm? Vonni hat gemeint, es sei zum Haareraufen mit ihr.«

»Vonni übertreibt. Sie macht sich ganz gut. Sie ist nur ein bisschen nervös und durcheinander. Vonni will Maria Arbeit geben, sobald sie Auton fahren kann. Sie ist wirklich eine erstaunliche Frau.«

Fiona wollte den beiden von Stavros erzählen, beschloss dann aber, den Mund zu halten. Vonni hätte das sicherlich nicht gefallen.

Die untergehende Sonne überzog den Hafen mit einem goldroten Schein. Thomas sah, dass Vonni immer noch in ihrem Laden arbeitete. Er überlegte kurz, ob er sie nicht auf ein Glas Wein zu sich einladen sollte, um gemeinsam den Tag ausklingen zu lassen. Aber dann fiel ihm wieder ein, dass sie es vorzog, in Ruhe gelassen zu werden.

Sie hatte auch erst dann zugestimmt, im Gästezimmer zu übernachten, nachdem er ihr hoch und heilig versprochen hatte, dass keiner sich in das Leben des anderen einmischen würde. Trotzdem wollte er jetzt nicht allein in der Wohnung sein.

Thomas hatte vor, Bill anzurufen. Ihr letztes Telefonat hatte ein schlechtes Gefühl bei ihm hinterlassen, und die Erinnerung an Vonnis Bemerkung, dass er alles vermasselt habe, lastete schwer auf ihm. Dieses Mal würde er nichts Falsches sagen.

Thomas setzte sich in ein kleines Straßencafé und erstellte eine Liste mit möglichen Themen, die er ansprechen könnte: sein Abendessen auf der Polizeiwache, die vergitterten Zellen neben ihm, den Tanz der Männer nach der Beerdigung, die unerklärliche Vorliebe der Deutschen für englische Gedichte – und das, obwohl die meisten Engländer oder Amerikaner nicht ein einziges deutsches Gedicht kannten.

Er sah sich die Stichpunkte noch mal an. Alles langweilige, uninteressante Themen, die er sich da ausgesucht hatte. Auf jeden Fall nichts für ein Kind. Bill würde es möglicherweise für eigenartig halten, wenn sein Vater in einem Polizeirevier zu Abend aß. Vielleicht würde er auch mit Befremden darauf reagieren, dass Männer zusammen tanzten, und noch dazu nach einer Beerdigung. Und was kümmerten Bill schon englische oder deutsche Gedichte?

Thomas stützte den Kopf in beide Hände. Was für ein jämmerlicher Vater er doch war. Hatte er seinem Sohn, den er von ganzem Herzen liebte, denn nichts anderes zu sagen?

»Vonni?«

»Komm rein, Yorghis, setz dich.«

»Du hast schöne Sachen.« Der Polizist sah sich um.

»Ja, einiges ist ganz hübsch. Danke dir noch mal für gestern Abend, für deine Gastfreundschaft, Yorghis. Es hat allen gut gefallen.«

»Im Augenblick ist keiner gern allein. Wie ich höre, hast du schon wieder damit aufgehört, der Witwe Fahrstunden zu geben.«

»Ja, das habe ich lieber diesem netten jungen Engländer überlassen. Aber eigentlich sollte das ein Geheimnis bleiben!«, antwortete Vonni lachend.

»In dem Dorf hier?«

»Ich weiß, ich weiß.«

Vonni bedrängte Yorghis nicht. Früher oder später würde er ihr schon sagen, was er auf dem Herzen hatte.

»Wir haben einen Anruf aus Athen erhalten. Der Junge,

den wir hinübergeschickt haben, der Ire, du weißt
schon …«

»Ja?«

Er hatte also doch angerufen. Fiona hatte Recht gehabt.
Vonni wusste nicht, ob sie sich freuen oder ob sie enttäuscht sein sollte.

»Was hat er gesagt?«

»Er hat gar nichts gesagt. Der Anruf kam von einem Polizeirevier in Athen. Man hat ihn bei dem Versuch festge-
nommen, in einer Bar mit Drogen zu dealen. Dabei haben
sie meine Karte gefunden. Und jetzt haben sie sich erkundigt, was ich über ihn weiß.«

»Und, was hast du ihnen gesagt, Yorghis?«, fragte Vonni.

»Bisher nichts. Ich habe den Anruf nicht entgegengenom-
men. Außerdem wollte ich zuerst mit dir darüber reden.
Die Kleine ist so ein nettes Mädchen.«

»Ich weiß. So nett und anständig, dass sie wahrscheinlich
auf die nächste Fähre springen wird, um ihrem Freund
zur Seite zu stehen.«

»Genau das habe ich mir auch gedacht«, gab Yorghis zu.

»Manche Leute sollte man besser einsperren und den
Schlüssel weit wegwerfen«, sagte Vonni.

»Ich weiß, und ich bin auch des öfteren in Versuchung,
das zu tun. Ich denke, ich werde der Polizei in Athen
nur erzählen, dass unser Freund im betrunkenen Zustand handgreiflich gegen die eigene Freundin geworden ist. Fiona werde ich aber nicht erwähnen, was meinst
du?«

»Nein, du hast Recht, und Fiona müssen wir auch nicht unbedingt etwas davon erzählen. Bist du einer Meinung mit
mir?«

»Spielen wir da nicht ein bisschen ›lieber Gott‹?«, fragte
Yorghis zweifelnd.

»Selbst wenn, ich würde es auf jeden Fall so machen. Der liebe Gott hat schließlich auch weggesehen, als dieser Kerl Fiona grün und blau geprügelt hat. Vielleicht muss man dem Herrn da oben ab und zu mal unter die Arme greifen«, sagte Vonni mit einem zufriedenen Grinsen.

Es war bereits spät am Abend, als Vonni nach oben in die Wohnung kam, wo sie Thomas im Dunkeln auf einem Stuhl sitzend vorfand.

»Heiliger Josef, du hast mich zu Tode erschreckt«, stieß sie hervor.

»Hallo, Vonni«, murmelte er deprimiert.

»Hast du mal wieder deinen Sohn angerufen und ihn genervt?«, fragte sie.

»Nein, ich sitze hier jetzt seit Stunden hier und überlege, was ich ihm sagen könnte. Mir ist nichts eingefallen, und deshalb habe ich ihn erst gar nicht angerufen«, gestand er ihr.

»Auf lange Sicht bestimmt klüger so«, erwiderte Vonni anerkennend.

»Was bin ich nur für ein Idiot, dass mir nichts einfällt, worüber ich mich mit einem Neunjährigen unterhalten könnte?«, stöhnte er.

»Ich würde sagen, dass du dich da nicht wesentlich von anderen Vätern unterscheidest, die ebenfalls unfähig sind, mit ihren Söhnen zu kommunizieren.« Vonnis Ruppigkeit überdeckte das Mitgefühl und Verständnis, das sie für Thomas empfand.

»Er ist nicht mein Sohn«, sagte Thomas dumpf.

»Was soll das heißen?«

»Was ich sage. Vor ungefähr zehn Jahren haben Shirley und ich verzweifelt versucht, ein Kind zu bekommen. Dabei habe ich mich auch untersuchen lassen, und es hat sich herausgestellt, dass ich als Kind offensichtlich Mumps hatte. Ich bin zeugungsunfähig. Den ganzen Tag bin ich durch die Gegend gelaufen und habe mir überlegt, wie ich es Shirley beibringen könnte. Aber als ich nach Hause kam, hatte *sie* mir etwas zu sagen. Eine Riesenüberraschung – sie war schwanger.«

»Hast du es ihr gesagt?«

»Nein. Ich brauchte Zeit zum Nachdenken, denn ich hatte absolut keine Ahnung, dass sie fremdging. Nicht die geringste. Und weil ich damals nichts gesagt habe, konnte ich auch später nicht darüber sprechen.«

»Also hast du nie etwas gesagt?«

»Ich liebe ihn wie meinen eigenen Sohn.«

»Das ist er auch, in jeder Hinsicht«, erwiderte Vonni.

»Ja, das stimmt. Ich habe ihn zusammen mit ihr großgezogen, ich habe ihm nachts seine Milch gegeben, habe ihm Lesen und Schwimmen beigebracht. Er ist mein Sohn. Sein leiblicher Vater hat sich damals offensichtlich aus dem Staub gemacht. Aber es war nicht Andy, denn der ist erst Jahre später auf der Bildfläche erschienen. Andy hält ihn für meinen Sohn.«

»Hast du das Thema während der Scheidung angesprochen?«

»Um jede Chance auf ein Umgangsrecht mit Bill aufs Spiel zu setzen?«

»Richtig«, sagte sie und nickte.

»Er ist ein wunderbarer Junge, Vonni.«

»Ganz bestimmt ist er das, davon bin ich überzeugt.«

Sie schwiegen lange.

»Geh zu ihm zurück, Thomas. Es bricht dir doch das Herz, so weit weg von ihm zu sein.«

»Ich kann nicht. Wir waren uns einig, dass es so das Beste für ihn ist.«

»Abmachungen kann man korrigieren und Pläne ändern«, erklärte Vonni.

»Wenn ich bei ihm bin, mache ich alles nur noch schlimmer. Ich mag mir gar nicht vorstellen, wie es ist, mir jeden Tag diesen Schwachkopf von Andy ansehen zu müssen, der sich als sein Vater aufspielt.«

»Du bist sein Vater, und das allein zählt«, sagte Vonni, sah ihn dabei aber aus irgendeinem Grund nicht an.

»Ich wünschte, ich könnte das glauben«, erwiderte er.

»Du musst es glauben, Thomas.« Die ruhige Gewissheit, die in ihren Worten lag, ließ darauf schließen, dass sie wusste, wovon sie sprach. Ihre Blicke trafen sich kurz, und plötzlich fiel es Thomas wie Schuppen von den Augen: Vonni wusste tatsächlich, wovon sie sprach.

An dem Abend, an dem sie ihm erklärt hatte, dass er sein Telefonat mit Bill gründlich vermasselt habe, hatte sie ihm auch erzählt, dass sie ebenfalls ein Kind habe. Einen Sohn, der für sie für immer verloren war, weil sie die falsche Entscheidung getroffen hatte.

Thomas schloss die Augen. Er hatte seit langer Zeit nicht mehr gebetet, aber heute Abend flehte er Gott aus tiefstem Herzen an, ihn die richtige Entscheidung treffen zu lassen. Bitte, lass mich diesen kleinen Jungen nicht verlieren, betete er.

KAPITEL ELF

Vonni und David saßen in dem kleinen Café mit den karierten Tischtüchern und tranken Kaffee. Sie warteten auf Maria, die zur Fahrstunde kommen wollte.

»Sie sagt, du bist ein guter Mann, weil du sie nie anschreist«, meinte Vonni anerkennend.

»Die arme Maria. Geht sie denn davon aus, dass alle Leute sie immer nur anschreien?«, fragte David.

»Ich muss gestehen, auch ich bin einmal laut geworden, und Manos hat sie des öfteren angeschrien. Ja, ich glaube, sie hat es auch bei dir erwartet.«

»Aber jemanden anzubrüllen führt doch zu nichts«, sagte David kopfschüttelnd.

»Ich habe Maria erzählt, dass du deiner Mutter das Fahren beigebracht hast. Deine Mutter könne von Glück reden, so einen Sohn zu haben, meinte sie.«

»Meine Mutter ist nicht dieser Ansicht.«

»Wieso sagst du das? Wie kommst du darauf?«, wollte Vonni wissen.

»Weil es eine Tatsache ist. Sie hält immer zu meinem Vater und plappert alles nach wie ein Papagei: Ich solle froh sein, als seine rechte Hand in seine Firma einsteigen zu dürfen, die er durch harte Arbeit ganz allein aufgebaut hat. Ich müsse mich glücklich schätzen, die meisten würden sich eine solche Gelegenheit wünschen.«

»Kannst du ihnen denn nicht vermitteln, dass du sie als Eltern liebst, nur eben diese Arbeit nicht magst?«

»Ich habe es immer wieder versucht, aber es endet jedes Mal mit Vorwürfen und Streit. Ich habe ihnen zu erklären versucht, dass ich körperlich – mit einer richtiggehenden Panikattacke – reagiere, sobald ich auch nur die Schwelle zum Büro meines Vaters überschreite … Aber ich könnte genauso gut an diese Hafenmauer da hinreden.«

»Du wirst schon sehen, wenn du zurückkommst, werden die Fronten nicht mehr ganz so verhärtet sein«, prophezeite Vonni.

»Aber ich kehre nicht mehr zu ihnen zurück, nie mehr«, erwiderte er heftig.

»Du kannst doch nicht davonlaufen und dich für immer hier verkriechen.«

»Du hast es doch auch getan«, erwiderte David.

»Das waren andere Zeiten damals. Aber den Spruch kann ich jetzt bald selbst nicht mehr hören«, seufzte Vonni.

»Ich habe heute übrigens vor, mit Maria ein paar Bergstrecken zu fahren«, erklärte David, das Thema wechselnd.

»Du scheinst ja vor nichts zurückzuschrecken«, erwiderte Vonni.

»Maria fährt schon ganz ordentlich, wenn nicht allzu viel Verkehr herrscht. So leicht lässt sie sich mittlerweile nicht mehr aus der Ruhe bringen.«

»Aber David, überleg mal, diese engen Haarnadelkurven, und dann sind die Straßen fast ohne Belag, nur Kies …«

»Ich weiß, aber wenn Maria eines Tages für dich arbeiten soll, dann bleibt ihr nichts anderes übrig, als auf diesen Straßen zu fahren, wenn sie in die entlegenen Bergdörfer kommen will.«

»Ja, sicher müsst ihr das üben, aber doch erst in ein paar Tagen oder Wochen, nicht gleich heute.«

»Meiner Meinung nach ist sie erst mal besser dran, wenn

ihr der Verkehr hier im Dorf erspart bleibt … Denk nur an die vielen Lastwagen, die permanent aus dieser grässlichen Tankstelle ausscheren.«

»Sag bloß nichts gegen diese Tankstelle«, warnte Vonni ihn.

»Wieso nicht?«

»Weil die mal mir gehört hat. Jahrelang habe ich dort Tag und Nacht geschuftet.«

»Nein!«

»O doch.«

»Hast du sie verkauft?«

»Nein, sie ist mir weggenommen worden. Aber das ist eine lange Geschichte, viel zu kompliziert, um sie jetzt zu erzählen. Wohin wolltest du denn heute mit Maria? Nur damit ich euch aus dem Weg gehen kann.«

»Ich dachte mir, wir besuchen mal Andreas. Die Straße, die zu ihm hinaufführt, ist schön steil und kurvig.«

»Du magst den alten Mann«, sagte Vonni.

»Den muss man doch einfach mögen! Er ist so freundlich und nett. Ich kann mir nicht vorstellen, dass der jemanden unter Druck setzt und zwingt, Dinge zu tun, die er nicht tun will.«

»Andreas kann aber auch ganz schön dickköpfig sein«, sagte Vonni.

»Und wenn schon. Er meint es bestimmt nur gut«, erwiderte David trotzig. »Sein Sohn muss ein ziemlicher Idiot sein, da er nicht aus Chicago zurückkommt und seinem Vater in der Taverne hilft.«

»Schon möglich.« Vonni zuckte zweifelnd die Schultern.

»Wieso nur möglich? Andreas hat mir erzählt, dass der Dummkopf in einem Gemüseladen schuftet, weit weg von zu Hause und in einer Umgebung, die grau und trist ist. Und dabei könnte er hier leben, in diesem traumhaft schönen Ort, und bei seinem Vater in der Taverne arbeiten.«

Vonni neigte den Kopf leicht zur Seite und sah David spöttisch an.

»Was ist?«, fragte er.

»Du weißt genau, was Sache ist, David. Genau das Gleiche könnte man über *dich* sagen. Auch dein Vater und deine Mutter vermissen dich und fragen sich, was *du* hier zu suchen hast, weit weg von zu Hause.«

»Das kann man doch nicht miteinander vergleichen«, widersprach David.

»Warum nicht?«

»Das ist doch etwas völlig anderes. Mit meinem Vater kann man einfach nicht vernünftig reden, er weiß nämlich immer alles besser. Mit dem kann kein Mensch auskommen.«

»Adoni hat mit seinem Vater ähnliche Erfahrungen gemacht. Andreas hat sich mit Händen und Füßen dagegen gewehrt, auf dem Dach seiner Taverne eine Leuchtreklame zu installieren. Und war strikt gegen Bouzouki-Spieler, die abends aufgetreten wären und vielleicht mehr Gäste auf den Berg hinaufgelockt hätten. Adoni konnte vorschlagen, was er wollte – nichts wurde akzeptiert, Andreas war immer dagegen.«

»Das kann ich mir überhaupt nicht vorstellen«, sagte David kühl.

»Nein? Natürlich ist er dir gegenüber höflich und respektvoll. Aber ihren eigenen Kindern gegenüber benehmen sich die meisten Menschen oft nicht sehr höflich«, sagte Vonni, die zu wissen schien, wovon sie sprach.

»Hast du denn Kinder, Vonni?«

»Ja, einen Sohn. Er heißt Stavros wie sein Vater.«

»Und? Gehst du immer höflich und respektvoll mit ihm um?«, wollte David wissen.

»Ich habe keinen Kontakt zu ihm und kann folglich weder höflich noch unhöflich zu ihm sein.«

»Aber du musst ihn doch hin und wieder sehen?«, fragte David verwundert.

»Nein, nie. Aber es war eine merkwürdige Zeit in meinem Leben, als wir noch Kontakt hatten. Damals war ich zu keinem Menschen höflich oder liebenswürdig, am allerwenigsten zu ihm. Deshalb wird er nie erfahren, wie sehr er mir fehlt und wie respektvoll und warmherzig ich jetzt sein könnte.«

Bei diesen Worten richtete sie sich auf und sah David in die Augen. »Tja, so ist es nun mal. Ich werde mir jetzt Marias Kinder schnappen, damit du mit ihrer Mutter zu eurer halsbrecherischen Tour aufbrechen kannst.«

Sie stand auf und rief den spielenden Kindern ein paar griechische Worte zu. Die Begeisterung auf ihren Gesichtern war nicht zu übersehen.

»Was hast du zu ihnen gesagt?«, wollte David wissen.

»Ich habe beiläufig das Thema Eiscreme erwähnt, und es scheint gewirkt zu haben«, erwiderte sie lachend.

»Ich möchte wetten, dass du zu jedem Menschen immer freundlich und liebenswürdig warst«, sagte David.

»Nein, David, da täuscht du dich. Aber spar dir die Mühe, die Leute hier über mich auszufragen, sie werden dir nichts erzählen. Die Einzige, die dir mein bewegtes Leben erklären kann, bin ich selbst.«

In dem Moment kam Maria aus dem Haus, bereit für ihre Fahrstunde. Sie grüßte Vonni und wandte sich an David.

»*Pame,* David«, sagte sie.

»*Pame,* Maria«, erwiderte er.

Vonni beobachtete staunend, wie Maria auf der Fahrerseite in den Lieferwagen stieg, einen Blick in den Rückspiegel warf und sich geschmeidig in den Verkehr auf der Straße zum Hafen einfädelte.

Wenn dieser junge Engländer noch länger in Aghia Anna blieb, könnte er sich als Fahrlehrer einen Namen machen.

Andreas und sein Bruder Yorghis saßen in einem Café in der Nähe der Polizeiwache und spielten eine Partie Backgammon. In dem Moment kam der Lieferwagen, mit dem Manos immer durch Aghia Anna gebraust war, um die Ecke.

»Das ist ja Maria! Irgendjemand scheint ihr Fahrstunden zu geben!«, rief Yorghis erstaunt.

»Das ist bestimmt Vonni«, sagte Andreas.

»Nein, es ist ein Mann.«

»Stimmt, das ist dieser Engländer, David Fine. Übrigens ein netter junger Mann«, sagte Andreas.

»Ja, das scheint mir auch so«, erwiderte Yorghis. Dann schwiegen sie wieder eine Weile.

»Hast du irgendetwas gehört von deinem …«, setzte Yorghis an.

»Nein, nicht ein Wort«, antwortete Andreas rasch.

»Vielleicht stand drüben ja nichts darüber in der Zeitung«, mutmaßte Yorghis.

»Schon möglich.« Andreas schob die Spielsteine auf dem Brett hin und her.

Mehr wurde über Adoni im fernen Chicago nicht gesprochen. Stattdessen unterhielten sich die beiden Männer über ihre Schwester Christina. Sie hatte eine schwierige Jugend gehabt, war jetzt aber glücklich mit einem anständigen Mann auf der anderen Seite der Insel verheiratet. Über ihre Vergangenheit sprachen die Brüder allerdings nicht. Und sie erwähnten auch mit keinem Wort Yorghis' ehemalige Frau, die Manos und seine Freunde bereits gekannt hatte, als sie noch Kinder gewesen waren. Auch sie hatte nichts von sich hören lassen.

Thomas fand die Buchhandlung ohne längeres Suchen.
»*Vivliopolio*«, hatte Vonni ihm erklärt.
»Wie heißt das?«, hatte Thomas gefragt. »Das klingt ja wie ein Vitamintrunk.«
»Das große V sieht im griechischen Alphabet aus wie ein verunstaltetes B mit einem Haken dran. Als ich hierher kam, benötigte ich als Erstes dringend eine Buchhandlung, aber ich hatte keine Ahnung, wie das heißt. Ich dachte, so was wie *biblionwakio* oder so ähnlich. So wie das französische *bibliothèque*.«
»Du hast manchmal wirklich einen schrägen Humor«, sagte Thomas schmunzelnd.
»Ja, ich bin schon eine komische Marke«, erwiderte Vonni ironisch. »Aber was für ein Buch suchst du denn?«
»Irgendeinen Band mit deutschen Gedichten. Meinst du, die haben so was?«
»Kann durchaus sein«, antwortete Vonni. »Man weiß nie.«
Und sie hatte Recht. In der Buchhandlung gab es gleich ein ganzes Regal mit Lyrik, darunter auch einen Band mit Gedichten von Goethe, Deutsch auf der einen, Englisch auf der anderen Seite. Thomas kaufte das Buch, trat hinaus in den Sonnenschein und setzte sich auf eine Bank in der Nähe des Buchladens.
Thomas blätterte lange in dem Bändchen, bis er etwas Passendes gefunden hatte, das er auf Deutsch in sein Notizbuch schrieb.

Kennst du das Land, wo die Zitronen blühn,
Im dunkeln Laub die Goldorangen glühn.

Darunter schrieb er die englische Übersetzung.

Er wollte das Gedicht auswendig lernen und Elsa vortragen. Sie sollte nicht denken, dass er keine deutschen Dichter kannte.

Er war gerade dabei, die nächsten Zeilen abzuschreiben, wo von sanften Winden, Myrte und Lorbeer die Rede war, als ein Schatten auf das Buch fiel. Es war Elsa, die ihm neugierig über die Schulter schaute. Sie trat einen Schritt zurück und rezitierte auf Deutsch:

> *Kennst du es wohl? Dahin! Dahin*
> *Möcht ich mit dir, o mein Geliebter, ziehn!*

»Schon gut, ich gebe mich geschlagen«, sagte Thomas. »Ich muss gestehen, ich habe die Übersetzung noch nicht gelesen. Was heißt das?«

Elsa übersetzte ihm die wenigen Worte. Und während sie sprach, trafen sich ihre Blicke, und sie zuckten verlegen zusammen, als hätten sie zufällig etwas am anderen entdeckt, das besser verborgen geblieben wäre.

»War Goethe überhaupt je in Griechenland? Ist das das Land, in dem die Zitronen blühen?«, warf Thomas hastig ein, in dem Versuch, das Gespräch wieder in sichere Bahnen zu lenken.

»Er ist viel im Mittelmeerraum gereist, aber in erster Linie war er in Italien. Er war völlig vernarrt in dieses Land. Aber natürlich hätte er stattdessen auch nach Griechenland kommen können. Hier habe ich allerdings erhebliche Wissenslücken.« Elsa sah Thomas entschuldigend an.

»Von meinen Wissenslücken will ich lieber gar nicht erst reden. Bis jetzt habe ich von Goethe noch kein einziges Wort gelesen, weder in Deutsch noch in irgendeiner anderen Sprache«, gestand Thomas.

»Und wieso liest du ihn dann jetzt?«

»Um Eindruck auf dich zu machen«, erklärte er.

»Das hast du nicht nötig, ich bin bereits beeindruckt«, erwiderte Elsa.

Andreas erhielt einen Anruf aus Irland.

»Spreche ich mit einer Taverne in Aghia Anna?«, fragte die Frau.

»Ja, kann ich Ihnen irgendwie helfen?«

»An dem Tag, an dem sich bei Ihnen dieses schreckliche Bootsunglück ereignet hat, hat eine gewisse Fiona Ryan von Ihrer Taverne aus zu Hause bei ihrer Familie angerufen.«

»Ja, ich kann mich erinnern.«

»Ich bin Barbara, Fionas beste Freundin in Dublin. Fiona hat Ihre Nummer durchgegeben für den Fall, dass die Verbindung unterbrochen werden sollte. Also, ich rufe an, weil ich wissen wollte … äh, ob sie noch in Aghia Anna sind oder nicht.«

»Ja, gibt es denn ein Problem?«

»Nein, eigentlich nicht … Entschuldigen Sie, aber mit wem spreche ich überhaupt?«

»Ich heiße Andreas, und mir gehört diese Taverne.«

»Oh, schön. Haben Sie sie denn seitdem gesehen?«

»Das Dorf hier ist nicht sehr groß, und wir laufen uns beinahe täglich über den Weg.«

»Geht es Fiona gut?«

Andreas überlegte. Ob es ihr gut ging?

Das Mädchen war sehr unglücklich. Ihr Freund hatte sie geschlagen, sie sitzen lassen und sich dann nach Athen abgesetzt, wo er jetzt im Knast saß und darauf wartete, wegen Drogenhandels verurteilt zu werden. Fiona hatte mittlerweile eine Fehlgeburt erlitten, hielt aber immer noch an der Hoffnung fest, Shane würde zu ihr zurückkommen.

Andreas konnte die Frage also nicht bejahen.

Obwohl er im ersten Moment dieser sympathischen Frau namens Barbara am liebsten alles haarklein berichtet hätte, riet ihm sein Instinkt, sich aus der Geschichte besser herauszuhalten.

»Es scheint ihnen allen hier ganz gut zu gefallen«, erwiderte er deshalb vage.

»Allen? Sie meinen, Fiona hat neue Freunde gefunden, und das trotz Shane? Normalerweise gehen ihnen die Leute aus dem Weg, als ob sie die Pest hätten.«

»Ja, sehr nette junge Leute sogar. Eine Deutsche, einen Amerikaner, einen Engländer«, beeilte er sich, ihr zu versichern.

»Tja, das ist allerdings eine Überraschung. Aber ich habe eine Frage, Andreas. Meinen Sie, es gibt eine Möglichkeit, dass ich Fiona eine E-Mail oder ein Fax schicken könnte?«

»Sicher doch«, sagte er und gab ihr die Nummer des Polizeireviers.

»Außerdem wollte ich Ihnen sagen, dass es uns allen unendlich Leid tut, was bei Ihnen passiert ist. Es muss der reinste Albtraum gewesen sein.«

»Vielen Dank, dass ist sehr freundlich und mitfühlend von Ihnen«, erwiderte Andreas gerührt. Was für eine einfühlsame junge Frau, so ganz anders als sein kaltherziger Sohn in Chicago.

Andreas bereute es zutiefst, diesen Brief an Adoni geschrieben zu haben. Aber er hatte es Elsa versprochen. Und jetzt war es zu spät, der Brief war bestimmt schon angekommen.

Fiona war zu Dr. Leros gegangen, um sich von ihm untersuchen zu lassen, wie sie es ihm versprochen hatte.

»Es ist alles gut abgeheilt«, sagte er. »Sie sind eine gesunde junge Frau und werden noch viele Babys bekommen.«

»Ach, ich hoffe schon, eines Tages«, erwiderte Fiona.

»Fahren Sie bald zurück in Ihre Heimat?«

»Nein. Ich muss doch warten, bis Shane wiederkommt. Ich hatte eigentlich gehofft, hier in Aghia Anna Arbeit zu finden. Ich bin ausgebildete Krankenschwester. Hätten Sie vielleicht hier in Ihrer Praxis etwas für mich zu tun?«

»Also, im Moment nicht, mein liebes Mädchen. Wissen Sie, außerdem sprechen meine Patienten nur Griechisch.«

»Aber das kann ich doch lernen«, sagte Fiona eifrig. »Es wäre schön für Shane, wenn er zurückkommt und sieht, dass ich hier Wurzeln geschlagen habe.«

»Er wird sicher traurig darüber sein, dass Sie einen Abgang hatten, oder?« Dr. Leros war so einiges über Shanes Benehmen vor seiner Abreise aus Aghia Anna zu Ohren gekommen. Er wusste, dass man allgemein der Ansicht war, dass Shane nicht mehr zurückkommen würde.

Dieses arme, gutmütige Mädchen, das sich so große Illusionen machte.

Aber er sah trotzdem keine Möglichkeit, ihr Arbeit zu geben.

»Einerseits wird er bestimmt traurig sein, aber vielleicht ist es vernünftiger, wenn so ein Schritt besser geplant ist. Aber er wird sich freuen, zu hören, dass ich gesund bin und keine Schäden bleiben.«

»Schön. Da haben Sie wohl Recht.«

»Und wie sieht es nun mit Arbeit aus?«

»Das ist leider unmöglich, glauben Sie mir. Vielleicht probieren Sie es mal in einem Hotel? Im ›Anna Beach‹, zum Beispiel.«

»Ja, aber die schließen im Winter«, sagte Fiona.

»Wollen Sie denn das ganze Jahr hier leben?«, fragte er erstaunt.

»Vonni hat das doch auch getan«, erwiderte Fiona.

»Ja, aber das war was anderes.«

»Warum war das was anderes?«, wollte Fiona wissen.

»Sie kannten Stavros nicht«, sagte Dr. Leros.

»Kannten Sie ihn denn?«

»Ja, er war mein bester Freund.«

»Und wo ist er jetzt?«

»Ich weiß es nicht, er hat die Insel verlassen«, erwiderte er mit düsterer Miene.

Fiona platzte fast vor Neugier. »Meinen Sie, dass er wieder zurückkommt?«

»Nicht so bald, es ist zu viel passiert.«

»Niemand spricht darüber«, meinte sie.

»Es ist schon sehr lange her. Seitdem ist vieles geschehen.« Er stand auf, schüttelte ihr die Hand und gab ihr zu verstehen, dass die Unterhaltung beendet war.

Yorghis fuhr auf der Suche nach Fiona kreuz und quer durch das Dorf. Er wusste, dass er früher oder später sie oder einen ihrer Freunde sehen würde. Er entdeckte sie schließlich beim Einkaufen an einem Obststand, mit einem Korb am Arm.

»Ach, das trifft sich gut, Yorghis. Sie sind genau der Mann, den ich jetzt brauche. Was heißt Wassermelone auf Griechisch?«

»*Karpouzi*«, sagte er.

»Wunderbar! *Karpouzi, karpouzi*«, wiederholte sie glücklich.

»Ich habe einen Brief für Sie«, fuhr Yorghis fort.

»Von Shane! Ich wusste doch, dass er sich melden würde.« Sie strahlte übers ganze Gesicht.

»Nein, es ist eine E-Mail von Ihrer Freundin Barbara aus Irland«, sagte er und reichte ihr den Ausdruck.

Fiona würdigte das Blatt Papier kaum eines Blickes, so enttäuscht war sie. Achtlos legte sie den Brief in ihren Korb.

»Sie können jederzeit aufs Revier kommen und von dort aus eine E-Mail zurückschicken«, bot er ihr an.

»Nein, danke, Yorghis. Aber gibt es denn gar keine Möglichkeit, wie wir herausfinden könnten, was aus Shane in Athen geworden ist?«

Der Polizeichef biss sich auf die Unterlippe und wagte kaum, sie anzusehen.

Es war mit Sicherheit nicht richtig, ihr zu verheimlichen, dass Shane in Haft war und nicht zu ihr zurückkommen würde. Aber andererseits gab es auch in Athen so etwas wie Kugelschreiber, Papier und Telefone. Wenn Shane sich bei ihr melden wollte, hätte er es tun können. Aber er hatte es offensichtlich nicht gewollt.

Wahrscheinlich war es besser so.

»*Karpouzi*«, wiederholte er und wandte sich zum Gehen.

»Ist das Griechisch für ›auf Wiedersehen‹?«, fragte sie niedergeschlagen.

»Nein, das heißt immer noch ›Wassermelone‹.« Lachend fügte er hinzu: »Sie müssen noch ein bisschen üben.«

Fiona setzte sich in ein Café und nahm den Brief aus dem Korb.

Du wunderst dich sicher, wie ich, alias Sherlock Holmes dich dort unten aufgespürt habe. Aber das war ganz einfach. Deine Mutter hatte die Nummer des Telefons, von dem aus du angerufen hattest, und Andreas hat mir den Tipp mit seinem Bruder und dem Polizeirevier gegeben. Er hat mir auch erzählt, dass du und Shane nette Freunde aus der ganzen Welt kennen gelernt habt. Das sind ja tolle Neuigkeiten.

Ach, Fiona, du fehlst mir so im Krankenhaus, wirklich. Carmel ist als Stationsschwester unerträglich. Sie verschreckt die Patienten, schüchtert die anderen Schwestern ein, schnauzt die Besucher an und führt sich generell auf wie eine Wahnsinnige. Wir haben zwei neue Filipino-Schwestern bekommen, zwei liebe, sanfte Frauen. Die hätten fast wieder Reißaus nach Manila genommen, wenn wir ihnen nicht gestanden hätten, dass wir alle gleich viel Angst vor der alten Schachtel haben.

In der Orthopädie werden zusätzliche Schwestern gebraucht, und ich habe mir überlegt, mich zu bewerben. Es macht bestimmt Spaß, mit neuen Knien und Hüftgelenken zu hantieren. Weißt du denn schon, wann ihr zwei wieder zurückkommt, du und Shane? Ich habe zufällig gehört, dass gegen Ende des Sommers ein paar tolle Wohnungen frei werden. Ihr könntet euch doch eine nehmen, und du wärst in zehn Minuten zu Fuß im Krankenhaus. Ich würde mir ja selbst gerne eine mieten, aber die kann man sich nur zu zweit leisten.

Ich habe auch schon mit deiner Mam und deinem Dad darüber gesprochen und so nebenbei erwähnt, dass euch so eine Wohnung bestimmt gefallen würde. Sie haben nicht einmal mit der Wimper gezuckt. Weißt du noch, wie du in ihrer Gegenwart nicht einmal seinen Namen erwähnen durftest? Du scheinst ihnen deinen Standpunkt ja unmissverständlich klar gemacht zu haben.

Sie haben sich übrigens sehr gefreut, dass du angerufen hast. Das muss ja eine schreckliche Tragödie gewesen sein. Aber jetzt hast du auf jeden Fall meine E-Mail-Adresse und kannst mir schreiben, wie es euch beiden in Griechenland gefällt.

Ich wollte ja selbst immer mal dorthin, aber weiter als bis nach Spanien bin ich nie gekommen. Weißt du noch, wie wir mal in Marbella waren und die beiden Engländer mit ihrem fürchterlichen Sonnenbrand kennen lernten, die uns ihre Autoschlüssel gaben? Gott, damals waren wir noch jung und unbekümmert! Aber du bist das ja immer noch!

Einen ganz lieben Gruß an euch beide,

Barbara

Fiona kam aus dem Staunen nicht mehr heraus.

Barbara schickte Grüße an Shane? Ihre Mutter und ihr Vater akzeptierten die Tatsache, dass sie für immer mit Shane zusammenleben würde? Die Welt schien auf dem Kopf zu stehen.

Sie las den Brief noch ein zweites Mal, ehe sie in Elsas Wohnung zurückkehrte, wo sie eine Suppe kochte und Obstsalat zubereitete.

Elsa machte einen Abstecher zu Vonnis Kunstgewerbeladen, um sie zum Abendessen einzuladen.

»Fiona bekocht uns. Wir könnten uns einen richtigen gemütlichen Damenabend machen«, sagte sie.

»Nein, vielen Dank, Elsa, das ist wirklich sehr lieb von euch beiden, aber ich muss arbeiten.«

»Arbeiten? Was hast du denn, um Gottes willen, abends um diese Zeit noch zu tun?«

»Einmal in der Woche helfe ich einer Gruppe von Blinden beim Teppichknüpfen. Ich suche die Wolle und die Farben für sie aus. Und dann verkaufe ich die Teppiche für sie.« Vonni sagte das so beiläufig, als würde jeder Mensch am Abend solchen Aktivitäten nachgehen.

»Du kennst dich mit Teppichknüpfen aus?«, fragte Elsa.

»Ich? Ganz und gar nicht!«

»Warum hast du dir dann diese Arbeit aufgehalst? Noch dazu mit Blinden?«

»Weil ich der Gesellschaft etwas zurückgeben musste und ich irgendwann feststellte, dass Blinde hervorragend weben können – sie brauchen nur jemanden, der ihnen sagt, welche Wolle orange und welche pinkfarben ist.«

»Wie meinst du das mit dem Zurückgeben?«, fragte Elsa.

»Dieser Ort war gut zu mir. Jahrelang war ich allen hier im Dorf nur eine Last. Ich bin ihnen auf die Nerven gegangen, habe mich unmöglich aufgeführt und den Kindern einen mächtigen Schrecken eingejagt. Aber sie haben das alles geduldig über sich ergehen lassen, bis es mir wieder besser ging.«

»Das kann ich gar nicht glauben … *du* hast dich aufgeführt und Leute erschreckt?« Elsa lachte, als hätte Vonni einen Witz gemacht.

Vonni machte ein ernstes Gesicht. »Doch, doch, du kannst es mir ruhig glauben. Aber ich hatte eine Entschuldigung. Mein Mann hat mich nämlich betrogen. Dass er sich ständig in irgendwelchen Tavernen und Restaurants herumtrieb und *tavli* spielte – das habe ich ihm nicht übel genommen. So läuft das hier eben unter Männern. Aber dann hat er die schöne Magda gesehen und alles vergessen, was unser Leben ausmachte. Er war verzaubert von ihr und wollte nicht mehr zu mir nach Hause kommen. Mein Sohn war damals noch klein, und die Leute halfen mir, auf ihn aufzupassen, wenn ich in der Tankstelle arbeitete. Das werde ich nie vergessen … und es fiel ihnen bestimmt nicht leicht, sich auf meine Seite zu stellen. Ich war schließlich die Fremde – normalerweise hätten sie für ihn, den Einheimischen, Partei ergreifen müssen.«

»Und was passierte dann?«

»Ach, es ist so vieles passiert«, erwiderte Vonni. »Zum einen ist Stavros aus unserem Haus ausgezogen und bei ihr eingezogen.«

»Nein! In diesem kleinen Dorf!« Elsa war entsetzt.

»Es ist völlig unwichtig, wie groß oder klein ein Ort ist, ehrlich. In einer großen, anonymen Stadt wäre es genauso schlimm für mich gewesen. Aber Stavros wollte einfach nicht zu mir zurückkommen. Ich habe eine Menge dumme Sachen angestellt, aber die Leute hier haben mit sehr viel Toleranz und Güte darauf reagiert.«

»Was hast du denn für Dummheiten angestellt?«, wollte Elsa wissen.

»Das erzähle ich dir vielleicht ein andermal.« Es war, als würde ein Vorhang vor Vonnis Gesicht herabgelassen.

»Ich habe mir nämlich in der letzten Zeit auch einige Dummheiten geleistet. Deshalb tröstet es mich, zu wissen, dass es auch anderen so ergangen ist und dass sie es überlebt haben«, erklärte Elsa.

»Hat das etwas mit dem Mann zu tun, der im ›Anna Beach‹ wohnte und nachts die Sterne anheulte, dass er dich liebt?«

»Du weißt ja wirklich alles!«, rief Elsa erstaunt. »Ja, natürlich geht es um ihn. Und ich liebe ihn immer noch. Das ist ja das Problem.«

»Warum ist das ein Problem?«

»Ach, es ist kompliziert.«

»Es ist immer kompliziert«, tröstete Vonni sie mitfühlend.

»Wahrscheinlich schon, nur vergessen wir das viel zu schnell. Der Mann heißt Dieter, er leitet den Fernsehsender, bei dem ich arbeite … bei dem ich gearbeitet habe. Er hat mir alles beigebracht, was ich kann. Irgendwann wurde ich so etwas wie der Star der Truppe und moderierte am Abend die wichtigen Nachrichtensendungen. Und nebenbei haben wir uns auch noch ineinander verliebt und haben eine Beziehung angefangen, oder wie immer du das nennen willst. Wir waren über zwei Jahre liiert.«

»Lebt ihr zusammen?«, fragte Vonni.

»Nein, so einfach ist das nicht.«

»Ist er verheiratet?«

»Nein, das ist nicht der Grund. Es wäre nur nicht gut gewesen, wenn die anderen im Sender davon gewusst hätten.«

Vonni zog die Augenbrauen hoch und sah Elsa prüfend an, die sich plötzlich gar nicht mehr wohl in ihrer Haut fühlte und meinte, sich verteidigen zu müssen.

»Du hast ja keine Ahnung, wie das beim Fernsehen so läuft, Vonni. Es herrscht ein Klima wie in einem Treibhaus. Die Leute hätten gedacht, ich hätte meine gute Position nur dem Umstand zu verdanken, dass ich mit Dieter zusammenlebe. Es war einfach leichter, dass er seine und ich meine Wohnung hatte.«

»Klar«, erwiderte Vonni spitz. »Und wieso bist du dann jetzt hier?«

»Ich musste erkennen, dass dieser Mann im Grunde kalt und gefühllos ist.«

»Hat es dich nicht viel mehr gestört, dass er sich nicht öffentlich zu dir bekennen wollte?«

»Du scheinst nicht zu begreifen, Vonni«, antwortete Elsa verärgert. »Das war unsere gemeinsame Entscheidung.«

»Sicher doch«, sagte Vonni. »Aber wieso war dieser Mann dann plötzlich so gefühllos?«

»Ich bin dahintergekommen, dass er – weit vor unserer Zeit – ein Kind mit einer anderen Frau hatte.«

»Und?«

»Was soll das heißen? Er hat ein Kind, das er nie anerkannt, in dessen Leben er nie eine Rolle gespielt hat. Findest du das denn nicht schrecklich?«

»So etwas passiert doch jeden Tag und überall auf der Welt. Man kommt darüber hinweg.«

»Mir ist es passiert«, sagte Elsa. »Mein Vater hat uns verlassen und sich einen Teufel um mich geschert.«

»Und schau dich jetzt an! Du hast es doch geschafft, Elsa. Oder? Du bist schön, selbstbewusst, erfolgreich. Das bestätigt nur meine These.«

»Das beweist gar nichts. Du hast ja keine Ahnung, wie es in mir aussieht. Ich habe das Gefühl, so absolut wertlos zu sein, dass sich nicht einmal mein eigener Vater mit mir abgeben wollte.«

»Jetzt werde aber mal erwachsen, Elsa. Letzten Endes können wir uns alle immer nur auf uns selbst verlassen – auf uns und auf die wenigen Freunde, die uns im Leben begleiten, wenn wir Glück haben. Wir sind nicht an unsere Kinder gefesselt und sie nicht an uns. Es gibt kein Gesetz, das da lauten würde: *Liebe dein Kind,* beziehungsweise: *Dein Kind soll dich lieben.* Glückliche Familien sind die Theorie, nicht die Praxis.«

»Ich weiß nicht, was dich so bitter und zynisch hat werden lassen, aber ich bin froh, dass ich das nicht so empfinde«, erwiderte Elsa.

»Dir wäre es also lieber, wenn dieser Mann den Wochenendvater für ein Kind spielt, das er sich nie gewünscht hat.«

»Dieses Mädchen existiert nun mal, und deshalb sollte er sich auch darum kümmern.«

»Aber das ist nicht der Grund, weshalb du ihn verlassen willst«, sagte Vonni.

»Wie bitte?«

»Du verlässt ihn, weil du kein Vertrauen zu ihm hast. Du hattest gehofft, er würde dir eines Tages gestehen, dass du die absolute Hauptrolle in seinem Leben spielst. Du bist eine attraktive junge Frau, Elsa, und gewohnt, deinen Willen durchzusetzen. Wenn du diesen Mann wirklich lieben würdest, könntest du über diese Sache mit dem Kind hinwegsehen. Aber das geht nicht, weil du nicht sicher sein kannst, dass er dich wirklich liebt. Deswegen versteifst du dich auf diese Episode in seinem Leben, die lange vor eurer Zeit geschah, und benutzt sie als Vorwand, um dich von ihm zu trennen. Habe ich Recht?«

Elsa spürte, wie ihr die Tränen in die Augen schossen. Was für ein ungerechter Vorwurf. »Du täuscht dich völlig, Dieter liebt mich. Du hast doch selbst gehört, wie er es laut in die Nacht hinausgeschrien hat. Und am nächsten Morgen auf dem Weg zur Fähre hat er es noch einmal gerufen. Ohne ihn fühle ich mich leer und einsam. Ich habe deshalb beschlossen, so schnell wie möglich nach Deutschland zurückzukehren, um ihm zu sagen, dass auch ich ihn immer noch liebe.«

Vonni sah Elsa eindringlich an. »Jetzt spitz mal deine Ohren, junge Dame. Einen so guten Rat wie meinen wirst du in deinem ganzen Leben nie mehr bekommen. Kehr *nicht* zu ihm zurück, setz deine Reise fort, lass ihn allein. Bleib ihm als goldene Erinnerung erhalten. Er wird dich nie so lieben, wie du geliebt werden möchtest.«

Elsa stand hastig auf. Sie wusste nicht, was sie darauf erwidern sollte. Sie glaubte, Thomas in seinen lächerlichen, ausgebeulten Hosen die Treppe hinaufgehen zu sehen, und wollte auf keinen Fall mit ihm reden. Mit ihm nicht und auch mit keinem anderen Menschen. Sie wollte nur noch zurück in ihre Wohnung. Und das schnell.

»Du bist ja so still, Elsa«, sagte Fiona. »Schmeckt dir meine Suppe nicht?«

»Doch, sie ist sehr gut. Es tut mir Leid, aber ich bin heute

Abend nicht in bester Laune. Aber keine Sorge, das gibt sich wieder, denn ich hasse launische Menschen«, erklärte sie und setzte ihr Fernsehlächeln auf.

»Ist denn etwas passiert?«, fragte Fiona vorsichtig.

»Irgendwie schon. Ich habe mich dummerweise mit Vonni gestritten«, gab Elsa zu.

»*Du hast dich mit Vonni gestritten?*«

»Ich weiß, das klingt unvorstellbar, aber genau das ist passiert.«

»Aber weswegen habt ihr denn gestritten?« Fiona verstand die Welt nicht mehr.

»Ich habe ihr alles über Dieter und mich erzählt, und jetzt ist sie der Ansicht, dass ich ihn unbedingt in Ruhe lassen und mich von ihm fern halten soll.«

Bis zu diesem Abend hatte Elsa Fiona gegenüber keinerlei Andeutungen über ihre private Situation gemacht. Fiona war sprachlos.

»Sie sieht die Dinge ein bisschen anders als ich, wenn du verstehst, was ich meine.«

»Aber du liebst ihn doch noch?«

»O ja, sehr sogar, und er empfindet dasselbe für mich«, antwortete Elsa.

»Na, dann ist doch alles klar«, erwiderte Fiona sachlich. »Dann musst zu ihm zurück – Vonni hin oder her.«

Die vier Freunde waren nach dem Essen in dem kleinen Café am Hafen verabredet, und jeder erzählte, wie er den Tag verbracht hatte.

»Habt ihr nicht auch irgendwie das Gefühl, dass wir hier nur unsere Zeit absitzen und eigentlich etwas anderes machen sollten?«, fragte Thomas.

»Also, ich bin glücklich, mir gefällt es hier«, antwortete David.

»Und mir auch«, stimmte Fiona ihm zu. »Außerdem muss ich hier bleiben, bis Shane wiederkommt.«

»Ich werde wahrscheinlich nächste Woche nach Deutschland zurückfliegen«, verkündete Elsa. »Ich habe es gerade beschlossen. Was ist mit dir, Thomas?«

»Also, Vonni ist der Ansicht, dass ich zu meinem Sohn nach Kalifornien zurückkehren sollte. Ich habe mich aber noch nicht entschieden«, sagte er.

»Vonni fällt offensichtlich nichts Besseres ein, als uns alle schnellstens wieder nach Hause zu schicken! Sobald Maria einigermaßen Auto fahren kann, soll ich auch heim zu meinen Eltern, mich mit ihnen aussöhnen und die Stelle bei meinem Vater antreten«, erklärte David mit düsterer Stimme.

»Und mir versucht sie einzureden, dass Shane niemals mehr wiederkommen wird, dass es hier keine Arbeit für mich gibt und dass ich auch zurück nach Dublin sollte.«

»Sie ist schlimmer als Yorghis, ein richtiger Feldwebel. Mir erklärte sie nämlich, dass ich die Beziehung zu Dieter beenden soll, weil er mich nicht richtig liebt«, fügte Elsa lachend hinzu.

»Das hat sie bestimmt nicht gesagt, oder?«, sagte David.

»Und ob! Das war der exakte Wortlaut. Aber in einem unterscheide ich mich von euch – Vonnis Meinung nach soll ich nämlich weiter durch die Welt reisen und *nicht* nach Hause zurückkehren.«

Und dann berichteten die vier Freunde, was sie über Vonni in Erfahrung gebracht hatten: Sie war vor über dreißig Jahren aus dem Westen Irlands nach Griechenland gekommen, aus Liebe zu einem Mann namens Stavros. Irgendwie hatte sie es geschafft, ihm eine Tankstelle zu kaufen, in der sie Tag und Nacht schuftete. Sie hatte einen Sohn, Stavros junior, den sie aber nie sah. Stavros senior hatte die Insel verlassen, vermutlich zusammen mit seinem Sohn. Vonni hatte eine schlimme Zeit durchgemacht, aber die Leute aus Aghia Anna hatten sich rührend um sie gekümmert, und jetzt fühlte sie sich verpflichtet, sich bei ihnen zu revanchieren.

»Was das wohl für eine schlimme Zeit war?«, überlegte Fiona laut. »Vielleicht hatte sie einen Nervenzusammenbruch nach Stavros' Auszug?«

»Ich denke, dass sie Alkoholikerin war«, sagte David leise. Die anderen schauten ihn skeptisch an. Diese ruhige, tüchtige Frau, abhängig von Alkohol? Unmöglich.

»Wie kommst du auf die Idee?«, wollte Elsa wissen.

»Ist euch denn nicht aufgefallen, dass sie nie Wein oder *ouzo* oder sonstigen Alkohol trinkt?«, fragte David.

Seine Freunde betrachteten ihn respektvoll. Jeder von ihnen hatte mit Vonni gegessen und getrunken, aber nur dem sanften, sensiblen David war aufgefallen, was nur allzu offensichtlich war.

KAPITEL ZWÖLF

Vonni hatte Recht gehabt, als sie sagte, dass die Leute aus Aghia Anna nichts über sie verlauten lassen würden. Die vier Freunde schafften es nicht, auch nur einen der Bewohner zum Reden zu bringen.

»Stimmt es, dass Vonni mal die Tankstelle dort drüben gehört hat?«, wollte Thomas beiläufig von Yorghis wissen.

Yorghis murmelte etwas, das weder eine Bejahung noch eine Verneinung war.

»War es denn schlimm für sie, als sie sie aufgeben musste?«, fuhr Thomas fort.

»Hm, kann man so nicht sagen«, erwiderte Yorghis.

»Stimmt, es kann auch eine Erleichterung gewesen sein.«

»Sie wohnen doch in ihrem Haus, fragen Sie sie selbst«, antwortete Yorghis.

David erging es mit Andreas nicht viel anders. »Du hast doch bestimmt Stavros, Vonnis Mann, gekannt, oder?«

»Hier kennt doch jeder jeden.«

»Und Magda sicher auch?«

»Wie ich schon sagte, das Dorf ist klein.«

»War dein Sohn eigentlich mit ihrem Sohn und mit Manos befreundet?«

»In einem Dorf kennen sich alle Kinder.«

»Du denkst, dass ich zu viele Fragen stelle, nicht wahr, Andreas?«

»Nein, du interessierst dich eben für den Ort und die Leute, die hier leben. Das ist doch schön«, erwiderte Andreas, aber mehr war aus ihm nicht herauszubekommen.

Elsa versuchte im Lebensmittelladen, Yanni auszuhorchen, als sie dort Oliven und Käse kaufte. Er war um die sechzig und hatte das ganze Drama bestimmt miterlebt.

»Ich finde es toll, dass Vonni in diesem Dorf so verwurzelt ist«, begann Elsa.

»Ja, Vonni ist ein guter Mensch«, erwiderte Yanni.

»Sie kannten Sie bestimmt schon, als sie noch mit Stavros verheiratet war«, fuhr Elsa fort.

»Hat sie mit Ihnen über Stavros gesprochen?«, fragte Yanni.

»Ja, ein wenig.«

»Dann wird sie Ihnen selbst sagen, was es über ihn zu wissen gibt«, erwiderte Yanni mit einem breiten Grinsen, das viele Goldzähne, aber keine weiteren Informationen enthüllte.

Und Elsa, die Politiker, Wirtschaftsbosse, Schriftsteller und Schauspieler im deutschen Fernsehen interviewt und ihnen intimste Details entlockt hatte, musste sich ebenfalls geschlagen geben.

Fiona machte sich auf dem Weg zu Elenis Haus, eine Tüte mit Süßigkeiten für ihre Kinder in der Tasche. »Ich wollte mich bei Ihnen bedanken, dass Sie so freundlich zu mir waren, als ich krank war«, sagte sie zu Eleni.

»Geht es Ihnen denn jetzt wieder besser?«, fragte sie voller Anteilnahme.

»Ja, mir geht es gut. Ich bin nur ein bisschen traurig, weil ich hier auf Shane warten muss«, sagte Fiona. »Wenn er hierher zurückkommt, dann sagen Sie ihm bitte, wo ich jetzt wohne.«

»Shane, ja. Ich sage es ihm, natürlich. Falls er zurückkommt.«

»Oh, er kommt sicher, Eleni. Er liebt mich doch.«

»Ja.« Verlegenes Schweigen senkte sich über die beiden Frauen.

Fiona hatte keine Lust mehr, permanent zu widersprechen, und wechsch deshalb das Thema. »Kannten Sie eigentlich Stavros, Vonnis Mann?«

»Ich spreche nicht gut Englisch, ich sage Shane, wo Sie sind, falls er zurückkommt. Danke für die *karameles* für die Kinder. Sie sind ein liebes Mädchen.«

»Vonni, komm doch auf einen *portokalatha* hoch, wenn du fertig bist. Okay?«

»Dann ist dir also endlich aufgefallen, dass ich keinen Alkohol trinke, Thomas«, erwiderte sie lachend.

»Mir nicht, aber David. Der bemerkt solche Dinge. Außerdem ist nicht wichtig, was du trinkst – ich brauche deinen Rat.«

»Nein, du willst keinen Rat von mir. Du willst nur hören, dass alles wieder gut wird, ohne dass du auch nur einen Finger dafür rühren musst. Habe ich Recht?«

»Wenn du mir das überzeugend genug darlegst, werde ich dir zustimmen«, feixte er.

»Na gut, ich bin in zehn Minuten oben«, rief sie. Thomas fiel auf, dass Vonni eine saubere, frische gelbe Bluse mit kleinen, aufgestickten Rosen trug. Sie musste ihre Garderobe unten im Laden aufbewahren.

»Die Bluse ist hübsch«, sagte er und deutete auf die Stickerei. »Hast du sie genäht?«

»Nein, das war jemand anders. Vor über dreißig Jahren.«

»Tatsächlich? Wer war das?«

»Das ist nicht wichtig, Thomas. Auf jeden Fall war die Frau eine begnadete Schneiderin.«

Thomas schluckte; er war indiskret gewesen. »Ich fürchte,

ich frage zu viel, Vonni. Verzeih mir bitte, du musst nicht darüber sprechen.«

»Aber ich will doch darüber reden. Ihr vier seid so neugierig und wollt alles über mich wissen… Ihr fragt alle Leute in Aghia Anna über mich aus.« Sie lächelte sie ihn unschuldig an.

Thomas blickte betreten zu Boden. »Haben sie es dir erzählt?«, fragte er reumütig.

»Aber natürlich!«

»Es tut mir Leid. Das sieht so aus, als wollten wir dir hinterherschnüffeln. Aber du bist einfach etwas Besonders, Vonni. Wir sind alle fasziniert von dir.«

»Ich fühle mich geschmeichelt. Also los, frag mich. Ich erzähle dir alles, was du wissen willst.« Ermutigend lächelte sie ihn an.

»Keine Ahnung. Jetzt fällt mir keine einzige Frage mehr ein. Ehrlich. Ich glaube, am meisten interessiert mich, ob du glücklich bist.«

»Ja, ich denke, ich bin sogar ziemlich glücklich. Und du, Thomas?«

»Nein, ich bin nicht glücklich. Und das weißt du auch. Meine Beziehung zu Bill ist eine einzige Katastrophe, das hast du mir selbst bestätigt. Aber eigentlich wollten wir ja über dich sprechen.«

»Und worüber wollen wir reden?«, fragte Vonni.

»Ach, die anderen interessiert wahrscheinlich am meisten, wie dein Mann so war und was aus ihm geworden ist«, erwiderte Thomas verlegen.

Er fühlte nicht wohl dabei, Vonni mit diesen neugierigen Fragen zu konfrontieren, aber ihr schien das nicht das Geringste auszumachen.

»Es ist nicht leicht, dir auf diese beiden Fragen eine Antwort zu geben. Wie gesagt, er hieß Stavros. Er war sehr dunkel, hatte große, braune, fast schwarze Augen, schwarzes Haar und trug es immer lang, ob es nun gerade Mode war oder nicht. Sein Vater war der Dorffriseur, und er sagte immer, dass er sich schäme für seinen wilden, zotteligen Sohn, der überhaupt keine gute Reklame für das Können seines Vaters sei. Er war nicht besonders groß, eher… stämmig würde man wahrscheinlich sagen. Als ich ihn das erste Mal sah, wusste ich, dass es für mich keinen anderen Mann mehr geben würde.«

»Und wo hast du ihn kennen gelernt? Hier in Aghia Anna?«, wollte Thomas wissen.

»Nein, wir haben uns ganz woanders kennen gelernt. An einem völlig unwahrscheinlichen Ort«, antwortete Vonni und schaute verträumt in die Ferne.

»Soll ich dich auf Knien anflehen, oder verrätst du es mir auch so?«, fragte er.

»Ich habe Stavros in Ardeevin kennen gelernt, das ist ein kleines Dorf in Westirland, im Frühjahr 1966. Da warst du noch gar nicht auf der Welt, Thomas.«

»Stimmt, aber ich bin vier Jahre später geboren, also war das ganz schön knapp«, erwiderte er schmunzelnd.

»Stavros hat in der Werkstatt an der Hauptstraße gearbeitet. So etwas Exotisches wie er war uns bis dahin noch nie untergekommen. Ein echter Grieche in unserer Hauptstraße! Eigentlich gab es in Ardeevin nur diese. Er wollte was von der Welt sehen, Englisch lernen und alles über Autos erfahren …« Vonni seufzte bei der Erinnerung daran. »Aber damit fing man doch nicht in Ardeevin an! Warum war er nicht nach Paris, London oder – von mir aus – nach Dublin gegangen? Weil es ihm hier gefiel, sagte er, Ardeevin würde ihn an sein Heimatdorf, an Aghia Anna, erinnern. Es sei so vertraut und heimelig.« Vonni verstummte.

Thomas bedrängte sie nicht. Es würde nichts nützen, entweder sie erzählte freiwillig weiter oder gar nicht.

»Ich ging damals noch zur Schule«, fuhr sie schließlich fort. »Ich war im letzten Jahr. Meine Familie hoffte auf ein Stipendium für mich, das heißt auf einen Platz im College und eine Ausbildung zur Grundschullehrerin. So ein Stipendium war wie ein Lottogewinn. Man bekam gratis eine Ausbildung und konnte sich auf eine sichere Karriere, einen festen Job und eine Altersrente freuen.«

»Aber daraus wurde dann nichts, oder?«, fragte Thomas vorsichtig.

»Nein, es war mir auch egal. Ich war so verliebt in Stavros, dass nichts anderes mehr für mich zählte. Ich schwänzte die Schule, lernte nicht mehr und hatte kein Interesse mehr an irgendwelchen Prüfungen. Ich kannte nur noch ein Ziel: mich vor meiner Schwester zu verstecken und mich dann heimlich zur Hintertür der Autowerkstatt zu schleichen. Ich wollte nichts anderes mehr, als mit ihm zusammen zu sein.«

Thomas lauschte gebannt, wie sie ruhig und gelassen von ihrer ersten Liebe erzählte.

»Irgendwann fiel Jimmy Keane, dem Besitzer der Autowerkstatt, auf, dass Stavros sich nicht mehr voll auf seine Arbeit konzentrierte, und er kündigte an, dass er ihn entlassen wolle. Vor Angst konnte ich nicht mehr essen oder schlafen. Was sollte ich tun, wenn Stavros weiterziehen müsste? Ich zwang mich, an den Abschlussprüfungen teilzunehmen. Ich konnte kaum die Fragen verstehen, geschweige denn, sie beantworten.«

»Und wie sind deine Noten ausgefallen?«, wollte Thomas – ganz Lehrer – wissen.

»Keine Ahnung. Weißt du, es ist nämlich etwas Wunderbares passiert in diesem Sommer. In Irland streikten die

Banken!« Ihre Augen leuchteten bei der Erinnerung daran.

»Die Banken haben gestreikt? Das gibt es doch gar nicht!«

»Doch, das haben sie«, sagte sie fröhlich.

»Und wie sind die Leute ohne Geld zurechtgekommen?«

»Sie haben anschreiben lassen, Kredite aufgenommen, Schuldscheine ausgestellt. Es wurden sogar Blankoscheckhefte gedruckt, um dem Ganzen einen Anschein von Normalität zu geben.«

»Und?«

»Und was dann geschah, grenzt fast schon an ein Wunder«, fuhr Vonni fort. »In den Supermärkten stapelte sich das Bargeld, aber es gab keine Banken, um es einzuzahlen. Und so gab man auf diese ›Blankoschecks‹ Geld an bestimmte Personen aus, die man kannte. In der Stadt, die zehn Meilen weit weg lag, gab es einen Supermarkt, in dem ich bekannt war, weil der Leiter ein Cousin meiner Mutter war. Dort habe ich einen Scheck über zweieinhalbtausend Pfund eingelöst, eine Menge Geld damals. Und ausgerechnet an dem Tag kündigte Jimmy Keane Stavros' Entlassung an.«

Mittlerweile hatte Vonni angefangen, im Zimmer auf und ab zu gehen.

»Er sagte mir, dass ich ihm schrecklich fehlen würde, dass ich die Liebe seines Lebens sei und wir uns eines Tages wiedersehen würden, dass er nach Aghia Anna zurückkehren, dort eine Tankstelle eröffnen und mich nachkommen lassen würde. Und daraufhin habe ich ihn gefragt, ob ich nicht gleich mitkommen könnte. Ich hätte das Geld, das er bräuchte. Ich hätte es gespart, erklärte ich ihm.«

»Er war begeistert, oder?«

»Oh, er schon, aber meine Eltern nicht. Ich erklärte ihnen, dass ich siebzehneinhalb Jahre sei und in einem halben

Jahr ohnehin ohne ihre Erlaubnis heiraten dürfe. Was sollten sie dagegen machen? Mich einsperren? Sie tobten und führten sich schrecklich auf, erklärten mir, ich würde mein Leben vergeuden, und warfen mir vor, ein schlechtes Beispiel für meine Schwester zu sein und ihnen ihr zukünftiges Leben in Ardeevin zur Hölle zu machen. Mein Vater war Lehrer, also ein wichtiger Mann in der Gemeinde, und meine Mutter war verwandt mit einflussreichen Kaufleuten aus dem Dorf. Oh, diese Schande.«

»Aber du hast sie schließlich überzeugt.«

»Na ja, ich erklärte ihnen, dass ich noch an diesem Abend das Dorf verlassen würde. Und das taten wir auch, mit dem Bus um halb acht Uhr abends.«

»Und das Geld?«

»Ach ja, das Geld. Wir waren längst in Aghia Anna, als der Bankenstreik beendet wurde. Die Reise mit Zug und Schiff war ein Traum. Wir sparten die ganze Summe und rührten nichts an, bis wir angekommen waren. Wir reisten durch die Schweiz und durch Italien und ernährten uns von Brot und Käse. Ich war so glücklich wie nie zuvor in meinem Leben. *Kein* Mensch war jemals so glücklich wie ich damals.«

»Und deine Ankunft hier in Aghia Anna?«

»Die war nicht so traumhaft. Wir wurden schon erwartet, von einer jungen, hoch schwangeren Frau. Sie dachte, Stavros sei zurückgekommen, um sie zu heiraten. Das war Christina, die Schwester von Andreas und Yorghis. Als sie feststellen musste, dass er nicht ihretwegen zurückgekommen war, versuchte sie, sich umzubringen. Sie blieb am Leben, aber das ungeborene Kind starb. Es war entsetzlich für alle Beteiligten.«

»Was ist aus Christina geworden?«

»Sie war lange in dem Krankenhaus oben am Berg. Du weißt schon, das an der Straße nach Kalatriada liegt.«

»Ja, ich kenne es. Und – was war mit dir, Vonni?«

»Mit mir? Ich habe Griechisch gelernt und die Tankstelle gekauft. Und dann habe ich gelernt, wie man Reifen wechselt und aufpumpt. Und ein Mal in der Woche bin ich ins Krankenhaus und habe Christina besucht. Fünfundvierzig Wochen lang hat sie kein Wort mit mir gesprochen, aber eines Tages war es so weit. Und dann hat sie sich schnell erholt und einen netten Mann geheiratet. Sie hat schon längst Kinder und Enkelkinder. Sie wohnen alle auf der anderen Seite der Insel, und ich sehe sie oft.«

»Hast du Stavros geheiratet?«

»Ja, wir ließen uns in Athen standesamtlich trauen. Aber das galt natürlich nicht als richtige Hochzeit – weder bei meiner Familie in Ardeevin noch bei seiner hier in Aghia Anna.«

Mittlerweile machte Vonni einen müden, erschöpften Eindruck. Thomas drängte sie nicht, weiter zu erzählen.

»Und 1970, in dem Jahr, in dem du in Kalifornien zur Welt kamst, wurde unser Sohn Stavros geboren. Zu der Zeit hatten sich die Leute hier im Ort schon an mich gewöhnt. Wir ließen unser Kind in der Dorfkirche taufen, und sogar Stavros' Vater war zufrieden und ließ sich zu einem kleinen Lied hinreißen. Und Christina kam und schenkte mir die Babysachen von damals, als sie mit Stavros' Kind schwanger gewesen war.«

»Das ist wirklich ungewöhnlich«, staunte Thomas.

»Ich weiß. Aber natürlich nicht ein Wort aus Irland. Ich hatte ihnen geschrieben, dass sie einen Enkelsohn hätten, aber keine Antwort.«

»Sie waren wahrscheinlich sehr verbittert.«

»Tja, und das Geld hat unserer Beziehung dann den Todesstoß versetzt.«

»Ach ja, das liebe Geld«, sagte Thomas lächelnd.

»Ich hatte immer vor, es zurückzuzahlen.«

»Natürlich«, sagte er, nicht sehr überzeugt.

»Und ich habe es zurückgezahlt«, fuhr Vonni fort, als sei dies die natürlichste Sache der Welt.

David öffnete den Brief, setzte sich und las. Es war das erste Mal, dass seine Eltern ihm schrieben. Er konnte es kaum fassen, wie sehr sie sich über den Preis freuten, den sein Vater gewonnen hatte, und wie stolz sie über die Einladung zur Preisverleihung waren. Sie hatten ihm sogar eine Kopie davon geschickt und zusätzlich noch ausführlich beschrieben, wie edel der Druck war und wie dick sich das Papier anfühlte.

David kannte diese Preisverleihungen zur Genüge. Jedes Jahr klopften sich immer die gleichen Geschäftsleute auf die Schultern. Dieser Preis würde nur fürs Geldverdienen verliehen. Hier wurden nicht Leistung, ein Akt der Menschenliebe, eine Forschungsarbeit oder eine großzügige Spende für einen wohltätigen Zweck ausgezeichnet. Nein, hier wurde dem blanken Profitstreben gehuldigt.

Seine Mutter hatte Seite um Seite mit dem Ablauf der Einladung ins Rathaus gefüllt und sich lang und breit darüber ausgelassen, welche Garderobe passend wäre und wer neben wem am Tisch sitzen würde. Und dann wollte sie natürlich wissen, wie schnell er nach Hause kommen könne.

David beschloss, erst einmal tief durchzuatmen und seinen Eltern in einem höflichen Brief zu erklären, dass er es bedauere, bei diesem bedeutenden Ereignis leider nicht dabei sein zu können. Ein Brief war besser als ein Anruf. So bestand wenigstens nicht die Gefahr, dass er oder seine Eltern die Beherrschung verloren.

Fiona machte sich auf den Weg ins ›Anna Beach‹ Hotel, um ihrer Freundin Barbara in Dublin eine E-Mail zu schicken.

Ich habe mich sehr gefreut, von dir zu hören. Wenn du wüsstest, wie schön es hier ist, Barb. Ich bin so froh, dass wir in diesem Ort gelandet sind. Ja, es war ein schreckliches Unglück, aber die Leute hier sind so tapfer, sie würden dir imponieren. Shane ist für ein paar Tage nach Athen gefahren, wegen der Arbeit. Er müsste eigentlich jeden Tag zurückkommen. Ich halte täglich Ausschau nach den Fähren. Danke auch für den Klatsch und Tratsch aus dem Krankenhaus. Unglaublich! Carmel, der Trampel, als Stationsschwester!
Ich melde mich wieder, sobald ich weiß, was wir vorhaben. Alles Liebe,

deine Fiona

Als Fiona das Hotel gerade verlassen wollte, rief ihr der Mann am Empfang hinterher: »Für Ihre Freundin aus Deutschland ist ein Fax angekommen.«
Fiona nahm staunend zur Kenntnis, dass offensichtlich jeder im Ort wusste, wer sie waren.
»Ich nehme es ihr mit«, erbot sie sich.
Mittlerweile bewegte sie sich schon sehr sicher in Aghia Anna und kannte alle Abkürzungen. Bei Elsa angekommen, legte sie das Fax auf den Küchentisch.
»Ich hätte es ja gelesen, aber es ist auf Deutsch«, erklärte sie bedauernd.
»Aha.«
»Willst du es nicht lesen? Du musst mir ja nicht sagen, was drinsteht«, sagte Fiona.
»Ich weiß auch so, was er geschrieben hat«, antwortete Elsa.

»Dann scheinst du hellsehen zu können«, erwiderte Fiona erstaunt.

»In dem Fax steht, dass ich mich zusammenreißen und gefälligst nach Hause kommen soll. Und zwar dorthin, wo ich hingehöre, das heißt, in sein Bett, zweimal die Woche, und das schnell und ohne weitere Unabhängigkeitsbestrebungen.«

»Vielleicht hat er aber auch etwas anderes geschrieben«, meinte Fiona aufmunternd.

»In Ordnung, ich werde es dir übersetzen …« Elsa griff nach dem Blatt Papier. »Es ist nicht lang.«

Elsa, meine Liebste,
die Entscheidung liegt ganz bei dir. Aber ich bitte dich,
komm zurück zu mir. Wir werden uns eine Wohnung su-
chen und ganz offiziell zusammenleben. Wir können auch
heiraten, wenn es das ist, was du willst. Und ich werde die-
sem Kind schreiben und ihm Geschenke schicken, wenn du
dich dann besser fühlst. Wir sind füreinander geschaffen –
du weißt das, und ich weiß es. Was hat es für einen Sinn,
wenn du mich noch länger hinhältst? Sag ja, so schnell
wie möglich.
Ich werde dich immer lieben,

dein Dieter

In Chicago betrachtete Adoni stumm den Umschlag mit der griechischen Briefmarke. Falls die freundliche italienische Familie, bei der er arbeitete, es bis dato als merkwürdig empfunden hatte, dass er nie Post aus Griechenland erhielt, so hatten sie jedenfalls nie etwas gesagt. Er nahm den Brief mit auf die Herrentoilette, setzte sich und begann, die krakelige Handschrift seines Vaters zu entziffern.

»*Adoni mou*«, lauteten die ersten beiden Wörter, und dann schilderte sein Vater mit einfachen Worten, wie das Ausflugsboot vor den Augen der ganzen Ortschaft ausgebrannt war, ohne dass irgendjemand noch hätte zu Hilfe eilen können.

»Angesichts dieser Tragödie erscheint alles andere unwichtig«, schrieb sein Vater.

Meinungsverschiedenheiten wegen der Taverne sind nichts im Vergleich zu den elementaren Fragen von Leben und Tod. Es wäre mir eine große Freude, mein Sohn, wenn du noch einmal nach Aghia Anna zurückkommen würdest, bevor ich sterbe. Ich versichere dir, dass ich niemals mehr in dem Tonfall mit dir sprechen werde wie damals. Dein Zimmer steht bereit, wenn du mich besuchen möchtest. Und natürlich kannst du auch jemanden mitbringen. Ich hoffe, es gibt jemanden in deinem Leben.

Adoni holte hastig ein großes, blaues Taschentuch hervor und betupfte sich die Augen. Und dann weinte er, weil es niemanden gab, den er hätte mit nach Hause bringen können.

In Athen gab es auch niemanden, der eine Kaution für Shane hinterlegt hätte, und so wurde er nach der ersten Vernehmung wieder in seine Zelle zurückgebracht.

»Verdammt, mir steht ein Anruf zu!«, schrie er. »Griechenland ist schließlich in der EU, und einer der Gründe für den Beitritt war, dass ihr die Menschenrechte achtet!«

Wortlos wurde ihm ein Telefon gereicht.

Er wählte die Nummer der Polizeistation von Aghia Anna und bedauerte, dass ihm der Name des alten Mannes nicht mehr einfiel. Aber so wichtig war das auch wieder nicht.

»Ich will mit Fiona Ryan sprechen«, bellte er in den Hörer.

»Wie bitte?«, fragte Yorghis.

»Ich rufe von einem Polizeirevier an. Kann auch sein, dass ich im Gefängnis sitze, auf jeden Fall bin ich in Athen«, rief er.

»Wir haben Ihnen doch schon gesagt, dass Ihre Freundin nicht mehr hier ist.« Yorghis kam die Lüge glatt und problemlos über die Lippen.

»Aber sie muss da sein, sie erwartet ein Kind von mir, und außerdem muss sie das Geld für meine Kaution auftreiben …« Shane war die Angst deutlich anzuhören.

»Wie ich bereits sagte, es tut mir Leid, dass wir Ihnen nicht helfen können«, wiederholte Yorghis und legte auf.

Shane bettelte darum, einen zweiten Anruf machen zu dürfen. Er war so aufgeregt, dass die Polizisten schließlich schulterzuckend nachgaben.

»Aber nicht zu lange, wenn Sie in Irland anrufen«, warnten sie ihn.

»Barbara! Ich bin's, Shane. Das hat ja ewig gedauert.«

»Ich war auf der Station, Shane. Ich arbeite, stell dir vor«, sagte sie.

»Sehr lustig. Hör mal, ist Fiona wieder in Dublin?«

»Was? Habt ihr zwei euch getrennt?« Es gelang Barbara nicht, ihre Freude zu verbergen.

»Nein, das ist doch absurd. Ich musste nach Athen …«

»Wegen der Arbeit?«, fiel Barbara ihm ins Wort.

»Ja, so ungefähr. Aber diese Idioten in Aghia Anna behaupten, dass Fiona abgereist ist. Deswegen ist unsere Kommunikation ziemlich gestört, um es mal so auszudrücken.«

»Armer Shane, das tut mir aber Leid.«

»Nein, tut es dir nicht. Im Gegenteil, du freust dich.«

»Stimmt doch gar nicht. Wie kann ich dir denn helfen?«, beeilte Barbara sich zu widersprechen.

»Sag Fiona, dass sie mich schleunigst anrufen soll unter der Nummer... Ach, spar dir die Mühe, ich finde sie schon.«

»Bist du sicher, Shane? Ich würde dir nämlich wirklich gerne helfen«, säuselte Barbara. Seit dem Tag, an dem ihre Freundin Fiona sich mit diesem Scheusal von Shane eingelassen hatte, hatte sie keine besseren Neuigkeiten mehr gehört.

Thomas betrachtete Vonni nachdenklich. Gerade hatte sie ihm erzählt, dass sie ihre enormen Schulden tatsächlich zurückgezahlt hatte. Wie viele andere Geheimnisse sie wohl noch verbarg?

»Du hast alle deine Schulden an den Supermarkt zurückgezahlt?«, fragte er.

»Ja, es hat eine Weile gedauert, fast dreißig Jahre, aber dann hatten sie jeden einzelnen Penny wieder zurückbekommen«, sagte sie. »Ich habe mit hundert Pfund im Jahr angefangen.«

»Haben sie sich bei dir bedankt oder dir gar verziehen?«

»Nein, wo denkst du hin.«

»Aber dieser Cousin deiner Mutter, hat er ihr denn nicht erzählt, dass du das Geld zurückerstattet hast?«

»Schon möglich, aber es hat nichts an ihrer Einstellung zu mir geändert.«

»Hast du denn noch Kontakt zu deiner Familie?«

»Ja, ein knapper Gruß zu Weihnachten. Wahrscheinlich schreiben sie mir nur aus christlicher Nächstenliebe, um sich selbst zu beweisen, wie großmütig sie sind und wie gut sie verzeihen können. Das ging jedenfalls eine Zeit lang so. Ich schrieb lange Briefe und schickte Fotos von dem kleinen Stavros, aber irgendwann war mir das zu einseitig. Und dann wurde alles anders.«

»Anders? Gaben sie schließlich doch noch nach?«

»Nein, ich veränderte mich. Ich drehte vollkommen durch.«

»Du, Vonni? Du hast durchgedreht? Du doch nicht.«

Vonni sah ihn müde an. »Ich habe so lange nicht mehr über mich selbst gesprochen, dass ich jetzt tatsächlich ein bisschen erschöpft bin.«

»Dann leg dich doch kurz hin. Das ist immer noch deine Wohnung«, schlug er vor.

»Nein, Thomas, ich muss zuerst die Hühner füttern.«

»Das kann ich für dich übernehmen.«

»Danke dir, aber lieber nicht. Und noch was, Thomas. Du kannst den anderen ruhig erzählen, was ich dir eben gesagt habe. Das ist mir lieber, als wenn sie die Leute hier weiter über mich ausfragen.«

Thomas machte ein betretenes Gesicht. »Eigentlich geht uns das alles gar nichts an. Es ist schließlich dein Leben.«

»Ist schon gut. Den Rest erzähle ich ein anderes Mal … Du weißt schon, nach dem Motto: Fortsetzung folgt …«, erwiderte sie mit ihrem unwiderstehlichen Lächeln.

Thomas konnte nichts anders, er musste ebenfalls lachen. An diesem Abend kehrte Vonni nicht in die Wohnung zurück.

Als Thomas irgendwann nachts aus dem Fenster sah, bemerkte er den Schein einer Taschenlampe, der durch den Hühnerstall huschte.

Am nächsten Tag, als sie alle unten am Hafen saßen, erzählte Thomas Vonnis Geschichte. Die vier hatten es sich angewöhnt, sich mittags in dem kleinen Café mit den blau karierten Tischdecken zu treffen.

David hatte über seine letzte Fahrstunde berichtet, als sie zwei von Marias Nachbarinnen mitgenommen hatten. Er hatte zwar nicht verstanden, was die Frauen sagten, aber sie schienen sich sehr anerkennend geäußert zu haben.

Elsa und Fiona verschwiegen den anderen, dass sie beide Nachricht aus der Heimat erhalten hatten. Stattdessen ließen sie sich lang und breit darüber aus, dass sie den Vormittag über einem alten Mann beim Anmalen einiger Stühle geholfen hatten. Er hatte sie zuerst alle weiß streichen wollen, aber Elsa hatte vorgeschlagen, einen Stuhl blau und einen weiteren gelb anzumalen. Der Alte war begeistert gewesen – jedenfalls, soweit sie ihn verstanden hatten.

Und dann endlich erzählte Thomas Vonnis Geschichte.

»Sie wollte unbedingt, dass ihr es wisst. Und ich hatte den Eindruck, dass sie einem von euch dreien die Fortsetzung erzählen wird.«

Die größte Verwunderung bei seinen Zuhörern löste jedoch die Episode mit den Banken aus. Unvorstellbar, ein Land, in dem die Banken streikten!

»Ich kann mich tatsächlich erinnern, dass mein Vater das mal erwähnte. Er behauptete sogar, das Land habe auch ohne Banken perfekt funktioniert. Sicher, es gab ein paar ganz Schlaue, die die Gelegenheit genützt haben und mit einem kleinen Vermögen abgehauen sind, so wie Vonni, aber nicht viele«, fügte Fiona hinzu.

»Ich bin gespannt, wem sie die nächste Episode erzählen wird«, sagte Elsa.

Es sollte David treffen, noch am selben Nachmittag.

Thomas und Elsa waren zu einem Spaziergang die Küste entlang aufgebrochen, und Fiona hatte Yorghis aufgesucht, um sich zu erkundigen, ob es Neuigkeiten aus

Athen gebe. David war unten am Hafen mit seinem Griechischbuch, als Vonni zufällig vorbeikam. Er bat sie, ihm ein wenig bei der Aussprache zu helfen.

»Wenn du so weitermachst, sprichst du bald wie ein Einheimischer«, ermutigte sie ihn.

»Das kann ich mir kaum vorstellen. Aber mir gefällt dieses Land wirklich. Die Menschen hier haben noch richtige Werte und denken nicht nur ans Geldverdienen.«

»Wenn du auch nur ein wenig an der Oberfläche kratzt, wirst du feststellen, dass solche Menschen leider auch hier in der Minderheit sind«, antwortete Vonni.

David erzählte Vonni von der Einladung zur Preisverleihung seines Vaters, in seinen Augen eine lächerliche Farce. Er nahm die Kopie der Einladung aus der kleinen Tasche, die er immer bei sich trug, und zeigte sie Vonni. Dann gab er ihr auch noch den Brief seiner Mutter zum Lesen. Zu seiner Überraschung hatte sie Tränen in den Augen.

»Du fährst doch zurück, oder?«, fragte sie.

»Nein, auf keinen Fall. In einem halben Jahr wäre das vielleicht was anderes. Aber wenn ich jetzt nachgebe, komme ich nie von meiner Familie los und werde wieder mit Haut und Haaren vereinnahmt. Nein, Vonni, gerade du musst doch verstehen, wie wichtig es ist, sich aus diesen Familienbanden zu lösen. Du bist doch auch nie nach Irland zurückgekehrt, oder?«

»Nein, aber ich wäre gerne. Wie oft hatte ich mir gewünscht, zurückzukehren und sie alle wiederzusehen. Zur Hochzeit meiner Schwester, zum Beispiel, oder zur Pensionierung meiner Vaters. Als meine Mutter im Krankenhaus lag und noch bei vielen weiteren Gelegenheiten. Aber ich war nicht willkommen, also konnte ich auch nicht fahren.«

»Woher willst du wissen, dass du nicht willkommen warst?«,

fragte David. »Hattest du Kontakt zu Freunden oder Freundinnen zu Hause?«

»Nein, meine Freundinnen waren alle sauer auf mich. Ich hatte genau das getan, was sich jede von ihnen gewünscht hatte – ich hatte Sex mit einem erwachsenen Mann, hatte die Schule geschmissen, hatte bei dem Bankstreik einen Scheck zu Geld gemacht und war schließlich auf eine griechische Insel abgehauen. Nein, von ihnen hat sich keine bei mir gemeldet, aber merkwürdigerweise Jimmy Keane. Vielleicht aus Schuldgefühl. Wenn er Stavros nicht entlassen hätte, wäre das alles nicht passiert. Er war der Einzige, der auf meine Briefe geantwortet hat. Ich schrieb ihm, dass ich ihm dankbar sei für Stavros' Entlassung. Ich glaube, das hat ihn gefreut. Auf jeden Fall berichtete er mir alles, was in Ardeevin vor sich ging. Und so war ich immer auf dem Laufenden, mehr oder weniger.«

»Hat er regelmäßig geschrieben?«

»Ja, aber weißt du, irgendwann hat mich das Leben so gebeutelt, dass ich den Verstand verloren habe. Und danach war alles anders.« Sie sagte das so beiläufig, als handelte es sich dabei nicht um sie, sondern um irgendeine Fremde.

»Aber du hast doch nicht wirklich deinen Verstand verloren?«, fragte David besorgt.

»Nein, natürlich nicht, aber ich habe mich aufgeführt wie eine Verrückte. Es war wegen Magda. Sie hatte einen schrecklichen Ehemann, der wegen jeder Kleinigkeit gewalttätig wurde. Er bildete sich ein, dass Magda mit allen Männern flirtete. In Wahrheit ging sie kaum aus dem Haus, putzte ständig, kochte das Essen für ihren Mann und nähte. Jedenfalls dachten wir das. Und vielleicht war es auch so. Schon möglich, dass sie immer nur Augen für ihre Näharbeiten hatte, jedenfalls bis zu dem Moment, als Stavros sich für sie einsetzte. Wer kann das schon sagen?«

»Mochtest du sie denn?«

»Ja, sehr sogar. Sie war eine hübsche, sanfte Frau mit einem wunderschönen Lächeln. Sie hatte ein hartes Leben – keine Kinder und einen Mann, auf den sie sich nicht verlassen konnte. Manchmal hatte sie blaue Flecken oder eine Schnittwunde, aber sie erzählte immer, sie sei tollpatschig gewesen oder müde und deswegen hingefallen. Wie alle anderen Männer spielte auch Stavros im Café *tavli* mit Magdas Mann. Was bei ihnen zu Hause vor sich ging, interessierte ihn nicht. ›Es ist ihr Leben, Vonni, ihre Ehe, da sollten wir uns lieber nicht einmischen ...‹ Und weil ich so viel arbeiten musste und alle Hände voll mit dem kleinen Stavros zu tun hatte, gab ich mich damit zufrieden. Jedenfalls bis zu dem Tag, an dem ich eine Tischdecke bei Magda abholen wollte und sie da sitzen sah. Ihr Blut tropfte auf den weißen Stoff. Ich holte den alten Dr. Leros, den Vater des jetzigen Dr. Leros. Er flickte sie wieder zusammen. Das könne nicht so weitergehen, meinte er. Jetzt müsse ein starker Mann her, einer wie Stavros, und der müsse etwas unternehmen. Ich erzählte Stavros, was der Doktor gesagt hatte. Und dieses Mal hörte er auf mich und holte sich zwei seiner Freunde. Ich weiß nicht genau, was damals passiert ist, aber soweit ich informiert bin, drückten sie Magdas Mann zu dritt eine Weile auf den Boden und schilderten ihm mit drastischen Worten, was ihm zustoßen würde, falls es noch mal zu einem derartigen Zwischenfall käme.«

»Und das hat er ernst genommen?«

»Offensichtlich sehr ernst sogar, denn Magda war auf einmal überhaupt nicht mehr *tollpatschig*, wie sie immer sagte, sondern stolzierte mit hoch erhobenem Kopf durchs Dorf und sah den Leuten zum ersten Mal in die Augen. Dabei fiel allen auf, wie schön diese Frau eigentlich war.

Bis dahin hatten wir nur schönes Haar bewundert«, fügte Vonni mit dünner, trauriger Stimme hinzu.

»Hattest du einen Verdacht, dass Stavros... nun, dass er sich für sie interessieren könnte?«, fragte David vorsichtig.

»Nein, überhaupt nicht. Ich war die Letzte in Aghia Anna, die es erfahren sollte. Ich hatte gehört, dass es oft so ist, aber es nie geglaubt. Oder wenn, dann musste die Ehefrau schon ziemlich beschränkt sein, hatte ich gedacht. Aber irgendwann habe ich es dann doch erfahren.«

»Und wie?«

»Auf keine schöne Art. Der kleine Stavros saß bei mir in der Tankstelle – er war damals vier, fast fünf Jahre alt – und wollte von mir wissen, warum Magda immer so müde sei. Ich könne mir das nicht vorstellen, antwortete ich, aber Stavros beharrte auf seiner Meinung. Schließlich würde sie immer sofort ins Bett gehen, wenn sie zu uns nach Hause käme, und Papa müsse immer mit und sich zu ihr legen. Ich kann mich an diesen Augenblick noch erinnern, als wäre es erst heute Morgen passiert. Mir wurde schwindlig, und ich glaubte, ohnmächtig zu werden. Magda und Stavros? In unserem Haus? In meinem Bett? Das konnte nur ein Missverständnis sein. Der kleine Stavros hatte bestimmt etwas falsch verstanden.«

»Und was hast du dann getan?«

»Am nächsten Tag habe ich die Tankstelle etwas früher geschlossen und bin nach Hause gegangen. Der kleine Stavros spielte im Garten. Unser Haus lag direkt hinter dem von Maria. Ich nahm Stavros und brachte ihn zu einer Nachbarin, dann kehrte ich zurück. Leise öffnete ich die Tür und trat ein. Es war sehr still im Haus, aber dann hörte ich sie lachen. Er nannte sie seinen kleinen, wuscheligen Hasen. So hatte er mich immer genannt, wenn wir uns geliebt hatten. Ich riss die Tür auf und starrte sie an. Sie war wunderschön mit ihren langen, dunklen Locken und der olivbraunen Haut. In dem Moment sah ich mich selbst im Spiegel. Der Vergleich fiel nicht gut für mich aus. Ich hätte nicht hinschauen sollen.«

Eine Weile sagte keiner ein Wort. Dann erzählte Vonni weiter.

»Warum hatte ich nur nach Hause gehen und sie überraschen müssen, fragte ich mich. Damit war alles aus. Hätte ich sie nicht in flagranti ertappt, hätten wir so weiterleben und so tun können, als ob alles in bester Ordnung wäre. Wir alle. Aber als ich Magda sah und feststellen musste, wie schön sie war, da wusste ich, dass ich verloren hatte. Natürlich wollte Stavros sie und nicht mich. Ich sagte kein Wort, sondern schaute nur lange von einem zum anderen, eine Ewigkeit, wie mir schien. Schließlich sagte Stavros: ›Bitte, mach keine Szene, Vonni, das ist nicht gut für das Kind.‹ Das war das Erste, was ihm einfiel – ich solle dem kleinen Stavros nicht wehtun! Wie es mir ging, war ihm völlig egal! Ich hatte meine Familie und meine Heimat verlassen, um mit ihm zusammen zu sein. Die gute Vonni, die Geld gestohlen hatte, um ihm den Traum von der eigenen Werkstatt zu erfüllen, Vonni, die jeden Tag von früh bis spät geschuftet hatte, damit die Tankstelle florierte … sie konnte ruhig ein bisschen leiden. Plötzlich hatte ich das Gefühl, als wäre alles aus den Fugen geraten, wie ein Bild, das schief an der Wand hängt. Nichts war mehr so, wie es sein sollte …«

David lauschte gebannt Vonnis anschaulicher Schilderung.

»Ich drehte mich um, lief aus dem Schlafzimmer, aus unserem Haus, an der Stelle vorbei, an der der kleine Stavros mit den anderen Kindern spielte. Ich lief durch das ganze Dorf den Berg hoch bis zu einer kleinen Kneipe.

240

Dort saßen normalerweise die alten Männer und betranken sich. Ich bestellte *raki,* du weißt schon, den scharfen Schnaps – so etwas wie *poitín* bei uns zu Hause in Irland. Ich trank, bis ich vergaß, wie sich Magdas wunderschöne runde Schulter an seine Brust geschmiegt hatte. Ich trank, bis ich vom Hocker fiel.

Ein paar Männer brachten mich nach Hause, aber ich konnte mich an nichts mehr erinnern. Am nächsten Tag bin ich in unserem Bett aufgewacht. Von Stavros war nichts zu sehen. Mir fiel wieder ein, dass sie hier in meinem Bett gelegen hatte, und mir drehte sich der Magen um. Von meinem Sohn Stavros war ebenfalls nichts zu sehen. Ich ging zur Arbeit, aber der Benzingeruch und die Auspuffabgase der Autos verursachten mir erneut Übelkeit. Also kehrte ich in die Kneipe zurück, in der ich tags zuvor gewesen, war, entschuldigte mich für mein Benehmen und fragte, wie viel ich schuldig geblieben war. Aber man schüttelte nur den Kopf. Man würde doch kein Geld dafür verlangen, dass ich mich beinahe mit ihrem widerlichen, wahrscheinlich selbst gebrannten Schnaps vergiftet hatte. Nervös erkundigte ich mich bei den Männern nach dem Empfang, den man ihnen bei mir zu Hause bereitet hatte.

Magda hatte es offensichtlich eilig gehabt, mein Kind mitzunehmen, *mein* Kind, und es zu seinem Großvater, dem Dorffriseur, zu bringen. Stavros hatte ihnen den Weg zum Schlafzimmer gezeigt und war dann ebenfalls gegangen. Mehr hätten sie nicht für mich tun können, erzählten mir die Männer. Dieses Mal bestellte ich mir einen Brandy, einen guten Metaxa, der mir über diesen neuerlichen Schock hinweghelfen sollte. Irgendwie schleppte ich mich danach zur Tankstelle zurück, aber da war niemand, mit dem ich hätte reden können, und so ging ich nach Hause.

Nach Hause! Dass ich nicht lache! Ich war mutterseelen-
allein. Nachdem ich vier Tage und Nächte durchgesoffen
hatte, wurde mir klar, dass sie mir endgültig mein Kind weggenommen hatten. Wie in einem Traum drang die Information zu mir durch, dass Magdas Mann mit einem Fi-
scherboot auf eine andere Insel ausgewandert war. Und
dann weiß ich nur noch, dass ich in dem Krankenhaus
oben an der Straße nach Kalatriada wieder zu mir kam.
Christina, Stavros' erste Liebe, kam mich besuchen. ›Verhalte dich ruhig und tu so, als würde es dir wieder besser gehen. Dann lassen sie dich raus‹, riet sie mir. Und das habe
ich dann getan. Ich habe ihnen was vorgespielt«, schloss
Vonni.

»Hat es funktioniert?«, fragte David.

»Nur eine kurze Weile. Stavros weigerte sich, mit mir zu
sprechen, und wollte mir auch nicht sagen, was er mit meinem Sohn gemacht hatte. Ich wusste, dass ich kein weiteres Mal auffällig werden durfte, sonst hätten sie mich wieder ins Krankenhaus gesteckt und die Tür hinter mir ab-
geschlossen.«

»Und Stavros?«

»Er war einfach quer über die Straße gezogen und lebte
jetzt mit Magda zusammen. Ich wusste, dass alle im Dorf
mich beobachteten. Deswegen konnte ich nicht mehr in
die Kneipe oben am Berg. Also kaufte ich mir mal eine
Flasche hier, mal eine da und schüttete das Zeug in mich
hinein, bis ich alles um mich herum vergaß. Ich habe
kein einziges Mal mehr in unserem Bett geschlafen, das
heißt, bis auf die Nacht, in der die Männer mich nach
Hause gebracht hatten. Ich schlief von da an auf dem Sofa.

Ich habe keine Ahnung, wie lange das so ging, bis Christina kam und mich aus diesem tiefen Loch holte. Als ich

wieder einigermaßen sauber, ordentlich angezogen und relativ nüchtern war, ging ich zu Stavros. Höflich bat er mich, ihn nicht weiter zu belästigen, aber ich könne gern in dem Haus bleiben. Allerdings habe er alle Schlösser in der Tankstelle und an den Benzinpumpen austauschen und meinen Namen aus Konten und Scheckbüchern tilgen lassen. Unser Sohn lebe jetzt in Athen bei seiner Tante, und ich dürfe ihn niemals mehr wiedersehen, fügte er hinzu. Er sprach mit mir wie mit einer Irren und erklärte mir, dass er die Tankstelle, *seine* Tankstelle, in nächster Zukunft verkaufen und mit Magda von hier fortgehen würde, um sich zusammen mit dem kleinen Stavros irgendwo ein neues Leben aufzubauen.

Und plötzlich stand mir glasklar vor Augen, wie mein Leben aussehen würde. Ich würde allein zurückbleiben, ohne meinen Sohn, ohne meine Liebe, ohne meine Tankstelle. Aber mit zweitausend Pfund Schulden und ohne jede Möglichkeit, nach Hause zurückzukehren ... Bis dahin war es mir immerhin gelungen, fünf Raten von jeweils hundert Pfund im Jahr zurückzuzahlen. Und das war schon schwierig genug gewesen, trotz neun Stunden Arbeit täglich. Doch wie sollte ich jetzt das Geld auftreiben?«

»Aber Stavros wusste doch von deinen Schulden. Er hat dir doch sicher seine Hilfe angeboten, oder?«, fragte David entsetzt.

»Nein, er hatte keine Ahnung. Ich hatte es ihm nie gesagt. Er dachte, es sei mein Geld gewesen, ich hätte es geerbt oder gespart«, erklärte Vonni.

Und dann ging sie und ließ David allein auf der Hafenmauer zurück. David hielt das zusammengeklappte Griechischlehrbuch in der Hand und dachte lange über die Geschichte nach, die er soeben gehört hatte.

»Wisst ihr, was ich nicht ganz verstehe …«, begann Fiona, als sie noch am selben Tag zu viert versuchten, die Puzzleteile von Vonnis Geschichte zu einem Ganzen zusammenzufügen.

»Warum sie sich keinen Anwalt genommen hat?«, schlug Thomas vor.

»Das konnte sie doch nicht. Das Geld war gestohlen, das Haus gehört *ihm*, und außerdem hatte sie nicht die geringste Ahnung von den Sitten und Gebräuchen in einem fremden Land«, wandte Elsa ein.

»Nein, das meine ich auch nicht«, erwiderte Fiona kopfschüttelnd. »Ich verstehe nicht, wie das zusammenpasst. Andreas hat doch erzählt, dass der kleine Stavros zu seiner Taverne kam und mit seinem Sohn Adoni in den Bäumen herumkletterte. Mit vier Jahren hat der Kleine das bestimmt noch nicht gemacht.«

»Vielleicht sind Stavros und Magda doch noch länger im Dorf geblieben«, mutmaßte David. »Vielleicht sogar sehr viel länger. Das wäre ja noch grausamer für Vonni gewesen, mit ansehen zu müssen, wie ihr Kind nebenan aufwächst – ohne sie.«

»Das wird sie einem von uns schon noch erzählen. Sie hat es schließlich versprochen«, sagte Thomas.

»Ich dachte mir, ich frage sie lieber nicht weiter aus«, meinte David entschuldigend.

»Das hast du gut gemacht, David«, erwiderte Elsa und lächelte ihn aufmunternd an. »Bei dir kann man sich hervorragend das Herz ausschütten. Ich würde mich nicht wundern, wenn Vonni wieder zu dir kommt.«

Vonni kam tatsächlich wieder auf David zu, und zwar früher, als gedacht.

»Kannst du mir einen Gefallen tun?«

»Liebend gern«, antwortete er.

»Ich muss ins Krankenhaus. Ich muss dort Lehm und Töpferscheiben für die Beschäftigungstherapie abliefern. Willst du mitkommen? Ich gehe da nur sehr ungern allein hin, denn ich habe immer noch Angst, dass sie wieder die Tür hinter mir zusperren werden. Wie damals.«

»Aber so lange warst du doch gar nicht in der Anstalt, oder?«, fragte David. »Christina hat dir doch einen Tipp gegeben, wie du schnell wieder herauskommst?«

»Ja, doch, beim ersten Mal. Aber beim zweiten Mal hat es ein paar Jahre gedauert, bis ich wieder draußen war«, antwortete Vonni leise. »Holen wir Marias Lieferwagen und fahren hinauf?«

»Natürlich, sicher«, beeilte sich David, ihr lächelnd zu versichern, und ahmte dabei unbewusst ihren irischen Tonfall nach.

»Kann es sein, dass du meinen Akzent kopierst, junger Mann?«

»Ich? Dich kopieren, Vonni? Nicht im Traum würde ich so etwas wagen!«, widersprach er ihr heftig.

Als sie ihre Ware abgeliefert hatten, forderte Vonni den jungen Engländer auf, mit in den Garten zu kommen. »Komm mit. Dort gibt es ein wunderschönes Fleckchen Erde. Das will ich dir zeigen.« Sie ließen sich nebeneinander auf einem Felsen nieder und blickten von einem der vielen Hügel, die Aghia Anna umgaben, hinunter auf das kleine, terrassenförmig angelegte Dorf. Und hier fuhr Vonni fort, ihre Geschichte zu erzählen, als hätte es nie eine Unterbrechung gegeben.

Dieses Mal berichtete sie von den schmerzlichen Details.

»Als ich begriff, dass ich alles verloren hatte, sah ich keinen Sinn mehr darin, mich zu verstellen. Stück für Stück verkaufte ich Gegenstände und Mobiliar aus unserem Haus, aus *seinem* Haus, wie ich es sah, und setzte das Geld in Alkohol um. Und schon bald war ich wieder hier drin. Und dann wieder draußen. Stavros erzählte allen, dass ich eine schlechte Mutter sei. Ich konnte mich damals weder an ein Gericht wenden, noch gab es entsprechende Gesetze oder Sozialarbeiter, die mir geholfen hätten… oder wenn sich doch mal jemand blicken ließ, war ich zu besoffen, um zu verstehen, worum es ging. Ich durfte den kleinen Stavros ein einziges Mal in der Woche sehen, am Samstag für drei Stunden. Und das auch nur unter Aufsicht. Es war immer jemand dabei. Nicht sein Vater und auch nicht Magda, aber Stavros' alter Vater oder manchmal auch seine Schwester oder Andreas. Ihm vertrauten sie.«

»Zu Andreas hat doch jeder Vertrauen. Du nicht?«

»Doch, natürlich. Aber die Besuche endeten jedes Mal im Chaos. Ich habe nur herumgejammert und mich beklagt, was ich alles verloren hätte. Ich habe mich an den armen kleinen Stavros geklammert und ihm hysterisch versichert, wie sehr ich ihn lieben und brauchen würde. Irgendwann musste er ja Angst vor mir bekommen.«

»Das gibt es doch gar nicht«, murmelte David.

»Doch, im Ernst. Mein Sohn hasste diese Treffen mit mir. Andreas nahm ihn danach immer mit zu sich auf den Berg hinauf und setzte den Jungen auf die Schaukel, um ihn wieder aufzuheitern, nachdem er seine Mutter hatte ertragen müssen. Und damit ich über diese Treffen hinwegkam, schüttete ich mich mit Alkohol zu. So ging das jahrelang. Stavros war zwölf, als sie ihn mir endgültig wegnahmen.«

»Sie?«

»Stavros und Magda. Damals war ich mal wieder in der Klinik. Merkwürdigerweise kam ich kurz, nachdem sie das Dorf verlassen hatten, zu dem Schluss, dass es doch noch so etwas wie ein Leben für mich geben müsse. Ein Mann hatte sich in diesem Jahr hier im Krankenhaus umgebracht. Das war für uns alle ein Schock gewesen, vor allem für uns Alkoholiker. Er war nämlich einer von uns gewesen. Und deshalb hörte ich zu trinken auf. Klingt leichter, als es war, aber ich habe es geschafft. Doch es war zu spät. Mein halbwüchsiger Sohn war fort. Es hatte keinen Sinn, ihn zu suchen. Sein Großvater, der alte Dorffriseur, hatte Mitleid mit mir und übermittelte meinen Sohn die Briefe, die ich ihm jedes Jahr zum Geburtstag schrieb. Später ließ ich sie ihm über seine Tante zukommen. Auch dieses Jahr, als er vierunddreißig wurde.«

»Hast du denn nie eine Antwort bekommen?«, fragte David.

»Nein, nie.«

»Weiß Andreas nicht, wo Stavros sich aufhält? Er ist doch ein herzensguter Mensch und würde dir sicher seine Adresse sagen oder zumindest deinem Sohn erzählen, dass du heute anders bist.«

»Nein, Andreas weiß auch nicht, wo er lebt.«

»Er müsste das eigentlich verstehen. Er leidet doch selbst unter dem Egoismus seines Sohnes, der sich nicht bei ihm meldet und aus Chicago nicht wieder zurückkommen will. Andreas muss wissen, wie sich so was anfühlt.«

»Ich werde dir jetzt mal etwas erzählen, David.«

»Ja?«

»Alles hat zwei Seiten. Ich war eine grauenvolle Mutter, als Stavros noch ein Kind war. Woher soll er denn wissen, dass ich jetzt ein völlig anderer Mensch bin, unkompliziert und umgänglich? Und wenn Adoni sich heute bei Andreas melden würde, dann bestimmt nur aus Mitleid.«

»Es könnte ihm ja jemand etwas über seinen Vater erzählen«, schlug David vor.

»Andreas hätte sich damals von seinem halbwüchsigen Sohn niemals erklären lassen, wie man eine Taverne führt«, wischte Vonni sein Argument beiseite. »Also, wie soll Adoni jetzt wissen, dass aus Andreas ein einsamer, trauriger alter Mann geworden ist, der sich wünscht, sein Sohn würde endlich wieder nach Hause kommen?«

»Wie ich schon sagte, Vonni, es könnte ihm jemand auf die Sprünge helfen. Du, zum Beispiel.«

»Das ist doch lächerlich, David. Wieso sollte Adoni auf mich hören? Ich bin fast so alt wie sein Vater. Er muss schon selbst dahinterkommen, dass es der Mühe wert ist, sich mit Andreas auszusöhnen.«

»Also wirklich, die beiden sind so bescheuert – Adoni in Chicago und Stavros, wo immer er auch sein mag. Mir will einfach nicht einleuchten, warum sie nicht zur Räson kommen und hierher zu euch beiden zurückkehren«, sagte David kopfschüttelnd.

»In England gibt es bestimmt ein paar Leute, die sich dieselbe Frage stellen, was dich angeht«, erwiderte Vonni.

»Aber das ist doch etwas völlig anderes.«

»Hast du den Brief von deiner Mutter dabei?«

»Ja, aber das hat nichts zu bedeuten«, wiegelte er ab.

»David, du bist ein Dummkopf. Ich habe dich wirklich sehr gern, aber du bist und bleibst ein Dummkopf. Deine Mutter fleht dich in diesem Brief geradezu an, nach Hause zu kommen.«

»Wo steht das?«

»In jeder Zeile. Dein Vater ist krank, vielleicht sogar sterbenskrank.«

»Vonni!«

»Das ist mein Ernst, David«, sagte sie und blickte aufs Meer wie schon so oft von dieser Stelle aus – damals, als sie an ihrem Verstand gezweifelt hatte.

KAPITEL DREIZEHN

Elsa hatte Dieters Fax nicht beantwortet. Sie brauchte noch Zeit zum Nachdenken.

Sie zweifelte nicht daran, dass Dieter es ernst meinte. Wenn er sagte, dass er sie heiraten würde, konnte sie sich auch darauf verlassen. Es würde ihm bestimmt nicht leicht fallen nach so vielen Jahren des Alleinseins, und von seinen Freunden würde er sich auch einiges anhören müssen. Außerdem würde er zugeben müssen, sein eigenes Kind im Stich gelassen zu haben, wenn er den Kontakt zu der kleinen Gerda aufnahm. Kein schöner Gedanke. Aber um ihretwegen war er bereit dafür, das hatte er ihr gesagt.

Bisher war Dieter zwar ebenso ernsthaft der Ansicht gewesen, dass sie an ihrer Situation nichts ändern müssten und dass ihr Leben immer so weitergehen könnte. Aber nachdem sie ihn vor die Wahl gestellt hatte, hatte er offensichtlich eine Entscheidung getroffen. Jetzt lag es an ihr, ihm mitzuteilen, wann sie wieder nach Hause käme. Er wartete auf sie.

Aber was hielt sie zurück?

Elsa wanderte allein auf einer der kurvenreichen Bergstraßen aus dem Dorf hinaus. In diesem Teil von Aghia Anna war sie bisher noch nicht gewesen, und da sie bald abreisen würde, wollte sie sich alles ganz genau einprägen.

Hier gab es keine schicken Restaurants, keine traditionellen Tavernen oder Souvenirläden für Touristen. Hier standen nur ein paar ärmliche Häuser mit ein paar Ziegen davor. Manchmal spielten auch einige Kinder zwischen den Hühnern.

Elsa blieb stehen und betrachtete sie.

Ob sie und Dieter wohl Kinder bekommen würden? Einen kleinen blonden Jungen und ein Mädchen vielleicht, die sich – bis auf ihr Lächeln – in allem von diesen dunkeläugigen griechischen Kindern unterscheiden würden.

Ob das den Schmerz lindern würde? Würden ihre Kinder jemals erfahren, dass sie eine Halbschwester namens Gerda hatten, die nicht bei ihnen lebte?

Elsa musste über sich selbst schmunzeln, als plötzlich Vonni aus einem der Häuser trat.

»Himmel, Vonni, du bist aber auch überall!«, rief Elsa.

»Dasselbe könnte ich über dich sagen! Ich kann nirgendwo hingehen, ohne über einen von euch zu stolpern«, erwiderte Vonni ironisch.

»Wo führt diese Straße eigentlich hin? Ich wollte mal sehen, wie es hier oben aussieht.«

»Eigentlich führt sie nirgendwohin. Es geht immer so weiter. Aber ich muss noch ein Stück die Straße entlang und etwas abgeben. Komm doch mit und leiste mir Gesellschaft.«

Vonni machte einen ungewohnt niedergeschlagenen Eindruck.

»Gibt es Probleme?«, fragte Elsa.

»Die Frau, die in dem Haus wohnt, aus dem ich gerade komme, ist schwanger. Der Vater des Kindes ist auf Manos' Boot ertrunken. Sie will das Kind nicht. Es ist wirklich schlimm. Dr. Leros will von einem Abbruch nichts wissen, und deshalb will sie jetzt zu einer Frau gehen, die sich mit solchen Dingen auskennt, wie sie es formuliert. Die Frau wohnt in einem Dorf ungefähr fünfzig Kilometer weit weg. Das Risiko ist groß, dass sie bei dieser Abtreibung stirbt oder zumindest eine Blutvergiftung bekommt. Wieso sie dieses Kind nicht zur Welt bringen und lieben kann, ist mir nicht ganz klar. Eine Stunde habe ich jetzt auf die Frau eingeredet und versucht, ihr zu erklären, dass wir ihr alle helfen werden, das Kind großzuziehen. Aber meinst du, sie würde auf mich hören? Nein.«

»Das ist wirklich sehr ungewöhnlich, dass jemand mal nicht auf dich hören will, Vonni«, erwiderte Elsa, nur halb im Scherz.

»Wieso sagst du das?«

»Weil wir auf dich hören und deinen Rat ernst nehmen. Erst gestern haben wir stundenlang mit David über deine Theorie diskutiert, sein Vater könnte krank sein.«

»Er könnte es nur nicht sein, er *ist* es«, widersprach Vonni. »Und zu welchem Entschluss ist David gekommen? Du kannst mir glauben, dass es ihm gar nicht gefallen hat, was ich ihm gesagt habe.«

»Also, er hält den Brief nur für einen Vorwand, ihn nach Hause zu locken. Und wenn er dann wieder daheim ist, wird es noch schwieriger für ihn, sich wieder loszueisen. Aber beunruhigt hast du ihn schon.«

»Das wollte ich eigentlich nicht«, sagte Vonni.

»Doch, genau das wolltest du. Du wolltest ihn aufrütteln und zum Nachdenken bringen. Und es ist dir auch gelungen – er will heute immerhin zu Hause anrufen.«

»Das ist gut.« Vonni nickte anerkennend und blieb vor einem kleinen, armseligen Häuschen stehen. »Hier wohnt der kranke Nikolas. Ich bringe ihm seine Zaubermedizin. Komm doch mit rein.« Und mit diesen Worten holte sie einen kleinen Tonkrug aus ihrer Schultertasche.

»Soll das heißen, dass du dich auch noch mit Heilkräutern auskennst?«, fragte Elsa staunend.

»Nein, das ist eine ganz normale, entzündungshemmende Salbe, aber der alte Nikolas misstraut den Ärzten und der modernen Medizin. Deswegen haben Dr. Leros und ich uns diese kleine List einfallen lassen.«

Elsa sah Vonni gebannt zu, die sich in der bescheidenen Behausung des alten Mannes offensichtlich bestens auskannte, hier etwas aufräumte und dort etwas beiseite stellte und sich dabei die ganze Zeit über auf Griechisch mit dem alten Nikolas unterhielt. Schließlich holte sie die magische Salbe aus der Tasche und bestrich damit feierlich sein offenes Bein.

Zum Abschied schenkte ihnen der alte Mann ein dankbares Lächeln.

Auf dem Rückweg marschierten Elsa und Vonni einträchtig nebeneinander die kurvenreiche Straße hinunter. Vonni machte Elsa hin und wieder auf eine besonders schöne Stelle aufmerksam, nannte ihr die griechischen Namen der Plätze und was sie auf Englisch zu bedeuten hatten.

»Du liebst diese Insel wirklich sehr, nicht wahr?«, sagte Elsa.

»Ja, ich hatte Glück, ausgerechnet hier an diesem Ort zu landen. Vielleicht hätte ich auch noch eine andere Heimat finden können, aber Aghia Anna war gut zu mir, ich würde nie woanders leben wollen.«

»Und ich werde nur ungern wieder von hier weggehen«, versicherte ihr Elsa.

»Du willst abreisen? Willst du nach Deutschland zurückkehren?«, fragte Vonni, allem Anschein nach nicht sehr begeistert.

»Ja, sicher, ich muss wieder weiter«, antwortete Elsa.

»Mir scheint, eher wieder zurück, zurück zu dem, was du

eigentlich hinter dir lassen wolltest und vor dem du weg-
gelaufen bist.«

»Du kannst doch gar nicht wissen –«, begann Elsa.

»Ich habe nicht vergessen, was du mir erzählt hast. Zum
Beispiel, dass du dich entschlossen hast, eine für dich un-
haltbare Situation für immer hinter dir zu lassen. Aber nun
ist dieser Mann hierher gekommen, hat dich gefunden
und offensichtlich überredet, deine Meinung zu ändern.«

»Nein, er musste mich nicht überreden, *ich* habe meine
Meinung geändert«, widersprach Elsa heftig.

»So, tatsächlich?«

»Im Ernst, Vonni, ausgerechnet du solltest eigentlich wissen, was es heißt, jemanden zu lieben und seinetwegen
alles hinter sich zu lassen, um mit diesem Menschen zusammen zu sein. Du hast es doch auch getan. Also müsstest du das doch verstehen.«

»Ich war damals noch ein Kind, ein Schulmädchen. Du
bist eine erwachsene, erfahrene Frau mit einem Beruf
und einer aussichtsreichen Zukunft. Man kann uns beide
wirklich nicht miteinander vergleichen.«

»Doch, das kann man. Du hast Stavros geliebt und seinetwegen alles aufgegeben. Ich tue jetzt dasselbe für Dieter.«

Vonni blieb stehen und sah Elsa erstaunt an.

»Du kannst doch nicht im Ernst glauben, dass diese beiden Situationen auch nur im Entferntesten etwas miteinander zu tun haben? Was gibst du denn schon auf? Nichts.
Im Gegenteil, du bekommst alles zurück – deinen Job, deinen Mann, auch wenn du ihm immer noch nicht ver-
traust … Du kehrst zu all dem zurück, vor dem du davongelaufen bist, und hältst das für einen Sieg …«

Elsa wurde zornig. »Das stimmt doch nicht. Dieter will
mich heiraten. Es ist vorbei mit der Heimlichtuerei. Wir
werden zusammenleben, und wenn die Zeit gekommen

ist, werden wir auch offiziell Mann und Frau sein.« Ihre Augen blitzten wütend.

»Und deshalb bist du davongelaufen? Um ihn zu zwingen, dir einen Antrag zu machen? Ich dachte, du fühltest dich schuldig, weil er seine Tochter im Stich gelassen und sich nichts daraus gemacht hat. Hat sich deine Empörung über sein Verhalten plötzlich in Wohlgefallen aufgelöst?«

»Wir haben nur ein Leben, Vonni. Wir müssen zugreifen und uns nehmen, was wir haben wollen.«

»Egal, wem wir es wegnehmen?«

»Du hast dir doch auch genommen, was du haben wolltest.«

»Stavros war nicht gebunden, er war frei.«

»Was war mit Christina?«

»Ich habe erst von Christina erfahren, als ich hierher kam. Er hatte sie verlassen, und ihr Baby starb. Also war das etwas anderes.«

»Und was war mit dem Geld? Du hast schließlich dieses Geld gestohlen! Du kannst nicht behaupten, dass du besser bist als andere!«, protestierte Elsa.

»Es war doch nur Geld, und ich habe es zurückbezahlt, jeden einzelnen Penny!«

»Das ist nicht möglich, Vonni, das bildest du dir nur ein. Du hast nichts verdient, du warst jahrelang in der Klinik. Wie hättest du da diese Summe auftreiben sollen?«

»Gut, ich werde es dir sagen. Ich habe in der Polizeistation die Böden geschrubbt, ich habe in Andreas' Taverne in der Küche ausgeholfen, ich habe im Lebensmittelladen mit angepackt, ich habe in der Schule Englisch unterrichtet – das heißt, als ich endlich wieder nüchtern genug war und mir die Eltern ihre Kinder anvertraut haben.«

»Das alles hast du getan? Du hast geputzt?«

»Ich hatte leider nicht deine Ausbildung, Elsa... auch

nicht dein Selbstvertrauen oder dein Aussehen. Wie hätte ich sonst zu Geld kommen sollen?«

»Du bist über Stavros hinweggekommen, nicht wahr?«

»Wieso fragst du das?«

»Ich weiß es nicht. Aber ich muss es wissen, für den Fall, dass ich meine Entscheidung noch einmal ändere.«

»O nein, Elsa, deine Entscheidung steht fest. Geh zurück und nimm dir, was du haben willst.«

»Wieso bist du so grausam und gemein?«, rief Elsa.

»Ich grausam und gemein? *Ich?* Jetzt kapier doch endlich mal, worum es geht, Elsa. Du müsstest dich reden hören. Ich habe dir schon mal gesagt, dass du zu sehr daran gewöhnt bist, dass immer alle nach deiner Pfeife tanzen. Und dazu stehe ich nach wie vor. Jeder Schönheit wohnt ein sorgloser Egoismus inne. Bei Magda war es so, und bei dir ist es nicht anders. Aber das ist fatal, denn Schönheit verleiht einem zu viel Macht. Zumindest eine Zeit lang.«

»Hat Magda ihr gutes Aussehen verloren? Ist es das, was du mir damit sagen willst?«

»Woher soll ich das wissen?«

»Jemand könnte es dir erzählt haben«, erwiderte Elsa ärgerlich.

»Richtig. Merkwürdigerweise habe ich es tatsächlich erfahren, von verschiedenen Seiten sogar. Magda hat ihre Schönheit eingebüßt, und von Stavros hat sie jetzt auch nicht mehr viel. Anscheinend gibt es eine jüngere Frau, die in ihrer Firma arbeitet, und Stavros scheint viel Zeit mit dieser Frau zu verbringen.« Vonni lächelte versonnen in sich hinein.

»Was sind das für Leute, die dir solche Geschichten erzählen? Nachtragende Menschen, die Lügen verbreiten?«

»Lass mich mal überlegen … Wahrscheinlich sind es Leute, die der Ansicht sind, dass mir wenigstens eine kleine

Genugtuung zusteht, weil ich alles verloren und mir mühevoll meinen guten Ruf wieder zurückerobert habe.«
»Dein guter Ruf ist dir doch völlig egal«, spöttelte Elsa.
»O nein, mir liegt durchaus etwas daran. Wir sind alle auf Respekt und Anerkennung angewiesen, um ein sinnvolles Leben zu führen.«
»Du bist doch ein Freigeist. Dir ist es egal, was andere Leute über dich denken.« Elsa ließ nicht locker.
»Mir ist nicht egal, welche Meinung *ich* von mir habe... Und, ja, ich bin über Stavros hinweggekommen, auch wenn ich noch ab und zu an ihn denke. Ich weiß, dass er mittlerweile graue Haare und Falten hat, aber ich würde ihn gerne die Straße des fünfundzwanzigsten März hier im Dorf auf mich zukommen sehen, wenn wir wie zwei normale Menschen miteinander reden könnten. Aber das ist leider nicht der Fall.«
»Nun gut, wieder zurück zu meiner Situation.« Elsa war plötzlich betont sachlich. »Warum sollte ich nicht zu Dieter zurückkehren? Kannst du mir das mal ganz ruhig erläutern, ohne dass wir wieder miteinander zu streiten anfangen? Bitte.«
»Das kann ich mir sparen, Elsa«, entgegnete Vonni seufzend. »Du hörst ohnehin nicht auf das, was ich sage. Du tust, was du willst. Vergiss, was ich gesagt habe.«
Und dann setzten sie unter angespanntem Schweigen ihren Weg fort, bis sie den Ort erreichten.

»Shirley?«
»Ja, Thomas?«
»Ist Andy da?«
»Du willst doch nicht mit Andy sprechen, oder?«
»Nein, ich hatte nur gehofft, vielleicht mal mit meinem Sohn reden zu können, ohne dass im Hintergrund stän-

dig einer herumhüpft und ihn zu irgendwelchen sportlichen Aktivitäten animieren will.«

»Bist du auf einen Streit aus, Thomas?«

»Nein, natürlich nicht. Ich will eigentlich nur in Ruhe mit meinem Sohn telefonieren. Ist das in Ordnung?«

»Gut, bleib dran, ich hole ihn dir.«

»Aber bitte ohne Mister Muskelprotz Andy, der ihn nicht in Ruhe lässt.«

»Du bist unfair. Andy zieht sich immer zurück, wenn du anrufst. Erst hinterher fragt er Bill, ob er sich gut mit seinem Vater unterhalten hat. Der Einzige, der hier Ärger macht, bist du.«

»Jetzt hol ihn, bitte, Shirley. Das ist ein Ferngespräch«, drängte Thomas.

»Und, wessen Schuld ist das?«

Thomas meinte beinahe, zu sehen, wie sie die Schultern zuckte.

»Hallo, Dad.«

»Hallo, Bill, wie war dein Tag?«, fragte er und hörte nur mit halbem Ohr zu, als der Junge von einem Sportfest auf dem Gelände der Universität erzählte. Er und Andy hätten den Drei-Bein-Lauf gewonnen, verkündete er stolz.

»Das Vater-Sohn-Rennen?«, sagte Thomas bitter.

»Nein, Dad, so heißt das heute nicht mehr. Weißt du, heutzutage gibt es immer mehr Patchwork-Familien.«

»Patchwork-Familien?«, stieß Thomas hervor.

»Ja, so hat sie jedenfalls unser Lehrer genannt. Das hat damit zu tun, dass sich so viele Leute scheiden lassen.«

Eigentlich gar kein so schlechter Ausdruck, dachte Thomas, aber so ganz wurde er der Sache wohl doch nicht gerecht.

»Aha, und wie nennt man das Rennen jetzt?«

»Das Senior-Junior-Rennen.«

»Toll.«

»Bist du irgendwie sauer, Dad?«

»Bist du allein, Bill?«

»Ja, Andy geht immer hinaus in den Garten, wenn du anrufst, und Mom ist in der Küche. Warum fragst du?«

»Ich wollte dir nur sagen, dass ich dich sehr lieb habe.«

»Dad!«

»Sorry, ist mir so rausgerutscht. Ich werde es mir in Zukunft verkneifen. Ich habe dir heute übrigens ein schönes Buch gekauft. In dem Kaff hier gibt es tatsächlich so etwas wie eine Buchhandlung. Es sind Geschichten aus der griechischen Mythologie, aber für die heutige Zeit geschrieben. Ich habe den ganzen Nachmittag selbst darin gelesen. Kennst du irgendeine Geschichte aus dem alten Griechenland?«

»Die von den Kindern, die sich auf die Suche nach dem Goldenen Vlies gemacht haben. Ist das eine griechische Geschichte?«

»Ja, stimmt. Erzähl mir doch was darüber«, forderte Thomas seinen Sohn erfreut auf.

»Da waren ein Bruder und seine Schwester, und die zwei ritten auf einem Schaf …«

»Habt ihr das in der Schule gelesen?«

»Ja, Dad, wir haben eine neue Geschichtslehrerin, und mit ihr lesen wir dauernd irgendwelche Geschichten.«

»Das ist ja toll, Bill.«

»Und weißt du, was auch toll ist? Nächstes Jahr bekomme ich einen kleinen Bruder oder eine kleine Schwester.«

Thomas spürte, wie sein Herz schwer wie Blei wurde. Shirley war also wieder schwanger. Und selbstverständlich hatte sie weder den Anstand noch den Mut, es ihm selbst zu sagen. Sie und Andy gründeten ihre eigene Familie, und sie erzählte ihm nichts davon. Thomas hatte sich noch nie im Leben so allein gefühlt. Trotzdem durfte er die Verbindung zu Bill auf keinen Fall abreißen lassen.

»Das sind ja wunderbare Neuigkeiten«, hörte er sich selbst gepresst sagen.

»Andy streicht gerade das Kinderzimmer. Ich habe ihm erzählt, wie du mein Zimmer hergerichtet und schon Bücherregale aufgehängt hast, bevor ich überhaupt auf der Welt war.«

Thomas spürte, wie ihm die Tränen in die Augen schossen, als er – trotz besseren Wissens – wieder mit beiden Beinen ins Fettnäpfchen trat und die gute Stimmung zwischen ihnen zerstörte.

»Tja, vermutlich wird Andy das Zimmer so einrichten, dass alle Pokale, Trainingsschuhe und Sportsachen für den armen kleinen Kerl Platz haben. Da haben Bücher nichts mehr zu suchen.«

Er hörte, wie Bill die Luft anhielt.

»Das ist nicht fair, Dad.«

»Das Leben ist nie fair, Bill«, sagte Thomas und legte auf.

»Was hast du denn jetzt schon wieder angestellt?«, wollte Vonni wissen, als sie Stunden später Thomas' betretenes Gesicht sah.

Thomas machte keine Anstalten, vom Stuhl aufzustehen. Er hatte so bereits den halben Tag verbracht.

»Gib zu, Thomas, dass du es wieder einmal mit deinem Sohn vermasselt hast.«

»Ich lasse Bill in Ruhe, ich dränge mich ihm nicht auf. Ich nehme mich völlig zurück und verhalte mich so, wie es in einem solchen Fall angeraten ist. Was soll ich noch tun? Was hättest du an meiner Stelle getan?«

»Ich wäre schon längst zu ihm zurückgekehrt, hätte meine Ansprüche geltend gemacht und wäre einfach für ihn da.«

»Shirley ist schwanger«, sagte Thomas dumpf.

»Wenn seine Mutter schwanger ist, braucht er dich jetzt umso mehr. Aber du musst ja unbedingt den Zurückhaltenden spielen und dem Kleinen das Herz brechen, indem du ihn in Ruhe lässt, obwohl er das gar nicht will.«

»Vonni, ausgerechnet du musst doch wissen, wie schwierig es ist, das Richtige für sein Kind zu tun. Du hast ein Leben lang deine Fehler bereut. Du müsstest das doch verstehen.«

»Weißt du, was? Ich kann das bald nicht mehr hören. ›Vonni müsste dies, Vonni müsste das verstehen.‹ Warum sollte ausgerechnet ich alles verstehen?«

»Weil man dir dein Kind auch weggenommen hat. Du kennst also diesen Schmerz, den andere nur erahnen können.«

»Langsam verliere ich die Geduld mit Menschen wie dir, Thomas. Ich weiß, dass ich zu einer anderen Generation gehöre, mein Sohn ist so alt wie du, aber ich habe mich *nie* dermaßen selbst bemitleidet, wie du das tust. Noch dazu, da du die Lösung selbst in der Hand hast. Du liebst dieses Kind, und keiner – außer dir selbst – treibt einen Keil zwischen euch beide.«

»Du verstehst nicht, dass ich mein Sabbatjahr genommen habe.«

»Die werden dir schon nicht das FBI auf den Hals hetzen, wenn du vorzeitig nach Hause zurückkehrst, um deinen Sohn zu sehen.«

»Wenn es doch nur so einfach wäre«, seufzte Thomas.

Vonni ging zur Tür.

»Möchtest du nicht hier bleiben?«, fragte er und deutete mit dem Kopf in Richtung des Gästezimmers.

»Ich ziehe es vor, heute Nacht bei meinen Hühnern zu schlafen«, erwiderte Vonni erbost. »Die sind mir lieber, die können zwar nur gackern und scharren, aber sie machen sich das Leben nicht unnötig schwer.«

Und dann ging sie.

Fiona erkundigte sich bei Mr. Leftides, dem Geschäftsführer das ›Anna Beach‹ Hotels, ob er Arbeit für sie hätte.

»Ich könnte auf die Kinder Ihrer Gäste aufpassen, damit ihre Eltern in Ruhe Urlaub machen können. Ich bin ausgebildete Krankenschwester, wissen Sie. Bei mir wären sie gut aufgehoben.«

»Aber Sie sprechen kein Griechisch«, wandte der Geschäftsführer ein.

»Nein, aber die meisten Ihrer Gäste sprechen Englisch, selbst die Schweden und die Deutschen.«

In dem Moment sah sie Vonni, die in der winzigen Boutique des Hotels die Regale auffüllte.

»Vonni kann mich empfehlen«, fuhr Fiona rasch fort. »Sie wird Ihnen bestätigen, dass ich zuverlässig bin. Vonni!«, rief sie. »Könntest du Mr. Leftides vielleicht sagen, dass ich bestens geeignet bin, hier zu arbeiten?«

»Als was?«, fragte Vonni, nicht sehr begeistert.

»Ich muss schließlich irgendwo wohnen, wenn Elsa wieder nach Deutschland zurückgeht. Und deshalb wollte ich Mr. Leftides fragen, ob ich gegen Kost und Logis und ein wenig Taschengeld hier arbeiten könnte.« Fiona sah ihre irische Landsmännin flehend an.

»Wieso brauchst du einen Job? Willst du denn nicht irgendwann mal wieder nach Hause zurück?«, fragte Vonni gereizt.

»Nein, du weißt doch, dass ich nicht wegkann, solange Shane nicht zurück ist.«

»Shane wird nicht zurückkommen.«

»Das stimmt nicht. Natürlich kommt er wieder zurück. Bitte sage Mr. Leftides, dass er sich auf mich verlassen kann.«

»Du kannst dich ja nicht einmal auf dich selbst verlassen, Fiona. Du machst dir etwas vor, wenn du dir einbildest, dass dieser Kerl wieder zu dir zurückkommt!«

Mr. Leftides' Blick war wie bei einem Tennismatch von einer Frau zur anderen gewandert. Jetzt hatte er offenbar genug. Er zuckte die Schultern und ging weg.

»Warum tust du das, Vonni?« Fiona weinte fast vor Empörung.

»Weil du dich allmählich lächerlich machst, Fiona. Alle hatten Mitleid und waren freundlich zu dir, als du dein Kind verloren hattest. Aber mittlerweile müsstest du doch eigentlich wieder zu Verstand gekommen sein, oder? Du musst wissen, dass du hier keine Zukunft hast, wenn du auf einen Mann wartest, der nie mehr zu dir zurückkehren wird. Fahr nach Dublin zurück und fang endlich dein eigenes Leben an.«

»Du bist kalt und grausam. Und ich dachte, du wärst meine Freundin«, erwiderte Fiona mit bebender Stimme.

»Wenn du auch nur einen Funken Verstand besäßest, würdest du erkennen, dass du eine bessere Freundin als mich nie finden wirst. Warum sollte dir eine Freundin hier in diesem Hotel irgendeinen miesen Aushilfsjob besorgen und dein Elend noch weiter verlängern? Was willst du denn ganz allein hier machen?«

»Aber ich bin nicht allein. Ich habe Freunde – Elsa, Thomas und David.«

»Die werden alle irgendwann abreisen. Und du wirst allein zurückbleiben, lass dir das gesagt sein.«

»Aber das ist doch unwichtig! Shane wird zu mir zurückkommen, ganz gleich, was du denken magst. Deshalb muss ich mir jetzt eine Arbeit und eine Unterkunft suchen.« Fiona drehte sich rasch um, damit Vonni ihre Tränen nicht sah.

»Vonni, wie wär's mit einem Eis?« Andreas besuchte Vonni immer mal wieder in ihrem Laden und lud sie auf ein Eis aus Yannis Gefriertruhe ein.

»Nein, danke, eine Flasche Wodka mit viel Eis wäre mir lieber«, erwiderte sie.

Andreas sah sie verdutzt an. Vonni scherzte nie, wenn es um ihr Alkoholproblem ging, und ihre Vergangenheit als Alkoholikerin war normalerweise kein Thema für sie.

»Hast du Ärger?«, fragte er.

»Ja, und ob. Ich bin mit allen unseren ausländischen Freunden zerstritten, mit jedem Einzelnen.«

»Ich dachte, du magst sie. Sie hängen sehr an dir.« Andreas war wirklich überrascht.

»Ich weiß nicht, was es ist, Andreas. Aber zurzeit kann es mir keiner Recht machen. Mich nervt alles, was sie sagen.«

»Das sieht dir aber nicht ähnlich. Normalerweise bist du immer ein Fels in der Brandung und wirkst auf alle beruhigend …«

»Aber momentan nicht, Andreas. Momentan habe ich das Gefühl, eher alle aufzuregen. Wahrscheinlich ist der Unfall daran schuld, diese sinnlose Vergeudung von Menschenleben. Es kommt mir alles so zwecklos vor. Ich sehe keinen Sinn mehr im Leben.« Sie lief unruhig in ihrem kleinen Laden auf und ab.

»Aber du führst doch ein sinnvolles Leben«, widersprach er ihr.

»Tatsächlich? Heute kann ich jedenfalls keinen Sinn darin erkennen. Ich komme mir vor wie eine dumme, alte Frau, die in diesem gottverlassenen Nest festsitzt, bis sie stirbt.«

»Vonni, wir sitzen hier alle fest, bis wir sterben.« Andreas wusste sich nicht mehr zu helfen.

»Nein, du verstehst das nicht. Ich kann in nichts mehr einen Sinn erkennen. So habe ich mich vor vielen Jahren schon mal gefühlt, und damals bin ich hinauf in die Kneipe und habe mich bis zum Umfallen volllaufen lassen. Ich will das nicht noch einmal alles durchmachen müssen, Andreas, mein Freund.«

Er legte seine Hände auf die ihren.

»Das würde ich nie zulassen. Du hast hart darum gekämpft, aus dieser Hölle wieder herauszukommen. Keiner von uns wird dich jemals wieder dorthin zurückkehren lassen.«

»Wie habe ich bisher nur gelebt! Wie ein unselbstständiges Kind. Immer mussten andere auf mich aufpassen und mich retten. Ich glaube, indem ich die letzten Tage diesen jungen Menschen alles über mich erzählt habe, ist mir plötzlich klar geworden, wie dumm und egoistisch ich eigentlich bin. Deswegen wahrscheinlich auch mein plötzlicher Wunsch, mich wieder zu betrinken und alles zu vergessen.«

»Normalerweise bewältigst du deine Probleme, indem du anderen hilfst. Das ist dein Leben, dafür lieben wir dich alle.«

»Selbst wenn das stimmt, es funktioniert nicht mehr. Und weißt du, was, ich will auch keinem mehr helfen. Es interessiert mich nicht mehr. Und ich bin sicher, dass mich momentan auch keiner sonderlich liebt. Im Gegenteil, ich glaube, im Moment machen die meisten einen weiten Bogen um mich.«

Andreas traf spontan eine Entscheidung. »Vonni, ich brauche trotzdem deine Hilfe«, sagte er. »Meine Hände streiken. Kannst du mir helfen, *dolmadhes* zu machen? Meine alten, steifen Finger können plötzlich keine Weinblätter mehr wickeln. Sperr deinen Laden zu und komm mit hinauf in meine Taverne. Würdest du mir diesen letzten Gefallen tun?«

»Damit du mich dort oben mit Kaffee und Eiscreme ablenken kannst und ich nicht wieder dem Dämon Alkohol verfalle.« Vonni lächelte matt.

»Natürlich ist das meine Absicht«, sagte er und schob sie zur Tür hinaus.

In diesem Moment lief Thomas die Außentreppe hinunter und stürmte grußlos an ihnen vorbei. Aber wahrscheinlich hatte er sie gar nicht gesehen.

Mittags trafen sich die vier wie immer am Hafen. Alle wollten ihre Probleme mit Vonni loswerden.

»Ich kann durchaus verstehen, warum sie auf mich losgeht. Um ehrlich zu sein, viele Leute haben ein Problem mit Shane«, sagte Fiona. »Aber warum ihr? Ich begreife das nicht.«

Die anderen überlegten eine Weile.

»Warum sie auf mich sauer ist, ist auch nicht so schwer zu verstehen«, sagte Elsa schließlich. »In ihren Augen bin ich nichts weiter als eine verwöhnte Zicke, die einem armen, unschuldigen Kerl einen Heiratsantrag aus den Rippen geleiert hat.«

»Und, hat er dich gefragt?«, wollte Thomas wissen.

»Ja, aber die Sache ist viel komplizierter. Warum ist Vonni denn auf dich losgegangen?«, fragte Elsa und wechselte damit geschickt das Thema.

Thomas kratzte sich nachdenklich am Kinn. »Ich weiß ehrlich nicht, was sie an mir so genervt hat. Aber sie hat ständig betont, dass ich noch die Wahl hätte, was meinen Sohn betrifft. Sie hätte sie nicht gehabt. Ich war schon versucht, ihr zu erklären, dass ich mich wenigstens nicht um meinen Verstand gesoffen habe. Aber ich wollte sie nicht beleidigen. Ich will nur, dass sie endlich einsieht, wie sehr ich mich bemühe, vernünftig und rational zu handeln.«

David war der Einzige, der Vonni verteidigte. »Du musst verstehen, warum sie neidisch ist auf dich. Hätte man sie auch nur in die Nähe ihres Sohnes gelassen, wäre sie bei ihm geblieben. Aber sie weiß, dass sie im Grunde genommen alles falsch gemacht hat. Und deswegen ist sie auch so wütend.«

»Du bist ja sehr verständnisvoll, David. Schließlich ist sie mit dir auch nicht viel gnädiger umgesprungen«, warf Fiona ein.

»Ja, aber doch nur, weil sie das alles nicht richtig begreift. Sie weiß nicht, was meine Eltern für Menschen sind. Sie hat keine Ahnung. Ich habe den Brief jetzt zigmal gelesen, aber da steht mit keinem Wort drin, dass es meinem Vater nicht gut gehen würde ...«

»Aber was war es denn genau, das ihren Ärger auf dich ausgelöst hat, David?«, wollte Elsa wissen.

»Ich habe eigentlich nur gesagt, wie egoistisch es von Andreas' Sohn ist, nicht nach Hause zurückzukommen und seinem Vater zu helfen, obwohl er ein so guter Mensch ist. Sie meinte, ich würde Andreas auf eine Art Podest stellen. Und ich würde mich genauso wie Adoni verhalten und mich in der Weltgeschichte herumtreiben, statt meinem Vater zu helfen. Man könne also dasselbe von mir behaupten. Aber bei mir ist das etwas völlig anderes.« David sah von einem zum anderen und glaubte plötzlich, einen zweifelnden Ausdruck auf ihren Gesichtern zu erkennen, der ihm zu verstehen gab, dass sein Fall vielleicht doch nicht so viel anders war.

»Ich muss los, Maria wartet auf ihre Fahrstunde«, sagte er steif und eilte zu dem Haus, wo die schwarz gekleidete Witwe ihm bereits von der Haustür aus zuwinkte.

Mittlerweile konnte sich David mit einigen Wörtern auf Griechisch, wenn auch reichlich holprig, mit Maria verständigen, und er begriff, dass sie glaubte, er würde bald abreisen. Vonni habe ihr gesagt, dass sein Vater in England sehr krank sei.

»Nein!«, widersprach David heftig. »Ihm geht es gut! Sehr gut!«

»Aber Vonni sagt, du wirst nach Hause telefonieren«, beharrte Maria.

Es war schon schwierig genug, seine Situation Menschen zu erklären, die Englisch sprachen. Aber bei Maria war die Sache aussichtslos.

»Ich nicht nach Hause telefonieren«, stotterte David auf Griechisch.

»*Yiati?*«, fragte sie. »Warum?«

David wusste keine Antwort darauf.

Vonni wickelte schweigend die Weinblätter um die kleinen Rollen aus Reis und Pinienkernen. Andreas musterte sie unter seinen buschigen Augenbrauen hervor. Sie war zu Recht besorgt, denn sie strahlte dieselbe Unruhe und Nervosität aus wie damals vor vielen Jahren, als ihre entsetzlichen Alkoholexzesse begannen.

Andreas überlegte, ob er seine Schwester Christina verständigen sollte. Sie und Vonni waren eng befreundet und einander eine große Stütze gewesen. Aber über Vonnis Kopf hinweg würde er lieber nichts unternehmen.

Ihr Gesicht war zerfurcht wie immer, aber heute kam noch ein zutiefst bekümmerter Ausdruck hinzu. Immer wieder runzelte sie die Stirn und nagte an ihrer Unterlippe.

Andreas und Vonni arbeiteten schweigend auf der Terrasse, von der aus man auf das Dorf hinuntersah. Zweimal stand Vonni auf und verschwand in der Küche.

Andreas beobachtete sie unauffällig. Das erste Mal streckte sie die Hand nach dem Regal aus, auf dem die Flaschen mit Metaxa und Olivenöl standen.

Aber sie zog sie sofort wieder zurück.

Das zweite Mal ging sie nur kurz hinein und sah sich um, rührte aber nichts an. Dabei atmete sie heftig, als wäre sie schnell gelaufen.

»Was kann ich für dich tun, Vonni? Bitte, sag es mir«, flehte Andreas sie an.

»Ich habe in meinem ganzen Leben nichts Sinnvolles geleistet, Andreas. Was willst du da für mich tun?«

»Du warst meiner Schwester eine gute Freundin, warst freundlich zu mir und allen Menschen in Aghia Anna. Das ist doch schon etwas, oder?«

»Das ist nichts Besonderes. Ich will kein Mitleid. Ich hasse es, wenn Menschen nur darauf aus sind. Nur sehe ich momentan in nichts mehr einen Sinn, weder in der Vergangenheit noch in der Gegenwart oder in der Zukunft«, erwiderte sie tonlos.

»Na, dann genehmigst du dir am besten einen Brandy«, schlug Andreas vor.

»Einen Brandy?«

»Ja, einen Metaxa. Der steht oben auf dem Regal, das du den ganzen Vormittag über schon anstarrst. Hol die Flasche herunter und trink endlich. Dann braucht sich keiner von uns mehr Gedanken machen, *wann* du wieder damit anfängst. Dann ist alles klar.«

»Wieso sagst du das?«

»Weil das eine Möglichkeit ist, dem Ganzen ein Ende zu bereiten. In einer Stunde kannst du die Arbeit und die Disziplin von Jahren und die Weigerung, zu trinken, zunichte machen. Und du wirst vergessen, so wie du es dir wünschst. Und das wahrscheinlich ziemlich schnell, da du nicht mehr an Alkohol gewöhnt bist.«

»Und du, mein Freund, willst mir dabei tatenlos zusehen?«

»Wenn es sein muss, dann besser hier oben, statt vor aller Augen unten in Aghia Anna«, erwiderte er philosophisch.

»Ich will aber nicht«, antwortete Vonni kleinlaut.

»Ich weiß. Aber wenn du weder in der Vergangenheit noch in der Gegenwart oder in der Zukunft einen Sinn siehst, dann wirst dir nichts anderes übrig bleiben, als wieder mit dem Trinken anzufangen«, erklärte er.

»Siehst du denn einen Sinn in deinem Leben?«, fragte sie.

»An manchen Tagen fällt es mir schwerer als an anderen«, gab Andreas unumwunden zu. »Aber du hast Freunde, Vonni.«

»Nein, ich habe sie alle vertrieben.«

»Wen denn?«

»Diese dumme kleine Fiona. Ich habe ihr mit drastischen Worten klar zu machen versucht, dass ihr Freund nicht mehr zurückkommen wird, und sie ist in Tränen ausgebrochen. Aber ich weiß immerhin, wo er ist, sie nicht.«

»Du musst dir deswegen keine Gedanken machen.«

»Aber ich hatte nicht das Recht, mich einzumischen. Ich bin nicht Gott.«

»Du hast es doch nur gut gemeint«, tröstete Andreas sie.

»Ich muss ihr sagen, wo er ist«, sagte Vonni plötzlich.

»Hältst du das für klug?«

»Kann ich mal dein Telefon benutzen, Andreas?«

»Bitte …«

Er hörte, wie sie eine Nummer wählte und dann mit Fiona sprach. »Ich rufe an, um dir zu sagen, dass ich kein Recht hatte, dich heute so anzuschnauzen. Es tut mir Leid, sehr Leid sogar.«

Andreas zog sich diskret zurück. Er wusste, wie schwer es Vonni fiel, zuzugeben, dass sie im Unrecht gewesen war.

In Elsas Wohnung starrte Fiona ungläubig auf den Telefonhörer in ihrer Hand. Alles hatte sie erwartet, nur das nicht. Jetzt wusste sie nicht, was sie darauf erwidern sollte.

»Ist schon in Ordnung, Vonni«, antwortete sie verlegen.

»Nein, nichts ist in Ordnung. Shane sitzt in Athen im Gefängnis. Das ist der Grund, weshalb er sich bisher nicht bei dir gemeldet hat.«

»Shane ist im Gefängnis! O mein Gott, warum nur?«

»Es hat irgendwas mit Drogen zu tun.«

»Kein Wunder, dass ich nichts von ihm höre. Der arme Shane ... Warum haben sie ihn denn nicht mit mir telefonieren lassen?«

»Er hat es versucht, aber er wollte nur, dass du die Kaution für ihn besorgst, und da haben wir beschlossen –«

»Aber selbstverständlich stelle ich die Kaution für ihn. Warum hat mir denn keiner was gesagt?«

»Weil wir dachten, dass du ohne ihn besser dran bist«, erwiderte Vonni lahm.

Fiona war außer sich. »*Wir* dachten! Wer ist *wir?*«

»Yorghis und ich, aber vor allem ich«, gab Vonni zu.

»Wie kannst du es wagen, Vonni! Wie kannst du dich so in mein Leben einmischen? Jetzt denkt er, ich habe nicht versucht, ihn zu finden. Und das alles nur wegen dir.«

»Deshalb rufe ich dich ja jetzt an«, erklärte Vonni. »Ich bringe dich zu ihm.«

»Was?«

»Das bin ich dir schuldig. Ich nehme mit dir morgen früh die Fähre nach Athen, fahre mit dir ins Gefängnis und erkundige mich, was passiert ist.«

»Warum tust du das?«, fragte Fiona misstrauisch.

»Vielleicht weil mir gerade klar wurde, dass es schließlich dein Leben ist«, entgegnete Vonni. »Wir treffen uns morgen früh um acht Uhr am Hafen.«

Nach diesem Gespräch kehrte Vonni zu Andreas auf die Terrasse zurück und setzte sich neben ihn.

»Hat es geklappt?«, fragte er.

»Ich weiß es nicht. Morgen werde ich mehr wissen. Aber irgendwie fühle ich mich jetzt stärker. Du hast vorhin gesagt, an manchen Tagen fällt es dir schwerer als an anderen, einen Sinn im Leben zu sehen. Wie ist es heute für dich?«

»Nicht so toll. Ich habe einen Brief an Adoni in Chicago geschrieben, den er mittlerweile bestimmt bekommen hat. Aber nicht ein Wort von ihm. Es ist mir schon furchtbar schwer gefallen, den Brief zu schreiben, und keine Antwort zu bekommen, das ist noch schwerer. Aber ich glaube, wir dürfen nicht einfach aufgeben, Vonni. Manos und die Männer an Bord hatten keine Chance, aber ich werde bis zum letzten Atemzug kämpfen.«

»Du hast Adoni einen Brief geschrieben?«, fragte Vonni interessiert und plötzlich wieder hellwach.

»Ja, aber das weiß keiner außer dir und Yorghis.«

»Das freut mich, das war großartig von dir. Er wird sich melden, glaube mir.«

»Warum sollte ich dir glauben? Du glaubst doch selbst an nichts. Warum sollte irgendjemand auf das hören, was du sagst?«

»Ich weiß, dass er anrufen wird. Ist dein Anrufbeantworter eigentlich eingeschaltet? Das vergisst du doch immer. Adoni wird zurückkommen, das weiß ich. Und wenn er schon bald kommt? Ist sein Zimmer vorbereitet?«

»Es ist so wie damals, als er es verlassen hat«, erwiderte Andreas.

»Aber vielleicht sollten wir es neu streichen und herrichten.«

»Er kommt vielleicht niemals mehr zurück, und dann haben wir uns umsonst Hoffnungen gemacht.«

»Wir dürfen auf keinen Fall aufgeben, das ist das schlimmste Verbrechen. Los, fangen wir gleich heute an. Ich bin fertig mit diesen verdammten *dolmadhes* – lege sie in den Kühlschrank und besorge uns Farbe. Hast du Pinsel?«

»Ja, in dem Schuppen dort hinten. Sie sind möglicherweise schon ziemlich hart und eingetrocknet. Ich werde mal sehen, ob ich noch Lösungsmittel finde.«

»In Ordnung, aber lass mich nicht aus den Augen. Eine Nase voll von diesem Zeug, und es könnte wieder abwärts gehen mit mir.«

Andreas sah sie erstaunt an. Sie hatte es wieder geschafft. Leben und Begeisterung waren wieder in sie zurückgekehrt. Und damit es auch so blieb, lohnte es sich, Adonis Zimmer zu streichen.

Selbst wenn der Junge niemals mehr zurückkäme, wäre es die Mühe wert.

KAPITEL VIERZEHN

Mutter?«
»David!« Die Freude in ihrer Stimme war schwer zu ertragen.

»Mutter, ich habe deinen Brief bekommen. Wegen der Preisverleihung.«

»Oh, David, ich wusste, dass du anrufen würdest. Ich wusste es. Das ist lieb von dir, dass du dich so schnell meldest.«

»Also, weißt du, ich bin mir noch nicht ganz sicher ...« Er wollte sich auf keinen Fall auf ein Datum, auf bestimmte Flüge oder auf eine Tischdame festlegen lassen. Oder gar, welchen Anzug er zu dem Empfang tragen würde.

»Dein Vater wird sich sehr freuen, wenn ich ihm erzähle, dass du angerufen hast. Das wird ihn aufmuntern.«

David spürte bereits wieder, wie der vertraute Druck der familiären Verpflichtung sich ihm auf Brust und Schultern legte.

Seine Mutter plapperte immer noch aufgeregt in den Hörer. »Er kommt ungefähr in einer Stunde, und das wird ihm wirklich Mut machen.«

»Er ist doch nicht im Büro, oder. Heute ist Samstag.«

»Nein, nein ... nur, äh ... er ist unterwegs ...«

David war überrascht.

Sein Vater ging keinesfalls jede Woche in die Synagoge, nur an den hohen Feiertagen. Den Samstag verbrachte er immer zu Hause. »Was hat er denn zu erledigen?«, fragte David misstrauisch.

»Ach, weißt du … dies und das …«, antwortete seine Mutter ausweichend.

Plötzlich griff eine kalte Hand nach Davids Herz. »Ist Vater krank?«, fragte er geradeheraus.

»Wie kommst du auf diese Idee?« Er konnte die Angst in ihrer Stimme hören.

»Ich weiß es nicht, Mutter. Mir kam gerade der Gedanke, er könnte krank sein und es mir nicht sagen. Und du auch nicht.«

»Dir ist in Griechenland plötzlich dieser Gedanke gekommen?«, fragte sie verwundert.

»Ja, so ungefähr.« David trat von einem Fuß auf den anderen. »Stimmt es denn, Mutter?«

Er hatte ein Gefühl, als stünde die Zeit still, während er auf ihre Antwort wartete. Es konnten zwar nur Sekunden gewesen sein, aber sie fühlten sich an wie eine Ewigkeit. Von der Telefonzelle am Hafen aus sah er, wie um ihn herum gearbeitet wurde. Kisten wurden auf Boote verladen oder abgeladen, die Menschen erledigten ihre Arbeit, während er immer noch wartete.

»Dein Vater hat Darmkrebs, David. Inoperabel. Sie geben ihm noch sechs Monate.«

Es herrschte Schweigen in der Leitung, als er die Luft anhielt. »Weiß er es, Mutter? Haben sie es ihm gesagt?«

»Ja, heutzutage klärt man die Patienten auf. Er ist sehr gefasst.«

»Hat er Schmerzen?«

»Nein, erstaunlicherweise nicht, aber er muss jede Menge Tabletten nehmen.«

David gab ein glucksendes Geräusch von sich, als versuchte er, ein Schluchzen zu unterdrücken.

»Ach, David, reg dich nicht auf. Er hat sich damit abgefunden. Er hat keine Angst vor dem Tod.«

»Warum habt ihr es mir nicht gesagt?«

»Du kennst doch deinen Vater. Er ist so stolz. Er wollte nicht, dass du nur aus Mitleid zurückkommst. Er hat mir nicht erlaubt, es dir zu sagen.«

»Ich verstehe«, erwiderte David.

»Aber er hat nicht damit gerechnet, dass du über telepathische Fähigkeiten verfügst, David. Dass du das über diese Entfernung hinweg gespürt hast, unglaublich. Aber du warst ja immer schon sehr sensibel.«

David hatte sich selten in seinem Leben so geschämt.

»Ich rufe am Montag wieder an«, sagte er rasch.

»Und bis dahin weißt du Näheres?«, fragte seine Mutter erwartungsvoll.

»Bis dahin weiß ich Näheres«, erwiderte er gepresst.

Auch Thomas rief seine Mutter an.

»Du musst mich doch nicht aus dem Ausland anrufen und so viel Geld ausgeben.«

»Das ist schon in Ordnung, Mom. Ich bekomme schließlich mein volles Gehalt. Damit kann ich hier wie ein Millionär leben und den Unterhalt für Bill zahlen.«

»Und mir schickst du auch noch Päckchen. Du bist wirklich ein guter Junge. Ich freue mich jeden Monat über die Zeitschriften von dir. Die würde ich mir sonst nie kaufen.«

»Ich weiß, Mom. Alles für uns, nichts für dich. Das war immer deine Devise.«

»Das halten die meisten Menschen so, wenn sie Kinder haben. Nicht, dass es immer sinnvoll ist, aber ich hatte Glück mit dir und deinem Bruder, und das ist nicht selbstverständlich.«

»Es ist nicht leicht, Eltern zu sein, nicht wahr, Mom?«

»Ach, ich fand das gar nicht so schlimm, aber mein Ehemann hat mich auch nicht verlassen und sich einen anderen Partner gesucht wie deine Frau. Er ist leider viel zu früh gestorben.«

»Es gehören immer zwei dazu, wenn eine Ehe in die Brüche geht, Mom. Es war nicht allein Shirleys Schuld.«

»Nein, aber wann suchst du dir endlich wieder eine Frau?«

»Eines Tages ist es so weit, das verspreche ich dir, und du wirst als Erste davon erfahren. Mom, ich rufe eigentlich an, weil ich wissen wollte, wie es Bill geht. Hast du Kontakt zu ihm?«

»Das weißt du doch. Wir telefonieren jeden Sonntag miteinander. In der Schule läuft es gut, er nimmt an allen möglichen Aktivitäten teil … und er ist seit neuestem sehr sportbegeistert.«

»Ja, klar, jetzt, da sein langweiliger alter Vater ihm nicht mehr mit Büchern und Gedichten und solchem Zeug auf die Nerven geht.«

»Du fehlst ihm schrecklich, Thomas, das weißt du doch.«

»Er hat doch seinen tollen Andy. Und ein neuer Bruder oder eine neue Schwester sind auch schon unterwegs. Wozu braucht er mich da noch?«

»Er hat mir schon erzählt, dass du dich über das neue Baby nicht sonderlich freust«, sagte seine Mutter.

»Vermutlich hat man einen Freudentanz von mir erwartet«, erwiderte Thomas bitter.

»Er dachte eigentlich, du würdest das neue Baby gerne haben, hat er gesagt. So wie Andy ihn gerne hat, obwohl er nicht sein Sohn ist.«

»Hat er ernsthaft geglaubt, ich würde das neue Baby so ohne weiteres in mein Herz schließen?« Thomas war sprachlos.

»Er ist doch noch ein Kind, Thomas. Er ist gerade mal neun Jahre alt, und sein Vater ist ins Ausland gegangen und hat ihn allein zurückgelassen. Da muss er sich an irgendeinen Strohhalm klammern. Er hat gehofft, dass du zurückkommen würdest, weil jetzt ein neues Baby unterwegs ist, dem du ein Stiefvater sein könntest, so wie Andy es für ihn ist.«

»Andy ist doch ein Idiot, Mom.«

»Mag schon sein, aber ein Idiot mit einem großen Herzen, Thomas«, sagte seine Mutter.

»Ich habe auch ein großes Herz, Mom.«

»Ja, ich weiß das. Aber ich bin nicht sicher, ob Bill das auch weiß.«

»Ich bitte dich, Mom, ich habe weiß Gott das Richtige getan, als ich dem Jungen seine Freiheit ließ und nicht an ihm herumzerrte. Ich habe ihm Zeit und Raum gegeben, sich mit seinem neuen Leben zu arrangieren.«

»Ja, und mit neun Jahren versteht ein Kind so etwas natürlich ganz genau, wie?«

»Was hätte ich deiner Meinung nach denn sonst tun sollen?«

»Ich weiß nicht, in seiner Nähe bleiben, vielleicht, und nicht Tausende von Meilen weit weg.«

»Und du meinst, das löst alle Probleme?«

»Keine Ahnung, aber wenigstens würde Bill nicht denken, dass du, sein leiblicher Vater, ihn verlassen hast.«

»In Ordnung, Mom, ich habe verstanden.«

Elsa las das zweite Fax, das Dieter an sie geschickt hatte.

Ich weiß, dass du meinen Brief von letzter Woche gelesen hast. Im Hotel haben sie mir gesagt, dass du mein Fax bekommen hast. Bitte, hör auf, mich hinzuhalten, Elsa. Sag mir einfach, wann du zurückkommst. Du bist nicht die Einzige, um die es hier geht, ich habe auch noch ein Le-

ben. Ich werde erst dann den anderen von uns erzählen,
wenn ich weiß, dass du zurückkommst, und wann.
Bitte, antworte mir noch heute.
Ich werde dich immer lieben,

Dieter

Elsa las die Zeilen immer und immer wieder und versuchte, sich dabei seine Stimme vorzustellen. Es gelang ihr problemlos. Sie hörte tatsächlich Dieters schnellen, entschiedenen, drängenden Tonfall. Bitte, antworte mir noch heute.
Natürlich. Wie immer war er es, der die Hauptrolle in diesem Stück spielte. Hatte er vergessen, dass es hier um ihr Leben, um ihre Zukunft ging? Wie konnte er es wagen, sie so zu bedrängen. Elsa beschloss, sofort ins ›Anna Beach‹ Hotel zu gehen, wo es ein kleines Internetcafé gab.

Das ist eine schwerwiegende Entscheidung. Ich brauche
noch etwas Zeit zum Nachdenken. Bedräng mich bitte
nicht weiter. Ich werde dir in ein paar Tagen schreiben.
Ich werde dich auch immer lieben, aber das ist nicht der
einzige Punkt, den es zu berücksichtigen gilt.

Elsa

Fiona war bereits früh wach und sah, wie die Sonne über Aghia Anna aufging. Sie konnte kaum glauben, dass sie am Abend zuvor dieses Gespräch mit Vonni geführt hatte. Aber wütend war sie immer noch, dass Vonni und Yorghis sie so schamlos angelogen hatten. Wie konnten sie es nur wagen, ihr zu erzählen, Shane hätte sich nicht gemeldet, und sie in dem schrecklichen Glauben lassen, Shane könnte sie verlassen haben, weil sie vielleicht zu dumm und zu dick war? Aber er hatte versucht, Kontakt zu ihr aufzunehmen, nur hatten sich diese beiden Wichtigtuer unbedingt einmischen müssen.

Was hatten sie gesagt? Shane wolle sie nur dazu missbrauchen, die Kaution für ihn aufzutreiben. Aber natürlich musste er zuerst auf Kaution entlassen werden, um wieder auf die Beine zu kommen. Wie stellten sie sich das eigentlich vor?

Fiona konnte ihr Glück kaum fassen. Sie würde noch heute Shane sehen. Doch der Gedanke an die Überfahrt auf der Fähre in Vonnis Gesellschaft erschien ihr nur wenig verlockend. Und sie wünschte sich auch, sie hätte gestern Abend in der ersten Aufregung Elsa nicht alles erzählt. Die Freundin war auch nicht sehr aufbauend gewesen.

Könnte sie ihre Worte doch nur wieder zurücknehmen. Warum hatte sie Elsa gebeten, ihr dabei zu helfen, die Kaution aufzutreiben und ihr tausend Euro zu leihen, bis Barbara das Geld aus Dublin schicken würde?

»Ich soll dir Geld leihen, damit du diesen Kerl aus dem Knast holst und er dich wieder zusammenschlägt?«, hatte Elsa gefragt.

»Aber so kann man das doch nicht sehen«, hatte Fiona empört geantwortet. »Shane stand unter Schock. Ich hatte es einfach falsch angepackt, als ich ihm von der Schwangerschaft erzählte.«

Elsa hatte Fiona daraufhin das Haar aus dem Gesicht gestrichen. »Die blauen Flecken und Schrammen sind noch zu sehen«, hatte sie leise gesagt. »Kein Mensch auf der Welt wird dir Geld leihen, um diesen Kerl da rauszuholen, wo er eigentlich für immer hingehört, Fiona.«

Fiona war wohl so schockiert gewesen, dass Elsa ihre Bemerkung sofort bereut und hinzugefügt hatte: »Hör mal, ich bin ebenso wenig wie Vonni geeignet, dir in dieser Angelegenheit einen Rat zu erteilen. Ich weiß, es ist schwer, ich weiß es wirklich. Aber ich sage dir jetzt, wie ich mein Problem angehen werde. Ich werde versuchen, mir meine eigene Situation von außen anzusehen und objektiv ein Urteil zu fällen. Ich werde mich in die Position des Zuschauers begeben, statt Beteiligte zu sein. Das könnte dir vielleicht auch helfen.«

Fiona hatte nur den Kopf geschüttelt. »Ich denke nicht, dass mir das etwas nützen wird. Ich werde immer nur den armen Shane vor mir sehen, wie er in einem griechischen Gefängnis sitzt, sich nach mir sehnt und vergebens versucht, mich zu erreichen. Das ist alles, was ich mir vorstellen kann, Elsa. Shane, der glaubt, dass ich ihn im Stich gelassen habe. Und das hilft mir nicht weiter.«

Der Blick, mit dem Elsa sie bedachte, sprach Bände, eine Mischung aus Mitleid, Besorgnis und Staunen darüber, dass solche Dinge in dieser Welt überhaupt passieren konnten.

Als Vonni und Fiona sich unten am Hafen trafen, hatte Vonni bereits die Fahrkarten gekauft. Zwei Tagestickets hin und zurück. Fiona wollte schon den Mund aufmachen und ihr versichern, dass sie an dem Tag bestimmt nicht mehr mit zurückkommen würde, doch sie kommentierte es nicht.

»Du hast aber eine große Tasche dabei«, sagte Vonni erstaunt.

»Man weiß ja nie«, erwiderte Fiona ausweichend.

Die Fähre schob sich langsam aus dem Hafen, und Fiona warf einen letzten Blick zurück auf Aghia Anna. Was war nicht alles passiert, seit sie vor nicht allzu langer Zeit hierher gekommen war.

Vonni war unter Deck gegangen, wo man Getränke und Snacks kaufen konnte. Hoffentlich fing sie nicht ausgerechnet hier auf dem Schiff wieder zu trinken an. Die Gefahr bestand sehr wohl. Andreas hatte David anvertraut, dass Vonni sehr deprimiert sei und das erste Mal seit Jahren erwähnt habe, sie könne wieder zu trinken anfangen. Fiona flehte zu Gott, dass es nicht draußen auf hoher See passieren möge.

Zu ihrer Erleichterung sah sie Vonni mit zwei Tassen Kaffee und zwei klebrig aussehenden Kuchen wieder zurückkommen.

»*Loukoumadhes*«, erklärte sie. »Mit Zimt gewürzt und in Honig herausgebacken. Die geben dir Kraft für den ganzen Tag.«

Fiona warf Vonni einen dankbaren Blick zu. Sie tat wirklich alles, um ihr Fehlverhalten wieder gutzumachen. Da musste sie auch großzügig sein.

»Du bist wirklich sehr freundlich zu mir«, sagte sie und tätschelte Vonnis Hand.

Zu ihrer Überraschung entdeckte sie Tränen in Vonnis Augen, als sie sich an Deck setzten und gemeinsam den Honigkuchen verspeisten.

»Yorghis?«

»Andreas! Ich habe gerade an dich gedacht, komm doch herein!« Der Polizeichef zog einen Stuhl für seinen Bruder heran.

»Yorghis, es ist etwas passiert …«

»Etwas Gutes oder etwas Schlechtes?«, wollte Yorghis wissen.

»Ich weiß es nicht.«

»Aber das musst du doch wissen.«

»Nein, ich weiß es eben nicht. Auf meinem Anrufbeantworter war eine Nachricht auf Englisch. Und zwar aus dem Laden, in dem Adoni arbeitet. Es hieß, ich sollte ihn, wenn ich ihn sehe, nach den Schlüsseln zu einem Lagerraum fragen, die sie nicht finden können. Er soll sofort zurückrufen. Es war sehr kompliziert, und ich habe nicht alles verstanden, aber es klang so, als dächten sie… als glaubten sie, er könnte…«

Yorghis griff nach der Hand seines Bruders. »Glaubst du, das bedeutet, dass er nach Hause kommt?«, fragte er. Fast fürchtete er sich, die Worte auszusprechen.

»Das könnte es bedeuten, Yorghis«, erwiderte Andreas hoffnungsvoll.

Elsas Freundin Hannah sah Dieter allein im Nachrichtenraum sitzen und ging zu ihm. Normalerweise ließ man den großen Dieter in Ruhe und belästigte ihn nur, wenn es wirklich wichtig war. Aber Hannah hielt ihr Anliegen für ziemlich dringend. Sie hatte nämlich gerade eine E-Mail bekommen, die an Deutlichkeit nichts zu wünschen übrig ließ.

In diesem kleinen Dorf fühle ich mich sicher und gut aufgehoben. Es ist ein guter Ort, um Entscheidungen zu treffen. Aber alles folgt hier einem sehr langsamen Rhythmus, auch mein Kopf. Falls Dieter nach mir fragen sollte, dann sag ihm bitte, dass ich ihn nicht hinhalte. Ich denke ernsthaft über unser Problem nach und werde mich bald mit ihm in Verbindung setzen. Wahrscheinlich wird er dich nicht fragen, aber ich wollte, dass du darauf vorbereitet bist.
Alles Liebe,

deine Elsa

Hannah legte den Ausdruck auf Dieters Schreibtisch.
»Sie haben mich zwar nicht danach gefragt …«, begann sie zögernd.

»Aber ich freue mich, das zu lesen. Danke Ihnen, Hannah.« Er hatte sich an ihren Namen erinnert. Wirklich ungewöhnlich für Dieter.

Vonni deutete auf die verschiedenen Orte, welche die Fähre passierte. Auf einer der Inseln war früher einmal eine Leprakolonie gewesen; ein anderer Landstrich war von einem Erdbeben verwüstet worden, und dann gab es noch eine kleine Ortschaft, in der jährlich im Frühjahr ein Festival stattfand. Und auf der Landzunge da vorn waren einmal über Nacht und aus unbekannten Gründen die Bewohner eines ganzen Dorfes nach Kanada ausgewandert.

»Hattest du nicht Glück, Vonni, dass du in dieses Land gekommen bist? Du liebst es doch so sehr.«

»Glück?«, fragte Vonni. »Manchmal stelle ich mir die Frage, was es mit einer Sache wie Glück auf sich hat.«

»Wie meinst du das?«

»Ich glaube nicht, dass es so etwas wie Glück gibt. Schau dir doch nur die Leute an, die ihr Glück versuchen und sich Lose kaufen oder Lotto spielen. Und dann die Tausende, die nach Las Vegas pilgern, die Millionen, die täglich ihr Horoskop lesen, und die vielen anderen, die Ausschau nach vierblättrigem Klee halten und niemals unter einer Leiter hindurchgehen. Das bringt doch alles nichts, oder?«

»Aber die Menschen brauchen nun mal so etwas wie Hoffnung«, antwortete Fiona.

»Sicher, aber für unser Glück sind wir selbst verantwortlich. Wir treffen die Entscheidungen, die sich hinterher als richtig oder falsch herausstellen. Und das hat nichts mit irgendwelchen äußeren Einflüssen zu tun, wie einer schwarzen Katze, die einem über den Weg läuft, oder der

Tatsache, dass man zufälligerweise als Skorpion geboren worden ist.«

»Oder dass man zu dem heiligen St. Jude gebetet hat?«, warf Fiona lächelnd ein.

»Du bist doch noch viel zu jung, um etwas über St. Jude zu wissen!«, erwiderte Vonni.

»Meine Großmutter hat nichts unternommen, ohne ihn zuvor um Hilfe anzuflehen. Ob sie nun ihre Brille gesucht hat oder wissen wollte, welche Zahlen beim Bingo kommen. Und selbst wenn sich ihr grässlicher kleiner Jack-Russell-Terrier beruhigen und endlich zu kläffen aufhören sollte, hat sie zu ihm gebetet. Es gab nichts, weswegen sie ihn nicht angerufen hätte. Und er hat immer geholfen.«

»Immer?«, fragte Vonni skeptisch.

»Nun, im Fall ihrer ältesten Enkelin hat er versagt! Großmutter hatte St. Jude instruiert, mir einen netten reichen Arzt zum Heiraten zu beschaffen. Aber irgendwie hat das nicht geklappt.«

Fiona grinste stolz, als hätte sie im Alleingang St. Jude, den berühmten Schutzpatron aller Hoffnungslosen, besiegt und seine Pläne durchkreuzt, indem sie unbeirrt an Shane festhielt.

»Freust du dich, ihn zu sehen?«, fragte Vonni.

»Ich kann es kaum erwarten. Ich hoffe nur, dass er nicht sauer auf mich ist, weil ich mich so lange nicht gekümmert habe.« In ihrer Stimme lag noch immer ein leichter Anflug von Vorwurf und Groll.

»Ich sagte doch, ich werde es ihm erklären. Ich erkläre ihm, dass es nicht deine Schuld war.«

»Ich weiß, Vonni, ich bin dir auch dankbar … es ist nur so … weißt du …« Fiona spielte verlegen mit dem Kaffeelöffel und versuchte, Vonni etwas zu erklären.

»Na, sag schon«, ermutigte Vonni sie.

»Äh, du hast Shane doch kennen gelernt. Er kann manchmal ein bisschen schwierig sein und Dinge sagen, die aggressiver klingen, als sie gemeint sind. So reagiert er eben. Ich möchte jetzt nicht, dass du denkst …«

»Keine Angst, Fiona, ich werde mir überhaupt nichts dabei denken«, erwiderte Vonni.

»Elsa! Wie schön, dich zu sehen«, rief Thomas.

»Na, du bist wahrscheinlich der Einzige auf der ganzen Insel, der sich darüber freut«, entgegnete Elsa.

»Das kann nicht dein Ernst sein. Ich wollte mir gerade ein Boot mieten und für ein par Stunden hinausrudern. Würdest du dich mir anvertrauen und mich begleiten?«

»Liebend gern. Gleich jetzt?«

»Klar. David kommt heute nicht ins Café, sein Vater ist tatsächlich krank. Vonni hatte Recht gehabt. Er muss die Rückreise organisieren.«

»Der arme David«, sagte Elsa voller Mitgefühl. »Und Fiona ist mit Vonni unterwegs nach Athen. Sie ist heute Morgen losgezogen, stinksauer, auch auf mich, weil ich ihr kein Geld leihen wollte, um Shane gegen Kaution aus dem Knast zu holen.«

»Dann sind wir zwei heute also ganz allein«, sagte Thomas.

»Ja, und ich würde gern zum Abschied mit dem Boot hinausfahren. Ich helfe dir auch beim Rudern.«

»Nein, du setzt dich hin und genießt den Ausflug. Zum Abschied? Dann fährst du also doch nach Deutschland zurück?«

»Ja, ich weiß nur noch nicht genau, wann ich fahre.«

»Freut Dieter sich?«

»Er weiß es noch nicht«, erwiderte sie.

Thomas war überrascht. »Warum hast du es ihm noch nicht gesagt?«, wollte er wissen.

»Keine Ahnung, aber es gibt noch ein paar Dinge, über die ich mir noch nicht im Klaren bin«, erwiderte Elsa.

»Ich verstehe«, sagte Thomas, der nichts begriff.

»Und du, Thomas, wann fährst du zurück?«

»Das hängt davon ab«, antwortete er.

»Wovon?«

»Davon, ob ich glaube, dass Bill mich wirklich haben will.« Er war ganz offen.

»Natürlich will er das. Das ist doch offensichtlich«, sagte Elsa.

»Wieso ist das eigentlich für dich so klar?«, fragte er.

»Weil *mein* Vater uns verlassen hat, als ich noch ein kleines Mädchen war. Ich hätte alles darum gegeben, wenn er mich angerufen und mir gesagt hätte, er würde wieder nach Hause kommen und in unsere Nähe ziehen, sodass ich ihn jeden Tag hätte sehen können. Das wäre das Beste gewesen, was hätte passieren können. Aber es ist nie passiert.«

Thomas sah sie erstaunt an. Aus ihrem Mund klang das einfach und unkompliziert. Er legte den Arm um ihre Schultern und schlenderte mit ihr hinunter zum Hafen, wo die bunt bemalten Boote vermietet wurden.

Der Hafen von Piräus wimmelte von Menschen, und Fiona versuchte – samt ihrer schweren Reisetasche –, mit Vonni Schritt zu halten, die vorauseilte, um die Fahrkarten für die *ilektrikos* zu kaufen.

»Piräus ist eigentlich eine ganz nette Stadt, aber die meisten Leute kennen verständlicherweise nur Athen«, erklärte Vonni. »Hier gibt es jede Menge guter kleiner Fischrestaurants und auch eine bekannte Bronzestatue des Apollo – aber leider haben wir dafür keine Zeit.«

»Weißt du, dass ich mich fast ein bisschen fürchte vor dem

Wiedersehen mit ihm«, sagte Fiona plötzlich, als sie in die U-Bahn nach Athen stiegen.

»Aber er liebt dich doch. Er freut sich bestimmt, dich zu sehen, meinst du nicht?«, fragte Vonni.

»Ja, sicher. Es ist nur die Ungewissheit, wie hoch die Kaution sein wird, und außerdem habe ich keine Ahnung, wie ich das Geld zusammenbekommen soll. Aus Dublin kann ich bestimmt nicht mit Hilfe rechnen. Wahrscheinlich muss ich zu Hause erzählen, dass ich das Geld für einen anderen Zweck brauche.«

Vonni erwiderte nichts.

»Aber er ist sicherlich glücklich, endlich wieder ein vertrautes Gesicht zu sehen.«

»Du hast doch nicht tatsächlich Angst vor dem Wiedersehen?«, fragte Vonni.

»Na ja, ich glaube, ein bisschen nervös ist man immer in Gegenwart eines geliebten Menschen«, sagte Fiona. »Das gehört doch irgendwie dazu, oder?«

Yorghis hatte in Athen angerufen und durchgegeben, dass Vonni und Fiona auf dem Weg waren. Und er hatte kurz erklärt, wer die beiden Frauen waren. Der Polizeibeamte auf dem Polizeirevier im Athen hatte ihm wortlos zugehört, bis er fertig war.

»Also, wenn dieses dumme Ding die Kaution wirklich irgendwie auftreiben und uns den Kerl aus den Augen schaffen könnte, würde sich darüber keiner mehr freuen als wir«, sagte er grimmig. »Wir würden ihr am liebsten selbst das Geld geben, nur um ihn loszuwerden.«

Als sie zur Polizeistation kamen, blieb Fiona stehen und zog Kamm und Puderdose aus ihrer Tasche.

Vonni sah zu, wie das Mädchen sorgfältig die gelblich verfärbte Stelle an ihrer Stirn überschminkte und ihr Haar so hinkämmte, dass der Bluterguss noch weiter verdeckt wurde. Dann trug sie Lippenstift auf und sprühte ein paar Tropfen Parfüm auf ihre Handgelenke und hinter die Ohren.

Schließlich lächelte sie ihrem Spiegelbild aufmunternd zu.

»Jetzt bin ich fertig«, sagte Fiona mit unsicherer Stimme zu Vonni.

Erst zehn Minuten vor ihrem Eintreffen erfuhr Shane, dass Fiona auf dem Weg zu ihm war.

»Hat sie das Geld?«, fragte er.

»Welches Geld?«, konterte Dimitri, der junge Polizist.

»Na, das Geld, das ihr Blutsauger verlangt, um mir meine Freiheit wiederzugeben«, schrie Shane und trat mit dem Fuß gegen die Wand seiner Zelle.

»Willst du ein sauberes Hemd?« In Dimitris Gesicht regte sich nicht ein Muskel.

»Damit alles harmlos aussieht – nein, danke. Ich will kein verdammtes sauberes Hemd. Ich will, dass sie die Dinge so sieht, wie sie sind.«

»Sie werden gleich da sein«, warf der Polizist ein.

»Sie?«

»Eine Frau aus Aghia Anna ist mit dabei.«

»Noch so eine Niete. Das ist wieder typisch Fiona. Erst braucht sie ewig, bis sie kommt, und dann schleppt sie noch jemanden mit.«

Als Dimitri die Tür hinter sich schloss und den Schlüssel umdrehte, dachte er über das Phänomen der Liebe nach. Er selbst war verlobt und würde bald heiraten. Er war ein anständiger, zuverlässiger Kerl, der sich nur manchmal Sorgen machte, er könnte seiner attraktiven Verlobten vielleicht doch irgendwann mal langweilig werden. Man hörte oft, dass Frauen so ein gewisses Prickeln durchaus zu schätzen wussten. Der alte Polizist aus Aghia Anna hatte gesagt, dass die junge Frau, die Shane besuchen kam, eine Krankenschwester sei, sanft, gutmütig und gut aussehend … Aber eben ein bisschen brav. Doch er musste sich vor Verallgemeinerungen hüten.

»Wie alt bist du, Andreas?«
»Ich bin achtundsechzig Jahre alt«, sagte Andreas.
»Mein Vater ist sechsundsechzig und wird bald sterben«, erwiderte David.
»Oh, David, es macht mich sehr traurig, das zu hören. Sehr traurig.«
»Danke, Andreas, mein Freund. Ich weiß, dass du die Wahrheit sagst.«
»Fährst du nach Hause zu ihm?«
»Ja, natürlich werde ich zu ihm fahren.«
»Und er wird sich freuen, dich bei sich zu haben, glaube mir. Darf ich dir einen Rat geben? Sei freundlich zu ihm. Ich weiß, du hast dich über Vonni geärgert, weil sie dir einen Rat geben wollte …«
Andreas zögerte. »Ja, ich habe mich geärgert, aber sie hatte Recht, wie sich herausstellte. Ich habe schon versucht, sie zu finden, aber sie ist nicht da …«
»Nein, sie ist nach Athen gefahren, kommt aber heute Abend wieder zurück.«
»Angenommen, du wärst so krank wie mein Vater, was würdest du gern von deinem Sohn hören?«
»Ich glaube, ich würde gerne hören, dass ich ein passabler Vater für ihn gewesen bin«, antwortete Andreas.
»Dann werde ich ihm das sagen, wenn ich nach Hause komme«, versprach David.
»Er wird sich sehr darüber freuen, David.«

Sie führten Vonni und Fiona zu Shanes Zelle. Dimitri schloss die Tür auf. »Deine Freunde sind da«, sagte er nur.

»Shane!«, rief Fiona.

»Du hast dir aber Zeit gelassen.«

»Ich wusste bis gestern nicht, wo du bist«, verteidigte sie sich und trat auf ihn zu.

»Hm«, brummte Shane, ohne auf ihre ausgestreckten Arme zu achten.

»Dafür bin ich verantwortlich«, meldete Vonni sich zu Wort. »Ich habe Fiona nicht ausgerichtet, dass Sie angerufen haben.«

»Wer, zum Teufel, sind Sie?«, fragte Shane.

»Ich heiße Vonni und stamme ursprünglich auch aus Irland, lebe aber schon seit dreißig Jahren in Aghia Anna. Mittlerweile bin ich schon fast zu einer Einheimischen geworden.«

»Und was wollen Sie hier?«, schnauzte er sie an.

»Ich habe Fiona hierher begleitet.«

»Okay, dann vielen Dank. Könnten Sie jetzt vielleicht verschwinden und mich mit meiner Freundin allein lassen?«, fragte er mit gerunzelter Stirn.

»Wenn Fiona das möchte«, entgegnete Vonni freundlich.

»Nein, nicht Fiona entscheidet hier, sondern ich«, blaffte Shane.

»Könntest du vielleicht… äh… kurz draußen warten, Vonni?«, bat Fiona.

»Ich bin da, wenn du mich brauchst, Fiona«, sagte Vonni und ging.

Dimitri wartete draußen vor der Tür.

»*Dhen pirazi*«, sagte sie zu ihm.

»Was?«, fragte er erschrocken.

»Ich lebe jetzt schon seit vielen Jahr hier«, fuhr Vonni auf Griechisch fort. »Ich bin mit einem Griechen verheiratet, ich habe einen griechischen Sohn, der älter ist als Sie, und ich habe gesagt: *Dhen pirazi* – es ist nicht wichtig. Nichts ist wichtig. Dieses dumme Mädchen wird diesem grässlichen Kerl alles verzeihen.«

»Vielleicht mögen Frauen solche Männer.« Dimitri machte ein unglückliches Gesicht.

»Glauben Sie das bloß nicht. Frauen mögen solche Männer ganz und gar nicht, sie lieben sie auch nicht. Eine Zeit lang mögen sie dieses Gefühl vielleicht für Liebe halten, aber das vergeht. Stimmt, Frauen können manchmal ziemlich dumm sein, aber sie sind keine unrettbaren Idioten. Fiona wird bald erkennen, was für eine Zumutung dieser Kerl da drinnen in der Zelle ist. Es ist nur eine Frage der Zeit.«

Vonnis Zuversicht in dieser Hinsicht schien Dimitri gut zu tun.

»Wer ist diese alte Schachtel, die du da mit dir herumschleppst?«, fragte Shane.

»Vonni war sehr freundlich zu mir.«

»Klar doch«, höhnte er.

Fiona trat näher, um Shane einen Kuss zu geben und ihn zu umarmen, aber er schien kein Interesse daran zu haben.

»Shane, es ist so schön, dich wiederzusehen«, sagte sie.

»Hast du das Geld dabei?«, wollte er wissen.

»Wie bitte?«

»Das Geld, um mich hier rauszuholen!«, wiederholte er.

»Aber, Shane, ich habe kein Geld. Das weißt du doch.«

Fiona starrte ihn mit großen Augen ungläubig an. Wieso nahm er sie nicht endlich in die Arme?

»Erzähl mir bloß nicht, dass du hierher gekommen bist und mir nichts zu sagen hast«, blaffte er.

»Ich habe dir so vieles zu sagen, Shane …«

»Dann sag es.«

Fiona dachte immer noch darüber nach, wieso er sie nicht umarmte. Am besten war es wahrscheinlich, wenn sie einfach weiterredete. Nur ob sie ihm die gute oder die schlechte Nachricht zuerst sagen sollte, wusste sie nicht.

»Also, die gute Nachricht ist die, dass Barbara angerufen hat. Sie hat erzählt, dass in der Nähe des Krankenhauses tolle Wohnungen frei geworden sind. Wir könnten zurück nach Dublin und eine mieten.«

Shane sah sie verständnislos an.

Rasch redete Fiona weiter. »Aber die schlechte Nachricht ist die, dass wir unser Baby verloren haben. Es war sehr schlimm für mich. Aber Dr. Leros sagt, dass es keine Probleme geben wird – sobald wir es wieder versuchen wollen …«

»Was?«

»Ich weiß, dass du bestürzt bist, Shane. Ich war auch verzweifelt, aber Dr. Leros sagt –«

»Fiona, jetzt hör endlich auf mit deinem Gerede über diesen Doktor. Hast du das Geld, oder hast du es nicht?«

»Tut mir Leid, Shane, was meinst du?«

»Hast du das Geld, um mich hier rauszuholen?«

»Natürlich habe ich das Geld nicht, Shane, das habe ich dir doch gesagt. Ich bin hierher gekommen, um erst mal alles mit dir zu besprechen. Ich liebe dich, alles wird wieder in Ordnung kommen …«

»Und wie soll das alles wieder in Ordnung kommen?«

»Shane – ich leihe mir das Geld, und dann mieten wir uns diese Wohnung in Dublin und zahlen das Geld zurück …«

»O Fiona, hör um Gottes willen endlich mit diesem Quatsch auf. Woher sollen wir die Kaution denn nehmen?«

Er hatte sie bisher noch nicht angerührt, hatte sie weder

in den Arm genommen noch war er in irgendeiner Weise auf den Verlust des Babys eingegangen.

»Shane, bist du denn gar nicht traurig wegen dem Kind?«

»Ach, halt den Mund und sag mir lieber, wo wir in Gottes Namen das Geld auftreiben sollen!«, schnauzte er sie an.

»Ich lag auf dem Bett, und unser Baby floss einfach aus mir heraus«, klagte Fiona.

»Das war kein Kind, das war deine Periode. Und das weißt du genau, Fiona. Jetzt sag mir lieber, wo wir das Geld hernehmen sollen!«

»Vonni und ich werden die Polizei fragen, wie hoch die Summe ist. Und dann werde ich das Geld irgendwie auftreiben – aber das ist nicht das Wichtigste, Shane …«

»Und was ist das Wichtigste?«, fragte er.

»Dass ich dich gefunden habe und dass wir für immer zusammen sein werden. Ich liebe dich doch.« Fiona sah ihn erwartungsvoll an.

Keine Reaktion.

»Ich liebe dich über alles, Shane …«, wiederholte sie.

»Klar«, sagte er gelangweilt.

»Warum küsst du mich dann nicht?«, wollte sie wissen.

»O Gott, Fiona, jetzt hör endlich auf, mir was von Liebe vorzuheulen, und überleg lieber, wer uns das Geld leihen könnte«, sagte er.

»Aber falls wir es uns tatsächlich irgendwo leihen können, brauchen wir unbedingt Arbeit, um es zurückzuzahlen«, sagte sie ängstlich.

»Du kannst dir ja gerne Arbeit suchen, wenn du willst. Sobald ich hier draußen bin, werde ich ein paar Leute treffen und meine Kontakte spielen lassen. Dann habe ich genügend Geld.«

»Kommst du denn nicht mit zurück nach Aghia Anna?«

»In dieses Kaff? Nie im Leben.«

»Wo willst du denn hin, Shane?«

»Ich bleibe noch ein paar Tage in Athen und fahre dann vielleicht weiter nach Istanbul. Das hängt davon ab.«

»Wovon hängt das ab?«

»Davon, wen ich treffe oder was diese Leute sagen.«

Fiona sah ihn fragend an. »Nimmst du mich mit zu diesen Leuten und nach Istanbul?«

»Wenn du willst«, antwortete Shane schulterzuckend. »Aber nur, wenn du mir nicht auf die Nerven gehst und von mir verlangst, dass ich sesshaft werde, mir Arbeit suche und mit dir in dieses gottverlassene Nest zurückkehre. Um genau diesen Mist nicht mehr erleben zu müssen, sind wir doch aus Irland weg.«

»Nein, wir haben Irland verlassen, weil wir uns lieben und weil das niemand verstanden und uns ständig Hindernisse in den Weg gelegt hat.«

»Wenn du das so siehst«, brummte er.

Den Tonfall kannte Fiona. Shane benutzte ihn, um andere abzublocken und wenn er mit Leuten sprach, die ihn langweilten. Waren sie diesen Leuten entkommen, seufzte Shane erleichtert auf und schimpfte, dass es so viele unnütze Gesetze und Einschränkungen gebe. Warum es dann nicht auch ein Gesetz gegen Langweiler geben könne?

Fiona begriff, dass auch sie Shane nur langweilte. Langsam dämmerte ihr, dass er sie wahrscheinlich nie geliebt hatte.

Nie.

Es war eine erschütternde und kaum zu ertragende Erkenntnis, aber sie wusste, dass sie Recht hatte. Alle ihre Träume und Hoffnungen waren umsonst gewesen. Ebenso ihre Ängste und Befürchtungen der letzten Zeit, als sie schlaflose Nächte verbracht und sich ausgemalt hatte, was passieren würde, wenn er sich nicht bei ihr meldete. Und er hätte sich nie bei ihr gemeldet, hätte er nicht das Geld für die Kaution gebraucht.

Fiona war sich bewusst, dass sie ihn mit weit aufgerissenen Augen und offenem Mund ansah.

»Was starrst du mich so an?«, fragte Shane.

»Du liebst mich nicht«, erwiderte sie mit zitternder Stimme.

»Ach, Herrgott noch mal, wie oft muss ich diese Platte denn noch auflegen? Ich sagte doch, dass du mitkommen kannst, wenn du willst. Ich habe dich nur gebeten, mich nicht zu nerven. Ist das vielleicht ein Verbrechen?«

In einer Ecke stand ein Holzstuhl. Fiona ließ sich darauf nieder und vergrub ihr Gesicht in beiden Händen.

»Nein, Fiona, heul jetzt nicht. Wir müssen überlegen, was wir tun sollen. Wir haben jetzt keine Zeit für Gefühlsduselei. Lass das, ich kann das nicht leiden …«

Fiona hob den Kopf. Das Haar glitt nach hinten. Trotz des Make-ups war die gelbliche Verfärbung noch deutlich zu sehen.

Shane starrte sie an.

»Was ist mit deinem Gesicht passiert?«, fragte er. Fast hätte er die Nase gerümpft.

»Das hast du getan, Shane. In dem Restaurant an der Landzunge.« Bisher hatte sie mit keinem Wort erwähnt, dass er sie geschlagen hatte. Das war das erste Mal.

»Das habe ich *nicht* getan«, brauste er auf.

»Du hast es wahrscheinlich vergessen«, erwiderte Fiona kühl. »Aber das ist jetzt nicht mehr wichtig.« Sie stand auf und machte Anstalten zu gehen.

»Wo willst du hin? Du bist doch gerade erst gekommen. Wir müssen unbedingt eine Lösung finden.«

»Nein, Shane, *du* musst eine Lösung finden.«

»Hör auf, mir zu drohen.«

»Ich drohe dir nicht, ich nörgle auch nicht an dir herum. Ich habe dich gesehen, und jetzt gehe ich wieder.«

»Aber was ist mit dem Geld? Der Kaution?« Sein Gesicht war wutverzerrt. »Also, gut, wenn du unbedingt dieses Gesülze über Liebe und so von mir hören willst … Fiona, geh nicht!«

Fiona klopfte an die Tür. Dimitri, der öffnete, schien die Situation auf den ersten Blick zu erfassen. Er grinste.

Sein Grinsen trieb Shane zur Weißglut. Er sprang auf Fiona zu und packte sie an den Haaren.

»Ich lasse mich von dir nicht verarschen!«, brüllte er.

Doch Dimitri reagierte blitzartig und holte aus. Mit dem Unterarm drückte er Shanes Kopf nach oben und gegen die Wand. Um sich gegen den Polizisten zu wehren, musste Shane Fiona zwangsläufig loslassen.

Aber es war ein ungleicher Kampf.

Dimitri war groß und durchtrainiert. Shane war kein Gegner für ihn.

Fiona blieb noch einen Moment an der Tür stehen und warf einen letzten Blick zurück. Dann trat sie auf den Korridor und ging nach vorn ins Büro.

Dort saß Vonni und unterhielte sich mit einem der älteren Polizeibeamten.

»Sie wollen zweitausend Euro …«, sagte sie.

»Das können sie gerne verlangen, aber von mir bekommt er das Geld nicht«, verkündete Fiona mit hoch erhobenem Kopf und glänzenden Augen.

Vonni sah sie fragend an und wagte kaum, zu hoffen. War die Sache wirklich vorbei? War Fiona frei? Es sah tatsächlich alles danach aus …

KAPITEL FÜNFZEHN

Thomas ruderte das kleine Boot zurück Richtung Hafen. Es war, als würde er nach Hause kommen.

Er und Elsa warfen einen letzten Blick hinauf in die Berge und deuteten auf die mittlerweile vertrauten Ansichten. Da war das Krankenhaus an der Straße nach Kalatriada, und dort schlängelte sich die Straße zu Andreas' Taverne hinauf.

Vor ihnen lagen der Hafen und das kleine Café mit den karierten Tischtüchern. Wie anders war das alles im Vergleich zu Kalifornien oder Deutschland. Seufzend steuerten sie die Hafeneinfahrt an.

Ihre kleine Flucht hatte ein Ende gefunden, und es blieb Thomas und Elsa nichts anderes übrig, als das Boot wieder zurückzugeben.

»Hatten Sie einen schönen Ausflug?«, fragte der alte Mann.

»Sehr schön«, erwiderte Elsa versonnen lächelnd.

»*Avrio?* Kommen Sie morgen wieder und holen sich das Boot?« Die Geschäfte gingen schlecht, und der alte Mann wollte so viele Vorbestellungen wie möglich absprechen.

»Schon möglich, aber wir sind nicht sicher«, sagte Thomas. Er wollte kein Versprechen abgeben, das er vielleicht nicht halten konnte.

Elsa war morgen bestimmt den ganzen Tag damit beschäftigt, ihre Heimreise zu organisieren. Sie hatten es zwar nicht ausgesprochen, aber sie wussten beide, dass ihr Ausflug an der Küste ein Abschied gewesen war.

Sie schlenderten untergehakt die Hafenstraße in Richtung Dorf.

»Ich glaube, wir werden diesen Ort niemals vergessen«, sagte Thomas.

Und im selben Augenblick sagte Elsa: »Und ich kann mir nicht vorstellen, wie das Leben hier ohne uns weitergehen soll!«

Sie mussten über die Ähnlichkeit ihrer Gedanken lachen. Als sie an ihrem Stammcafé vorbeikamen, schlug Thomas vor, sich noch kurz zu setzen.

»Warum nicht?« Elsa nahm den Vorschlag begeistert auf. »Nächste Woche um diese Zeit haben wir keine Gelegenheit mehr dazu. Also nützen wir diese letzte Chance.«

»Für dich mag das gelten«, sagte Thomas. »Aber ich werde nächste Woche immer noch hier sein, in einem Café sitzen, mir ein Ruderboot mieten und in der Sonne lesen.«

»Nein, nein, du wirst auf dem Weg nach Kalifornien sein«, berichtigte sie ihn überzeugt.

»Elsa! Du bist ja schon fast so schlimm wie Vonni. Du weißt doch, dass von meinem Sabbatjahr erst drei Monate vergangen sind. Erst wenn das ganze Jahr vorbei ist, kann ich wieder zurück. Und selbst wenn ich könnte, würde dadurch nichts besser werden. Im Gegenteil.« Trotzdem wunderte er sich über ihre Gewissheit.

»Du wirst schon sehen. Ich schicke dir eine Postkarte an deine Adresse in Kalifornien«, sagte sie lachend.

»Nein, du täuscht dich. Warum sollte ich zurückkehren?«

»Weil Vonni, die oberste Instanz dieser Insel, gesagt hat, dass du fahren sollst. Und wenn sie etwas vorhersagt, dann trifft das auch ein. David reist morgen ab …«

»Aber er ist der Einzige. Sein Vater liegt im Sterben – er *muss* zurück. Bei ihm hatte sie Recht, aber der Rest von uns richtete sich nun wirklich nicht nach ihr. Fiona ist nach Athen, um ihren Irren ausfindig zu machen, du reist ab, ich bleibe. Einer von vieren – nicht unbedingt eine hohe Trefferquote.«

»Es ist noch nicht aller Tage Abend. Am Ende wird die Trefferquote höher sein, das sage ich dir.«

In dem Moment trat Andreas an ihren Tisch.

»Darf ich mich kurz zu euch setzen? Ich habe gute Nachrichten.«

»Adoni?«, fragte Elsa aufgeregt.

Andreas schüttelte den Kopf. »Nein, so gut nun auch wieder nicht, aber auch nicht schlecht. Die kleine Fiona hat Shane den Laufpass gegeben und ihn einfach in seiner Zelle sitzen lassen. Sie kommt mit Vonni auf der letzten Fähre zurück. Sie werden bei Sonnenuntergang hier sein.«

»Woher weißt du das alles so genau?«, fragte Thomas.

»Einer der Beamten von der Polizeistation hat Yorghis angerufen und ihm alles erzählt. Sie hat nicht einmal versucht, Kaution für ihn zu stellen. Sie ist einfach gegangen«, erklärte Andreas und breitete beide Hände aus, um seiner Verwunderung Ausdruck zu verleihen.

»Aber warum? Warum hat sie zuerst den ganzen Ärger auf sich genommen, um ihn dann sitzen zu lassen?« Elsa begriff nicht ganz.

»Vielleicht hat er sie wieder geschlagen oder sonst wie verletzt«, mutmaßte Andreas.

»Aber er hat sie doch vorher auch nicht anders behandelt, und es hat ihr nichts ausgemacht«, meinte Thomas grimmig.

»Dieses Mal muss es anders gewesen sein. Irgendetwas muss passiert sein, das ihr die Augen geöffnet hat«, sagte Elsa nachdenklich.

»Und das ist das Beste, was ihr passieren konnte«, fügte

Andreas hinzu. »Ach, übrigens, David kommt heute Abend zu einem Abschiedsessen in meine Taverne. Ihr wisst ja, er verlässt morgen Nachmittag Aghia Anna. Ich wollte euch auch einladen. Yorghis wird Fiona von der Fähre abholen und sie mit heraufnehmen. Kommt ihr?«

»Wird Vonni auch da sein?«, wollte Thomas wissen.

»Ich hoffe doch«, erwiderte Andreas und lächelte. Man sah ihm die Vorfreude an, so viele Freunde bekochen zu können.

»Das ist ausgesprochen nett von dir«, erwiderte Thomas hastig, »aber Elsa und ich sind heute Abend schon zum Essen verabredet. Schade, wir wären viel lieber zu dir gekommen.«

»Ja, das ist wirklich eine dumme Überschneidung«, kam ihm Elsa geistesgegenwärtig zu Hilfe. »Aber könntest du David ausrichten, dass wir uns morgen Mittag am Hafen treffen?«

Andreas begriff, sagte aber nichts.

Er begriff mehr, als den beiden klar war. Ihm war nicht entgangen, dass die beiden viel lieber allein sein wollten. Selbstverständlich käme die Einladung ziemlich überraschend, versicherte er ihnen und verabschiedete sich höflich.

Thomas und Elsa sahen ihm zu, wie er die Kellner und einige der Gäste begrüßte.

»Es muss ein schönes Gefühl sein, wenn man an einem Ort so verwurzelt ist wie er«, sagte Thomas bewundernd und beobachtete nachdenklich den alten Mann.

»Wieso hast du gesagt, dass wir zum Essen verabredet sind?«, fragte Ela unvermittelt.

Thomas antwortete nicht sofort. »Ich weiß es nicht, Elsa. Ich wusste nur, dass du nicht unbedingt auf ein Wiedersehen mit Vonni erpicht warst, und mir geht es ähnlich.

Außerdem wollte ich heute Abend nichts von Shane hören. Und … und …«

»Und was?«

»Und außerdem wirst du mir fehlen, wenn du weg bist. Ich wollte noch etwas mehr Zeit mit dir verbringen, mit dir allein.«

Elsa schenkte ihm ihr schönstes Lächeln.

»Alles gute Gründe, Thomas. Und wie es der Zufall will, geht es mir ähnlich – um mit deinen Worten zu sprechen!«

Fiona und Vonni schlenderten durch Piräus. Ein betriebsamer Ort, fast so hektisch wie eine Großstadt. Immer wieder wurden sie von Passanten angerempelt, während Fiona sich mit ihrer großen Tasche abschleppte.

Aber nichts konnte ihr die gute Laune verderben.

»Vonni, du hattest Recht mit den vielen Fischrestaurants. Kann ich dich zum Essen einladen? Auf ein spätes Mittagessen oder einen Nachmittagstee? Wie immer du es nennen willst.«

»O ja, ich hätte wahnsinnige Lust auf ein paar *barbouni*«, sagte Vonni und klatschte in die Hände wie ein Kind, dem man gerade ein Eis angeboten hatte.

»Bei uns heißt der Fisch Meerbarbe, soviel ich weiß. Schau mal dort drüben. Was hältst du davon?«

»Sieht ganz gut aus. Soll ich uns *barbouni* und Pommes für zwei bestellen?«, fragte Vonni.

»Wunderbar, und eine Flasche Retsina könnte ich jetzt auch vertragen.«

»Wie du willst«, erwiderte Vonni trocken.

Fiona biss sich auf die Lippe. Wie gedankenlos von ihr, das zu einer Frau zu sagen, die keinen Tropfen Alkohol mehr anrühren durfte.

»Oder vielleicht doch lieber Mineralwasser«, fügte sie kleinlaut hinzu.

»Ach, Fiona, ich bitte dich, trink deinen Retsina. Du darfst das, und wenn ich wieder rückfällig werde, dann bestimmt nicht, weil meine Begleiterin unbedingt dieses Abbeizmittel saufen muss. Selbst in meinen schlimmsten Zeiten brachte ich dieses Gesöff nicht hinunter. Du führst mich also nicht in Versuchung.«

Während des Essens unterhielten sie sich über das rege Treiben in einem großen Hafen wie Piräus, über die vielen Matrosen, die umherschlenderten, und die Fischer, die ihren Fang entluden. Fähren spuckten Studenten mit Rucksäcken aus, und Luxusjachten steuerten ihre Liegeplätze an.

Es war ein ständiges Kommen und Gehen.

Doch nicht einmal erkundigte sich Vonni danach, was auf dem Polizeirevier vorgefallen war, geschweige denn nach Fionas Plänen für ihre Zukunft ohne Shane. Fiona würde schon von sich aus auf das Thema zu sprechen kommen, wenn ihr danach war.

Als es Zeit war, an Bord der Fähre zu gehen, die sie nach Aghia Anna zurückbringen würde, bat Fiona um die Rechnung.

»O *logariasmos!*«, verkündete der Kellner und überreichte sie ihr.

»Ach, das klingt ja nach den Logarithmen, die wir in der Schule lernen mussten …«

»Gibt es die immer noch? Warte, lass mich die Hälfte zahlen«, bat Vonni.

»Keine Ahnung, vielleicht waren wir die letzten Jahrgänge«, antwortete Fiona, um dann rasch fortzufahren: »Nein, steck dein Geld wieder ein. Du hast schon die Fähre bezahlt.«

»Ich verdiene schließlich was, und du nicht«, protestierte Vonni.

»Betrachte die Sache doch mal so: Ich habe mir heute zweitausend Euro gespart. Das ist fast so was wie ein Lottogewinn.« Die beiden Frauen lachten. In vielerlei Hinsicht war das besser als ein Lottogewinn.

Auf der Rückfahrt nach Aghia Anna beobachtete Vonni, dass Fiona sich lange Zeit an der Reling festhielt und aufs Meer hinausstarrte. Dabei bewegten sich ihre Lippen. Vielleicht betete sie, vielleicht weinte sie. Möglicherweise dachte sie aber auch nur nach. Vonni überlegte kurz und kam zu dem Schluss, dass Fiona weder ihre Hilfe noch ein Gespräch benötigte.

David war oben bei Andreas und half in der Küche.

»Das alles hier wird mir fürchterlich fehlen«, sagte er.

»Vielleicht könntest du ja deinen Vater eine Weile bekochen.«

»Aber das ist nicht dasselbe.«

»Nein, aber es wäre nicht für lange, und möglicherweise freut er sich darüber. Nimm mal dein kleines Büchlein und schreib dir was auf. Ich sage dir jetzt, wie man eine hervorragende *moussaka* macht. Habt ihr *melitzanes* in England?«

»Auberginen? Ja, die gibt es bei uns.«

»Dann sage ich dir jetzt das Rezept. Es freut deinen Vater bestimmt, wenn du für ihn kochst.«

»Meinst du wirklich?« David hatte so seine Zweifel.

»Ich meine es nicht, ich *weiß* es«, erwiderte Andreas.

Yorghis rief vom Hafen aus an. Er habe Fiona und Vonni in Empfang genommen und werde in einer Viertelstunde mit den beiden in der Taverne sein.

»Yorghis meint, dass Fiona bester Dinge ist«, berichtete Andreas.

»Dann hat sie diesen Idioten bestimmt aus dem Gefängnis geholt«, erwiderte David düster.

»Nein, im Gegenteil. Ich wollte es dir gerade erzählen. Sie hat ihn zum Teufel geschickt und ihn dort sitzen lassen.«

»Ja, für den Augenblick. Aber sie wird bestimmt zu ihm zurückkehren.«

»Das denke ich nicht, aber ich würde vorschlagen, das soll sie uns alles selbst erzählen. Bist du einverstanden?«

»Aber natürlich. Das halte ich für das Beste«, entgegnete David. »Und sie und Vonni? Sprechen sie noch miteinander?«

»Die beiden sind laut Yorghis wieder die besten Freundinnen.«

David lachte. »Ihr seid mir vielleicht zwei alte Klatschtanten!«

»Wenn man nicht mal mit dem eigenen Bruder gewisse Informationen austauschen kann, mit wem dann, frage ich dich? Wo ist dein Notizbuch? Also, ein Kilo bestes Lammhackfleisch, dann …«

»Möchtest du ins ›Anna Beach‹?«, schlug Thomas vor.

»Nein«, sagte Elsa, »das ist zu … Ich weiß nicht … zu viel Chrom und Plüsch. Außerdem habe ich keine allzu guten Erinnerungen daran. Wie wär's mit dem kleinen Restaurant an der Landzunge, wo sich die Wellen brechen?«

Dort wollte Thomas nicht hingehen. »Da muss ich nur ständig daran denken, wie dieser Grobian Fiona zusammengeschlagen hat. Er ist mit der Faust auf sie losgegangen – er hätte ihr jeden Knochen im Gesicht brechen können …«

»Aber das ist zum Glück nicht passiert, und jetzt hat sie ihn ja in die Wüste geschickt«, besänftigte ihn Elsa. »Also, wo sollen wir hingehen? Zu zentral darf es auch nicht sein, wir haben schließlich erzählt, wir würden jemanden treffen ... «

»Warum holen wir uns nicht irgendwo ein paar Kebab-Spieße und eine Flasche Wein und gehen zu mir?«, schlug Thomas vor.

»Tolle Idee. Und wenn Vonni uns dabei erwischt, können wir ihr ja erklären ... «

»Sie zieht momentan ihren Hühnerstall einer Wohnung vor. Sie kommt bestimmt nicht. Aber nur für den Fall ... wir erzählen ihr einfach, dass unser deutscher Freund nicht gekommen ist.«

»Nein! Das glaubt sie uns nie. Ein unzuverlässiger Deutscher? Nicht in einer Million Jahre«, lachte Elsa. »Machen wir lieber einen unzuverlässigen Amerikaner daraus ... «

»Das ist unfair und rassistisch von dir. Nein, diese Schande will ich nicht auf meinen Leuten sitzen lassen. Wie wär's mit einem unzuverlässigen Iren?«

»Geht auch nicht, Vonni ist Irin. Sie kennt bestimmt alle Iren hier – zuverlässig oder nicht. Wir müssen einen anderen Landsmann nehmen, einen Engländer vielleicht.«

»Das ist wiederum dem armen David gegenüber unfair, der mit Abstand der zuverlässigste von uns allen ist. Aber außergewöhnliche Zeiten erfordern außergewöhnliche Maßnahmen. Dann soll der böse Bube, der uns so schnöde versetzt hat, eben Engländer sein.«

»Ich schreibe Fiona schnell noch einen Zettel, damit sie weiß, dass es bei mir später wird. Und jetzt gehen wir Abendessen einkaufen.«

Mit Fiona war eine tief greifende Veränderung vor sich gegangen, das konnten alle sehen. Sie ließ die Schultern nicht mehr hängen und lächelte wie befreit. Und ihr leicht defensiver und quengelnder Tonfall war ebenfalls verschwunden. Plötzlich war der Mensch zu erkennen, der sie vor der Beziehung mit Shane gewesen war.

Und sie wurde nicht müde, zwischen Küche und Restaurant hin- und herzulaufen und das Abendessen zu organisieren.

Drei Tische waren mit englischsprachigen Gästen besetzt. Fiona übersetzte die Speisekarte für sie und schlug als Vorspeise *dolmadhes* vor – mit Reis gefüllte Weinblätter, hausgemacht und überaus köstlich, wie Fiona den Gästen versicherte. Dazu empfahl sie den Hauswein, der billig und gut war. Bald hatte sie alles so gut im Griff, dass die kleine Rina, die in der Küche aushalf, das Essen servieren konnte.

Das bedeutete, dass Andreas sich zu seinen Freunden an den Tisch setzen und zusehen konnte, wie unten in Aghia Anna langsam die Lichter angingen.

»Schade, dass Thomas und Elsa nicht kommen konnten«, meinte David.

»Ach, ja, wisst ihr …«, erwiderte Andreas schulterzuckend. Die anderen wussten es zwar nicht, aber damit war das Thema erledigt.

»Ich werde diesen Ort niemals mehr vergessen«, sagte David mit leicht belegter Stimme.

»Dann kommst du einfach zurück und besuchst uns, sooft du kannst«, warf Andreas rasch ein, ehe David in Melancholie versinken konnte.

»Sicher, das werde ich«, versprach David. »Aber es wird nicht mehr dasselbe sein.«

»Aber was ist mit dir, Fiona? Du kannst gut mit Menschen umgehen. Möchtest du nicht hier arbeiten?«, schlug Andreas unvermittelt vor.

»Arbeiten? Hier?«, fragte sie ungläubig.

»Ich habe dich vorhin mit den Gästen beobachtet. So eine Bedienung wie dich brauche ich. Du könntest in Adonis Zimmer schlafen. Du musst doch irgendwo hin, wenn Elsa abreist.«

Fiona legte ihre Hand auf die seine. »Wenn du mich das gestern Abend oder selbst noch heute Morgen gefragt hättest, hätte ich geheult vor Dankbarkeit. Doch jetzt kann ich dir nur aus tiefstem Herzen danken, aber ich werde nicht hier arbeiten können.«

»Liegt dir die Taverne zu weit oben?«, erkundigte sich Andreas.

»Nein, Andreas, sie ist nicht zu weit oben. Aber ich fahre nach Hause, zurück nach Dublin.«

Fiona schaute sich am Tisch um und sah nur erstaunte Gesichter. »Ja, ich habe die ganze Rückfahrt auf der Fähre von Athen hierher darüber nachgedacht. Ich wollte mich heute Abend von euch verabschieden.«

Hannah schrieb eine E-Mail.

> *Liebe Elsa,*
> *ich weiß nicht genau, was du hören willst. Auf jeden Fall habe ich Dieter deine letzte Mail gezeigt. Er hat sie aufmerksam gelesen und mir gedankt. Sehr höflich sogar. Das ist ganz und gar nicht sein Stil. Deshalb dachte ich, dass du das wissen solltest. Und du solltest außerdem wissen, dass Birgit nichts unversucht lässt, seine Aufmerksamkeit zu erregen. Nur auf dem Schreibtisch gestrippt hat sie bisher noch nicht. Aber sie scheint ihn ziemlich zu nerven.*
> *Ich schreibe dir diese Dinge, Elsa, damit du alle Fakten weißt, ehe du deine Entscheidung triffst.*
> *Natürlich würde ich mich freuen, wenn du nach Hause kämst. Aber wir werden immer Freundinnen bleiben, wo immer du auch sein magst.*
> *Alles Liebe,*   *deine Hannah*

Thomas und Elsa hatten das Abendessen beendet und saßen auf dem Balkon, von dem aus man über die Hausdächer sah.

»Von deiner Wohnung aus hat man eine viel schönere Aussicht als hier«, meinte Thomas.

»Wichtig ist nur, dass man die Sterne sieht«, antwortete Elsa.

»›… was sind die Sterne, was sind die Sterne?‹«, zitierte Thomas mit schwerem, irischem Akzent.

»Wirst du mich für eine Angeberin halten, wenn ich dir sage, dass ich weiß, woher das stammt?«

»Los, sag's schon, beschäme mich!«, forderte er sie lachend auf.

»Das ist von Sean O'Casey«, antwortete sie.

»Einsame Spitze, Elsa. Noch eine verliebte Englischlehrerin?«

»Nein. Dieter und ich waren einmal privat in London und haben das Stück dort gesehen. Eine brillante Inszenierung übrigens.«

»Freust du dich darauf, wieder mit ihm zusammen zu sein?«, fragte Thomas.

»Schon, aber es gibt da ein Problem«, sagte sie.

»Wo gibt es das nicht?«, erwiderte er mitfühlend.

»Wahrscheinlich. Aber dieses Problem ist ziemlich ungewöhnlich. Dieter hat versprochen, dass es vorbei sein wird mit der Heimlichtuerei und dem Versteckspiel. Wir werden ganz offiziell zusammen sein«, erklärte sie, doch der Zweifel in ihrer Stimme war nicht zu überhören.

»Aber das ist doch gut, oder?«, fragte Thomas überrascht.

»Ja, ich denke schon, aber vielleicht auch nicht.« Elsa nagte an ihrer Unterlippe.

»Willst du damit sagen, dass dich eine heimliche Affäre mehr anmacht?«, fragte er.

»Nein, das meine ich nicht damit. Es ist nur so, dass Dieter noch nie in seinem Leben hundertprozentig zu einer Sache stand. Wie zum Beispiel zu der Tatsache, dass er mit einer anderen Frau ein Kind hat.«

»In der Zeit, in der in ihr zusammen wart?«, wollte Thomas wissen.

»Nein, das liegt Jahre zurück, aber mich stört, dass er dieses kleine Mädchen nie anerkannt hat.«

»Bist du deswegen vor ihm davongelaufen?«

»Ich bin nicht davongelaufen. Ich habe meine Arbeit gekündigt, um eine Weltreise zu machen. Aber er ist dadurch in meiner Achtung gesunken, ja. Jeder, der ein Kind in die Welt setzt – sei es aus freien Stücken oder aus Versehen –, muss auch für dieses Kind da sein.«

»Und er war nicht dieser Ansicht?«

»Nein, und irgendwie hat mich das abgestoßen. Ich hatte plötzlich das Gefühl, ihm nicht mehr vertrauen zu können. Ich schämte mich für meine Liebe zu ihm. Und das habe ich ihm auch alles gesagt.«

»Was hat sich für dich geändert? Was bringt dich jetzt auf den Gedanken, dass es richtig ist, zu ihm zurückzukehren?«

»Das Wiedersehen hier mit ihm. Das Wissen, dass er mich liebt und alles für mich tun wird.« Elsa sah Thomas eindringlich an und hoffte inständig, dass er sie verstehen möge.

Thomas nickte. »Ja, ich hätte ihm wahrscheinlich auch geglaubt. Wenn man jemanden liebt, macht man sich vieles vor, nur um diesen Menschen zu halten. Ich habe es auch getan, ich weiß, wovon ich rede.«

»Was hast du dir vorgemacht?«, fragte sie vorsichtig.

»Ich tat so, als würde ich glauben, dass Bill mein Sohn ist. Ich liebte Shirley damals über alles. Ich wollte sie einfach nicht mit dem Beweis konfrontieren, dass er nicht mein Sohn sein konnte.«

»Er ist nicht dein Sohn?«, fragte Elsa erstaunt.

Thomas erzählte ihr nüchtern und emotionslos die ganze Geschichte.

Er berichtete von den Untersuchungen, die seine Sterilität bewiesen hatten, von Shirleys freudiger Ankündigung ihrer Schwangerschaft und von dem unerwarteten Glück bei Bills Geburt, als er entdeckte, dass er dieses Kind von Herzen liebte und es vollkommen unwichtig für ihn war, ob er nun der leibliche Vater war oder nicht.

Er hatte sich auch nicht die Mühe gemacht, Bills Erzeuger zu finden. Das war ohne Belang.

Und rückblickend hatte es sich auch als richtig erwiesen, dass er die Sache damals nicht dramatisiert hatte. Hätte Thomas die Vaterschaft bei Bill angezweifelt, wäre ihm nach der Scheidung das Umgangsrecht mit dem Kind verweigert worden.

»Liebst du Shirley noch?«

»Nein, das ist vorbei, wie eine Grippe oder ein Sommersturm. Ich hasse sie auch nicht. Sie ärgert mich nur, und jetzt bekommen sie und Andy ein Kind, und das ärgert mich ebenfalls. Und zwar kolossal. Zum einen die Tatsache, dass es bei ihnen klappt, und zum anderen, dass Bill sich so darauf freut … auf seinen neuen Bruder oder seine neue Schwester.«

»Hattest du jemals den Verdacht, Shirley könnte eine Affäre haben?«

»Nein, nicht im Entferntesten. Aber sagen wir es mal so: Die bloße Tatsache von Bills Existenz beweist leider, dass Shirley nicht die Treueste war. Ich hielt das damals vermutlich nur für ein flüchtiges Abenteuer.«

»Was es wahrscheinlich auch war«, sagte Elsa.

»Ja, ich denke auch. Aber irgendwie hatten wir uns plötzlich immer weniger zu sagen, und dann ließen wir uns scheiden.«

Thomas machte ein trauriges Gesicht.

»Und, hast du eine andere Partnerin gefunden?«

»Nein, aber ich habe auch nicht richtig gesucht. Mir war Bill viel wichtiger, weißt du. Und ich fiel aus allen Wolken, als Shirley plötzlich Andy anschleppte, um mir ihre Pläne mitzuteilen. Sie wollte, dass wir unsere Angelegenheit wie ›zivilisierte‹ Menschen regelten. Sie hasse Heimlichtuerei und Falschheit, sagte sie. Ich schwöre dir, sie hörte sich vollkommen überzeugend an, als sie sagte, dass wir immer offen und ehrlich miteinander umgehen sollten«, schloss er verächtlich.

»Und was war daran so falsch?«, wollte Elsa wissen.

»Ach, wir hatten doch Monate voller Heimlichtuerei und Falschheit hinter uns! Verliebte können sehr anmaßend sein und erwarten von ihrer Umwelt, dass sich alle ihren Vorstellungen anpassen.«

Elsa erwiderte nichts, sondern überlegte angestrengt.

»Tut mir Leid, dass ich dich so mit meinen Problemen belaste«, sagte Thomas.

»Nein, im Gegenteil. Du hast mir gerade die Augen geöffnet.«

»Wie das?«

»Weißt du, wenn Dieter auch nur noch einen Funken Anstand besitzt, muss er die Tatsache anerkennen, dass er eine Tochter hat, und sich um sie kümmern.«

»Selbst wenn es bedeutet, dass er dich verliert?«, fragte Thomas.

»Er würde mich bestimmt nicht verlieren, wenn er wirklich glauben könnte, dass dieses Mädchen einen Vater braucht. Mein Problem ist, dass er vielleicht nur so tut. Er glaubt, ich will einen Diamanten am Finger, Ansehen, Bindung, ›bis dass der Tod uns scheidet‹. Das ganze Programm.«

»Aber dann kennt er dich nicht sehr gut«, erwiderte Thomas.

»Wie meinst du das?«

»Ich meine damit, dass du über zwei Jahre mit ihm zusammen warst und er immer noch nicht weiß, worauf du wirklich Wert legst.«

»Das stimmt. Er versteht mich überhaupt nicht, aber in unserer Beziehung hat das nie eine Rolle gespielt. Sex und Leidenschaft hatten Priorität. Und was du vorhin über Verliebte gesagt hast, über ihre Anmaßung und Intoleranz anderen gegenüber – das ist wahr. Nur habe ich nie zuvor darüber nachgedacht.«

»Na ja, wozu hat man denn einen Freund, wenn der nicht ab und zu mal mit einer brauchbaren Idee aufwarten kann?«, fragte Thomas lachend.

»Dann denkst du also, dass ich Dieter aufgeben sollte?«

»Was ich denke, ist nicht wichtig.«

»Für mich schon.«

»Na gut. Also, ich denke, dass du mit jemandem zusammen sein solltest, der dich versteht … und der Rest sollte natürlich auch stimmen.«

»Welcher Rest?«, fragte sie lachend.

»Du weißt genau, was ich meine – Liebe, Sex, Leidenschaft. Wenn das passt, in Ordnung, aber wenn dann auch noch ein tieferes Verständnis füreinander dazukommt, wirst du dich wirklich glücklich schätzen können.«

»Und wo finde ich das alles in einer Person, Thomas?«, wollte Elsa wissen.

»Wenn ich das wüsste …«, erwiderte er und hob das Weinglas.

Die Runde in Andreas' Taverne staunte immer noch über Fionas Ankündigung. Rina räumte den Tisch ab und servierte die kleinen Tassen Kaffee.

»Wissen deine Eltern schon Bescheid?«, fragte David.

»Nein, ich bin mir ja selbst erst seit kurzem darüber im Klaren. Bis auf euch weiß bisher auch keiner was davon«, sagte Fiona.

Alle murmelten zustimmende Worte und waren sich einig, dass sie wieder in ihr altes Leben und in ihren Beruf als Krankenschwester zurückkehren müsse. Nicht einer erwähnte Shane. Andreas äußerte die Vermutung, dass ihre Mutter und ihr Vater vor Freude bestimmt völlig aus dem Häuschen sein würden, und Yorghis erkundigte sich besorgt, ob sie ihre Stelle im Krankenhaus wieder bekäme. David wollte wissen, ob sie weiterhin zu Hause wohnen wolle. Und immer noch kein Wort über Shane.

Die Einzige, die sich nicht an dem Gespräch beteiligte, war Vonni, was sehr ungewöhnlich für sie war. Sie saß nur da und starrte vor sich hin.

Schließlich wandte Fiona sich an sie.

»Vonni, du hattest mit allem vollkommen Recht. Ich bin die Erste, die das zugibt. Freut dich das denn nicht?«

»Das ist doch kein Spiel, in dem es darum geht, möglichst viele Punkte zu machen. Es geht um dein Leben, deine Zukunft.«

»Umso mehr Grund, dich zu freuen und zu sagen: ›Ich habe es dir doch gesagt‹«, meinte Fiona. »Wenn jemandem das zusteht, dann dir.«

»Ich werde mich hüten. Ich habe meinen Mund schon weit genug aufgerissen und es mir mit euch allen verscherzt. Das ist ja mein Problem. Ich weiß immer, was für andere richtig ist, nur nicht für mich selbst. Andreas und Yorghis können ein Lied davon singen. Die dumme Von-

313

ni, die immer die Klappe offen und für alles eine Lösung hat. Nur mit ihrem eigenen Leben wird sie nicht fertig.«

Alle schwiegen betreten, doch dann meldete sich Yorghis zu Wort.

»Ich kann dazu nur sagen, dass ohne dich unsere Schwester Christina nie mehr auf die Beine gekommen wäre. Zum Glück hast du damals genau gewusst, was richtig für sie war«, sagte er.

»Und es vergeht nicht ein Tag im Jahr, an dem du nicht irgendjemandem hier im Ort etwas Gutes tust. Du sorgst dafür, dass Maria Autofahren lernt, passt auf ihre Kinder auf, besuchst die Kranken. Das erscheint mir ganz und gar nicht dumm oder vorlaut«, fügte Andreas hinzu.

»Ich wäre nie darauf gekommen, dass mein Vater sterbenskrank sein könnte, wenn du mich nicht darauf hingewiesen hättest, Vonni«, warf David ein. »Stell dir nur die Schuldgefühle vor, unter denen ich für den Rest meines Lebens gelitten hätte, hätte ich es nicht erfahren.«

»Und mit mir warst du heute den ganzen Tag unterwegs und hast nicht ein einziges Mal versucht, mich irgendwie zu beeinflussen. Ich bin nicht der Ansicht, dass du dich in mein Leben eingemischt hast. Du hattest nur zufälligerweise Recht. Und das werde ich dir nie vergessen«, sagte Fiona.

Vonni sah von einem zum anderen. Ihr Herz war so voll, das sie kaum zu sprechen wagte. Schließlich stammelte sie zwei Worte auf Irisch.

»*Slan abhaile,* Fiona«, sagte sie unsicher.

»Was heißt das?«, wollte David wissen.

»Das heißt: ›Komm gut nach Hause‹«, erklärte Fiona.

Thomas und Elsa blieben noch lange auf dem Balkon sitzen und unterhielten sich. Für einen Außenstehenden war kaum zu glauben, dass die beiden Freunde sich nicht bereits seit Jahren, sondern erst seit ein paar Tagen kannten. Sie verstanden einander ohne viele Worte und hatten Verständnis für die geheimen Ängste und Sehnsüchte des anderen.

»Also, wirst du jetzt zurückkehren, bevor dein Sabbatjahr um und Shirleys Baby geboren ist?«, fragte Elsa.

»Du meinst wirklich, ich soll fahren?« Fragend sah er sie an.

»Ich werde keinem Vorschriften machen, was er tun oder lassen soll. Denk nur daran, wie sauer wir alle auf Vonni waren, als sie uns erklären wollte, was wir zu tun hätten. Du hast mir ja auch nicht gesagt, was ich tun soll.«

»Aber bei mir ist das etwas anderes«, wandte Thomas ein.

»Ich frage dich ernsthaft um deine Meinung.«

»Okay … Also, ich denke, dass du Bill liebst und dass er dich liebt. Man findet nicht oft im Leben eine so vollkommene, uneigennützige Liebe. Deshalb bin ich der Ansicht, dass dir vieles entgeht, wenn du nicht bei ihm bist. Du hast ihn ja schließlich nicht vergessen und denkst nur an dein eigenes Leben. Du machst dir doch ständig Sorgen um ihn. Also, warum kannst du dir dann nicht in seiner Nähe eine Wohnung nehmen und ihm ein Zuhause bieten, wo er sich willkommen fühlt? Er wird bestimmt eifersüchtig reagieren, wenn das neue Baby kommt. Und dann braucht er einen Ort, wo er der König ist.«

Thomas hörte ihr sehr genau zu.

»Unsere Liebe war einmal vollkommen und uneigennützig, aber dann bin ich böse und gemein geworden wegen Andy und habe diese Liebe schwer belastet«, sagte Thomas traurig.

»Dann solltest du vielleicht versuchen, diese Liebe wieder neu zu beleben und sie zu stärken, bevor sie nach und nach kaputtgeht«, schlug Elsa vor.

»Mein Kopf stimmt dir zu, aber mein Herz hat Angst, ich könnte die Sache so gründlich vermasseln, dass es besser ist, wenn ich Bill aus dem Weg gehe … Und das sowohl seinetwegen als auch meinetwegen.«

»Du wirst schon die richtige Entscheidung treffen, Thomas. Dazu kenne ich dich mittlerweile gut genug. Aber würdest du mir vielleicht noch sagen, was *ich* mit meinem verpfuschten Leben anfangen soll, bevor du abreist? Und abreisen wirst du auf jeden Fall.«

»Ich könnte dir jetzt erzählen, dass es möglich ist, über jede Liebe hinwegzukommen, und dass ich mir wünsche, du würdest es in Erwägung ziehen, auch Dieter zu vergessen.«

»Aber warum? Warum willst du, dass ich die Sache beende? Du bist doch mein Freund und müsstest an meinem Wohlergehen interessiert sein. Du weißt genau, dass Dieter die große Liebe meines Lebens ist.« Elsa begriff nichts mehr.

»Du hast mich nach meiner Meinung gefragt, und ich habe sie dir gesagt«, erwiderte Thomas.

»Aber ich kann mir nicht vorstellen, aus welchem Grund du dir wünschst, dass ich ihn aufgebe und vergesse …«

»Weil ich dich dann trösten könnte.«

Elsa starrte ihn mit offenem Mund an. »Thomas, das ist nicht dein Ernst!«, stieß sie hervor. »Du und ich, wir sind Freunde. Du bist nicht verliebt in mich … das sind nur der Wein und die Sterne.«

»Ist dir nie der Gedanke gekommen, in mir auch den Mann zu sehen?«, fragte er, den Kopf leicht zur Seite geneigt.

»Doch, ich habe mir schon mal ausgemalt, wie angenehm es wäre, einen sensiblen Menschen wie dich zu lieben statt eines rastlosen Machers wie Dieter. Aber ich habe mir schon oft vergebens Dinge gewünscht, die nie geschehen sind … die nicht geschehen konnten.«

»Gut, dann würde ich sagen, dass du gleich morgen zu ihm zurückkehrst. Wozu hier noch Zeit verschwenden?«, erwiderte er.

»Du gibst aber schnell auf«, entgegnete sie kokett.

»Ich bitte dich, Elsa. Ich kann doch sagen, was ich will, es ist alles falsch. Aber ich war wenigstens so höflich und habe deinen Rat in Betracht gezogen. Du lässt dich ja nicht einmal darauf ein.«

»Ich spiele doch nur mit dir«, sagte sie.

»Lass das lieber«, antwortete Thomas.

»Ich weiß, ich bin wie eine dieser Feministinnen, die sich ärgern, wenn ein Mann aufsteht, um ihnen einen Platz anzubieten, aber auch, wenn er es nicht tut«, erwiderte Elsa zerknirscht. »Und ich spiele nur deshalb, weil ich nicht weiß, was ich sonst tun soll. Aber was du tun sollst, das weiß ich. Es springt einem direkt ins Auge. Und ich wüsste auch, was die anderen tun sollten – Dieter, David, Fiona, Andreas, Vonni. Nur wie meine eigene Entscheidung ausfallen soll, ist mir nicht klar.«

»Was sollte Vonni denn tun?«, erkundigte sich Thomas interessiert.

»Sie sollte Andreas und Yorghis bitten, ihren Sohn zu suchen und ihm zu erzählen, was für ein besonderer Mensch sie heute ist. Stavros junior kommt bestimmt nach Hause, wenn er das erfährt.«

Thomas musste lächeln.

»Elsa, die Jeanne d'Arc der Unterdrückten«, sagte er liebevoll und streichelte ihre Hand.

In der Taverne wurde diskutiert, wie und wann Fiona nach Hause fahren sollte.

»Vielleicht könntest du morgen mit mir zusammen die letzte Fähre nehmen«, schlug David vor. »Dann wäre keiner von uns allein, und du könntest eventuell sogar mit mir nach London fliegen.«

»Das ist keine schlechte Idee. Dann würde mir der Abschied nicht so schwer fallen.«

»Es ist ja nicht für immer«, sagte Vonni. »Ihr kommt wieder, schließlich habt ihr beiden viele Freunde hier.«

»Natürlich. Morgen werde ich mich von Eleni verabschieden und mich für alles bedanken. Und bei Dr. Leros werde ich auch vorbeischauen.«

»Und ich werde Maria die letzte Fahrstunde geben und ihr erklären, dass von jetzt an Vonni übernehmen wird. Ist das in Ordnung, Vonni?«

»Kann sie denn mittlerweile gleichzeitig den Gang wechseln und geradeaus fahren?«, fragte Vonni.

»Ihre Koordinationsfähigkeit ist viel besser geworden«, beruhigte David sie. »Sie stellt sich sogar recht geschickt an, wenn du es dir verkneifst, sie anzuschnauzen, und stattdessen ihr Selbstbewusstsein stärkst.«

»Wir stellen uns alle geschickt an, wenn man uns nicht anschnauzt, sondern unser Selbstbewusstsein stärkt«, brummte Vonni.

»Weiß in Irland eigentlich schon jemand, dass du wieder zurückkommst?«, wollte Andreas von Fiona wissen.

»Nein, keiner, wie gesagt. Aber ich werde morgen vom ›Anna Beach‹ Hotel aus anrufen.«

»Wenn du willst, kannst du mein Telefon benützen«, schlug er vor, wie an dem Tag, als Manos mit seinem Boot untergegangen war.

»Dann rufe ich nur kurz meine Freundin Barbara an. Vielen Dank, Andreas.« Und schon war Fiona in der Küche verschwunden.

»Ist es nicht ungewöhnlich, dass ihr jungen Menschen alle kein Handy habt?«, fragte Yorghis verwundert.

»Ja, seltsam ist das schon. Keiner von uns hat eines, das hier funktionieren würde«, bestätigte David.

»Das ist überhaupt nicht merkwürdig«, widersprach Vonni. »Ihr seid doch alle mehr oder weniger auf der Flucht. Wieso solltet ihr da ein Telefon mit euch herumschleppen, über das man euch aufspüren könnte?«

»Barbara?«

»Großer Gott, du, Fiona?«

»Barbara, ich komme nach Hause!«

»Na, das sind ja tolle Neuigkeiten. Wann werdet ihr zwei denn wieder hier sein?«

»Nicht wir zwei. Nur ich.«

Am anderen Ende der Leitung herrschte Schweigen.

»Bleibt Shane dort?«, fragte Barbara schließlich.

»Das könnte man so sagen, ja.«

»Wie schade«, meinte Barbara, um einen neutralen Tonfall bemüht.

»Tu nicht so scheinheilig! Du freust dich doch.«

»Das ist nicht fair. Warum sollte ich mich freuen, dass es meiner Freundin schlecht geht?«

»Mir geht es nicht schlecht, Barbara. Was meinst du, würdest du dir mit mir eine Wohnung teilen?«

»Natürlich. Ich mache mich sofort auf die Suche.«

»Wunderbar. Und, Barbara, könntest du es meinen Eltern erzählen?«

»Klar, was soll ich ihnen denn genau sagen?«

»Dass ich nach Hause komme«, sagte Fiona, überrascht, dass Barbara überhaupt gefragt hatte.

»Ja, aber du weißt doch, wie diese Generation einen immer mit ihren Fragen löchert …«, meinte Barbara.

»Ach, dir wird schon was einfallen«, erwiderte Fiona lachend.

Thomas begleitete Elsa zu ihrem Apartment zurück und küsste sie zum Abschied auf die Wange.

»Schlaf gut«, sagte er auf Deutsch zu ihr.

»Du willst mich mit deinen frisch erworbenen Deutschkenntnissen wohl beeindrucken?«, meinte sie lächelnd.

»Nein, keineswegs. Um dich zu beeindrucken, Elsa, müsste ich viel mehr als nur ›Gute Nacht‹ auf Deutsch sagen«, antwortete er kleinlaut.

»Zum Beispiel?«, fragte sie.

»Ich müsste mich in einen rastlosen Macher verwandeln. Ich könnte es ja mal versuchen, aber es würde eine Zeit lang dauern.«

»Du bist besser dran, so wie du bist, Thomas, glaube mir. Wir sehen uns morgen Mittag am Hafen.«

»Dann bist du um diese Zeit also noch nicht auf dem Weg nach Deutschland?«

»Nein, und du nach Kalifornien?«

»Gute Nacht, meine schöne Elsa«, sagte er und wandte sich zum Gehen.

Fiona war bereits in Elsas Apartment und packte ihren Koffer.

»Bevor du irgendetwas sagst, möchte ich mich bei dir entschuldigen. Ich war nicht ganz richtig im Kopf, als ich mir von dir das Geld leihen wollte«, beeilte Fiona sich zu sagen.

»Ist schon gut. Ich muss mich auch entschuldigen, weil ich so unwirsch zu dir war.«

»Nicht doch. Aber du hast Recht, das alles spielt jetzt keine Rolle mehr. Ich habe Shane verlassen und werde nach

Dublin zurückkehren. Ich habe ihn angesehen und plötzlich erkannt, wie die Zukunft mit ihm aussehen würde. Wahrscheinlich wirst du dir jetzt denken, dass es dann auch keine echte Liebe war, wenn sie so schnell wieder verschwinden kann.«

»Nein, das würde ich nie sagen. Es war echte Liebe, zumindest bei dir«, tröstete Elsa sie. »Aber wie du sagst, ist diese Liebe jetzt vorbei, und das macht das Leben leichter für dich.«

»Ich habe mich nicht von Shane getrennt, um ein leichtes Leben zu haben«, widersprach Fiona. »Ich habe ihn nur plötzlich in einem anderen Licht gesehen. So, wie ihr ihn die ganze Zeit über gesehen habt, vermute ich. Und da ist mir die Trennung ziemlich leicht gefallen. Natürlich tut es mir Leid, dass er nicht der Mensch ist, für den ich ihn gehalten habe. Bei dir ist das allerdings etwas anderes.«

»Wieso sagst du das?«

»Na ja, Shane hat meine Anhänglichkeit nur über sich ergehen lassen. Doch Dieter fleht dich regelrecht an, wieder zu ihm zurückzukommen, und verspricht dir, sich deinetwegen zu ändern. Das ist echte Liebe.«

Elsa ging nicht darauf ein. Stattdessen fragte sie: »Was war es nun letztendlich, das den Ausschlag gab, dich von Shane zu trennen?«

»Ich glaube, es war diese Gleichgültigkeit in seiner Stimme. Es war ihm alles eher lästig.«

»Ich weiß, was du meinst«, erwiderte Elsa und nickte bedächtig.

»Woher willst du das denn wissen! Dein Mann liegt vor dir auf den Knien und beschwört dich, zu ihm zurückzukommen. Das ist doch etwas völlig anderes!«

»Schon möglich, aber was du eben über diesen gewissen Tonfall gesagt hast, erscheint mir äußerst interessant.

Ich setze mich auf den Balkon und schaue noch ein bisschen auf das Meer hinaus. Möchtest du mir Gesellschaft leisten?«

»Nein, Elsa, ich bin ziemlich erschöpft. Ich bin heute an einem Tag nach Athen und wieder zurückgefahren und habe zwischendurch mein ganzes Leben umgekrempelt. Ich muss jetzt unbedingt schlafen.«

Elsa saß noch lange draußen und betrachtete das Mondlicht, das sich auf dem Meer spiegelte. Dann ging sie zurück ins Wohnzimmer, nahm ein Blatt Papier und schrieb einen Brief, den sie am nächsten Tag faxen wollte.

Meine liebe Hannah,

du bist wirklich eine gute und selbstlose Freundin. Du stellst keine Fragen und bist immer bereit, mir zuzuhören. Wie es sich herausstellte, war es eine hervorragende Entscheidung von mir, hierher zu kommen. Und noch besser war es, dass ich Dieter hier getroffen habe, denn jetzt kann ich eine Entscheidung treffen, die auf Tatsachen beruht und nicht auf irgendwelchen Fantasievorstellungen. Ich bin immer noch nicht sicher, was ich tun werde. Aber noch ein paar Tage auf dieser friedlichen Insel, und ich werde mir darüber im Klaren sein. Heute Abend habe ich zwei Dinge erfahren. Ein Amerikaner hat mir beiläufig erklärt, dass man tatsächlich über die Liebe zu einem Menschen hinwegkommen kann – so wie über Keuchhusten. Und dann hat eine junge Irin zu mir gesagt, ich müsse mich glücklich schätzen, weil Dieter versprochen habe, sich meinetwegen zu ändern. Und dabei habe ich mir die Frage gestellt, warum wir einen Menschen überhaupt ändern wollen. Entweder wir lieben ihn, wie er ist, oder wir verlassen ihn.

Es ist jetzt mitten in der Nacht, und ich schreibe dir diesen Brief im Mondlicht. Die letzte Stunde habe ich so intensiv über mein Leben mit Dieter nachgedacht wie noch nie zuvor. Ich habe mich geradezu in diese Beziehung geflüchtet. Und es gab jede Menge, wovor ich davonlaufen wollte. Mein Vater hat uns verlassen, als ich noch ein Kind war. Ich hoffte immer, dass er sich bei mir melden würde, wenn er mich im Fernsehen sah. Aber er hat es nie getan. Meine Mutter und ich standen uns nie nahe, vielleicht, weil wir uns zu ähnlich waren und beide stets nach Perfektion strebten.

Aber in den Wochen, seit ich unterwegs bin, habe ich gelernt, dass es so etwas wie ein perfektes Leben nicht gibt und dass wir aufhören müssen, danach zu suchen. Ich habe auf dieser Reise viele Menschen kennen gelernt, die viel größere Probleme als ich haben, und aus irgendeinem Grund hat mich das beruhigt.

Und ich habe an dich gedacht, Hannah, an dich und deine glückliche Ehe mit Johann. An deinem Hochzeitstag vor fünf Jahren hast du zu mir gesagt, dass es nichts gibt, was du an ihm ändern willst.

Darum beneide ich dich.

Alles Liebe von deiner
Freundin Elsa.

KAPITEL SECHZEHN

Miriam Fine hatte Davids Zimmer für ihn vorbereitet und einen neuen Bettüberwurf in Lila samt passenden Vorhängen gekauft. Ins Bad hatte sie neue, dunkelrote Handtücher gelegt.

»Die sehen hübsch aus, irgendwie männlich. Ich hoffe, sie gefallen ihm«, sagte sie.

»Jetzt mach doch seinetwegen nicht so einen Wirbel, Miriam. Das mag er nicht«, antwortete Davids Vater.

»Das sagst ausgerechnet du zu mir? Erklär mir doch mal, was du tun wirst, wenn er zur Tür hereinkommt, ja?«

»Auf jeden Fall nicht etwas, das ihn in Verlegenheit bringt.«

»Doch, du drängst ihm als Erstes bestimmt ein Gespräch über Verantwortung auf. Wenn ihn irgendetwas aufregt, dann das.«

»Nein, ich werde mit ihm nicht über Verantwortung reden. Er ist offensichtlich endlich zur Vernunft gekommen und hat beschlossen, seine verrückten Ideen aufzugeben.«

»Er kommt nach Hause, weil du krank bist, Harold. Und er ist von sich aus darauf gekommen. Du hast doch den Brief gelesen, den ich ihm geschrieben habe. Da stand nicht ein Wort über deine Krankheit.«

»Ich will sein Mitgefühl nicht. Und sein Mitleid schon gar nicht.« Die Augen von Davids Vater füllten sich mit Tränen.

»Aber vielleicht seine Liebe, Harold. Das ist der Grund, weshalb er nach Hause kommt. Weil er dich liebt.«

Fionas Vater steckte den Schlüssel ins Schloss. Er hatte einen langen, ermüdenden Tag im Büro hinter sich. Noch eine Woche bis zu seinem fünfzigsten Geburtstag, aber er fühlte sich wie fünfundachtzig. Seine Schultern waren steif und schmerzten. Die jüngeren Kollegen im Büro sägten an seinem Stuhl, und es konnte durchaus passieren, dass er bei der nächsten Beförderung übergangen wurde. Er war kurz versucht gewesen, auf einen Sprung und drei kleine Bier im nächsten Pub vorbeizuschauen, aber ihm war klar, dass Maureen mit dem Abendessen wartete. Das war den Ärger nicht wert.

Kaum dass er die Tür aufgeschlossen hatte, kam sie schon auf ihn zugestürzt.

»Sean, du wirst es nicht glauben! Fiona kommt nach Hause. Diese Woche noch!« Maureen Ryan war außer sich vor Freude.

»Woher weißt du das?«

»Barbara hat angerufen.«

»Hat man dem Nichtsnutz seine Sozialhilfe nicht mehr nach Griechenland überwiesen? Kommen sie deswegen zurück?«, knurrte Sean.

»Nein, warte doch, bis zu alles weißt. Sie hat ihn verlassen – sie kommt allein nach Hause!«

Sean legte seine Aktentasche und die Abendzeitung auf den Tisch und setzte sich. Dann stützte er den Kopf in beide Hände.

»Heute beim Mittagessen hat mich jemand gefragt, ob ich denke, dass es einen Gott gibt«, erzählte er. »Ich habe dem Burschen erklärt, er soll erst mal erwachsen werden. Natürlich gibt es keinen Gott. Welcher Gott würde schon dieses Chaos und Durcheinander auf der Welt zulassen? Aber jetzt bin ich versucht, meine Antwort zu überdenken. Vielleicht gibt es dort draußen doch irgendetwas. Kommt sie tatsächlich zurück?«

»Morgen oder übermorgen. Sie hat Barbara gebeten, es uns auszurichten. Und sie will sich wieder um ihre alte Stelle bewerben.«

»Ach, das ist gut so. Wissen es die Mädchen schon?«

»Nein, ich wollte es dir zuerst sagen«, erwiderte Maureen Ryan.

»Und ihr Zimmer hast du auch schon hergerichtet, nehme ich an.« Er lächelte müde.

»Nein, und weißt du, warum? Sie will sich mit Barbara eine Wohnung teilen.«

»Tja, das ist doch in Ordnung, oder?«

»Ich halte das für das Beste, Sean«, sagte Fionas Mutter mit Tränen in den Augen.

»Ich habe eine große Überraschung für dich, Bill. Ich werde mit dir und deiner Mutter wegfahren!«, verkündete Andy.

»Hey, das ist ja großartig! Wohin fahren wir?«

»Deine Großmutter plant mit ihrer Gruppe eine Reise zum Grand Canyon, erinnerst du dich?«

»Ja?« Bill war ganz aufgeregt. Sein Dad hatte ihm schon oft vom Grand Canyon erzählt und ihm Bilder davon gezeigt. Eines Tages wollte er mit ihm dorthin fahren. »Soll das heißen, dass wir mitkommen?« Freudige Erwartung spiegelte sich auf seinem Gesicht wider.

»Tja, nachdem Shirley und ich schon immer mal zum Grand Canyon wollten, dachte ich mir, wir könnten das verbinden, und du könntest bei der Gelegenheit deine Großmutter sehen.«

»Und was sagt Mom dazu?«

»Sie war begeistert, und das hat mir natürlich gefallen. Aber ich habe es nicht deswegen vorgeschlagen, weil ich ein so netter Mensch bin, sondern weil ich dachte, dass es uns allen gut tun würde.«

»Aber du bist ein netter Mensch, Andy«, sagte Bill.

»Ich mag dich, Bill, das weißt du doch. Und wenn das neue Baby da ist, werde ich genauso glücklich sein wie du. Dann habe ich nämlich zwei Kinder zum Liebhaben.«

»Wieso bist du dann so glücklich wie ich?«

»Du hast doch zwei Väter, oder? Aber weil wir gerade darüber sprechen … du solltest deinen Dad in Griechenland anrufen und ihm von unserer Reise erzählen.«

Bill wählte die Nummer in Griechenland, aber es meldete sich nur der Anrufbeantworter.

Er hinterließ eine Nachricht.

»Dad, Andy fährt mit uns nach Arizona, um uns den Grand Canyon zu zeigen. Wir kommen auch durch die Sierra Nevada und treffen Großmutter, die mit ihrem Buchklub dort ist. Andy meint, ich soll dich von dort aus mal anrufen, dann kannst du auch mit Großmutter sprechen.«

Und dann übernahm Andy den Hörer.

»Thomas, nur für den Fall, dass du diese Nachricht hörst, wenn wir schon weg sind. Wenn du Bill anrufen willst, hier die Nummer von meinem Handy. Ich werde mich bemühen, deinem Jungen alles richtig zu erklären. Wir haben auch schon den Atlas herausgeholt, um uns zu informieren, aber ich werde bestimmt einiges übersehen. Vielleicht kann er ja mit dir noch mal hinfahren, wenn du wieder zurück bist.«

»Das heißt, falls er jemals wieder zurückkommt«, krähte Bill aus dem Hintergrund, bevor Andy aufgelegt hatte.

Dieser letzte Satz war noch auf dem Band, als Thomas in die Wohnung kam, nachdem er Elsa nach Hause begleitet hatte, und seinen Anrufbeantworter abhörte.

Lange Zeit saß er da und dachte nach. Er sah den Schein der Taschenlampe durch den Hühnerstall huschen, er hatte also Recht gehabt mit seiner Vermutung, dass Vonni an dem Abend nicht im Gästezimmer übernachten würde. Was für ein seltsames Leben sie doch diese ganzen Jahre inmitten der Bewohner von Aghia Anna geführt hatte. Thomas dachte an die schöne, kluge Elsa, die zu diesem egoistischen Deutschen zurückkehren würde, der in ihr doch nur eine Trophäe sah. Er dachte auch an den geradlinigen, anständigen Andy, den er bis zu diesem Moment verteufelt hatte.

Und dabei bemühte Andy sich nur, alles richtig zu machen.

Thomas dachte an Bill, der offensichtlich glaubte, er würde niemals mehr nach Hause kommen.

Er blieb so lange sitzen und wälzte alle möglichen Gedanken im Kopf hin und her, bis die Sterne am Himmel verblassten und die ersten Sonnenstrahlen über den Bergen auftauchten.

Die vier Freunde trafen sich ein letztes Mal zum Mittagessen in dem kleinen Restaurant mit den blau karierten Tischdecken.

»Jetzt sind wir schon so oft hier gewesen und wissen nicht einmal, wie es heißt«, sagte Fiona.

»Es heißt ›Mitternacht‹«, antwortete David. »Seht ihr.« Und dabei deutete er auf die griechischen Buchstaben und las langsam vor: *Mesanihta.*

»Woher weißt du das?«, fragte Elsa.

Anschaulich erklärte er ihnen einen Buchstaben des griechischen Alphabets nach dem anderen. »Seht ihr, dieses V da ist eigentlich ein N.«

»Du würdest einen großartigen Lehrer abgeben, David«, sagte Elsa voller Überzeugung.

»Ich weiß nicht, da bin ich mir nicht so sicher«, erwiderte er.

»Umso besser für einen Lehrer«, meinte Thomas.

»Aber ihr werdet mir alle sehr fehlen. Ich habe zu Hause nicht sehr viele Freunde«, fuhr David fort.

»Ich auch nicht, aber es würde mich wundern, wenn das bei dir noch lange so bliebe«, entgegnete Thomas. »Vergiss nicht, du wirst durch deine Fahrstunden jede Menge neue Leute kennen lernen!«

»Hier ist es einfach, Fahrstunden zu geben, aber auf den Autobahnen in England ist das schon schwieriger«, erwiderte David. »Ich glaube nicht, dass ich eine eigene Fahrschule eröffnen werde.«

»Hast du eigentlich viele Freunde in Deutschland, Elsa?«, fragte Fiona.

»Nein, kaum, aber dafür umso mehr Bekannte. Eigentlich habe ich nur eine einzige gute Freundin – Hannah. Wenn man Karriere machen will, oder das zumindest glaubt, muss man flexibel und mobil sein. Da bleibt kaum Zeit für Freunde«, sagte sie reumütig.

Alle nickten. So ging es den meisten Leuten.

In dem Zusammenhang verkündete Fiona ihren Entschluss, mit David im Zug nach Hause zu fahren und ihn zu seinen Eltern zu begleiten. Sie würde ihm hoffentlich über die ersten Hürden des Wiedersehens hinweghelfen, indem sie ihnen von dem Leben auf dieser verzauberten Insel erzählte, das sie alle in seinen Bann geschlagen hatte.

»Wie die Lotos-Esser«, warf Elsa ein.

»Jetzt gibt Elsa wieder damit an, wie gut sie sich in der englischen Literatur auskennt«, feixte Thomas und betrachtete sie liebevoll.

»Das ist ein Gedicht von Tennyson«, fuhr sie fort, ohne auf ihn zu achten. »Als sie die Insel der Lotos-Esser betraten und alle von dem Nektar kosteten, in einem Land, in dem es immer Nachmittag zu sein schien, da sagte einer von ihnen sinngemäß: ›Legt Rast ein, Brüder, hier wollen wir verweilen.‹ Und dieser Ort hatte dieselbe Wirkung auf uns alle, denke ich.«

»Nur leider müssen Fiona und ich dieses Paradies jetzt verlassen«, sagte David traurig.

»Aber eines Tages werdet ihr hierher zurückkommen. Das ist der Unterschied zu der Zeit, in der Tennyson lebte. Damals im neunzehnten Jahrhundert gab es keine billigen Flüge, geschweige denn überhaupt Flugzeuge«, versuchte Thomas sie aufzumuntern.

»Ich würde gerne mal mit meiner Freundin Barbara herkommen, aber ohne euch wird es nicht dasselbe sein«, sagte Fiona.

»Aber Vonni wird hier sein, und auch Andreas, Yorghis und Eleni – eine Menge Bekannte.« Thomas bemühte sich weiter, ihnen die positiven Seiten vor Augen zu führen.

»Und du, wirst du noch länger hier bleiben, Thomas?«, wollte Fiona wissen.

»Nein, wahrscheinlich nicht. Ich glaube, ich werde sogar ziemlich bald nach Kalifornien zurückkehren«, antwortete Thomas ausweichend. Die Freunde stellten keine weiteren Fragen, denn er schien sich noch nicht endgültig entschieden zu haben.

»Und wann fährst du nach Deutschland zurück, Elsa?«, fragte David zaghaft, das Thema wechselnd.

»Ich fahre überhaupt nicht mehr zurück«, erwiderte sie.

»Willst du hier bleiben?«, fragte Fiona erstaunt.

»Ich weiß noch nicht, aber zu Dieter kehre ich nicht zurück.«

»Wann hast du das denn entschieden?« Thomas beugte sich vor und sah sie forschend an.

»Gestern Nacht auf meinem Balkon, als ich das Meer betrachtete.«

»Und, hast du es schon jemandem gesagt? Dieter zum Beispiel?«

»Ich habe ihm geschrieben und den Brief heute Morgen auf dem Weg hierher eingeworfen. In vier bis fünf Tagen dürfte er ihn haben. Jetzt habe ich genügend Zeit, um mir in Ruhe zu überlegen, wohin ich als Nächstes möchte.« Und dabei schenkte sie Thomas jenes verhaltene, warme Lächeln, das sie zum Liebling des deutschen Fernsehpublikums gemacht hatte.

»Gehst du nicht ins *Mesanihta*, um dich von ihnen zu verabschieden, Vonni?«, erkundigte sich Andreas, als er auf einen Sprung im Souvenirladen vorbeischaute.

»Nein, ich bin ihnen schon genug auf die Nerven gegangen. Ich lasse sie lieber in Ruhe abreisen«, erwiderte sie, ohne aufzublicken.

»Du bist aber eine komplizierte Frau, Vonni, stachlig wie ein Kaktus. Sowohl David als auch Fiona haben dir doch gestern Abend versichert, wie dankbar sie dir sind.« Andreas schüttelte verständnislos den Kopf.

»Ja, das haben sie. Sie waren sehr höflich, so wie du und Yorghis, und ich danke euch. Ach, übrigens, dieses Verlangen nach Alkohol hat sich wieder aufgelöst wie eine Wolke am Sommerhimmel. Aber es sind die anderen beiden, Thomas und Elsa, mit denen ich es mir wirklich verscherzt habe. Ich will keine klugen Reden mehr schwingen. Wir beide, Andreas, du und ich, wir haben in jungen Jahren doch auch genügend Ratschläge mit auf den Weg bekommen. Aber haben wir darauf gehört? Die Antwort lautet: nein.«

»Und was würdest du anders machen, wenn du dein Leben noch mal von vorn beginnen könntest?«, fragte er zögernd.

Mit dieser Frage begab sich Andreas auf ihm völlig unbekanntes Terrain. Normalerweise ließ er die Dinge auf sich beruhen, hinterfragte nichts und vermied es, zu analysieren.

»Ich würde Stavros Magda nicht kampflos überlassen. Vielleicht würde ich nicht sofort gewinnen, aber etwas später möglicherweise. Vielleicht wäre er zurückgekommen, sobald er ihrer überdrüssig geworden war. Und selbstverständlich hätte ich mich mit Stavros wegen der Tankstelle auseinander setzen sollen. Die Menschen hier haben viel Sinn für Gerechtigkeit; sie hatten nicht vergessen, dass ich sie ihm gekauft hatte. Ich hätte meinen Sohn allein erziehen können. Aber nein, ich musste ja unbedingt die Lösung meiner Probleme auf dem Grund einer Schnapsflasche suchen. Und damit war die Sache gelaufen.« Sie starrte niedergeschlagen vor sich hin.

»Hat dir damals irgendjemand einen Rat gegeben?«, fragte Andreas vorsichtig.

»Ja, der Vater von Dr. Leros und deine Schwester Christina. Aber ich hatte nichts anderes im Sinn als Alkohol und wollte nicht auf sie hören.«

»Du hast mich noch nicht gefragt, was ich ändern würde, hätte ich die Gelegenheit dazu«, fuhr er unsicher fort.

»Du hättest es bestimmt versucht und auch geschafft, Adoni zurückzuhalten. Habe ich Recht?«

»Ja, natürlich hätte ich das tun sollen. Aber wollte ich zu dem Zeitpunkt auf die Leute hören, die mir das zu erklären versuchten? Nein, natürlich nicht.« Er sah sie traurig an. »Und außerdem hätte ich vor fünfundzwanzig Jahren um deine Hand anhalten sollen.«

Vonni schaute ihn verblüfft an. »Andreas! Das ist nicht dein Ernst. Wir waren doch nie ineinander verliebt.«

»In meine Frau war ich am Anfang auch nicht verliebt, jedenfalls nicht so wie in Romanen und Liedern. Wir sind gut miteinander ausgekommen und waren Freunde. Du und ich, wir hätten auch gute Partner sein können.«

»Aber wir *sind* gute Partner, Andreas«, erwiderte Vonni mit schwacher Stimme.

»Ja, aber weißt du …«, murmelte er.

»Nein, es hätte nie funktioniert, keine fünf Minuten. Glaube es mir. Du hast damals genau das Richtige getan. Weißt du, Stavros habe ich so geliebt, wie es in Büchern und Liedern beschrieben ist. Es war eine Liebe wie im Traum. Mit weniger hätte ich mich nie zufrieden gegeben.«

Vonnis sachliche Art lenkte ihr Gespräch bald wieder in normale Bahnen.

»Dann war es wohl das Beste so«, erwiderte Andreas.

»Ganz bestimmt. Aber eines musst du mir glauben, Andreas. Ich habe es ernst gemeint, als ich sagte, dass Adoni zu dir zurückkommen wird. Ich *weiß* es.«

Andreas schüttelte seinen Kopf. »Das ist nur ein Wunsch, ein Hirngespinst.«

»Der Mann ist vierunddreißig Jahre alt. Du hast ihm geschrieben. Natürlich kommt er zurück.«

»Warum hat er dann nicht angerufen oder einen Brief geschickt?«

Er wollte Vonni nichts von dem mysteriösen Anruf erzählen, der darauf hindeutete, dass Adoni bereits hier sein könnte. Vielleicht war alles nur ein Fehler, ein Missverständnis. Er wollte keine Hoffnungen in ihr wecken wie bei seinem Bruder. Aber auch ohne von dem Anruf zu wissen, war Vonnis Glaube unerschütterlich.

»Er braucht eben noch ein wenig Zeit, Andreas. Chicago ist weit weg. Er muss für sich eine Entscheidung treffen. Aber er wird kommen.«

»Danke, Vonni, du bist wirklich eine gute Freundin«, sagte Andreas und schnäuzte sich laut.

»Hey, Dimitri?«

»Ja?« Dimitris Stimme klang kalt. Er hatte noch nie gesehen, dass ein Mann so brutal auf ein sanftes, wehrloses Mädchen losgegangen war wie dieser Shane. Und dabei hatte sie es doch nur gut mit ihm gemeint.

»Kann ich einen Brief schreiben?«

»Ich hole Papier.«

Von Zeit zu Zeit warf Dimitri einen Blick in die Zelle. Shane brauchte lange zum Schreiben und Nachdenken. Endlich war der Brief fertig, und er verlangte einen Umschlag.

»Wir geben den Brief schon auf. Sag mir nur, wohin wir ihn schicken sollen.« Dimitri wollte nicht viel Zeit mit Shane verschwenden.

»Einen Teufel werdet ihr tun. Ich lasse euch doch nicht meinen Brief lesen«, schimpfte Shane.

Dimitri zuckte die Schultern. »Wie du willst«, sagte er und ging.

Einige Stunde später rief Shane wieder nach ihm.

Dimitri notierte die Adresse von Andreas' Taverne in Aghia Anna.

»Das ist aber seltsam!«, sagte Dimitri.

»Du wolltest die verdammte Adresse wissen. Blöde Sprüche kannst du dir sparen«, blaffte Shane ihn an.

»Nein, ich kenne zufälligerweise den Sohn von Andreas – Adoni. Wir sind Freunde.«

»Seid ihr, so? Also, der Alte hält nicht viel von ihm«, sagte Shane voller Häme.

»Sie hatten eine Meinungsverschiedenheit. So etwas kann zwischen Vater und Sohn durchaus vorkommen«, erklärte Dimitri würdevoll.

Die vier Freunde verabredeten sich eine halbe Stunde vor Abfahrt der Fähre unten am Hafen. Und dann verließen sie das Café, von dem sie jetzt wussten, dass es »Mitternacht« hieß, und gingen in verschiedenen Richtungen weg.

Fiona und David wurden auf ihrer Abschiedsrunde überall reich beschenkt.

Maria hatte für David einen Kuchen gebacken, den er seinen Eltern mitbringen sollte, und Eleni hatte für Fiona einen Spitzenkragen gehäkelt.

Wunderschöne *komboloi*, original aus bernsteinfarbenen Glasperlen, waren Yorghis' Abschiedsgeschenk für sie, und von Andreas bekam David ein Foto von sich und dem Tavernenwirt in einem geschnitzten Holzrahmen überreicht.

Dr. Leros schließlich hatte Fiona ein paar bunte Keramikfliesen geschenkt, die sie an die Wand hängen konnte und die sie an Griechenland erinnern sollten.

Nur Vonni konnten sie nirgends finden, auch zu Hause nicht.

»Sie kommt sicher, um uns zu verabschieden«, tröstete Fiona David.

»In den letzten Tagen kam sie mir ziemlich traurig vor. Irgendwie hat sie ihren Schwung verloren«, erwiderte Fiona.

»Vielleicht beneidet sie dich darum, dass du nach Irland zurückfährst … Ihr war das ja nie möglich«, mutmaßte David.

»Mag sein, aber sie sagt doch selbst, dass es sich gelohnt hat und sie ihre Liebe leben konnte … zumindest eine Zeit lang. Und einen Sohn hat sie auch noch bekommen. Das ist mehr, als viele Menschen von sich behaupten können.«

»Wo ist dieser Sohn jetzt?«, fragte David.

»Sie behauptet zwar, es nicht zu wissen, aber das glaube ich ihr nicht so ganz«, sagte Fiona.

»Wäre es nicht wunderbar, wenn er zurückkäme? Wenn er mitten in Chicago auf Adoni träfe und sie gemeinsam beschließen würden, hierher zurückzukommen, um sich noch einmal auf die alte Schaukel oben bei der Taverne zu setzen«, sagte David.

»Ach, David. Und da heißt es, die Iren sind sentimental und glauben an Märchen.«

Fiona stieß ein perlendes Lachen aus und fasste ihn sacht am Arm, um ihm zu zeigen, dass sie mit ihm und nicht über ihn lachte.

»Du bist mir vielleicht ein stilles Wasser, Elsa. Klammheimlich schmiedest du deine Pläne und erzählst mir nichts davon.« Missbilligend schüttelte Thomas den Kopf, während sie nebeneinander durch den kleinen Ort gingen.

»Ich habe es dir doch erzählt.«

»Ja, vor allen anderen.«

»Na ja, es hat sich nun mal zufälligerweise so ergeben, dass wir in dem Moment darüber gesprochen haben.« Elsa schien sich keiner Schuld bewusst zu sein.

»Aber ich dachte, das sei eine private Angelegenheit, die wir nur unter uns besprechen würden …« Er zögerte.

»Das haben wir doch auch, und ich bin froh darüber«, sagte sie.

»Was hast du jetzt vor? Ich persönlich werde mich jetzt kurz hinlegen.«

Elsa lachte. »Was ich vorhabe? Ich gehe Vonni suchen.«

Vonni war weder im Hühnerstall noch in ihrem Kunstgewerbeladen noch im Polizeirevier zu finden.

Elsa beschloss, der kurvigen Straße bis zu dem Haus des alten Mannes zu folgen, der von moderner Medizin nichts wissen wollte. Vielleicht war sie dort.

Die Sonne stand hoch am Himmel, und zum Glück hatte Elsa einen weißen Baumwollhut aufgesetzt. Die Straße war sehr staubig. Kinder kamen aus den halb verfallenen Häusern gelaufen und spreizten die kleinen Hände zum Gruß. »*Yassas!*«, riefen sie, als sie vorbeiging.

Elsa wünschte sich, sie hätte ein paar Süßigkeiten – *karameles,* wie es hier hieß – mitgebracht. Aber sie hatte nicht mit diesem Empfangskomitee gerechnet.

Vor dem Haus des alten Mannes blieb sie stehen und überlegte sich ein paar Worte auf Griechisch. Sie wollte ihm sagen, dass sie ihre Freundin Vonni suchte. Aber das war nicht nötig. Vonni saß am Bett des alten Mannes und hielt seine Hand.

Sie wirkte nicht im Mindesten überrascht, Elsa zu sehen.

»Er liegt im Sterben«, sagte sie sachlich.

»Soll ich einen Arzt holen?«, fragte Elsa, der dies das Naheliegendste zu sein schien.

»Nein, er wird keinen Arzt über seine Schwelle lassen. Aber ich werde ihm sagen, dass du dich mit Heilkräutern auskennst. Dann nimmt er, was du ihm geben wirst.«

»Das kannst du doch nicht tun, Vonni«, empörte sich Elsa.

»Ist es dir lieber, wenn er unter großen Schmerzen stirbt?«

»Nein, natürlich nicht, aber wir können doch nicht mit seinem Leben spielen ...«

»Er hat noch ungefähr sechs oder sieben Stunden zu leben. Wenn du helfen willst, dann geh zu Dr. Leros. Du erinnerst dich vielleicht noch, wo er wohnt. Erkläre ihm die Situation und bitte ihn um etwas Morphium.«

»Aber brauche ich kein ...«

»Nein, du brauchst gar nichts. Anschließend geh bitte in mein Geschäft und hole irgendeine Keramikschale. Aber beeil dich.«

Auf ihrem Weg die staubige Straße hinunter fuhr hinter Elsa ein alter Lieferwagen nach. Sie hielt ihn an und erklärte, dass sie dringend ins Dorf und Medizin besorgen müsse. Die beiden Männer warfen ihr bewundernde Blicke zu und fuhren sie bereitwillig zum Arzt. Wie Vonni vorhergesagt hatte, war es tatsächlich kein Problem, die Medikamente zu bekommen. Während Elsa die Keramikschale holte, warteten die Männer auf sie und fuhren sie dann wieder zurück.

»Das ging aber flott«, sagte Vonni anerkennend, während Elsa die magere Hand des alten Mannes ergriff und murmelte: »*Dhen ine sovaro, dhen ine sovaro.* Es ist nichts Ernstes, es ist nichts Ernstes.«

Unterdessen zerkleinerte Vonni die Morphiumtabletten in der Keramikschale, vermischte sie mit etwas Honig und flößte die Mixtur dem alten Mann löffelweise ein.

»Es wäre besser, wir könnten ihm das Morphium spritzen. Das würde ihm sofort Erleichterung verschaffen. Aber er wird das nie zulassen«, erklärte Vonni grimmig.

»Wie lange dauert es so, bis er die Wirkung spürt?«

»Ein paar Minuten. Aber das Zeug wirkt wahre Wunder«, erwiderte Vonni.

Der alte Mann murmelte etwas.

»Was sagt er?«

»Er hat gesagt, dass die kräuterkundige Frau sehr schön ist«, erklärte Vonni trocken.

»Ich wünschte, das hätte er nicht gesagt«, sagte Elsa traurig.

»Warum nicht? Dein und mein Gesicht sind das Letzte, was er im Leben sieht. Umso besser, dass er sich auf deines konzentrieren kann.«

»Vonni, *bitte.*« Elsa hatte Tränen in den Augen.

»Wenn du ihm helfen willst, dann lächle, Elsa. So vergehen seine Schmerzen schneller.«

Und in der Tat entspannte sich sein Gesicht zusehends, und auch der Griff um ihre Hand lockerte sich.

»Stell dir vor, er wäre dein Vater. Leg Liebe und Wärme in deinen Blick«, wies Vonni sie an.

Elsa spürte, dass dies nicht der Moment war, Vonni daran zu erinnern, dass sie ihren Vater kaum gekannt hatte. Stattdessen betrachtete sie diesen armen, alten Griechen und betrauerte sein armseliges Leben, an dessen Ende eine Irin und eine Deutsche an seinem Sterbebett saßen und ihm eine große Dosis Morphium verabreichten …

»Yorghis, hier ist Dimitri aus Athen. Erinnern Sie sich? Wir haben ein paar Mal miteinander telefoniert …«

»Natürlich erinnere ich mich an dich! Wie geht es dir, mein Junge? Schön, von dir zu hören! Wann heiratest du jetzt endlich?«

»Bald. Machen Frauen nicht viel zu viel Wirbel um diesen einen Tag? Was danach kommt, ist doch viel wichtiger, oder?«

»Für uns ja, aber für sie ist dieser Tag von größter Bedeutung.«

»Aber weshalb ich anrufe … kennen Sie diesen irischen Drogenhändler?«

»Shane? Klar kenne ich den, Gott sei Dank hat seine Freundin ihm den Laufpass gegeben. Sie hat ihn vor deinen Augen einfach stehen lassen, richtig?«

»Ja, das stimmt. Woher wissen Sie das?«

»Vonni hat es uns erzählt, die Frau hier aus dem Dorf, die Fiona begleitet hat. Sie sagt, du hättest dich wie ein richtiger Held benommen.«

»Ach, Sie kennen die Frau? Aber ich fürchte, ein Held war ich nicht gerade, nein. Doch ich wollte Ihnen eigentlich sagen, dass dieser Shane einen Brief an Ihren Bruder geschrieben und an die Taverne geschickt hat. Der Brief war auf Englisch, und ich kann Englisch nicht besonders gut lesen. Trotzdem wüsste ich gern, was drin steht.«

»Wahrscheinlich glaubt der Bursche, den alten Andreas leicht um den Finger wickeln zu können, aber da täuscht er sich. Die kleine Fiona fährt nach Irland zurück. Andreas und ich werden uns heute Abend von ihr an der Fähre verabschieden. Shane kann Andreas schreiben, was er will, es ist ohnehin zu spät.«

»Das ist gut«, antwortete Dimitri. »Aber da ich gerade mit Ihnen telefoniere … Ist Adoni eigentlich jemals nach Aghia Anna zurückgekehrt? Sie wissen doch, dass ich ihn aus Athen kenne, und gerade heute musste ich an ihn denken.«

»Nein, ist er nicht.«

»Hat drüben wahrscheinlich zu viel Geld verdient, oder?«

»Nicht dass ich wüsste, und wir würden es bestimmt erfahren, wenn jemand von hier drüben in den Vereinigten Staaten sein Glück gemacht hätte. Aber das ist ein merkwürdiger Zufall! Erst vor ein, zwei Tagen dachte ich, er würde zurückkommen, aber das war falscher Alarm.«

»Wie meinen Sie das?«

»Ach, da war eine verstümmelte Nachricht aus Chicago auf Andreas' Anrufbeantworter. Irgendjemand wollte wissen, wo Adoni einen Schlüsselbund gelassen hätte. Ich dachte … ich hoffte, er könnte auf dem Weg hierher sein. Aber nein, nichts.«

»Ich vermute, letzten Endes können wir doch nicht aus unserer Haut heraus«, bemerkte Dimitri seufzend.

»Du bist ja ein richtiger Philosoph, mein Junge. Die Alten hören eben nicht auf zu hoffen, dass die Welt ein freundlicherer Ort wird und die Menschen endlich einsehen, dass das Leben kurz ist und dass kein Streit es wert ist, unnötig in die Länge gezogen zu werden.«

Vor der letzten Fähre, die Aghia Anna an diesem Abend verließ, bildete sich eine lange Schlange.

Fiona und David standen inmitten einer Gruppe aus Freunden und Bekannten. Maria und ihre Kinder waren da, auch Eleni mit ihren Söhnen. In ihrem Haus hatten Fiona und Shane gewohnt. Vonni und Elsa sahen müde und erschöpft aus, aber auch sie schienen sich ausgesöhnt zu haben.

Thomas war selbstverständlich auch gekommen und trug zum Abschied seine lächerlich ausgebeulten Shorts. Er hatte für Fiona und David je ein kleines Büchlein über die Insel gekauft und ein Foto für sie abziehen lassen, das sie alle vier in ihrem Lieblingscafé zeigte. Über die Aufnahmen hatte er geschrieben: »Mittag im Mitternacht.«

Andreas und Yorghis versprachen den beiden Reisenden, sie mit köstlichem Lammbraten in Empfang zu nehmen, wenn sie wieder zurückkämen.

Vonni sah den beiden an, dass sie vor Rührung den Tränen nahe waren, und räusperte sich.

»Eines müsst ihr mir versprechen – ihr dürft uns auf keinen Fall ohne Nachricht hier auf diesem kahlen Felsen im Mittelmeer hocken lassen. Wir wollen wissen, was zu Hause bei euch los ist«, sagte sie streng. »Ihr könnt an meine Adresse schreiben, und ich gehe dann hinunter ins *Mesanihta* und lese es den anderen vor.«

Die beiden versprachen, ihr zu schreiben.

»Und vergesst nicht, am Tag nach eurer Ankunft«, verlangte Vonni. »Wir wollen wissen, wie es gelaufen ist.«

»Dir schreiben wir doch gerne, denn wir müssen dir nichts vorlügen«, sagte David.

»Oder uns verstellen«, fügte Fiona hinzu.

Und wie auf Stichwort stieß die Fähre in diesem Moment ein lautes, forderndes Tuten aus. Fiona und David bahnten sich ihren Weg die Gangway hinauf, umringt von Passagieren mit Körben und – wie es den Anschein hatte – auch Taschen voller Wäsche. Einige von ihnen hatten sogar Pappkartons dabei, in die sie Luftlöcher gebohrt hatten, um darin Hühner und Gänse zu transportieren.

Die beiden winkten, bis das Schiff den Hafen verlassen hatte, die Küste entlangfuhr und sie außer Sichtweite ihrer Freunde waren.

»Ich komme mir fürchterlich einsam vor«, seufzte Fiona.

»Ich auch. Ich hätte hier für immer und ewig glücklich und zufrieden leben können«, sagte David.

»Denkst du wirklich? Oder reden wir uns da nur was ein?«, fragte Fiona.

»Bei dir ist das etwas anderes, Fiona, im Ernst. Du liebst deine Arbeit, du hast Freunde. Deine Familie wird dir nicht permanent im Nacken sitzen und dir die Luft zum Atmen nehmen.«

»Ich habe keine Ahnung, wie meine Leute zu Hause reagieren werden. Ich bin immerhin die Älteste der Familie, und mit einem unzurechnungsfähigen Idioten durchzubrennen, das war für meine Schwestern bestimmt kein gutes Beispiel.«

»Aber wenigstens hast du Schwestern, ich bin das einzige Kind und trage die ganze Last. Und mein Vater ist sterbenskrank. Ich werde ihm jeden Tag unter die Augen treten und ihm versichern müssen, wie stolz ich darauf bin, in seiner Firma arbeiten zu können.«

»Vielleicht wird es ja nicht so schlimm, wie du denkst«, versuchte Fiona ihn zu trösten.

»Doch, und es wird sogar noch schlimmer werden, da ich mir das Heft aus der Hand nehmen ließ, wie mein Vater sich so gern ausdrückt. Deshalb bin ich dir auch so dankbar, dass du mitkommst und mir hilfst, das Eis zu brechen.«

»Meinst du, sie werden mich für deine Freundin halten? Eine abscheuliche Katholikin, die eure Tradition zerstören will?«

»Das denken sie doch jetzt schon«, erwiderte er düster.

»Na, dann werden sie ja enorm beruhigt sein, wenn ich am nächsten Tag nach Irland weiterreise«, sagte Fiona fröhlich. »Sie werden so erleichtert sein, dass die Familie dich überschwänglich wieder in ihrer Mitte aufnehmen wird.«

»An emotionalem Überschwang hat es in jüdischen Familien noch nie gemangelt – das ist ja mein Problem«, sagte David.

Aus irgendeinem Grund fanden sie beide das unglaublich komisch.

Elsa und Thomas blickten der Fähre nach, bis sie außer Sicht war. Dann erst kehrten sie langsam in den Ort zurück.

»Wo warst du eigentlich heute Nachmittag?«, fragte er. »Ich habe dich überall gesucht. Ich dachte mir, wir könnten vielleicht noch mal mit dem Boot hinausrudern.«

»Morgen wäre ein guter Tag dafür«, antwortete sie. »Das heißt, falls du frei bist.«

»Ich bin frei.«

»Und noch was, Thomas«, fuhr Elsa fort. »Mir ist wirklich daran gelegen, dass du nach Kalifornien zurückkehrst.«

»Und mir, dass du *nicht* nach Deutschland zurückfährst«, konterte er.

»Dann sollten wir das Beste aus der Zeit machen, die wir noch zusammen haben«, schlug Elsa vor.

»Wie meinst du das genau?«, wollte Thomas wissen.

»Indem wir morgen ein Boot mieten und irgendwo ein Picknick abhalten. Und übermorgen könnten wir mit dem Bus nach Kalatriada fahren. Ich würde das Dorf gerne mal sehen, wenn ich etwas entspannter bin.«

»In Ordnung, wird gemacht«, willigte er schmunzelnd ein. »Aber du hast mir immer noch nicht gesagt, was du den ganzen Nachmittag über gemacht hast?«

»Ich war mit Vonni zusammen in einem kleinen, total vollgestopften Haus und habe einem alten Mann beim Sterben zugesehen. Einem alten Mann ohne Familie, ohne Verwandte. Er hatte nur Vonni und mich. Ich habe noch nie zuvor einen Menschen sterben sehen.«

»Ach, Elsa, was für eine schlimme Erfahrung.« Thomas legte den Arm um sie und strich ihr übers Haar.

»Nein, du musst mir nicht Leid tun. Ich bin noch jung und habe das Leben noch vor mir. Aber der alte Nikolas ... der arme, alte Mann war völlig allein und hatte fürchterliche Angst.«

»Du hast bestimmt getan, was du tun konntest, und deine Freundlichkeit hat ihm sicher geholfen.«

Elsa löste sich aus seiner Umarmung. »Du hättest Vonni erleben müssen, Thomas. Sie war einfach wunderbar – ich nehme alles zurück, was ich jemals über sie gesagt ha-

be. Sie hat dem alten Mann mit einem Löffel Honig ein-
geflößt, während ich seine Hand hielt. Sie war der reinste
Engel.«

Thomas begleitete Elsa zu ihrer Wohnung zurück.

»Morgen mieten wir uns ein kleines, blaues Boot und fahren aufs Meer hinaus«, versprach er ihr, und Elsa umarmte ihn zum Abschied.

»Andy, hallo, kommt mein Anruf ungelegen?«

»Nein, Thomas, für mich nicht, aber Bill und seine Mutter sind momentan nicht im Wagen, sie sind auf Entdeckungsreise.«

»Auf Entdeckungsreise?«

»Ich meine, sie sind einkaufen gegangen. Sie nennen es
nur so. Kannst du vielleicht in einer halben oder besser in
einer Dreiviertelstunde noch mal anrufen? Du weißt, wie
lange so eine Einkaufstour dauern kann. Ich will nicht,
dass du Geld ausgibst, nur um mit mir zu reden.«

»Ich unterhalte mich gerne mit dir, Andy, weil ich dich
nämlich was fragen will.«

»Worum geht es denn, Thomas?« Thomas entging nicht
der leicht misstrauische Unterton in Andys Stimme.

»Wenn ich ein bisschen eher zurückkomme als geplant,
wäre das in Ordnung für euch?«

»Zurückkommen? Tut mir Leid, Thomas, ich verstehe
nicht ganz. Du meinst hierher, zu uns?«

»Ja, genau das meine ich.« Thomas spürte, wie ihm kalt
wurde. Andy würde ihm bestimmt unmissverständlich zu
verstehen geben, dass er es für eine schlechte Idee hielt.
Er wusste es.

»Aber deine Wohnung ist doch das ganze Jahr über vermietet?«

»Ja, schon, aber ich wollte mir ohnehin eine neue nehmen, eine größere mit einem Garten für Bill, wo er spielen kann.«

»Du willst Bill zu dir nehmen?« Andys Stimme klang belegt.

»Nein, er soll nicht bei mir wohnen. Er soll mich nur ab und zu mal besuchen können.« Thomas bemühte sich, nicht ungeduldig zu klingen.

»Aha, ich verstehe.«

Gott, war Andy schwer von Begriff. Es dauerte ewig, bis er etwas kapierte, und dann noch mal so lange, bis er eine Antwort gab.

»Also, was hältst du davon? Andy, glaubst du, es gefällt Bill, wenn ich in eure Nähe ziehe? Oder würde ihn das eher durcheinander bringen? Du kannst das am besten beurteilen. Sag es mir. Ich werde tun, was für den Jungen gut ist.«

Über eine Entfernung von Tausende von Meilen hinweg glaubte Thomas beinahe, zu sehen, wie sich langsam ein Lächeln auf Andys hübschem, wenn auch ein wenig nichtssagendem Gesicht ausbreitete.

»Thomas, der Junge würde sich überschlagen vor Freude. Das wäre wie Weihnachten und alle Geburtstage auf einmal für ihn!«

Thomas hegte keinerlei Zweifel an der Redlichkeit dieses Mannes. Er brachte kaum ein Wort heraus.

»Ich werde es ihm aber jetzt noch nicht sagen, wenn das für dich in Ordnung ist. Ich würde nämlich gern erst mal alles in die Wege leiten, um Bill ein verbindliches Datum nennen zu können. Ist das auch in deinem Sinn, Andy?«

»Natürlich ist es das. Ich halte meinen Mund, bis wir von dir hören.«

»Danke für dein Verständnis«, murmelte Thomas.

»Verständnis? Was gibt es da zu verstehen, wenn ein Mann seinem eigenen Fleisch und Blut nahe sein will?«

Thomas legte auf und blieb noch lange im Dunkeln sitzen. Jeder glaubte, dass Bill sein Fleisch und Blut wäre. Alle, bis auf Shirley. Und vielleicht glaubte es sogar sie. Schließlich hatte er ihr nie von den Ergebnissen der Untersuchung erzählt, dafür war es zu spät gewesen.

Vielleicht hatte sie keine Ahnung, dass er nicht der Vater ihres Kindes war.

Vonni machte es sich im Hühnerstall – wie Thomas ihre Behausung nannte – gemütlich. Sie hatte gesehen, dass er telefonierte. Und zuvor war ihr aufgefallen, dass er Elsas Hand gehalten hatte. Die beiden hatten noch alles vor sich. Vonni seufzte. Sie beneidete sie.

Wie schön wäre es doch, noch unbegrenzt viele Jahre vor sich zu haben – Zeit, Entscheidungen zu treffen, zu reisen, neue Dinge kennen zu lernen. Sich wieder einmal zu verlieben. Vonni fragte sich, was die beiden wohl vorhatten. Und sie dachte an Fiona und David, die heute Abend den letzten Flug von Athen nach London nehmen würden.

Wie würde der Empfang für sie zu Hause wohl ausfallen? Stürmisch, unerfreulich, liebevoll? Sie hoffte, es bald zu erfahren. Schließlich hatten Fiona und David ihr hoch und heilig versprechen müssen, dass sie ihr schreiben würden, sobald sie zu Hause waren.

Vonni ließ den langen, heißen Tag Revue passieren. Sie erlebte noch einmal, wie sie Nikolas die Augen geschlossen und sein Kinn von Honig gesäubert hatte, ehe sie nach Dr. Leros schicken ließ, der bestätigen sollte, was sie bereits wusste.

Sie dachte an Yorghis in der Polizeistation, über dessen Frau schon lange keiner mehr sprach.

Sie versuchte sich vorzustellen, wie Magda jetzt wohl aussah und ob sie sich auch ihre großen, dunklen Augen Stavros' wegen ausweinte, weil er anderen Frauen mehr Aufmerksamkeit als ihr schenkte.

Und sie musste an Andreas und sein überraschendes Geständnis denken, dass sie beide ein gutes Gespann abgegeben hätten. Eine krasse Fehleinschätzung. Aber wenn sie tatsächlich geheiratet hätten, hätte sie unter Umständen Adoni zurückholen können. Das wäre ein Leichtes für sie gewesen. Der Junge wartete doch nur darauf, gefragt zu werden. Ganz im Gegensatz zu ihrem Sohn, der niemals mehr zurückkommen würde.

Einmal hatte er ihr eine Nachricht zukommen lassen. Sie habe ihm seine Kindheit gestohlen, hatte er geschrieben, und dass er sie nie mehr wiedersehen wolle. Diesen Teil ihrer Geschichte hatte sie bisher selbst in ihren freimütigsten Schilderungen ausgespart. Es auszusprechen – auch nur daran zu denken – war zu schmerzhaft.

Aber wie jeden Abend seit dreißig Jahren sprach sie ein Gebet für ihren Sohn Stavros. Nur für den Fall, dass es tatsächlich irgendwo da draußen einen Gott geben sollte, bei dem das Gebet gut aufgehoben wäre.

KAPITEL SIEBZEHN

Elsa hatte alles für das Picknick vorbereitet, als Thomas sie am nächsten Morgen abholte. Ein Korb mit einem Tuch über dem Essen stand bereit.

»Ich habe gerade überlegt …«, begann Thomas.

»Was hast du dir überlegt, Thomas, mein Philosoph?«

»Mach dich nicht über mich lustig. Ich bin ein ganz sensibles Kerlchen!«, feixte er.

»Ich schwöre dir, ich wollte mich nicht über dich lustig machen.«

»Gut. Also, ich habe überlegt, ob wir nicht mit dem Boot die Küste entlang bis nach Kalatriada fahren und dort übernachten könnten. Das hatte ich mir gedacht.«

»Spar dir jeden weiteren Gedanken. Das ist eine tolle Idee«, rief sie, machte auf dem Absatz kehrt und lief in die Wohnung zurück.

»Wo gehst du hin?«, fragte er besorgt.

»Meine Zahnbürste, einen frischen Slip und ein sauberes T-Shirt holen. In Ordnung?«, rief sie.

»Und ob.«

Er hatte mehr Widerstand erwartet, aber dreißig Sekunden später war sie schon wieder da.

»Ob uns der Bootsverleiher das Boot überhaupt so lange überlässt?«, fragte sie.

»Für den Fall, dass du tatsächlich ja sagen solltest, habe ich mich schon mal erkundigt. Er ist einverstanden«, erwiderte Thomas ein wenig verlegen.

»Raus mit der Sprache, Thomas. Was hat er wirklich gesagt?« Elsa lachte ihn liebevoll an.

»Äh, er hat dich dauernd als meine … meine *sizighos* oder so ähnlich bezeichnet …«

»Was ist das denn, um Gottes willen?«

»Ich habe im Wörterbuch nachgeschaut. Ich fürchte, es bedeutet so etwas wie Lebenspartner oder Gattin.«

»Na, dann los, mein *sizighos*. Stechen wir in See!«, forderte ihn Elsa munter auf.

Thomas und Elsa bestiegen das kleine Boot und ruderten aus dem Hafen hinaus. Der alte Mann, der die Leine löste, schärfte ihnen noch ein, auf jeden Fall sofort ans Ufer zu rudern und das Boot festzumachen, falls schlechtes Wetter aufkäme. Es seien schon zu viele Menschen zu Schaden gekommen.

Doch das Meer war ruhig außerhalb des Hafens, und so schipperten sie gemütlich die Küste entlang und bewunderten die Landschaft. Vieles kannten sie bereits. Da war die Klinik, in der Vonni viel Zeit ihres Lebens verbracht hatte, und dort der Badeplatz, wo Elsa mit den Kindern geschwommen war. Und selbst der kleine Schrein am Straßenrand war in der Ferne zu erkennen. Hier hatte der Bus an dem Morgen gehalten, als sie zur Beerdigung zurückgefahren waren. Das alles schien schon lange zurückzuliegen.

Ungefähr auf halbem Weg stießen sie auf eine große Badeinsel aus Holz, die knappe dreißig Meter vom Ufer entfernt verankert war. Thomas band das kleine Boot an einem der Posten fest. Das war der ideale Platz für ihr Picknick. Elsa kletterte aus dem schwankenden Boot und breitete ein Tuch über die Planken.

Darauf arrangierte sie den Fischrogensalat, die pürierten Kichererbsen, das Pitta-Brot und einen Teller mit

Feigen und in Scheiben geschnittenen Wassermelonen. Zuletzt goss sie noch ein Glas Wein ein und reichte es Thomas.

»Weißt du eigentlich, wie umwerfend schön du bist?«, sagte er plötzlich.

»Danke, das ist sehr nett von dir, aber es ist nicht wichtig«, erwiderte sie gelassen. Es war keine Abfuhr, sie stellte nur eine Tatsache fest.

»Okay, es mag nicht wichtig sein, aber es stimmt«, erwiderte er und beließ es dabei.

Da Kalatriada über keinen richtigen Hafen verfügte, vertäuten sie das kleine Boot unten am Steg und machten sich an den steilen Aufstieg zum Dorf hinauf.

Irini erinnerte sich von ihrem letzten Besuch noch an sie. Gerührt ergriff sie ihre Hände und hieß sie herzlich willkommen. Sie schien es auch in nicht im Geringsten für ungewöhnlich zu halten, dass dieses glückliche und gut aussehende Paar zwei Zimmer verlangte.

»Wir haben leider nur noch ein freies Zimmer, aber mit zwei getrennten Betten«, erwiderte sie.

»Das werden wir überleben, glaube ich. Was meinst du, Elsa?«

»Sicher«, stimmte sie ihm zu.

Irini mochte ja nicht weit aus ihrem Dorf hinausgekommen sein, aber was die Dinge des Lebens betraf, war ihr nichts fremd. Sie hatte gelernt, sich über nichts mehr zu wundern.

»Hat er irgendetwas über das Mädchen gesagt, das er mit nach Hause bringt?«, fragte Harold Fine jetzt schon zum dritten Mal.

»Nur das, was ich dir bereits erzählt habe. Dass sie, er und

noch zwei andere junge Leute sich auf der Insel ange-
freundet haben und dass sie jetzt mit ihm zurückgefahren
ist.«

»Hm«, brummte Davids Vater.

»Ich glaube nicht, dass sie eine Romanze miteinander haben«, sagte Davids Mutter.

»Er hat noch nie zuvor ein Mädchen mit nach Hause
gebracht, Miriam.«

»Ich weiß, aber ich glaube es trotzdem nicht. Sie ist Irin.«

»Weshalb sollte ihn das abhalten? Er hat schließlich den
halben Sommer in der griechischen Wildnis verbracht!«

»Sie bleibt doch nur eine Nacht, Harold.«

»Das sagen sie jetzt«, entgegnete Davids Vater düster.

»Und weshalb, in Gottes Namen, macht sie in Manchester
Halt?«, wollte Sean Ryan von Barbara wissen.

»Es war nicht viel Zeit für Erklärungen, aber offensichtlich
hat sie jemanden kennen gelernt, dessen Vater im Sterben
liegt. Fiona begleitet ihn nach Hause und übernachtet bei
der Familie, um ihm das Wiedersehen zu erleichtern«, erklärte Barbara.

»Noch so ein Versager«, knurrte Fionas Vater.

»Nein, Fiona ist einfach nur freundlich«, sagte Barbara.

»Wir haben ja gesehen, wohin ihre Freundlichkeit sie gebracht hat«, murmelte er.

»Aber das ist doch jetzt vorbei, Mr. Ryan.« Manchmal hatte Barbara das Gefühl, immer im Dienst zu sein und nicht
nur im Krankenhaus einen gnadenlosen Optimismus an
den Tag legen zu müssen. »Morgen Abend um sechs Uhr
ist sie wieder zu Hause, und zwar ohne Shane. Haben wir
uns nicht genau das gewünscht?«

»Und sie will wirklich nicht, dass einer von uns zum Flughafen kommt?«, fragte Maureen Ryan.

»Richtig. Sie sagt, sie hasst sentimentale Szenen vor Fremden. Ihr Flugzeug landet um vier, also wird sie kurz vor sechs Uhr hier sein.«

»Barbara, falls du Zeit hättest, wollte ich dich fragen …«, begann Fionas Mutter.

»Ob du hier sein könntest, wenn sie kommt …«, beendete Fionas Vater den Satz für sie.

»Um das Wiedersehen zu erleichtern?«, fragte Barbara.

»Um mich davon abzuhalten, das Falsche zu sagen«, erwiderte Sean Ryan unverblümt.

»Klar doch, ich werde meine Schicht tauschen«, versprach Barbara.

»Weißt du, bei ihrer Abfahrt sind viele harte Worte gefallen«, erklärte Maureen.

»Ach, das ist doch längst alles vergeben und vergessen, glauben Sie mir.« Barbara überlegte, ob sie nicht doch endlich ihre Kündigung einreichen und sich ganztags damit befassen sollte, diese Welt in einen besseren Ort zu verwandeln. Denn nichts anderes schien sie in ihrer Freizeit zu tun.

»Und noch etwas. Was meinst du, soll sie hier schlafen oder lieber mit zu dir kommen?«

»Wissen Sie, Mrs. Ryan, am besten wäre es, wenn wir zur Begrüßung hier schön zusammen zu Abend essen könnten und sie dann mit mir käme … So muss Rosemary nicht Fionas altes Zimmer räumen, in dem sie es sich gemütlich gemacht hat, und es bestünde keine Gefahr, dass wieder ein paar unüberlegte Worte fallen.«

Als Barbara dem Bus nachrannte, überlegte sie, ob sie noch in diesem Monat die Leitung der Vereinten Nationen übernehmen oder damit lieber doch noch etwas warten sollte.

»Dimitri?«

»Ja?«

»Hast du den Brief aufgegeben?«, fragte Shane.

»Ja. Wir haben ihn weggeschickt.«

»Und warum hat dieser alte Trottel dann noch nicht geantwortet?«

»Ich habe keine Ahnung«, erwiderte Dimitri schulterzuckend.

»Vielleicht kann er ja nicht lesen, dieser alte Verrückte mit seinen dicken Schnürstiefeln mitten im Sommer.«

Dimitri wandte sich zum Gehen. Shane packte ihn am Ärmel.

»Bitte, geh nicht ... Ich bin ... Äh, um ehrlich zu sein, ich fühle mich hier ein bisschen einsam und habe Angst.«

Dimitri sah ihn an. Erneut hatte er Shanes hasserfülltes Gesicht vor Augen, als er Fiona am Haar gepackt hatte und drauf und dran gewesen war, sie gegen die Zellenwand zu schleudern.

»Wir sind alle hin und wieder einsam und haben Angst, Shane. Wir haben dir einen Anwalt besorgt, der dich vor Gericht vertreten wird«, sagte er, schob Shanes Hand von seinem Arm und sperrte die Tür der Zelle hinter sich ab.

Im Büro klingelte Dimitris Apparat.

Es war Andreas, der sich die Nummer von seinem Bruder Yorghis hatte geben lassen.

»Es ist wegen diesem jungen Iren.«

»Ach ja?«, sagte Dimitri seufzend.

»Ja, er hat mir geschrieben und sich nach Fiona erkundigt. Er sagt, es tut ihm Leid, und ich soll ihr erklären, dass er ihr nicht wehtun wollte.«

»Doch, er wollte ihr wehtun«, erklärte Dimitri.

»Ja, Sie wissen das, und ich weiß es. Aber ich soll es ihr irgendwie mitteilen. Deshalb wollte ich ihm ausrichten lassen, dass ich es ihr nicht mehr sagen kann, weil sie fort ist. Sie ist zurück in ihre Heimat.«

»Sehr gut«, sagte Dimitri.

»Können Sie ihm das ausrichten?«

»Können Sie mir vielleicht einen Brief, ein Fax oder eine E-Mail schicken? Irgendetwas Schriftliches? Sonst glaubt er es mir nicht.«

»Ich kann nicht gut auf Englisch schreiben.«

»Gibt es jemanden, der das für Sie machen könnte?«

»Ja, doch, danke. Ich weiß, wen ich darum bitten kann.«

»Bevor Sie auflegen, wollte ich Sie noch fragen, wie es Ihrem Sohn Adoni geht. Ich kenne ihn aus meiner Zeit beim Militär.«

»Es geht ihm gut, denke ich. Er lebt jetzt in Chicago.«

»Kommt er wieder zurück?«

»Ich glaube nicht. Warum fragen Sie?«

»Weil ich ihn gerne einmal wiedersehen würde. Und weil ich heirate und ihn zu unserer Hochzeit einladen wollte.«

»Gut. Wenn ich etwas von ihm höre, sage ich ihm, dass er sich bei Ihnen melden soll«, antwortete Andreas mit schwerem Herzen.

Dimitri blieb noch lange sitzen und starrte auf das Telefon. Die Menschen taten seltsame Dinge. Adoni war ihm beim Militär ein guter Kamerad gewesen und hatte immer voller Zuneigung über seinen Vater und die Taverne am Berg gesprochen. Dimitri seufzte. Das war nicht leicht zu verstehen.

Es war ihre zweite Nacht in Kalatriada, und im Gegensatz zum ersten Mal, als sie mit David und Fiona hier gewesen waren, war es eine klare Nacht voller Sterne.

Irini deckte draußen im Freien den kleinen Tisch. Von

hier aus konnten Thomas und Elsa den belebten Dorfplatz und die flanierenden Menschen sehen. Als Tischde-
koration hatte Irini zwei kleine Bougainvilleazweige in eine weiße Porzellanvase gesteckt.

Thomas nahm Elsas Hand und streichelte sie.

»Ich bin sehr glücklich hier, viel ruhiger, als hätte sich der
Sturm gelegt.«

»Mir geht es ebenso«, sagte Elsa.

»Das ist natürlich lächerlich«, fuhr Thomas fort. »Der
Sturm hat sich nur für einen Moment um die Ecke verzo-
gen und wartet darauf, früher oder später wieder loszubre-
chen.«

»Aber vielleicht sind wir deswegen so ruhig, weil wir wissen, dass wir dieses Mal damit fertig werden können«, erwiderte Elsa.

»Wie meinst du das?«

»Nun, du kehrst auf jeden Fall zu Bill zurück – die Frage ist
nur, wann? Und ich kehre auf keinen Fall nach Deutschland zurück. Bei mir stellt sich jetzt die Frage, wohin?«

»Du bist ein kluger Kopf, Elsa. Du bringst die Dinge
schnell auf den Punkt.«

»So schnell nun auch wieder nicht. Das hätte ich schon
vor langer Zeit kapieren sollen.«

»Aber wir wollen doch jetzt keine Zeit mit Bedauern verschwenden, oder?«, fragte er.

»Nein, ich gebe dir Recht. Reue ist sinnlos, ja, sogar des-
truktiv.«

»Möchtest du einen Kaffee?«, wollte er wissen.

»Vielleicht – ich bin ein wenig nervös, Thomas«, gestand
sie.

»Ich auch, aber ich glaube nicht, dass Kaffee eine beruhi-
gende Wirkung hat. Wollen wir gehen?« Elsa hielt seine
Hand, als sie die Holztreppe hinaufgingen.

Irini sah den beiden lächelnd nach. Sie schien zu verstehen, dass dies eine wichtige Nacht für sie war.

Als Thomas und Elsa in ihr Zimmer kamen, breitete sich eine merkwürdige Befangenheit zwischen ihnen aus. Elsa deutete auf die Berge und zählte die Namen der verschiedenen Gipfel auf.

»Es ist so wunderschön hier«, sagte sie leise.

Thomas trat zu ihr, zog sie an sich und küsste sie vorsichtig auf den Nacken. Sie erschauderte leicht.

Erschrocken wich er zurück.

»Bin ich zu schnell?«, fragte er unsicher.

»Nein, das war schön und erregend. Bleib hier«, sagte sie. Und dann streichelte sie sein Gesicht, küsste ihn und drückte ihn an sich. Ihre Hände strichen über seinen Rücken, und Thomas knöpfte langsam ihre Bluse auf.

»Elsa, ich weiß nicht… ich hoffe …«, begann er.

»Ich weiß es auch nicht, und ich hoffe auch«, murmelte sie. »Aber vergiss nicht – kein Blick zurück, kein Bedauern, keine Vergleiche.«

»Du bist so schön, Elsa.«

»Halt mich fest«, bat sie ihn.

»Liebe mich, Thomas. Liebe mich auf dieser wunderbaren Insel und lass uns an nichts anderes denken als an diese Nacht…«

Vonni setzte sich zu Andreas und schrieb einen Brief an Shane.

Ich antworte auf Ihren Brief wegen Fiona Ryan. Sie hat die Insel vor zwei Tagen verlassen und ist auf ihrem Weg zurück nach Irland, wo sie hofft, ihren Beruf als Krankenschwester wieder aufnehmen zu können. Aus diesem Grund konnte ich Ihre Entschuldigung nicht weiterleiten, aber ich nehme an, dass Sie wissen, wo sie in Dublin zu erreichen ist.

Ich hoffe, dass Sie in Bezug auf Ihre Festnahme mit den Behörden in Athen zusammenarbeiten werden. Drogendelikte werden hier sehr ernst genommen.

Mit besten Grüßen,

Andreas

Vonni übersetzte den Brief für Andreas.

»Es klingt ein bisschen kalt, meinst du nicht?«, fragte er.

»Sehr kalt sogar«, stimmte Vonni ihm zu. »Würdest du lieber seine Kaution übernehmen und ihn ein halbes Jahr hier durchfüttern?«

»Nein, natürlich nicht. Aber er sitzt im Gefängnis, und er hat sich entschuldigt.«

»Andreas, du hast wirklich für jeden Verständnis … nur für deinen eigenen Sohn nicht.«

»Mittlerweile schon, Vonni. Aber jetzt ist es zu spät. Nein, erzähl mir nicht, dass du schon wieder so ein komisches Gefühl hast. Daran glaube ich nicht mehr.«

»Du hast Recht, kein Wort mehr über dieses Thema. Ich schwöre es dir. Sollen wir diesen Brief per Mail schicken oder Yorghis bitten, ihn zu faxen?«

»Du willst ihn tatsächlich abschicken, obwohl er so kalt klingt, wie du selbst zugibst?«

»Meiner Meinung nach – und natürlich kann ich mich da täuschen – gibt es Momente im Leben, in denen eine gewisse Kälte angebracht ist. Und das ist einer dieser Momente.«

»Du sollst dich täuschen, Vonni? Nie im Leben!« Er lachte. »Wir faxen den Brief und erlösen den armen Teufel von seinem Elend.«

»Ich bringe ihn auf meinem Weg nach Hause bei der Wache vorbei«, erbot sie sich.

»Wo ist denn dein Zuhause heute Nacht? In deiner Wohnung oder im Hühnerstall?«, fragte Andreas.

»Du bist ja schlimmer als Thomas und machst dich auch noch lustig über meine komplizierten Wohnverhältnisse! Aber wenn du es unbedingt wissen willst – heute Nacht schlafe ich in meinem eigenen Gästezimmer. Thomas und Elsa sind nach Kalatriada gefahren. Ich werde also die ganze Wohnung für mich allein haben.«

»Sie sind zusammen dorthin gefahren?« Er kratzte sich am Kinn. »Aha ...«

»Ich weiß. Interessant«, sagte sie.

»Und wann kommen sie wieder zurück?«, fragte Andreas.

»Thomas hat mir geschrieben, dass sie vielleicht ein paar Tage bleiben, wenn alles gut geht.«

»Na, dann hoffen wir, dass alles gut geht für sie«, entgegnete Andreas.

»Du bist ein guter Mann«, sagte Vonni.

»Das hast du noch nie zu mir gesagt.«

»Nein, das nicht, aber jede Menge anderen Unsinn in den letzten Jahren. Doch du warst immer weise genug, unterscheiden zu können, wie ich etwas gemeint habe. Und ich meine es ernst, wenn ich sage, dass du ein guter und liebenswerter Mensch bist. Ich hoffe, du weißt das.«

»Ja, ich weiß es, Vonni, und ich bin froh, dass du mich so siehst«, entgegnete er.

David saß bei seinem Vater und unterhielt sich mit ihm. Er hielt sich dabei genau an die Absprachen, die er mit Fiona getroffen hatte, und mied jede Erwähnung der tödlichen Krankheit. Stattdessen sprach er viel über die Firma und die bevorstehende Preisverleihung.

»Und ich dachte, dir wäre so etwas egal«, sagte Harold Fine verwundert.

»Aber schließlich wirst du geehrt, Vater. Das kann mir doch nicht egal sein. Im Gegenteil, ich bin stolz darauf.«

Sein Vater nickte und lächelte. »Also, wenn ich ganz offen sein soll – ich wäre es auch, wenn es dabei um dich ginge, mein Sohn. Was hat man schon von so herausragenden Ereignissen im Leben, wenn man sie nicht mit seinem eigenen Fleisch und Blut teilen kann?«

Im Zimmer nebenan plauderte Fiona mit Davids Mutter.

»Mrs. Fine, es ist ausgesprochen freundlich von Ihnen, mich für diese Nacht bei Ihnen aufzunehmen. Ich weiß das sehr zu schätzen.«

»Davids Freunde sind uns immer willkommen.«

»Er hat mir zwar schon von Ihrem schönen Haus vorgeschwärmt, aber seine Schilderung wurde ihm bei weitem nicht gerecht. Es ist einfach umwerfend.«

Miriam Fine fühlte sich geschmeichelt, war aber unsicher, was sie davon halten sollte.

»Und Sie leben in Dublin, wie David mir erzählt hat?«

»Ja, aber ich war einige Wochen auf Reisen. Doch jetzt freue ich mich sehr, zu Hause alle wiederzusehen.« Fiona schenkte Miriam ein strahlendes Lächeln.

»Und diese Insel? Es soll dort sehr schön sein, wie ich gehört habe.«

»Oh, das ist ein wunderbarer Ort, Mrs. Fine. Die Menschen dort sind sehr einfach, aber unglaublich freundlich. Ich möchte unbedingt wieder dorthin zurück. Und ich weiß, dass ich wieder zurückkehren werde.«

»Was haben Sie denn dort getan?«

»Ach, ich hatte mir eine kleine Auszeit von meinem Beruf gegönnt«, erwiderte Fiona fröhlich. Sie war mit David übereingekommen, Shane, seine Verhaftung und den Verlust ihres Babys nicht zu erwähnen. Das waren keine Themen für eine Familie wie die Fines.

»Und in Dublin arbeiten Sie als Krankenschwester?« Langsam gewann Miriam Fine wieder ihre Gelassenheit zurück. Dieses Mädchen hatte es ganz sicher nicht auf ihren einzigen Sohn abgesehen.

»Ja, ich war ein halbes Jahr in der onkologischen Abteilung, bevor ich wegging. Eines kann ich Ihnen versichern, Mrs. Fine, heutzutage kann man auf diesem Sektor schon wirklich viel machen.«

»Wie bitte? Ich verstehe Sie nicht ganz.«

»Sie würden staunen, wie man den betroffenen Menschen helfen kann. Wenn ich Ihnen erzähle…«

Und zu ihrer größten Überraschung führte Miriam Fine ein angeregtes Gespräch mit diesem Mädchen mit dem irischen Akzent.

Die junge Frau erwies sich in vielerlei Hinsicht als außerordentlich hilfreich. Einen angenehmeren Gast hätte sie sich nicht wünschen können.

Am Empfang des ›Anna Beach‹ Hotels waren mehrere Faxe für Elsa eingetroffen. Mit großer Dringlichkeit wurde darum gebeten, ihre E-Mails zu öffnen. Aber Elsa war nirgends zu finden.

Dafür entdeckte der Portier Vonni in der kleinen Kunstgewerbeboutique im Foyer.

»Wissen Sie vielleicht, was ich mit diesen Nachrichten machen soll? Die junge Deutsche war schon eine ganze Weile nicht mehr hier…«

Vonni warf einen interessierten Blick auf die Faxe. »Ich kann kein Deutsch. Was steht da?«

»Irgendein Mann, ein Deutscher, bittet sie, ihn nicht länger hinzuhalten. Sie könne ihn doch nicht einfach verlassen. So was in der Art steht da.«

»Ich verstehe.« Vonni war äußerst zufrieden.

»Sollen wir vielleicht zurückfaxen und schreiben, dass sie nicht mehr hier ist?«, fragte der Portier. Er hatte Bedenken, man könnte dem ›Anna Beach‹ Hotel Ineffizienz vorwerfen.

»Nein, das würde ich lieber nicht tun. Es ist besser, sich nicht einzumischen. Falls er anruft, können Sie ihm natürlich ausrichten, Sie hätten gehört, dass sie weggefahren ist.«

»Sie ist weggefahren?«

»Ja, für ein paar Tage. Und sie möchte auf keinen Fall gestört werden.«

Dublin

Meine liebe Vonni,
ich habe dir geschworen, dir innerhalb von vierundzwanzig Stunden sofort zu schreiben, sobald ich zu Hause bin. Und das tue ich hiermit.
Der Flug war ganz in Ordnung, nur Touristen und Urlauber an Bord. David und ich kamen uns natürlich sehr überlegen vor, da wir ja schließlich das wahre Griechenland kennen, nicht nur die Strände und Diskotheken. Von London aus sind wir mit dem Zug zu David gefahren. Er ist übrigens schwerreich. Seine Familie besitzt ein Anwesen voller Antiquitäten und wertvollem Nippes. Seine Mutter ist ziemlich unbedarft und hektisch und hat sich offensichtlich ihr Leben lang immer ihrem Mann untergeordnet. Mr. Fine sieht wirklich schlecht aus, er dürfte nur noch ein paar Monate zu leben haben. Wenn überhaupt. Zuerst hatte er große Angst, aber dann hat er doch mit mir über Palliativpflege gesprochen. Du weißt schon, wie man Schmerzen lindern kann und so. Er konnte sich nichts darunter vorstellen und wollte zuerst auch nichts davon wissen. Am Flughafen in Manchester haben David

und ich eine Runde geheult. Die Leute dachten wahrscheinlich, wir sind ein Liebespaar, überwältigt vom Abschiedsschmerz.

Als ich nach Hause kam, war Barbara da, um die Situation zu entspannen. Dad schlich um mich herum wie auf rohen Eiern und versuchte, ja nichts zu sagen, das mich verletzen könnte. Mam kam mir vor wie eine Hausfrau aus der Fernsehreklame. Am liebsten hätte sie mich mit ihrer guten Hausmannskost gemästet. Man hätte meinen können, ich sei in einem Straflager gewesen und nicht auf einer Insel voller kulinarischer Köstlichkeiten. Ach, mir fehlen sogar die Gerüche – die Holzkohle vom Café Mitternacht oder der Lammbraten und die gerösteten Pinien oben bei Andreas.

Grüße Andreas von mir. Ich schreibe wieder, sobald ich im Krankenhaus angefangen habe und mit Barbara in unsere neue Wohnung gezogen bin. Momentan schlafe ich noch auf ihrem Sofa und besuche meine Eltern so oft wie möglich. Den beiden geht es so weit gut, und ihre Silberhochzeit ist im Augenblick kein Thema mehr. Meine beiden Schwestern haben sich zu zwei kleinen Ungeheuern ausgewachsen. Ich hielt es für das Beste, meinen Abgang und Shanes Verhaftung nicht an die große Glocke zu hängen. Besser gesagt, ich habe es erst gar nicht erwähnt.

Vonni, ich kann dir gar nicht genug für alles danken, vor allem für diesen Tag in Athen. Ich hoffe, dass du deinen Mann und deinen Sohn eines Tages wiedersiehst. Du verdienst es.

Alles Liebe,

Fiona

Liebe Vonni,

wie sehr vermisse ich dich und Aghia Anna! Wie schön wäre es jetzt, unter diesem strahlenden Himmel aufzuwachen und einfach in den Tag hineinzuleben, bis die Sterne herauskommen. Hier gibt es auch Sterne, aber der Himmel ist so bedeckt, dass man sie fast nicht sieht.

Mein Vater ist in einem schrecklichen Zustand. Ich muss sagen, Fiona hat sich großartig benommen und mit ihm gesprochen, als würde sie ihn schon ihr Leben lang kennen. Sie hat ihm erklärt, welche wirkungsvollen Medikamente zur Schmerzlinderung es heutzutage bereits gibt. Sogar meine Mutter mochte sie, auch wenn ihr zunächst die Vorstellung, dass ich ein nichtjüdisches Mädchen mit nach Hause bringe, nicht sehr behagt hat. Schließlich tat es ihr sogar Leid, als sie erkannte, dass wir nur Freunde sind. Fiona musste meinen Eltern versprechen, wiederzukommen, wenn das Ende nahe ist, und ich weiß, dass sie kommen wird. Am Flughafen haben wir beide geweint. Damit war alles zu Ende – dieser Sommer, Griechenland, unsere Freundschaft, die Hoffnung.

Ob ich froh bin, dass ich zurückgekommen bin? Nun, ich musste einfach zurückkommen. Bei der Vorstellung, ich hätte es nicht getan, wenn du nicht gewesen wärst, wird mir ganz anders. Du hast zum Glück sofort erkannt, was Sache war, und hast nicht nachgegeben. Schlimm ist nur, dass ich von allen Seiten – von Onkeln, Tanten, Freunden – dafür bewundert werde, ›intuitiv‹ begriffen zu haben, dass etwas nicht stimmt. Meine großartige Intuition, Vonni! Du warst das! Aber wie wir verabredet haben, werde ich ihnen nichts davon sagen.

Die Tage schleppen sich trostlos dahin, und ich werde bald mit meiner Arbeit in der Firma beginnen. Ich bin schwer

gefordert, da mein Vater jeden Abend mit mir darüber re-
den will. Der Mann, der bisher alles geleitet hat, hasst
mich natürlich und hat Angst um seine Position. Ständig
will er wissen, wann ich denn endlich anfange. Am liebs-
ten würde ich ihm sagen, wie es mir geht. Aber das kann
ich natürlich nicht. Nächste Woche findet die Preisverlei-
hung statt. Der Aufwand dafür ist größer als für eine
Mondlandung. Ich werde dir schriftlich darüber berichten.
Schreibst du mir auch mal? Ich wüsste so gerne, wie es um
Marias Fahrkünste steht, wie es den Leuten im Café Mit-
ternacht geht, ob Thomas und Elsa noch geblieben, gefah-
ren oder sogar ein Paar geworden sind – was ich übrigens
immer vermutet habe.
Letzte Nacht habe ich geträumt, dass dein Sohn zurückge-
kommen ist. In einem Boot mit einem Außenbordmotor ist
er in den Hafen gefahren. Warum nicht?
Herzliche Grüße,

David

»Wann sollen wir wieder in die Wirklichkeit zurückkehren?«, fragte Elsa, nachdem sie tagelang die Hügel und
Buchten rund um Kalatriada erforscht hatten.
»Meinst du Aghia Anna oder weiter westlich liegende
Ziele?« Thomas hatte wild wachsende Blumen für sie gepflückt und war gerade dabei, sie mit einer Schnur zu
einem Strauß zu binden.
»Ich würde Aghia Anna als Basislager vorschlagen«, erwiderte Elsa. In den letzten Tagen hatten sie ein seltsames
Leben geführt, völlig losgelöst von der realen Welt. Sie
hatten auf dem Markt Käse gekauft und ihre Mahlzeiten
in den Bergen zu sich genommen. Es gab hier auch einen
kleinen Buchladen, in dem sie ein paar englische Bücher
entdeckt hatten. Und Thomas hatte in einer Töpferei ein

Türschild mit dem Namen seiner Mutter in Auftrag gegeben.

Da sie für einen längeren Aufenthalt nicht ausgestattet waren, deckten sie sich am Markttag an den Ständen mit Kleidung ein. Thomas sah großartig aus in seinem bunten, griechischen Hemd. Und in dem verzweifelten Versuch, ihm seine dreiviertellangen Shorts mit den unzähligen Taschen auszureden, die er so zu lieben schien, hatte Elsa ihm eine elegante, cremefarbene Leinenhose gekauft.

»*Orea*«, staunte Irini, als sie ihn in seiner neuen Aufmachung sah.

»Ja, er sieht wirklich sehr gut aus«, pflichtete Elsa ihr bei.

»Mir fehlen meine alten Hosen«, jammerte Thomas.

»Da bist du der Einzige. Die sind schrecklich!«

»Ach, Elsa, sei nachsichtig mit mir und lass mich sie anziehen. Die sind so bequem wie eine alte Decke. Bitte«, flehte er.

»Eine Decke wäre eleganter«, erwiderte Elsa. »Hey, ich höre mich ja schon an wie eine Ehefrau. Das reicht. Zieh doch an, was du willst«, sagte sie und lachte.

»Sollen wir morgen nach Aghia Anna zurückrudern?«, schlug er vor.

»Ja, es ist ja kein Abschied. Wir können auch dort zusammen sein«, tröstete sich Elsa.

»Natürlich, wir haben es schließlich nicht eilig, von der Insel wegzukommen«, stimmte Thomas ihr zu.

Maria und Vonni wussten als Erste, dass die beiden aus Kalatriada zurück waren. Sie hatten gesehen, wie sie am Hafen das Ruderboot zurückgegeben hatten.

»Der Amerikaner sieht ja richtig gut aus, wenn er nicht diese albernen Hosen trägt«, sagte Maria anerkennend.

»Ja, dem Allmächtigen sei Dank«, erwiderte Vonni andächtig. »Der Herr im Himmel hat geholfen, unterstützt von einer sehr klugen, jungen deutschen Frau.« Mit Interesse beobachtete Vonni, wie sich die beiden zum Abschied küssten, ehe Elsa Richtung ›Anna Beach‹ Hotel eilte und Thomas ins Dorf ging. Sie wirkte beide entspannt und vertraut im Umgang miteinander. Ihr Ausflug war sichtlich ein Erfolg gewesen.

»Hey, Maria, *pame*, gehen wir. Heute wird Wenden auf engstem Raum geübt, und wo ginge das besser als oben auf dem Dorfplatz? Außerdem habe ich eine Nachricht bekommen. Ich muss zu Takis, dem Anwalt, er hat etwas für mich.«

»Was denn?«

»Keine Ahnung. Aber wahrscheinlich keine Vorladung. Ich bin jetzt ja schon seit ein paar Jahrzehnten ziemlich brav. Aber wir werden sehen.« Mehr verriet Vonni nicht. Maria konnte nicht wissen, dass Vonni die halbe Nacht wachgelegen und sich Gedanken gemacht hatte, ob die Nachricht etwas mit Stavros zu tun hatte – mit Mann oder Sohn.

Elsa saß im ›Anna Beach‹ Hotel, ihr großes Adressbuch neben sich. Zum ersten Mal seit Monaten blätterte sie darin und sortierte ihre Kontakte zu Leuten aus der Medienbranche in Deutschland.

Der Portier brachte ihr einen Stapel Faxe und vier lose Zettel mit telefonischen Nachrichten. Auf dem letzten stand, dass Dieter in zwei Wochen käme, um sie zu suchen. Gelassen riss Elsa die Faxe in der Mitte durch, ohne sie zu lesen, und warf sie, zusammen mit den Telefonnotizen, in den Papierkorb. Dann ging sie in das kleine Internetcafé, wo sie ihre E-Mails aufrufen konnte. Und dort machte sie sich an die Arbeit.

Ihre erste Mail ging an Dieter.

Ich habe dir einen langen Brief geschrieben, in dem ich dir erkläre, weshalb ich nicht zu dir zurückkehre. Du kannst gerne nach Griechenland kommen, Dieter, aber ich werde fort sein. Spar dir lieber den Weg.

Elsa

»Andy, störe ich? Hier ist Thomas.«

»Nein, überhaupt nicht. Wir sind heute im Sedona-Canyon, es ist toll hier, Thomas.«

Thomas könnte Bills aufgeregte Stimme hören.

»Ist das Dad? Kann ich mit ihm sprechen?«

»Klar, Bill, er ruft doch deinetwegen an. Nimm das Telefon mit und lass dir Zeit.«

»Dad? Bist du das?«

»Ja, Bill, höchstpersönlich.«

»Dad, wenn du das hier nur *sehen* könntest. Es ist unglaublich, dauernd ändern sich die Farben. Und Großmama ist mit einem Haufen Freunden hier, alles uralte Leute, die sie ihre Mädels nennt. Die Mädchen haben aber viele Falten, habe ich zu ihr gesagt, und alle haben gelacht.«

»Das kann ich mir vorstellen.«

»Und was hast du gemacht, Dad?«

»Ich bin ein paar Tage in einem winzig kleinen Dorf gewesen, richtig altertümlich. Irgendwann fahren wir beide mal dorthin.«

»Wirklich, Dad?«

»Ich sage nie etwas, wenn ich es nicht auch so meine. Eines Tages verbringen wir unsere Ferien hier auf dieser Insel.«

»War es denn nicht fürchterlich einsam für dich? So ganz allein in diesem kleinen Dorf?«, erkundigte sich Bill besorgt.

»Äh, nein, so einsam war es nicht...«

»Dann fehlen wir dir also gar nicht?«, fragte der Junge enttäuscht.

»O doch, natürlich vermisse ich dich, Bill. Du fehlst mir jeden Tag. Aber weißt du, was ich dagegen machen werde?«

»Nein.«

»Ich komme in zehn Tagen wieder zurück, und dann machen wir uns eine schöne Zeit.«

»Dad, das ist ja *fantastisch!* Wie lange wirst du bleiben?«

»Für immer«, antwortete Thomas.

Und als er den Jungen, der für immer sein Sohn sein würde, rufen hörte: »Mom, Andy, Dad kommt heim. In zehn Tagen, und er bleibt für immer«, da spürte Thomas, wie ihm die Tränen über das Gesicht liefen.

»Takis! Wie geht es dir?«

»Gut, Vonni, und dir?«

»Auch gut. Ich darf nur Maria nicht aus den Augen lassen, damit sie uns nicht samt deinem Büro über den Haufen fährt.«

»Beobachten wir sie doch von drinnen, dann sind wir nicht direkt in der Schusslinie«, schlug er ihr vor und führte sie in seine Kanzlei. »Weißt du, weshalb ich dich sprechen wollte?«, fragte Takis.

»Nein, ich habe nicht die geringste Ahnung.«

»Kannst du es dir nicht vorstellen?«

»Nein. Hat es etwas mit Stavros zu tun?«, fragte sie zögernd.

»Nein, ganz und gar nicht«, erwiderte er erstaunt.

»Na, dann wirst du es mir wohl erzählen müssen, Takis«, sagte Vonni, deren erwartungsvoll strahlendes Gesicht sich wieder verdüstert hatte.

Rasch fuhr Takis fort: »Es handelt sich im Nikolas Yannilakis. Wie du weißt, ist Nikolas letzte Woche gestorben.«

»Ja, der arme Nikolas.«

Ein leichter Schatten huschte über Vonnis Gesicht. Sie rechnete zwar nicht mit Ärger oder einer Untersuchung, weil sie ihm das Morphium gegeben hatte – Dr. Leros hatte bestimmt an alles gedacht –, aber man konnte ja nie wissen.

»Er hat dir alles hinterlassen.«

»Aber er hatte doch nichts zu vererben!«, sagte Vonni erstaunt.

»Doch, sogar recht viel. Vor sechs Monaten ist er zu mir gekommen und hat sein Testament gemacht. Er hat alles dir vererbt. Sein kleines Haus, seine Möbel, seine Ersparnisse ...«

»Das ist wirklich unglaublich!« Vonni schüttelte verwundert den Kopf. »Das Haus sollten wir seinen Nachbarn geben. Die haben jede Menge Kinder und könnten etwas mehr Platz gut brauchen. Ich könnte ihnen beim Ausräumen helfen.«

»Du hast dich noch nicht nach seinen Ersparnissen erkundigt«, sagte Takis ernst.

»Der arme Nikolas hatte bestimmt kaum etwas gespart«, erwiderte Vonni.

»Er hat dir über hunderttausend Euro vererbt«, antwortete Takis.

Vonni starrte ihn mit offenem Mund an. »Das kann nicht sein, Takis. Der Mann hatte doch nichts, er hauste in einer Bruchbude ...«

»Er hatte alles auf der Bank. Ein Teil des Geldes ist angelegt, ein Teil ist in bar vorhanden. Ich musste warten, bis alles zusammengezählt war, ehe ich dich benachrichtigen konnte.«

»Aber woher, um alles in der Welt, hat er so viel Geld?«

»Anscheinend von seiner Familie.«

»Aber warum hat er es dann nicht dazu verwendet, ein bequemeres Leben zu führen?« Irgendwie war sie wütend auf den Verstorbenen, dass er freiwillig auf etwas verzichtet hatte, das ihm zustand.

»Ach, Vonni, erspar mir diese Familiengeschichten. Die sind ein Kapitel für sich. Wahrscheinlich hat ihn irgendwann einmal irgendjemand beleidigt. Frag mich nicht, weil ich es nicht weiß. Auf jeden Fall hat der arme Nikolas deswegen das Geld nicht angerührt. Und jetzt gehört das alles dir.«

Keine Reaktion.

»Und das zu Recht, Vonni. Keiner verdient es mehr als du. Du hast dich um ihn gekümmert wie sonst keiner.«

Vonni starrte reglos vor sich hin.

»Was wirst du jetzt machen? Wirst du reisen? Wirst du nach Irland zurückgehen?«

Vonni schien noch immer unter Schock zu stehen.

Dieses Verhalten war Takis von ihr nicht gewohnt.

»Natürlich musst du nicht sofort eine Entscheidung treffen«, fuhr er hastig fort. »Sobald du Zeit hattest, in Ruhe nachzudenken, werde ich alle Formalitäten regeln. Und dann kannst du mir weitere Anweisungen geben.«

»Mir wäre recht, wenn wir das gleich jetzt erledigen könnten. In Ordnung, Takis?« Vonni schien ihre Sprache wiedergefunden zu haben.

»Aber sicher doch.« Er setzte sich ihr gegenüber an den Schreibtisch, mit Blick auf den Platz hinaus.

»Aber sag mir erst, ob Maria draußen ein Verkehrschaos verursacht.«

»Nein, sie hält sich wacker. Ihr Wendekreis ist zwar recht groß, aber sie behindert niemanden«, erwiderte Takis und zog einen Schreibblock zu sich heran, um Vonnis Anweisungen zu notieren.

»Ich habe nicht vor, das Geld anzurühren. Lass es liegen, wo es ist. Das kleine Haus werde ich, wie gesagt, den Nachbarn geben, aber ich hätte gern, dass sie glauben, Nikolas hätte es ihnen direkt vermacht. Und dann will ich mein Testament aufsetzen ...«

»Sehr vernünftig, Vonni«, sagte Takis leise. Eigentlich dachte er genau das Gegenteil, aber es ging ihn schließlich nichts an.

»Ich möchte alles, mein Geschäft, meine Wohnung und Nikolas' Erbe meinem Sohn Stavros hinterlassen.«

»Wie bitte?«

»Du hast schon richtig gehört.«

»Du hast ihn doch seit Jahren nicht mehr gesehen. Er hat dich nie besucht, obwohl du ihn oft darum gebeten hast.«

»Willst du jetzt dieses Testament für mich aufsetzen, Takis, oder muss ich mir einen anderen Anwalt suchen?«

»Morgen um diese Zeit ist es fertig. Und es werden auch zwei Zeugen hier sein und deine Unterschrift bestätigen.«

»Danke. Aber das bleibt alles unter uns, ja?«

»Sicher, Vonni. Davon wissen nur wir beide.«

»Gut, dann werde ich jetzt Aghia Anna von Maria befreien«, verkündete sie.

Vonnis Schritt war ein wenig unsicher, wie Takis auffiel, als er an der Tür stehen blieb und beobachtete, wie Maria auf sie zustürmte.

»Jetzt habe ich es begriffen! Du drehst das Lenkrad nicht dorthin, wo du hinwillst, sondern in die entgegengesetzte Richtung!«, rief sie triumphierend.

»Wie du meinst, Maria ...«

»Und was hat Takis von dir gewollt?«, fragte sie.

»Er hat mir geholfen, mein Testament zu machen«, antwortete Vonni.

»Du hast mir gefehlt«, sagte Thomas, als Elsa die weiß getünchten Stufen zu seiner Wohnung heraufkam.

»Und du mir. Die müßigen Tage von Kalatriada sind vorbei.« Sie küsste ihn und ging ins Wohnzimmer. »Das sieht sehr hübsch aus«, sagte sie und deutete auf eine kleine Vase mit Feldblumen.

»Ich würde ja gern behaupten, dass ich sie selbst in den Bergen gepflückt habe, aber Vonni hat sie hier gelassen. Und einen Zettel mit einem Willkommensgruß«, fügte er hinzu und reichte ihr die kleine Karte.

»Dann weiß sie es also?«, fragte Elsa.

»Ich vermute, sie wusste es lange vor uns«, erwiderte Thomas beschämt.

»Was sie jetzt wohl von uns denkt?«

»Schau dir die Blumen an! Damit gibt sie uns doch ihren Segen«, sagte Thomas.

»Das stimmt, und außerdem heißt sie uns willkommen im Klub! Unser Leben ist mittlerweile genauso kompliziert und verwickelt wie ihr eigenes«, bemerkte Elsa.

»Wieso kompliziert?«

»Na, schau uns doch nur an! Es heißt doch immer, richtiges Timing ist die halbe Miete. In der Hinsicht haben wir grandios versagt, meinst du nicht? Du fährst in die eine Richtung und ich in die andere!«

Thomas ergriff ihre Hand. »Dafür werden wir eine Lösung finden«, versprach er ihr.

»Natürlich«, erwiderte sie zweifelnd.

»Im Ernst, gemeinsam fällt uns etwas ein«, wiederholte Thomas.

»Na gut«, sagte Elsa, dieses Mal mit etwas mehr Überzeugung.

Meine liebe Vonni,

vielen herzlichen Dank für deinen Brief. Ich hatte beim Lesen regelrecht Heimweh nach Aghia Anna. Es war richtig von mir, wieder nach Hause zu fahren, aber das heißt nicht, dass ich mich nicht nach der Sonne, den Zitronenbäumen und den vielen großartigen Menschen sehne, die ich dort kennen gelernt habe.

Unsere Stationsschwester Carmel ist wirklich ein schrecklicher Besen. Früher war sie mal eine von uns, aber Macht korrumpiert … Sie ist der Meinung, mir stünde eine kleine Abreibung zu, weil ich aus dem Krankenhaus weg bin, und deswegen lässt sie sich alles Mögliche einfallen, um mich zu quälen. Aber Barbara und ich haben eine wahnsinnig schöne Wohnung. Samstag haben wir Einweihung gefeiert, also wünsch uns Glück.

Mam und Dad benehmen sich großartig. Sie erwähnen Shane nie, als hätten wir in der Familie vereinbart, niemals mehr über ihn zu sprechen. Das ist wahrscheinlich auch am besten so. Sie haben übrigens beschlossen, ihre Silberhochzeit in viel bescheidenerem Rahmen zu feiern, ohne Tischkarten und all den Kram. Das ist eine große Erleichterung für uns alle. Ich habe David angerufen, aber er war ziemlich schlecht drauf. Das war an dem Tag der Preisverleihung an seinen Vater. Er hasst es, wieder dort zu sein. Aber er bleibt so lange, bis sein Vater stirbt.

Unvorstellbar, dass Thomas und Elsa jetzt ein Paar sind! Das ist eine Riesenüberraschung für mich. Aber es passt! Liebe Grüße an alle, die ich kenne,

Fiona

Liebe Vonni,

schön, dass du mich über alles auf dem Laufenden hältst.
Es freut mich, dass Maria Fortschritte macht. Kaum zu
glauben, dass sie schon ganz allein bis nach Kalatriada
fährt!

Und dass Thomas wieder nach Hause zurückkehrt, ist eine gute Nachricht, aber was wird aus ihm und Elsa? Welche Lösung werden sie für ihr Problem finden?

Ich habe noch zu wenig Abstand, um dir objektiv von der
Preisverleihung an meinen Vater schreiben zu können. Es
war ein wirklich grauenvoller Tag. Schlimmer noch, als
ich befürchtet hatte, weil mein Vater so zerbrechlich aussah
und meine Mutter vor Stolz fast aus allen Nähten platzte.
Und alle anwesenden Geschäftsleute hatten nur eines im
Sinn: Geld und Profit. Es war eine richtige Götzenanbe-
tung.

Ich schreibe dir, wenn die Eindrücke nicht mehr ganz so
frisch sind, aber es war wirklich schrecklich. Mein Vater
hat in seiner Rede angekündigt, dass ich von Januar an
seine Firma leiten werde. Alle klatschten, und ich musste
ein zufriedenes Gesicht machen. Aber innerlich habe ich
mich gewunden, Vonni. Ich weiß, es ist selbstmitleidiges
Jammern auf hohem Niveau, aber ich habe wirklich das
Gefühl, dass mein Leben mit achtundzwanzig Jahren bereits vorbei ist. Dir würde jetzt bestimmt etwas Positives einfallen, um mich aufzumuntern. Ich denke oft an dich und
stelle mir vor, dass du meine Mutter wärst und Andreas
mein Vater. Euch beide würde ich nie enttäuschen. Nur mit
meiner eigenen Familie komme ich nicht zurecht.

Die besten Grüße von einem unverbesserlichen Griesgram,
David

Die Tage vergingen. Elsa verbrachte viel Zeit im Internet-café des ›Anna Beach‹ Hotels.

»Wem schreibst du eigentlich die ganze Zeit?«, wollte Thomas wissen.

»Ich versuche, mir ein Bild von meiner beruflichen Situation zu machen«, erwiderte sie reserviert.

»Aber ich dachte, du wolltest nicht mehr zurück nach Deutschland?«

»Es mag schwer vorstellbar sein, aber es gibt tatsächlich noch ein paar andere Länder außer Deutschland«, erklärte sie lachend.

Thomas verbrachte ebenfalls Stunden am Computer nebenan und konferierte mit seiner Universität. Er musste für den Fall seiner Rückkehr einiges klären und wollte unter anderem wissen, ob seine Räume auf dem Campus bei seiner Rückkehr wieder für ihn zugänglich wären.

Thomas sollte in zwei Tagen nach Athen abfahren.

»Ich möchte dich heute Abend zum Essen zu Andreas einladen«, sagte Elsa. »Wir haben eine Menge zu besprechen.«

»Hältst du das für den richtigen Ort?«, fragte Thomas.

»Dort sind wir bestimmt nicht allein.«

»Sicher nicht, du hast Recht. Aber ich werde dafür sorgen, dass wir einen ruhigen Tisch bekommen«, versprach sie.

An diesem Abend trug Elsa ein schlichtes, weißes Baumwollkleid und hatte sich eine Blume ins Haar gesteckt.

»Du siehst bezaubernd aus, richtig elegant. Ich bin froh, dass ich meine neuen Hosen aus Kalatriada angezogen habe«, sagte Thomas, als er sie sah.

»Dieses Kleid trage ich extra, um dich zu beeindrucken. Außerdem habe ich ein Taxi bestellt, das uns in Restaurant hinauffährt. Was sagst du nun? Das hat doch Stil, oder?«

Auf der Fahrt die kurvenreiche Straße zu Andreas' Taverne hinauf genossen sie das Panorama und bewunderten den Sternenhimmel über dem Meer.

Man hatte ihnen tatsächlich einen kleinen Tisch für zwei Personen auf der Terrasse reserviert, der etwas abseits lag und einen freien Blick auf den Ort bot.

Die kleine Rina bediente sie. Andreas hatte in der Küche zu tun; Yorghis, Vonni und Dr. Leros waren bei ihm. Sie winkten ihnen zu und gaben ihnen zu verstehen, dass sie später zu ihnen kämen, wenn es Zeit für den zweiten Kaffee sei.

»Ich muss mit dir über meine Jobsuche reden«, begann Elsa.

»Ja, ich habe dich bisher noch nicht gefragt.«

»Warum nicht?«

»Weil ich Angst hatte, dass man dir einen wichtigen Posten in Deutschland anbieten würde, auch wenn du sagst, dass es noch andere Länder gibt. Und um ehrlich zu sein, hatte ich auch Angst, dass du Dieter wiedersehen würdest und… und…« Bevor sie etwas erwidern konnte, fuhr er rasch fort: »Ich habe überlegt, wann du mich besuchen kommen kannst. Und dann werde ich dich besuchen. Ich kann es nämlich nicht ertragen, dich gehen zu lassen, jetzt, da ich dich endlich gefunden habe. Vielleicht bin ich ja verrückt und riskiere, dich zu verlieren, indem ich zu Bill zurückkehre.«

»Ich habe eine neue Stelle, Thomas.«

»Wo?«, fragte er mit zitternder Stimme.

»Ich traue mich fast nicht, es dir zu sagen.«

»Dann gehst du also zurück nach Deutschland«, erwiderte er niedergeschlagen.

»Nein.«

»Wohin dann, Elsa? Bitte, spann mich nicht auf die Folter.«

»Die Zentrale ist in Los Angeles, aber ich werde entlang der ganzen Westküste eingesetzt. Ich soll eine wöchentliche Kolumne für eine große Zeitschrift betreuen – Interviews, politische Beiträge, Reportagen. Was immer sich so ergibt.« Ängstlich sah sie ihn an.

»Wo?«, wiederholte er begriffsstutzig.

»In Kalifornien«, antwortete sie nervös. »Ist es zu früh? Setze ich zu viel voraus? Ich könnte es auch nicht ertragen, dich zu verlieren … aber wenn du denkst …«

Langsam breitete sich ein Lächeln auf seinem Gesicht aus.

»Elsa, Liebling, das ist ja wunderbar …«, begann er.

»Ich muss ja nicht bei dir wohnen. Ich will dich nicht bedrängen, aber ich dachte mir, dass wir uns auf jeden Fall oft sehen könnten … Ich weiß, dass wir noch nicht lange zusammen sind, aber ich kann jetzt schon nicht mehr ohne dich sein …«

Thomas stand auf, kam auf ihre Seite des Tisches, zog sie hoch und küsste sie. Die anderen Gäste kümmerten ihn nicht. Irgendjemand machte ein Foto von ihnen, aber das war ihnen egal. Sie lagen einander in den Armen, als wollten sie sich nie mehr trennen. Dann gesellte sich die Gruppe aus der Küche zu ihnen und stieß mit ihnen an.

»Der Mann, der euch vorhin fotografiert hat, ist Deutscher. Er hat dich erkannt, Elsa. Aus dem Fernsehen.«

Nichts hätte sie weniger interessieren können.

»Er hat sich nach Thomas erkundigt«, fuhr Vonni fort und wandte sich an Thomas. »Ich habe ihm erklärt, dass du ein hochkarätiger amerikanischer Hochschulprofessor und mit Elsa verlobt bist.«

»*Was!*«, riefen Thomas und Elsa wie aus einem Mund.

»Wenn du diese grässlichen Shorts mit den vielen Taschen angehabt hättest, hätte ich das natürlich nicht gesagt. Aber nachdem ich dich jetzt in anständigen Hosen gesehen habe, dachte ich mir, dass es Elsa schon nicht schaden wird, wenn irgendein Fan von ihr das Foto an eine deutsche Zeitung verkauft!«

Alle lachten und wandten sich wieder ihrer Unterhaltung zu. Der Blick hinunter auf den Hafen war atemberaubend. Die letzte Fähre war bereits vor einer Stunde eingelaufen, aber Andreas rechnete nicht mehr mit Gästen von diesem Schiff. Es war schon spät, und der Weg zu ihm war weit. Deshalb waren alle sehr überrascht, als sie sahen, dass sich jemand den steilen, kurvigen Weg heraufmühte. Es war ein Mann um die dreißig, offensichtlich ziemlich sportlich, denn er trug einen Rucksack auf dem Rücken und einen Koffer in jeder Hand.

»Der scheint für ein gutes Essen wirklich keine Mühen zu scheuen«, sagte Elsa bewundernd.

»Vielleicht hat er von Vonnis gefüllten Weinblättern erfahren«, sagte Thomas lachend. Er wäre Vonni am liebsten um den Hals gefallen, da sie ihn Elsas Verlobten genannt hatte. Aber dass alle seine geliebten Shorts mit den vielen Taschen so scheußlich fanden, wollte ihm einfach nicht in den Kopf.

»Es ist schon ziemlich spät für einen Gast«, sagte Dr. Leros.

»Fragt sich, was er hier zu suchen hat«, meinte Yorghis mit gepresster Stimme und spähte zum Tor.

Vonni war mittlerweile aufgestanden, um sich den Mann näher anzusehen, der zögernd am Eingang stehen geblieben war.

»Andreas!«, rief sie heiser. »Andreas, er ist es. Er ist es wirklich!«

Elsa und Thomas sahen einander an, ohne zu begreifen, was hier vor sich ging. Andreas war ebenfalls aufgestanden und stolperte mit seinen schweren Schnürstiefeln und ausgebreiteten Armen über die Terrasse auf das Tor zu. Alle Augen waren auf ihn gerichtet.

»*Adoni* …«, rief er. »*Adoni mou!* Du bist zurückgekommen. *Adoni ghie mou.* Mein Sohn, du kommst mich besuchen.«

»Wenn du mich haben willst, dann bleibe ich für immer, Vater.«

Die Männer umarmten einander, als wollten sie sich nie mehr loslassen. Dann traten sie einen Schritt zurück und strichen sich gegenseitig staunend übers Gesicht. Ständig wiederholten sie dabei immer wieder die gleichen Worte.

»*Adoni mou!*«, sagte Andreas ein ums andere Mal.

»*Patera!*«, sagte Adoni zu seinem Vater.

Schließlich kamen Yorghis und Vonni und Dr. Leros zu ihnen, und die kleine Gruppe redete aufgeregt auf Griechisch aufeinander ein, und jeder fiel dem anderen um den Hals.

Thomas und Elsa hielten sich an den Händen.

»Diesen Abend werden wir sicher nie vergessen«, meinte Thomas.

»Sag mir eines, Thomas«, bat Elsa ihn. »War ich zu vorschnell, zu forsch?«

Bevor er ihr eine Antwort geben konnte, kamen Andreas und sein Sohn zu ihnen.

»Adoni, das ist diese wundervolle junge Frau, die mir geraten hat, dass ich dir schreiben soll. Ich war so unsicher, ob du dich darüber freuen würdest. Aber jeder Mensch bekommt gern einen Brief, meinte sie …«

Adoni war ein großer, gut aussehender Mann mit einem dichten, schwarzen Haarschopf, der eines Tages genauso grau sein würde wie der seines Vaters. Aber darauf würde Aghia Anna noch eine Weile warten müssen. Elsa, die vor Millionen von Fernsehzuschauern nie um ein Wort verlegen war, wusste nichts zu erwidern. Stattdessen stand sie auf und schloss Adoni in ihre Arme, als wären sie alte Freunde.

»Was für eine Schönheit«, sagte Adoni bewundernd zu der blonden, jungen Frau in dem weißen Kleid und mit der Blume im Haar.

»Elsa und Thomas gehören zusammen«, warf Andreas hastig ein, um jedes Missverständnis von vornherein auszuschließen.

Adoni schüttelte Thomas die Hand. »Du bist ein richtiger Glückspilz«, sagte er sehr ernst.

Thomas konnte nur nicken. »Ja, ich bin ein glücklicher Mann.« Und dann stand er auf und wandte sich an seine Freunde. Dabei sah er Elsa fest in die Augen, als wollte er damit ihre Frage beantworten, ob sie zu vorschnell und forsch gewesen sei.

»Ich möchte euch allen sagen, dass Elsa und ich abreisen werden. Wir gehen zusammen nach Kalifornien.«

»Noch ein Grund, heute Abend zu feiern«, rief Andreas mit Freudentränen in den Augen.

Thomas und Elsa küssten sich und nahmen wieder Platz. Thomas legte den Arm um ihre Schultern, und sie wurden Zeugen, wie jeder auf seine Art Adonis Heimkehr feierte. Andreas, Yorghis und die kleine Rina rannten in die Küche, um Wein und Essen für den verlorenen Sohn zu holen. Die ganzen Jahre in Chicago über hatte er bestimmt nie etwas Anständiges zu essen bekommen.

Vonni setzte sich mit glänzenden Augen neben Adoni.

»Und was ist mit deinem Sohn Stavros?«, fragte Adoni.

»Der führt sein eigenes Leben …«, erwiderte sie hastig.

»Aber was hält ihn davon ab ...«

»Sprechen wir jetzt nicht darüber«, fiel sie ihm ins Wort. »Wichtig ist nur, dass du zurück bist, Adoni! Dein Vater hat sich sehr verändert. Er wird nie mehr so wie früher ...«

»Und ich auch nicht, Vonni.«

Und dann wurde Adoni von den anderen mit Beschlag belegt, die ihn ebenfalls zu Hause begrüßen wollten.

Wie immer saß Vonni zwischen Andreas und Yorghis.

»Eines Abends wird Stavros hier in den Hafen kommen«, sagte Andreas.

»Und es wird ein Abend sein wie dieser«, fügte Yorghis hinzu.

»Ja, da bin ich sicher«, entgegnete Vonni mit lebhaft blitzenden Augen und hoffnungsfrohem Gesicht.

Beide Männer wussten, dass ihre Fröhlichkeit nur gespielt war, und streckten gleichzeitig die Hand nach der ihren aus. Vonni lächelte, und jetzt war ihr Lächeln echt.

»Ganz bestimmt wird er eines Tages nach Hause kommen«, sagte sie und fasste ihre Hände. »Wir müssen nur immer fest an den heutigen Abend denken und daran glauben, dass Wunder geschehen.«

Dr. Leros kam aufgeregt aus der Küche gerannt.

»Da draußen stehen zwei Bouzouki-Spieler. Sie wollen dir ein Willkommensständchen bringen, Adoni«, erklärte er.

»Das würde mich sehr freuen«, antwortete er lachend.

Und als die Musik hinaus in die Nacht drang und die Gäste im Restaurant zu ihrem Rhythmus in die Hände klatschten, stand Adoni auf, stellte sich in die Mitte der Terrasse und fing vor aller Augen zu tanzen an. Adoni tanzte vor vierzig Zuschauern, unter ihnen viele Gäste, die nicht wussten, was hier geschah. Manche wiederum – wie Thomas und Elsa – kannten einen Teil der Geschichte, und andere wie sein Vater, sein Onkel, der Doktor und Vonni wussten alles.

Die Arme hoch erhoben, machte er einen Ausfallschritt zur Seite, beugte die Knie und schnippte mit den Fingern, außer sich vor Freude, wieder dort zu sein, wo er hingehörte.

Es begann leicht zu regnen, aber das störte niemanden. Der Regen tat dem hellen Schein der Sterne keinen Abbruch.

ZITATE

George Gordon, Lord Byron wurde zitiert nach: *Ritter Harolds Pilgerfahrt,* übersetzt von v. Zedlitz, Verlag der J.G. Cotta'schen Buchhandlung, Stuttgart und Tübingen, 1836.

Sean O'Casey wurde zitiert nach: *Juno und der Pfau,* übersetzt von Maik Hamburger und Adolf Dresen, Spectaculum XXIV, Suhrkamp Verlag, Frankfurt am Main, 1976.

Johann Wolfgang von Goethe wurde zitiert nach: *Wilhelm Meisters Lehrjahre,* Aufbau Verlag Berlin und Weimar, 1988, Goethes Werke in 12 Bänden, Band 6.